Ernst-Wilhelm
HÄNDLER

München

Gesellschaftsroman

S. FISCHER

MIX
Papier aus verantwortungsvollen Quellen
FSC® C083411
FSC
www.fsc.org

Erschienen bei S. FISCHER

Satz: Dörlemann Satz, Lemförde
Druck und Bindung: CPI books GmbH, Leck
Printed in Germany
ISBN 978-3-10-397207-8

»Man kann nicht nicht wissen wollen!«

ROBERT MUSIL, *Der Mann ohne Eigenschaften*

Die Schatten der Eschen und der Trompetenbäume wurden rasch länger. Eigenartig die Unberührtheit, die Unbeflecktheit der in der Dämmerung lilafarbenen Kieswege. Keine Prägungen durch Schuhwerk, keine Ziselierungen durch Fahrradreifen. Keine Lebenslinien. Hier sollte die Perfektion einer anderen Welt herrschen.

Der Wald dagegen ein Zauberwald, die Wünsche der Beobachterin erratend und schürend. Niemals würde sich der Wald damit zufriedengeben, betrachtet zu werden. Er wollte aufstacheln, doppelt auf Gedanken bringen. Wer beobachtete wen?

Thaddea hatte die Geschirrspülmaschine ausgeräumt, auf der Arbeitsfläche war der Besteckkorb umgefallen, gedankenlos hatte Thaddea nach dem zu Boden fallenden Küchenmesser gegriffen und sich in den rechten Zeigefinger geschnitten. Sie hatte den Finger unter kaltes Wasser gehalten, das hatte die Blutung gestoppt. Aber als der Finger warm wurde, begann die Wunde wieder zu bluten. Sie hatte ein Stück Papier von der Küchenrolle um den Finger gewickelt und überwachte unentschlossen, wie das Blut das Papier durchtränkte und zugleich das Dämmerungsstück vor dem Westfenster ihres Hauses.

Die Kieswege zwischen den überaus schlanken Bäumen bildeten eine auf der Seite liegende Acht oder das mathematische Symbol für Unendlichkeit. An diesem Abend im frühen Mai, noch nie vorher, war Thaddea der Gedanke gekommen: Dasselbe Zeichen wurde auch in Familienstammbäumen verwendet, um den Ehestatus anzuzeigen.

Nichts hatte darauf hingedeutet, dass sie sich am Abend gerade dieses Tages in so merkwürdiger Stimmung befinden würde. Der allererste Tag in ihrem ganz neuen Studio! Thaddea hatte keinen Tag länger in der Klinik gearbeitet, als es die Ausbildung zum Facharzt für Psychosomatische Medizin und Psychotherapie erforderte.

Sie hatte die Eingangstür geöffnet, und ihr erster Klient hatte ihr den Rücken zugedreht. Alle bisherigen Besucher, Bekannte und die Handwerker, waren von der Anmutung des Stadthauses so in Beschlag genommen, dass sie für anderes keine Augen mehr hatten. Als sich der Klient umdrehte, musste Thaddea schlucken. Dem etwa fünfundsechzigjährigen Mann fehlte ein Teil seines Gesichts.

Nach der Schilderung hatte er Anfälle von Herzrasen ohne organische Ursache. Er war von der Klinik überwiesen worden, in der sie die letzten beiden Jahre gearbeitet hatte. Sie hatte aus den lieblos zusammengestellten Unterlagen herausgelesen, dass er sich einbildete, beim Wandern von einem Blitz getroffen worden zu sein. Der Blitz war keine Idée fixe, doch die Versehrung wurde in den Unterlagen nicht erwähnt. Anstelle der linken Backe bot sich eine Aushöhlung dar, die vom Mund bis zum Ohr und vom Backenknochen bis zum Hals ging, der entsprechende Teil der Kinnlade war nicht mehr existent. Man hatte keinen Versuch unternommen, das Manko kosmetisch zu behandeln. Thaddea starrte in ein Gewirr von Muskelbündeln, Sehnen und Hautlappen, sie vermeinte sogar, eine Zahnreihe zu erkennen. Das konnte nicht sein, in der offenen Mundhöhle wäre die Schleimhaut eingetrocknet. Thaddea war Ärztin für psychosomatische Medizin, weil sie nichts mit physischen Verletzungen und Krankheiten zu tun haben wollte.

Der Mann stellte sich mit seinem Namen vor. Thaddea brachte es nicht fertig, ihn zu begrüßen, mit einer stummen Geste forderte sie ihn auf einzutreten. Sie wusste, sie verhielt sich nicht professionell. Mit seinem grauen Anzug, seinem weißen Hemd und der hellgrauen Krawatte wirkte der Mann wie ein altmodischer Handelsvertreter. Entgegen ihrer ursprünglichen Absicht ließ die Hausfrau den Handelsvertreter herein. Die Versehrung stieß sie ab, aber sie konnte sich nicht gegen den Vertreter wehren.

Der Mann folgte ihr auf die Ebene, die für die Sitzungen vorgesehen war. Thaddea war routiniert genug, um zu horchen, ob der Mann hinter ihr beim Treppensteigen außer Atem geriet, das war nicht der Fall.

Während sie sinnlos zögerte, ihm einen Platz auf der weißen Couch anzubieten, sagte er, sie solle sich nicht wegen seines Aussehens ängstigen. Die Andeutung eines Lächelns in dem beschädigten Gesicht zielte darauf, eine Verbindung zwischen ihm und ihr herzustellen. Wahrscheinlich sagte er sonst, sein Gegenüber solle nicht erschrecken, aber sie war ja schon über die Maßen erschrocken. Nicht er hatte ein Problem, sie hatte eins. Mit einer derartigen Prüfung war nicht zu rechnen gewesen.

Bevor sie sich hinsetzte rückte sie ihren Sessel so zurecht, dass sie den Mann nicht von der linken Seite betrachten musste. Für eine unverbindliche Konversation war es viel zu spät. Allein der Versuch hätte die Peinlichkeit ins

Unerträgliche gesteigert. Sie wollte ohne Vorrede beginnen, da merkte sie, dass sie weder die Unterlagen zur Hand noch die Utensilien parat hatte, mit denen sie sich Notizen machen konnte. Ohne Erklärung erhob sie sich. Das Bücherregal befand sich auf einer höheren Ebene. Sie nahm die Stufen zu der Zwischenebene und überquerte diese, als ihr auf den nächsten Stufen plötzlich bewusst wurde, dass sie leicht humpelte.

Sie humpelte sonst nie. Sie hatte sich in der Gewalt gehabt, als sie vor dem Besucher die Treppe hochgestiegen war. Aber jetzt hatte sie ihre Körperbeherrschung verloren. Während sie die Unterlagen aus dem Regal nahm, hörte sie ganz deutlich, wie der Mann erregt atmete. Sie wandte sich um und war nicht überrascht zu sehen, dass er sich von der Couch erhoben hatte. Ruckhaft zog er den Knoten seiner Krawatte fester.

Den Rückweg bestritt Thaddea gewohnt beherrscht. Starr und stählern sah ihr der Mann in die Augen. Thaddea war überzeugt, er tat das nur, damit er ihr nicht auf die Beine blicken musste.

Mit mechanischer Stimme bat er sie, ihn zu entschuldigen. Er habe einen anstrengenden Vormittag gehabt, er sehe sich nicht in der Lage, jetzt eine Sitzung – Er beendete den Satz nicht. Ohne eine Äußerung Thaddeas abzuwarten, ging er zur Eingangstreppe. Eine Unhöflichkeit, die nicht zu ihm passte. Er wollte vor ihr die Treppe hinuntersteigen und vor ihr den Eingangsbereich durchqueren, damit er nicht gezwungen war, zu beobachten, wie sie sich bewegte. Er wollte nicht riskieren, noch einmal verfolgen zu müssen, wie sie humpelte.

Er öffnete selbst die Eingangstür, eine gesteigerte Unhöflichkeit, und drehte sich erst um, als er schon aus der Tür war. Er gab ihr nicht die Hand. Mit einem Ton sehr fernen Bedauerns sagte er, er werde sich melden.

Natürlich würde sich ihr erster Klient nicht melden. Es gelang ihr nicht, sich an den Namen zu erinnern, während sie auf den dinglosen Horizont über den Bäumen neben ihrem Haus blickte. Der zweite Klient war gar nicht erst aufgetaucht, er hatte es nicht einmal für nötig gehalten abzusagen. Das Brausen des Anfangs hatte sie sich anders vorgestellt.

Thaddea sprach nicht über das, was wichtig war. Sie sprach lieber über etwas anderes – aber mit Kata hätte sie natürlich über den ersten Tag gesprochen. Warum war Kata nach China verschwunden, ohne ein Wort zu sagen? Es hatte nur den Anruf ihrer Sekretärin gegeben, Kata baue ein Greenhouse in Xi'an, sie sei schlecht erreichbar. Kata hatte sowohl das Haus in Grünwald entworfen, aus dem heraus Thaddea sich mit der umgebenden Landschaft trotz deren unmittelbarer Nähe stets nur fernverständigte, als auch das gerade fertiggestellte Stadthaus in Schwabing, in dem sie ihren Klienten dabei assistieren wollte, nicht auseinanderzufallen – dies allerdings nicht im wörtlichen Sinn – und ihre Erinnerungen an Vergangenheit und Zukunft neu zu arrangieren. Niemand außer Kata hätte es fertiggebracht, dass die Entwürfe auch gebaut wurden.

Kata war nicht nur Thaddeas beste Freundin, Kata war auch Thaddeas einzige Freundin. Die Sekretärin hatte sich so angehört, als ob Kata nur zwei oder drei Wochen in China verbringen würde. Kata hatte immer die Mailbox eingeschaltet, aber sie rief nicht zurück, SMS und E-Mails beantwortete sie nicht. Thaddea erkundigte sich im Büro, die Sekretärin antwortete ausweichend. Thaddea googelte und entdeckte, dass es sich bei dem Greenhouse um ein ziemlich großes Projekt handelte. Etwa hundert Meter lang lag es wie ein Kristall auf einem Hang in einer nichtssagenden Landschaft.

Aus den zwei bis drei Wochen war ein halbes Jahr geworden. Einem Newsletter hatte Thaddea entnommen, dass Kata in Shenzhen ein Büro eröffnet hatte. Am Morgen bevor Thaddea ihre beiden ersten und vorerst einzigen Klienten zu empfangen gedachte, hatte die Abnahmebesprechung im fertigen Stadthaus stattgefunden. Katas Mitarbeiter hatte en passant erwähnt, seine Chefin sei seit einer Woche wieder in ihrem Münchner Büro. Thaddea war wie vor den Kopf gestoßen. Sie verstand schon nicht, dass Kata während der ganzen Zeit in China kein Zeichen gegeben hatte. Doch dass Kata sich auch nicht meldete, nachdem sie wieder zurück war –

Kata und sie waren unzertrennlich gewesen.

Das letzte Mal waren sie gemeinsam ausgegangen, als Kata ihre neue Brille im Einser, eigentlich P1, eingeweiht hatte. Kata benötigte weder eine Lesebrille noch eine Brille für die Fernsicht. Aber es war ihr fast immer zu hell. Das Violett der Gläser färbte auf ihre über die Schultern fallenden Haare ab. Nicht nur Thaddea, alle Frauen beneideten Kata um ihre starken, schwarzen Haare. Es war irgendwie unvorstellbar, dass sich darunter jemals auch nur ein weißes Haar befinden würde. Bei jeder anderen Frau hätte ein violetter Ton der Haare chri chri oder, horribile dictu, hippiemäßig gewirkt. Bei Kata nahm der Effekt den Haaren lediglich etwas von ihrer fast übermenschlichen Stärke.

In Katas Gesicht gab es keine Falten. Ihre Haut war völlig glatt, ihre natürlichen schwarzen Augenbrauen wirkten wie nachgezogen, ihre Haut war hell und fleckenlos, ohne dabei ungesund zu wirken. Kata bevorzugte dunkelrote Lippenstifte, sie zog die Konturen nicht nach. Das Rot des Mundes ging in das Weiß der Haut über, ohne dass das verwischt gewirkt hätte. Die eckige schwarze Brille ließ ihr Gesicht bei den gegebenen Lichtverhältnissen wie eine überbelichtete Aufnahme erscheinen. Zur Steigerung der Wirkung war Kata komplett in Schwarz gekleidet. The New Bauchfrei.

»Es gibt diese Männer«, sagte Kata, »die in ihren flaumweichen Pullovern extralaut in Clubs herumklackern.«

Kata und Thaddea hatten sich an einen Tisch gesetzt, auf dem nur ein einsamer Screwball stand. Es kam häufiger vor, dass sich Männer Metallteile in die Absätze und Sohlen ihrer Schuhe einbauen ließen, um ihre Auftritte nachdrücklicher zu gestalten. So auch der himmelblaue Pullover, der eine Konversation mit dem Personal hinter dem Bartresen abrupt unterbrochen hatte und zu seinem Screwball zurückgekehrt war, nachdem er gesehen hatte, in welcher Gesellschaft dieser sich jetzt befand.

Der blaue Pullover, dessen Gesicht genauso faltenlos war wie das Katas und der nicht sehr groß war – sexy Schnitte –, nannte seinen Namen und streckte die Hand aus. Nur Thaddea ergriff sie und nannte ihren Namen. Der blaue Pullover fragte Thaddea und Kata, was er ihnen bestellen dürfe.

Kata sagte: »Etwas, was uns nicht ausknockt.«

Als Thaddea und Kata noch studierten, hatten sie sich öfter als Zwillinge hergerichtet. Sie sahen sich nicht wirklich ähnlich, aber sie waren etwa gleich groß und hatten anpassungsfähige Gesichter. Thaddea hatte uninteressante, dunkelblonde Haare, seit Menschengedenken trug sie einen Long Bob mit Pony. Eher selten hatte Thaddea eine schwarze Perücke übergezogen und sich als Kata verkleidet, überzeugender hatte Kata die Zwillingsschwester Thaddeas gespielt. Thaddeas Haut war bei weitem nicht so glatt und makellos wie die Katas, in der Jugend hatte sie unter Akne gelitten, die Spuren hinterlassen hatte. Kata imitierte diese Spuren, indem sie sich puderte und den Puder unregelmäßig verrieb. Als Thaddeas Zwillingsschwester musste sie unauffällige Lippenstifte verwenden. Allerdings weigerte sie sich entschieden, wie Thaddea die Umrisse der Lippen nachzuziehen.

Jetzt, mit Anfang dreißig, wäre es für sie nicht mehr so einfach, die Zwillingsschwestern zu geben. Das lag vor allem an Thaddea. Während Kata sich fast nicht verändert hatte, waren die Konturen in Thaddeas Gesicht inzwischen deutlicher ausgeprägt. Unter den Augen zeichneten die Backenknochen Linien, die ihrem Blick etwas sehr Konzentriertes, sehr Seriöses verliehen. Eigentlich hätte Thaddea eine Lesebrille benötigt. Aber sie befürchtete, mit Brille älter, zu konzentriert, zu seriös, zu alt zu wirken.

Der blaue Pullover arbeitete für die Munich Re und kam gerade aus der Antarktis. Die Versicherung unterstützte Forschungsprojekte, die sich mit dem Klimawandel und der Erderwärmung beschäftigten. Der Nerd 2.0 wollte unbedingt ein Forschungsprojekt namens *Cracice* erläutern. Die Abkürzung stand für Cooperative Research into Antarctic Calving and Iceberg Evolution. Kata sagte: »Spritz ab.«

In einem Gebiet der Antarktis, das George-V.-Land hieß, war ein B-9B genannter Eisberg mit der Mertz-Gletscherzunge zusammengestoßen und hatte sie abgebrochen. Ein neuer Eisberg von der Fläche Luxemburgs war entstanden. Modellrechnungen legten nahe, dass der neue Eisberg die Ozeanzirkulation beeinflusste und dass sich das Klima auf der Südhalbkugel verändern würde. Die Eiszunge war nicht unerwartet abgerissen. In den neunziger Jahren hatte sich an der Ostseite ein Riss gebildet, nach dem Millennium ein zweiter auf der Westseite, beide hatten sich stetig verlängert. Auch ohne B-9B hätten sich die beiden Risse irgendwann getroffen, und die Zunge wäre vom Gletscher abgetrennt worden.

Kata sagte »Ich bin die Wetterfee« und ging zur Tanzfläche.

Sie machte einen ausgreifenden Schritt und streckte beide Arme schräg nach unten aus, um innezuhalten, bis der nächste Take begann. Sie drehte sich um die eigene Achse, einmal stand sie auf dem rechten Bein, einmal auf dem linken, das jeweils andere Bein winkelte sie an, abwechselnd nahm sie die Arme hoch. Sie kniete mit einem Bein auf dem Boden, das andere war ausgestreckt. Sie sprang mit nach oben gestreckten Armen so weit hoch, dass Thaddea Angst hatte, sie würde an der Decke anstoßen. Dabei schob sich ihr Crop Top bedenklich nach oben. Eine Gruppe von Jungen und Mädchen, die offensichtlich dem Gymnasialalter noch nicht entwachsen waren – die Mädchen trugen kurze Kleidchen, die Jungen Pullover mit Schlips –, hatte sich Thaddea genähert. Sie tanzten in Normalgeschwindigkeit zu der Elektromusik. Erst bildeten sie einen Halbkreis um Kata, dann nahmen sie sie in die Mitte. Als Kata abrupt zu tanzen aufhörte, ließen sie sich ebenso abrupt auf den Boden fallen. Auf dem Rücken liegend, bildeten sie einen Stern um Kata.

Thaddea tanzte nicht, weil –

Sie hatte vor dem Kindergarten auf ihre Mutter gewartet, die sich verspätete.

Vor einer Litfaßsäule parkte ein Handwerker seinen Lieferwagen ein. Die Autoreifen waren aus Gummi, und Gummi war weich. Die Litfaßsäule und ein daneben stehendes Motorrad nahmen dem Fahrer die Sicht, er bemerkte nicht, wie Thaddea einen Fuß vor dem Gehsteig auf die Straße stellte. Wie würde es sein, den weichen Gummireifen zu spüren? Thaddea ließ ihren linken Fuß vom rechten Hinterreifen des Lieferwagens überrollen. Der Reifen war nicht weich, der Lieferwagen schwer beladen. Es tat entsetzlich weh, Thaddea wurde schwarz vor Augen. Sie konnte sich nur auf den Beinen halten, indem sie die Litfaßsäule mit beiden Armen umklammerte.

Als sie wieder etwas wahrnehmen konnte, sah sie sich zuerst um, ob jemand sie beobachtet hatte. Der Fahrer des Lieferwagens war eilig ausgestiegen und hatte hastig die Fahrbahn überquert. Auf dem Gehweg war niemand unterwegs, die vorbeifahrenden Autofahrer hatten natürlich nichts bemerkt, aus dem gegenüberliegenden Haus hatte niemand zugesehen. Sie trug weiße Tennisschuhe, der Lieferwagen war vorher durch eine Pfütze gefahren, überdeutlich zeichnete sich das Reifenprofil auf ihrem Schuh ab. Sie buckte sich, für einen Moment wurde ihr wieder schwarz vor Augen, und strich mit der Hand über den Schuh, um den Abdruck des Reifenprofils zu verwischen. Was ihr nicht gelang. Erneut lehnte sie sich an die Litfaßsäule. Wie blöd, wie blöd.

Schließlich humpelte sie zum Eingang des Kindergartens zurück. Angstvoll blickte sie auf ihren linken Fuß, sie erwartete, dass sich der Schuh blutig rot verfärben würde. Der Fuß war heiß, der Schmerz ungeheuerlich. Aber sie hatte nicht das Gefühl, dass sich im Schuh Blut ausbreitete.

Der Mutter erklärte sie, sie habe neben dem Klettergerüst gespielt, ein Junge sei herabgesprungen und genau auf ihrem Fuß gelandet. Es tue weh, aber es sei nicht schlimm. Die Mutter, in Eile und anderen Gedanken, erkundigte sich nicht weiter. Der Reifenabdruck auf dem Schuh fiel ihr nicht auf.

Das Mittel der Wahl war Herumstehen. Wenn sie sich nicht fortbewegte, humpelte sie auch nicht. Erst am nächsten Tag zog sie die Socken aus. Alle Zehen waren blutig, das Blut war geronnen. Die Socken ließ sie verschwinden, fehlende Socken warfen weniger Fragen auf als Blutspuren. Sie hielt den sich verfärbenden Fuß jeden Tag unter kaltes Wasser und wickelte Papiertaschentücher um die Zehen. Sie hätte wohl noch länger durchgehalten, aber ihre Mutter überraschte sie im Badezimmer, wo sie gerade die Socken wechselte. Die Mutter brachte sie ins Krankenhaus, sie wurde sofort operiert. Alle Zehen waren kompliziert gebrochen, der große Zeh und die beiden danebenliegenden Zehen mussten amputiert werden. Die Ärzte sprachen von einer beginnenden Blutvergiftung. Sie musste zwei Wochen im Krankenhaus bleiben und war anschließend für ihre gesamte Schulkarriere vom Turnunterricht befreit.

Sie wehrte sich erfolgreich gegen prothetische Ansinnen von Eltern- und Orthopädenseite. Den leeren Raum in ihrem linken Schuh füllte sie mit zusammengeknüllten Papiertaschentüchern. Sie hatte nicht das, was in der Literatur als Phantomgefühl beschrieben wurde. Ihre Zehen waren einfach nicht mehr da, das war alles.

Auch unter Verzicht auf prothetische Mittel entwickelte sie die Routine, jeweils einen Fuß in konstantem Abstand vor den anderen zu setzen ohne einzuknicken, so dass niemand, nicht einmal ein Orthopäde, auf den Gedanken kommen konnte, sie sei behindert. Sie schlief mit Socken und ging nur mit Socken an den Strand oder in den Hotelpool.

Es bedurfte strotzender Willenskraft, aber sie beherrschte ihren Körper so weit, dass sie sogar Ballerinas tragen konnte. Für ihr Studio hatte sie sich Ballerinas von Bottega Veneta in hell- und dunkelbraun gekauft, mit cremeweißer Kappe und Schleife.

Sie konnte nicht angeben, warum sie in den Schuhen von Bottega Veneta besser lief als in anderen. Vielleicht war es eine Illusion. Das Flechtmuster vermittelte ihr ein Gefühl der Angebrachtheit. Sie hatte nach einem anderen Wort gesucht, aber keins gefunden. Ganz glatte Schuhe kamen ihr – für sie – unangebracht vor. Sie hätte das Gefühl gehabt, etwas vorzuspiegeln.

Sie humpelte sonst nie. Aber in Gegenwart ihres ersten, blitzgetroffenen Klienten war ihre Körperbeherrschung plötzlich dahingewesen.

Thaddeas von Kata entworfenes Haus in Grünwald hatte die Form eines griechischen Kreuzes. Ein nicht überdachter, verglaster Lichthof bildete die Mitte. In jedem Schenkel des Kreuzes bot ein raumhohes Panoramafenster ohne Unterteilung die Aussicht in die jeweilige Himmelsrichtung. Der Mittelpunkt des Kreuzes war das Fundament der Betonkonstruktion, die vier Schenkel schwebten wie Keile über einem betonierten Abstellplatz für zwei oder drei Fahrzeuge und über dem Rasen.

Wenn Thaddea Besuch hatte – was so gut wie nie vorkam –, spielten die Bäume vor dem Westfenster Freiheit. Sie stellten sich auf, wie es ihnen gefiel. Die Trompetenbäume gerierten sich als genuin verrückte Darsteller. Es gehörte zu ihrer Performance, dass der Beobachter oder die Beobachterin ihre Position kaum mehr ausmachen konnte. Im Gegensatz dazu setzten die Eschen ihren Ehrgeiz daran, dass Thaddea oder Ben-Luca, wenn er zu Gast war, nicht bemerkte, wie sie ihre Positionen wechselten. Das Bewegen in outrierten Figuren war ihre Sache nicht.

Ben-Luca saß mit dem Rücken zum Ostfenster am Esstisch. Geräuschlos hatte er die mitgebrachte Sushi-Portion ausgepackt und auf der rechteckigen weißen Porzellanplatte platziert, deren Ränder leicht erhaben waren. Das mitgebrachte Erdbeereis hatte er in eine ebenfalls weiße

Porzellanschüssel gefüllt. Sie aßen immer Erdbeereis, niemals Matcha-Eis nach dem Sushi. Ben-Luca nahm keine Notiz von der eintretenden Thaddea, unverwandt blickte er auf das Eis. Thaddea fand, er hätte das Eis besser in den Kühlschrank stellen und erst später auf den Tisch bringen sollen, aber sie enthielt sich eines Kommentars.

Niemals sagte Ben-Luca als erster etwas, wenn sie zusammenkamen. Freunde und Bekannte waren daran gewöhnt, dass er nicht von sich aus das Wort an jemanden richtete, dass er nur auf Fragen antwortete und auch dies nicht immer. Erkundigte sich jemand nach dem Grund für seine Schweigsamkeit – was nur im Kontext des Nachtlebens vorkam –, sagte er, er glaube nicht, dass er irgendetwas Interessantes zu sagen habe. Ihn interessierten die Meinungen der anderen, er höre lieber zu. Was er nicht sagte: Er registrierte und protokollierte alle Aktionen und Reaktionen seines Gegenübers hypergenau. Auf diesen Gedanken kam sein Gegenüber nicht.

Ben-Luca hatte kurzes blondes Haar. Die Haarfarbe war, soweit das möglich war, identisch mit dem Ton seiner Haut. Seine Augenbrauen und seine Wimpern waren kaum wahrzunehmen. Seine immer leicht glänzenden Augen schienen das Licht anzuziehen. Nie fixierte Ben-Luca sein Gegenüber. Er blickte nicht an ihm vorbei und auch nicht durch das Gegenüber hindurch. Wenn er nicht sprach, und er sprach ja fast nie, hatte er den Mund ganz leicht geöffnet. Das wirkte nicht etwa hilflos, sondern zusammen mit seinem nahfernen Blick auf eine ungewöhnliche Weise konzentriert. Der Betrachter bezog diese Konzentration auf sich und nahm ihm deshalb seinen notorischen Widerstand gegen zu äußernde Wörter nicht übel.

Das verband Thaddea und Ben-Luca: Beiden kam es darauf an, Dinge geschehen zu lassen. Thaddea redete nicht viel während ihrer Sitzungen, viel weniger als alle Kollegen und Kolleginnen. Sie wollte einen Raum entstehen lassen, in dem ein ernstgemeinter Entschluss möglich war, das galt für ihr Gegenüber, aber auch für sie selbst. Thaddea wollte nicht die Axt für das gefrorene Meer in jemand anderem sein. Natürlich auch nicht für das Meer in sich selber. Sie fand es unschön, die Leute zu bedrängen, ob beruflich oder privat, das machte keinen Unterschied. Eigentlich lag es ihr fern, jemandem auch nur einen Nudge zu geben. Die Leute sollten sich selbst bedrängen, um sich – zu reinigen.

Es gab jedoch einen wesentlichen Unterschied zwischen Thaddea und Ben-Luca: Thaddea war sich immer sicher, dass sie und ihr Gegenüber existierten. Davon war Ben-Luca nicht überzeugt. Je mehr er protokollierte und registrierte, desto fragwürdiger wurde für ihn, ob es das Gegenüber gab und als Folge, ob es ihn selbst gab. Vielleicht existierten er und sein Gegenüber gar nicht.

Sie, Thaddea, war nicht grundsätzlich gelassen, aber nie aufgeregt. Was nicht hieß, dass sie nie erregt gewesen wäre. Aber es wäre auch falsch zu sagen, sie beherrschte sich. Sie musste sich nicht im Zaum halten. Was war sie? Sie suchte nach einem Wort. Das englische *detached* schien ihr zu passen, man konnte auch *detachiert* sagen, aber das klang deutlich kühler als das englische Wort. Das italienische *disinvolto* fiel ihr ein. Das hieß eigentlich nur lässig, aber ein italienisches *lässig* war ein gänzlich anderes als ein deutsches. Sie hatte immer vorgehabt, Italienisch zu lernen. Als sie Ben-Luca kennengelernt hatte, hatte sie begonnen, das

Vorhaben in die Tat umzusetzen und sich eine Italienisch-Lehrerin genommen. Ben-Luca sprach gut Italienisch, eine Nebenwirkung seiner kunstgeschichtlichen Ausbildung. Aber sie hatte die Sache versickern lassen.

»Ich muss dir etwas sagen.«

Ben-Luca sagte als erster etwas – Thaddea blickte ihn unverstellt erwartungsvoll an. Ben-Luca hielt sich immer völlig gerade, ob er stand oder saß, ob er am Schreibtisch arbeitete oder sich bewegte. Seine Wirbelsäule war kaum geschwungen, der medizinische Fachausdruck fiel Thaddea nicht ein. Die Wirbelsäule federte Belastungen nicht genügend ab, wenn er älter würde, dann würden sich Rückenbeschwerden einstellen. Es war unerlässlich, dass er Übungen zur Stärkung der Rückenmuskulatur machte. Thaddea wusste nicht, ob sich sein Fitnesstrainer in Leo's Sports Club an diese Vorgabe hielt. Dabei wirkte Ben-Luca niemals steif, er brachte es fertig, seine gerade Haltung als lässig erscheinen zu lassen.

»Ich weiß nicht, wie ich es sagen soll –«

Ben-Luca blickte nicht in die Ferne, sondern eindeutig in die Nähe. Auf die Zigarettenkippe in dem mittlerweile über die gesamte Oberfläche geschmolzenen rosafarbenen Eis, die Thaddea vorher gar nicht bemerkt hatte. Als sie sich kennengelernt hatten, war Ben-Luca Raucher gewesen. Thaddea ertrug Raucher nicht, und Ben-Luca gewöhnte sich das Rauchen ab. Hin und wieder rauchte er noch eine oder zwei Zigaretten, niemals in Gegenwart Thaddeas.

Thaddea reichte Ben-Luca die in Papier eingepackten Stäbchen.

Ben-Luca sagte: »Ich habe den ganzen Tag nichts gegessen.«

Er ließ die Stäbchen aus der Papierhülle gleiten, indem er diese schräg und ohne Druck hielt.

Beide begannen mit den California Rolls. Ben-Luca brachte immer Asahi- oder Kirin-Bier in Flaschen mit. Diesmal hatte er Kirin besorgt, aber in Dosen. Thaddea schmeckte das Bier aus der Flasche weit besser.

Ben-Luca sagte: »Im Auktionshaus gibt es Probleme.« Er nannte den Namen seiner Mitarbeiterin. Er sagte: »Die Schwangerschaft ist kompliziert. Sie kann nicht mehr arbeiten.«

Thaddea fragte: »Was ist der Plan?«

Ben-Luca sagte: »Ich mache den Katalog für die Herbstauktion allein.«

Ben-Luca fragte: »Wie war der erste Tag?«

Thaddea hub an: »Mein erster Klient –«, um unvermittelt abzubrechen.

Sie wollte nicht schildern, was sich begeben hatte, sie wollte erzählen, was ihr widerfahren war. Aber in dem, was sie dann erzählen würde, steckte schon eine Leistung: Geistes- und Gefühlsarbeit. Wenn sie das sagte, was sie eben noch hatte sagen wollen, würde sich Ben-Luca ihrer Gefühls- und Geistesarbeit bemächtigen. Einfach so.

Es gab drei Möglichkeiten: Sie erzählte überhaupt nichts, dann gab sie sich keine Blöße. Sie berichtete alles in allen Einzelheiten, natürlich nur von außen, dann musste sich Ben-Luca selbst einen Reim darauf machen. Wenn sie wollte, konnte sie ihn dabei in die Irre führen, indem sie sich auf Einzelheiten konzentrierte, die gar nicht wichtig waren. Sie konnte auch einfach lügen. Sie konnte etwa sagen: ›Es ist ganz okay gewesen.‹ Es würden ja nicht alle absagen – oder?

Wenn sie gar nichts erzählte, gab sie sich doch eine Blöße. Dann musste Ben-Luca richtigerweise annehmen, dass etwas geschehen war, was nicht ihren Erwartungen entsprochen hatte. Sie hatte keine Lust, alles in allen Einzelheiten zu erzählen, das hätte dazu geführt, dass sie den Tag noch einmal durchlebt hätte. Sie log nicht gern. Lügen war anstrengend, nicht im Augenblick, aber auf längere Sicht, man musste im Gedächtnis behalten, was man gesagt hatte, und dazu in der Lage sein, es jederzeit abzurufen.

Thaddea dachte: ›Keiner wird kommen! – Es gibt nur mich!‹ Aber es gelang ihr, den Gedanken schnell zu verscheuchen.

Sie begann: »Mein erster Klient ist von einem Blitz getroffen worden. Er sah auch so aus –«

Sie hatte vorgehabt, Ben-Luca durch Einzelheiten abzulenken. Aber welche andere Einzelheit konnte noch von derjenigen ablenken, dass ein Mann vom Blitz getroffen worden war. Thaddea hätte alles zurücksetzen können, indem sie nachgeschoben hätte, der Mann habe nur behauptet, vom Blitz getroffen worden zu sein. Für einen Moment war sie bereit zu lügen, aber ihr stand das Bild des Mannes vor Augen: Wenn man ihn von der anderen Seite fixierte, sah man die Verwundung nicht. Die Wunde hatte keine Ränder. Es fehlte einfach ein Teil des Gesichts unterhalb des Backenknochens, oder man blickte an dieser Stelle durch das Gesicht hindurch. Beide Möglichkeiten waren gleichermaßen irritierend.

Thaddea brachte es nicht fertig, zu lügen. Sie schob auch keine ablenkenden Einzelheiten vor. Sie erzählte Ben-Luca, wie der erste Tag verlaufen war, das äußere Geschehen, ihre innere Beteiligung. Sie offenbarte ihm den Verwirrungsnebel, in den sie seither eingetaucht war. Es war ihr egal, dass sie Ben-Luca alle Arbeit abnahm.

Der Rasen um Thaddeas Haus war gemäht, aber sonst ungepflegt. In unmittelbarer Nachbarschaft zum Wald war das Gras stark mit Klee und Unkraut durchsetzt. Es hatte eine Woche nicht geregnet. Wind kam auf, über dem Rasen schwebte im Licht der Strahler eine rötliche Staubwolke.

Ben-Luca sagte: »Bald wird es Sommer.« Und: »Lass uns mal wieder an den Starnberger See fahren.«

Thaddea sagte: »Es ist dort so voll. Ich habe überhaupt keine Lust auf die vielen Leute.«

Ben-Luca sagte: »Vielleicht hast du Recht.«

Der Wind bog die Bäume, sie schickten sich an, über die Staubwolke hinweg nach Thaddea und Ben-Luca zu greifen.

Ben-Luca nannte Thaddeas Stadthaus in Schwabing immer »die Struktur«. Er erkundigte sich, ob alle Arbeiten in der Struktur abgeschlossen waren. Die Verglasung der obersten Ebene hatte komplett ausgetauscht werden müssen, die Glasscheiben waren beim Einbau beschädigt worden. Die Lieferzeit für die Ersatzscheiben war ziemlich lang gewesen. Als Thaddea in einem Nebensatz Kata erwähnte, sprang Ben-Luca von seinem Stuhl auf, griff über den Tisch hinüber, umfasste Thaddeas rechten Arm mit beiden Händen und fragte sie: »Hat Kata dich angerufen?« Dabei blickte er jedoch Thaddea nicht an, sondern sah zurück über seine Schulter nach draußen.

Sie hatten im November den PIN-Ball besucht, Ben-Luca, Thaddea und Kata. Der PIN-Ball war eins der wenigen gesellschaftlichen Ereignisse in München, die zu Recht als solche bezeichnet wurden. Er wurde vom Verein *PIN Freunde der Pinakothek der Moderne* im Museum veranstaltet und hatte den Zweck, Geld für den Ankauf eines neuen Kunstwerks zu sammeln. Galerien, Firmen und Privatleute stifteten etwa fünfzig Kunstwerke, die versteigert wurden, die Hälfte durch einen Auktionator, die andere Hälfte im Rahmen einer Silent auction. In der Eingangshalle des Museums waren ein Podium und Stehtische aufgebaut, studentisches Hilfspersonal brachte den Gästen Finger food. In den Nebenräumen waren Tische aufgestellt, an denen man sitzend essen konnte. Nach der Auktion spielte eine Live Band, und in der Rotunde wurde getanzt. Mit den Eintrittskarten, die trotz des Preises immer sehr schnell ausverkauft waren, trugen die Gäste ebenfalls zum Erwerb des ins Auge gefassten Kunstwerks bei.

Beim vorhergegangenen PIN-Fest waren durch Auktion und Eintritt etwa eine Dreiviertelmillion Euro zusammengekommen, mit der ein Gemälde von Georg Baselitz aus der *Remix*-Serie gekauft worden war. In diesem Zyklus malte der Maler frühere Bilder noch einmal. Das Sujet blieb gleich, aber die Gestaltung war anders. Neuer.

Thaddea war später als geplant aus der Klinik gekommen. Als sie hastig in das lange Abendkleid schlüpfte, trat sie auf den Saum, den sie erst wieder festnähen musste. Sie konnte sich gar nicht erinnern, wann sie zum letzten Mal Nadel und Faden in der Hand gehabt hatte. Sie traf erst ein, als die Auktion schon in vollem Gange war.

Ben-Luca sollte für einen guten Kunden des Auktionshauses, der nicht öffentlich auftreten wollte, eine Arbeit von Elmgreen & Dragset ersteigern. Die bekannteste Arbeit des dänisch-norwegischen Duos war *Prada Marfa*: Ein rechteckiger Quader mit zwei Schaufenstern und einer Eingangstür in der Mitte, die Schaufenster durch weiße Markisen gegen die Sonne geschützt, stand als Prada shop einsam in der Wüste.

Der Kunde hatte ein Limit gesetzt, über das Ben-Luca noch gescherzt hatte, weil es ihm so hoch erschien. Zunächst bot er nicht mit, wurde aber dann unruhig, weil der Preis sehr schnell nach oben ging. Er war schließlich erfolgreich, obwohl er selbst kaum mehr damit gerechnet hatte, der Zuschlag erfolgte nur knapp unter dem Limit des Kunden. Danach war er sichtlich erleichtert, vorher hatte er nur Mineralwasser zu sich genommen, jetzt trank er mehrere Gläser Champagner in schneller Folge hintereinander. Thaddea war nicht beunruhigt, das tat seinen sozialen Beziehungen gut. Kata leistete ihm beim Champagner Gesellschaft. Thaddea trank nur ein Glas, sie vertrug Alkohol nicht gut, es war eine Qual, am Montag mit Hangover den Dienst anzutreten.

Die Arbeit von Elmgreen & Dragset, die Ben-Luca ersteigert hatte, zeigte einen Vogel auf dem Rücken mit nach oben gestreckten Beinchen und geöffnetem Schnabel. Thaddea hatte immer wieder fragen wollen, ob es eine Bleistiftzeichnung oder ein Foto war.

Nach der Auktion war Ben-Luca von mehreren Kunden in Beschlag genommen, die sich unbedingt mit ihm über die Auktionsergebnisse austauschen wollten. Kata hatte im Gedränge einen Stadtrat erspäht und ihn in eine Diskussion verwickelt. Weil Thaddea nichts für ihr berufliches

Fortkommen tun musste oder konnte, entschloss sie sich zu gehen.

Ben-Luca ließ nicht zu, dass sie allein den Heimweg antrat, es war ihm auch eine willkommene Gelegenheit, sich aus der Konversation mit den Kunden zu lösen. Er bestand darauf, Thaddea nach Hause zu begleiten, danach musste er allerdings zurück, um die ersteigerte Arbeit zu bezahlen und mitzunehmen, der Kunde wollte sie unbedingt am nächsten Tag geliefert bekommen.

In der folgenden Woche hatten sie sich nicht gesehen. Thaddea arbeitete bis zum späten Abend in der Klinik, Ben-Luca tat das gleiche im Auktionshaus, Kata hatte einen Abgabetermin bei einem Architektenwettbewerb. Danach war Kata nach China geflogen, ohne sich noch einmal zu melden.

Der Ben-Luca der Gegenwart in Thaddeas Haus hielt die linke Hand vor sein Gesicht. So, dass er Thaddea nicht in die Augen blicken musste und auch Thaddea ihm nicht in die Augen sehen konnte. Er fixierte seine Hand mit solcher Intensität, dass die Konturen seines Gesichts und seines Körpers verschwammen und sich sein Körper und sein Gesicht auflösten. Nur die Augen und die Hand blieben übrig.

Der Ben-Luca der Vergangenheit auf dem PIN-Ball stand neben dem Tresen der Garderobe im Keller des Museums. Leicht schwankend sah er Kata zu, die auf dem Tresen wie ein Model auf dem Catwalk ihr Kleid präsentierte. Thaddea konnte sich später nicht an die Worte oder die Sätze erinnern, mit denen Ben-Luca es ihr erzählt hatte. Das, was er schilderte, sah sie im Fenster hinter ihm gespiegelt.

Kata hatte auf dem PIN-Fest ein kurzes schwarzes Kleid im Gothic look von Etro getragen. Auf dem langärmeligen durchsichtigen Chiffon-Oberteil rankten sich in der Mitte des Dekolletés und unter den Schultern Lilien. Ein breiter schwarzer Ledergürtel presste die Körpermitte zusammen. Zwei oder drei Lagen eines gerüschten, schwarzglänzenden Stoffes mit einem gestanzten, semisakralen Muster waren auf Höhe der Oberschenkel angesetzt und endeten kurz über den Knien. Kata war barfuß und hielt eine noch nicht entkorkte Magnumflasche Champagner in der Hand.

Ben-Luca rief Kata etwas zu, sie schüttelte den Kopf, ihre langen schwarzen Haare flogen. Es gab keinen Ton zu der Spiegelung im Fenster.

Ben-Luca begab sich zu dem Catwalk, der keiner war, und umfasste das linke Bein Katas mit beiden Händen an der Fessel, so dass sie nicht weitergehen konnte. Dann hielt er sie nur noch mit einer Hand fest, mit der anderen griff er nach der Champagnerflasche. Kata drehte sich weg, Ben-Luca ließ ihr Bein los und griff mit beiden Händen nach der Flasche. Kata ließ die Champagnerflasche nicht los und setzte sich auf den Tresen.

Während die beiden um die Flasche rangelten, ploppte der Korken, und die Flasche schäumte über. Ben-Luca fuhr mit der Hand über Katas Mund, sie leckte den Champagner ab. Kata steckte einen Zeigefinger in den Mund von Ben-Luca. Sie einigten sich, die Champagnerflasche beiseite zu stellen. Kata umfasste Ben-Lucas Kopf mit beiden Händen, zog ihn zu sich hin, und sie küssten sich.

Ben-Luca hatte Thaddea nach Hause gebracht und war

dann auf den Ball zurückgekehrt. Kata war noch dort gewesen. Sie hatten getanzt, Ben-Luca hatte weiter getrunken. Sie waren schließlich unter den letzten gewesen, die den Ball verlassen hatten. An der Garderobe hatten Ben-Luca und Kata einen gemeinsamen Bekannten getroffen, der sie in ein Gespräch verwickelt hatte. Als sie schon im Taxi saßen – Ben-Luca wollte auch Kata nach Hause bringen –, fiel Kata ein, dass Ben-Luca das ersteigerte Bild in der Garderobe zurückgelassen hatte.

Der Taxifahrer musste umkehren. Die Türen des Museums waren nicht versperrt, eine Frau von der Security ließ sie passieren. Das eingepackte Bild stand noch dort, wo Ben-Luca es hingestellt hatte, während er sich den Mantel übergezogen hatte. Beide suchten die Waschräume im Tiefgeschoss auf. Als sie wieder zur Rotunde hoch stiegen, war diese zwar noch beleuchtet, aber die Eingangstüren waren zugesperrt. Die Security hatte sie vergessen, sie waren allein im Gebäude und konnten nicht heraus. Erst am Morgen würde der Catering Service sein Equipment und die übrig gebliebenen Getränke einsammeln.

Thaddea sagte: »Ihr habt euch geküsst?«

Und: »War das alles?«

Ben-Luca sprang auf, beugte sich zu Thaddea hinüber, packte sie an den Schultern, schlang seine Arme um ihren Hals und versuchte, sie zu sich herüber zu ziehen. Er öffnete seinen Mund, um etwas zu sagen, aber er brachte kein Wort heraus. Schließlich ließ er Thaddea los und ging mit unsicheren Schritten, wie jemand, der lange seine Beine nicht benutzt hat, aus dem Raum.

Ben-Luca hatte seinen Wagen auf der Straße geparkt, er strebte dem Einfahrtstor zu. Der Wind war schwächer geworden, trieb jedoch weiter Staub durch den Garten. Ben-Luca ging sehr langsam, der Schleier, der das Haus umgab, wollte Glauben machen, dass er gar nicht den Boden berührte. Als Ben-Luca das Tor erreicht hatte, hielt er inne und drehte sich um. Thaddea wusste, ihre Gestalt zeichnete sich deutlich in dem hellen Haus ab. Ben-Luca musste sehen, dass sie ihm nachblickte. In diesem Moment wirbelte eine Windbö die oberste Lage eines neben der Einfahrt aufgeschütteten Erdhaufens hoch – Thaddea hatte ein massiveres Tor mit Videoüberwachung und Sicherheitsbeleuchtung errichten lassen – und hüllte Ben-Luca fast ein. Er nahm beide Hände hoch und hielt sie an den Kopf. War ihm etwas in die Augen gekommen, oder war das eine Geste? Die Staubteilchen, die um ihn herumflogen, glitzerten im Licht der Strahler auf der Torbefestigung. Das Ende der Welt hatte bereits stattgefunden.

In der Nacht konnte Thaddea nicht schlafen. Unter dem Pflaster am Finger pochte die Schnittwunde, die sie sich durch ihre Unachtsamkeit beigebracht hatte. Sonst konnte Thaddea immer schlafen. Eigentlich erinnerte sie sich nur an eine Ausnahme: Als Kind hatte sie an einem Sommernachmittag zu lange in der prallen Sonne im Garten gespielt und einen Sonnenstich bekommen. Sie konnte erst einschlafen, als der Morgen des nächsten Tages graute. Natürlich hatte sie ihren Eltern nichts gesagt.

Das Nachdenken über das Leben war nicht notgedrungen endlos. Es gab einen möglichen Schlusspunkt. Thaddea dachte an Selbstmord.

War der Tod nicht auch eine zweckmäßige Lösung? Die Menschen fanden doch sonst immer einen Weg, etwas, was ihnen wirklich unangenehm war, zu umgehen. Musste der Tod nicht das Leben lieben, als Entertainment?

In der Klinik hatte Thaddea einmal mit einem Kranführer zu tun gehabt, der erst nicht schlafen konnte und sich dann umgebracht hatte. Jedes Mal, wenn er seinen Kran bestieg, setzte ein massives Zittern ein, seine Arme begannen regelrecht zu schlagen. Dabei sah der Mann aus wie das blühende Leben. Seine Diagnose stellte er selbst, unter Zuhilfenahme von Ratgeberliteratur und mit Unterstützung seiner Freundin: Er war unverbrüchlich davon überzeugt, seelisch gesund zu sein, er hatte es, wie er sich ausdrückte, nur an den Nerven. Er brauchte und wollte keine Hilfe und verhielt sich gegenüber Thaddea und ihren Kollegen und Kolleginnen entsprechend abwertend. Das bescherte ihm einen Sympathiebonus bei Thaddea, der allerdings seine tatsächlichen Aussichten nicht verbesserte. Sie konnte nicht anders, sie musste seine unverbrüchliche Verachtung der Ursachenforschung und der Ursachenforscher bewundern.

Der Kranführer ließ sich zum Feinmechaniker umschulen. Das Zittern trat nicht mehr auf. Er kam wieder, weil er nicht schlafen konnte. Er behauptete, er schlafe überhaupt nicht mehr. Das war natürlich unmöglich. Aber jetzt sah er wirklich schlecht aus. Thaddea blieb nichts anderes übrig, als nach Anlässen und Ursachen zu suchen. Wann er zum ersten Mal nicht hatte schlafen können, was er unternahm, bevor er ins Bett ging etc. Er erteilte bereitwillig Auskunft, aber es ergab sich nichts, was aussagekräftig gewesen wäre. Thaddea wusste, sie taugte nicht als Ursachenforscherin.

Sie hegte den Verdacht, dass der Ex-Kranführer Angst vor dem Einschlafen hatte, dass er befürchtete, nicht wieder aufzuwachen.

Schließlich erhielt Thaddea die Mitteilung seiner Freundin, dass er sich im Keller des Mietshauses, in dem er wohnte – er lebte allein –, erhängt hatte. Der Ex-Kranführer hatte die Möglichkeit, sich etwas anzutun, nie auch nur erwähnt. Thaddea war überzeugt, der Mann hatte so große Angst vor dem Tod gehabt, dass er ihn gesucht hatte. Der Selbstmord war die einzige Möglichkeit, der Furcht vor dem Tod ein Ende zu setzen. Thaddea bewunderte den Mann. Die Angst vor dem Tod hatte ihn zum Herrn seines Schicksals gemacht.

Diejenigen, die von der Zukunft ausgeschlossen waren, machten sich gewöhnlich ein eher düsteres Bild davon. Thaddea hatte doch gar nicht genügend Jahre angehäuft, um diesen Tröstungsmechanismus anzuwerfen. Hatte die Zeit sie vielleicht schneller zermahlen als andere? Sie zitterte. Nicht ihr Körper, ihre Seele – wie abstoßend!

Man schaffte seelische Not aus der Welt, und man würde keine Seele mehr antreffen, nirgendwo … Sie hatte den Knopf für den nächsten Tröstungsmechanismus gedrückt. Sie kam sich unaufrichtig vor.

Kata und Ben-Luca – war das Ekstase gewesen?

Der Gastgeber trug eine Hose aus goldglänzendem Material und ein durchgehend mit goldfarbenen Pailletten besetztes Jackett, das unterhalb von zwei hochgesetzten Knöpfen auf Brusthöhe auseinanderging und den Blick auf ein T-Shirt aus dem gleichen Material wie die Hose freigab. Oder war das Ganze ein Overall? Die Schuhe waren natürlich ebenfalls aus einem goldfarbenen Material, mit Klettverschlüssen. Thaddea besuchte eine Party, auf der sie garantiert niemanden traf, den sie ernstnehmen konnte.

Der Gastgeber produzierte eine Show für RTL, weder Thaddea noch Ben-Luca besaßen Fernseher, Kata allerdings schon. Thaddea und Kata hatten den Gastgeber und seine Frau nach einem Clubbesuch im Cosmogrill kennengelernt, das war ein kleines Lokal hinter der Maximilianstraße mit nur wenigen Sitzplätzen auf hohen Hockern, in dem man zu jeder Nacht- und beginnenden Tageszeit luxuriöse Hamburger bekam. Der Gastgeber war damals durch einen Anzug in leuchtendroter Farbe aufgefallen, alle Knöpfe waren mit rotem Stoff bezogen gewesen.

War es zu erwarten, dass ein Mann, der einen roten Anzug trug, in einem Tudor-Bungalow wohnte, oder konnte man von einem Mann in einem roten Anzug nicht doch mehr Geschmack erwarten? Gegen Ende des vorigen Jahrhunderts hatte es in Grünwald die Manie der sogenannten

Tudor-Bungalows gegeben. Das meinte moderne, weiß oder gelb gestrichene Bungalows mit großflächigen, unterteilten Fenstern und hell gestrichenen Rahmen, dazu ein säulenverzierter Eingang. Im Tudorstil und in der Tudor Revival Architecture gab es keine einheitlich hellen Fassaden, und die Säulenvorbauten waren fragil und nicht pompös.

Der Tag nach demjenigen, an dem Thaddea mit Kata und Ben-Luca abgeschlossen hatte – sie hatte unbedingt mit ihnen abgeschlossen –, hatte mit der Absage ihrer dritten und letzten Klientin begonnen. Das war umso unerwarteter gekommen, als sie die Frau aus der Klinik kannte.

Bei einem Hawaii-Urlaub hatte die Frau, die etwa im Alter Thaddeas war, mit ihrem Freund einen Ausflug zu einem naturbelassenen Strand auf Oahu gemacht. In dem Meeresabschnitt vor dem Strand ereignete sich ein Seebeben, das eine Flutwelle auslöste. Die Tsunami-Warnung bekamen die Frau und ihr Freund nicht mit, weil das Radio in ihrem Mietwagen defekt war. Sie wunderten sich, dass sie die einzigen am Strand waren. Als sie das Nachbeben spürten, packten sie sofort ihre Sachen zusammen und wollten davonfahren. Die Ausläufer der Flutwelle überschwemmten die Uferstraße, der Wagen wurde erfasst und landeinwärts getragen. Als die Welle zurückfloss, hätte sie den Wagen hinaus aufs Meer gespült, wenn er nicht an einer Felsspitze neben der Straße hängengeblieben wäre.

Noch im selben Jahr hatte die Frau ihre Schwester besucht, die in der Nähe von Chicago lebte. Dabei geriet ihr Flugzeug in einen Wirbelsturm, es wurde derart hin und her geschleudert, dass mehrere Systeme ausfielen. Die Piloten konnten das Flugzeug jedoch mit manueller Steuerung sicher auf den Boden bringen. Ein anderes Flugzeug, das von dem Wirbelsturm erfasst wurde, stürzte ab.

Zwei oder drei Jahre später verbrachte die Frau mit ihrem Freund einen Skiurlaub in Zermatt. Als sie nach einem frühlingshaften Skitag in ihr Appartement zurückkehrten und den Fernseher einschalteten, unterbrach der lokale Sender sein Programm, um live von einem Lawinenunglück zu berichten, das sich gerade ereignet hatte. Die Mitglieder der Pistenrettung und zufällig vorbeikommende Skifahrer gruben mit bloßen Händen nach Verschütteten. Bei der Abfahrt ins Tal hatten die Frau und ihr Freund den Hang gequert, auf dem sich unmittelbar danach die Lawine gelöst hatte.

Die Frau litt unter Angstzuständen. Thaddea kam einfach nicht zu einem endgültigen Urteil darüber, ob sie die Wahrheit sagte oder ob sie die Geschichten erfunden hatte. Sie konnte ihre Schilderungen nicht belegen. Es war allerdings nicht verwunderlich, dass sie in den Situationen anderes im Kopf gehabt hatte, als Beweisfotos zu machen. Weil Thaddea zweifelte, brachte die Frau sogar das Flugticket nach Chicago mit, das sie aufgehoben hatte. An dem Tag hatte es einen Hurricane auf der Flugroute gegeben, das war nachzuvollziehen. Aber das Ticket bewies natürlich noch nicht, dass ihr Flugzeug tatsächlich in den Wirbelsturm geraten war.

Thaddea wurde damals in der Klinik zu einem Gespräch zitiert, weil sie in den Unterlagen festgehalten hatte, dass sie nicht entscheiden konnte, ob die Patientin die Wahrheit sagte oder nicht. Der Oberarzt verlangte von ihr, sich zu entscheiden. Er wollte ein Exempel statuieren, Thaddea merkte schnell, dass die anderen über die Sache Bescheid wussten. Sie schrieb, es gebe Anhaltspunkte, dass die Patientin nicht die Wahrheit sage. Das war nicht genug. Der Oberarzt zwang sie zu schreiben, die Frau konfabuliere.

Von alldem bekam die Frau nichts mit, aber sie fühlte Thaddeas doppelte Ratlosigkeit: dass Thaddea nicht wusste, ob sie ihr glauben sollte oder nicht, und dass Thaddea gezwungen wurde, Dinge zu tun, die sie sonst nicht getan hätte. Als Thaddea die Frau über ihr bevorstehendes Ausscheiden aus der Klinik informiert hatte, war sie sehr interessiert gewesen, die Gespräche unter anderen äußeren Bedingungen fortzusetzen. Ihre Absage war, wie die des zweiten Klienten, begründungslos geblieben. Thaddea hatte die SMS mit der Absage erhalten, als sie gerade im Bad war. Ihr Spiegelbild hatte sie ruhig angeblickt, als ob ihm ihre Lage klar wäre. Thaddea hatte ausgesehen wie eine Plastikpuppe, deren Oberkörper und Kopf aus einem einzigen Teil bestanden.

Wissen war für Thaddea immer mit einem Coup de foudre verbunden. Man wusste nichts, plötzlich wusste man etwas. Da war kein Übergang. Es gab den Zustand des Nichtwissens, den Zustand des Wissens und einen Schalter, den irgendwer oder irgendetwas betätigte, und aus dem einen Zustand wurde der andere. Konnte aus dem Zustand des Wissens auch derjenige des Nichtwissens werden? Das war Thaddea noch nie passiert.

Auf einmal war es Thaddea unerträglich geworden, dass sie nicht wusste, ob die Frau, die ständig um Haaresbreite dem Tod entrann, die Wahrheit sagte oder nicht. Thaddeas Welt klaffte auseinander, totenstill.

Aber der Münchner Föhnhimmel machte das Ferne und das Nahe gleich. Die Eindrücke unter dem Föhnhimmel waren das, was den Leistungen eines absoluten Sinnes am nächsten kam. Dabei unterschied der Föhnhimmel ganz genau: Dies blieb, jenes verging gerade. Nähe oder Ferne spielten dafür keine Rolle.

Im Münchner Himmel kreisten hauchfeine Schleier. Da hatte Thaddea sich entschlossen, der Einladung des RTL-Produzenten zu folgen und unter laute Menschen zu gehen.

Tatsächlich wurde Thaddea Zeugin einer veritablen Schreierei. Das Gespräch der anderen Gäste war verstummt, alle blickten zu der Frau mit der Helmfrisur und dem Schriftsteller hin. Thaddea hatte einen seiner Romane gelesen, den Ben-Luca aus naheliegenden Gründen empfohlen hatte: Es ging um ein Galeristenehepaar aus New York, sie betrieben eine Galerie für dekoratives Glas aus der ersten Hälfte des zwanzigsten Jahrhunderts. Die Frau auf der Party – Thaddea verstand gar nicht, wie sie es anstellte, dass die Haare auch unter dem Kinnbogen so eng am Kopf anlagen, eben wie ein Helm – war Script doctor. Sie hatte ihren Tischnachbarn erklärt, sie überarbeite Drehbücher für Filme und Fernsehserien. Man engagiere sie, wenn die Produzenten mit einem vorliegenden Drehbuch nicht zufrieden seien. Die Überarbeitung sei in der Regel ziemlich weitgehend. Meistens schreibe sie das Drehbuch völlig um, sie setze andere Schwerpunkte bei der Handlung, sie ändere das Ende, manchmal führe sie sogar neue Personen ein, um die Handlung schlüssiger zu gestalten.

Thaddea hatte mit halbem Ohr gehört, wie der Schriftsteller erzählt hatte, dass er mit der Hand schreibe. Er hatte etwas gesagt wie: dass seine handschriftlichen Sätze ein Geflecht bildeten, in dem Dinge, Menschen, Ideen aufschienen. Seine Hand gebe seiner Schrift nach, während seine Gedanken abschweiften. Seine Hand fahre einfach über das Blatt.

Die behelmte Frau hatte mehrere Gläser Rotwein getrunken. Sie sagte laut: »Das ist nicht wahr. Ihr Blick leitet Sie, nicht Ihre Hand! – Sie möchten immer und überall alles sehen. Schreiben ist für Sie anschauen –«

Der Schriftsteller wandte ein: »Ein Roman besteht aus Beschreibungen und vielleicht aus Dialogen. Ihre Drehbücher enthalten nur Dialoge und keine Beschreibungen. Höchstens Regieanweisungen. Um zu beschreiben, muss man beobachten. Wissen Sie überhaupt, was eine Beobachtung, was eine Beschreibung ist?«

»Man muss sehen, man muss hören, man muss riechen.«

Die Frau hatte einen auffällig kleinen Mund. Es war erstaunlich, dass sie jetzt so überlaut und immer noch artikuliert sprechen konnte.

»Dann überlegen Sie: dass nicht *Sie* beobachten, sondern dass Ihre Augen und Ihr Gehirn beobachten, dass nicht *Sie* lauschen, sondern Ihre Ohren und Ihr Gehirn, und dass nicht *Sie* riechen, sondern –. Sie sind nicht Ihre Augen und Ihre Ohren, Sie können auch nicht Ihr Gehirn sein, denn es ist ja Ihres. Nichts bleibt übrig. Außer dem Beobachteten!«

»Nein!« Der Schriftsteller wurde ebenfalls laut. »Das stimmt nicht –«

Die behelmte Frau unterbrach den Schriftsteller: »Immer mehr Vehikel fallen weg. Erfindungen werden unnötig. Handlung wird unnötig. Es ist nicht mehr nötig, eine Geschichte zu erfinden. – Die Sprachlosigkeit soll sich in der Welt ausbreiten. Das Ende und das Ziel der Welt: die vollkommene Stille, in der es nur noch *Ihre Beobachtungen* gibt.«

Der Schriftsteller brüllte jetzt: »Der Gegenstand wählt seinen Betrachter! – Die Erzählung erzählt sich durch den Erzähler! – Der ist nichts weiter als ein Gefäß. Ein Sprachrohr. Aber der Gegenstand entzieht sich laufend! – Er steht immer vor Augen und ist doch immer unerreichbar –«

Obwohl der Kristalllüster mit den kerzenartigen klassischen Glühbirnen das Speisezimmer nicht stark ausleuchtete, waren die Augen des Schriftstellers nur schmale Schlitze. Er saß auf seinem Stuhl, als wäre er mit dem Oberkörper daran gefesselt. Wie zum Ausgleich machte er mit dem Kopf kreisende Bewegungen. Die behelmte Frau streckte die Arme über den Tisch in Richtung des Schriftstellers. Sie presste die Hände an den Ballen zusammen, sie schien mit den Fingern etwas zu umfassen oder nach etwas zu greifen. Dabei zielte sie auf den Brustkorb des Schriftstellers. Thaddea dachte: Wollte sie ihm das Herz aus dem Leib reißen, oder wollte sie ihm ein Herz einsetzen, dort, wo keins war?

Der Tischnachbar hatte die Frau mit der Helmfrisur gefragt, ob sie auch selbst Drehbücher verfasse, sie hatte den Kopf geschüttelt. Sie hatte nachgeschoben, sie müsse ihre Aufträge immer unter großem Zeitdruck erledigen, das werde auch honoriert. Thaddea hatte sich gewundert, wenn jemand ein Metier so beherrschte, warum beschränkte er sich dann auf Handreichungen für andere? Vielleicht schrieb sie ja doch selbst Drehbücher, aber unter Pseudonym, um ihre Reputation als Script doctor nicht zu gefährden. Sie war übrigens weit jünger, als man auf den ersten Blick vermuten wollte. Der Effekt der strengen Frisur. Eine zornige junge Frau. Ich kritisiere nicht, ich lehne ab. Lehnte sie auch ab, wenn sie ein Drehbuch verbessern sollte, das tatsächlich nicht zu verbessern war, aber der Auftrag war lukrativ?

Der Schriftsteller war in Österreich geboren, lebte jedoch schon lange in München. Thaddea fiel der Name nicht ein. Sein Roman hatte jedenfalls eine Handlung. Allerdings kannte sie die anderen Romane nicht. Der Schriftsteller war kein Bestsellerautor, aber Thaddea hatte den Roman spannend gefunden. Ben-Luca hatte ihr bestätigt, dass sich der Autor tatsächlich mit Glas auskannte.

Der Galerist aus dem Roman hatte die Existenz der Galerie aufs Spiel gesetzt, weil er ein Arts-and-Crafts-Haus mit entsprechender Einrichtung gekauft hatte, das sich als kompletter Fake entpuppte. Der eine Handlungsstrang spielte in Italien, der andere in Mexiko. Die Frau des Galeristen bemühte sich, in Italien Sammlungen en bloc aufzukaufen und sie möglichst schnell und teuer weiterzuverkaufen, der Mann begleitete eine reiche Kundin zu einem eher unbestimmten Zweck nach Kalifornien. Der Mann war doppelt so alt wie seine Frau, die der eigentliche Kopf der Galerie war. Was ihn nicht daran hinderte, seine Frau ständig zu betrügen. Er unterhielt nicht nur ein Verhältnis mit der Kundin, sondern fing auch noch etwas mit ihrer Sekretärin an, was deren Freund, ein mexikanischer Menschenschmuggler, sehr übelnahm. So übel, dass er den Galeristen und seine Kundin entführte. Während die Galeristin in Mailand auf eine Sammlung von mehreren mannshohen Phantasiepflanzen aus Glas stieß, die als verschollen oder zerstört galten, fürchtete ihr Mann in einem Trailer in der mexikanischen Wüste, nicht weit weg von Tijuana, um sein Leben. Seine Frau hatte nicht die Mittel, um Lösegeld für ihn zu bezahlen. Man konnte es ihr aber auch nicht verübeln, wenn sie sich keine übergroße Mühe gab, Geld aufzubringen, um ihren Mann wiederzubekommen.

Thaddea war von einigen philosophischen Passagen in dem Roman irritiert gewesen, Betrachtungen über die Kunst und die Welt, die ihr ziemlich altmodisch erschienen und die dem Fortgang der Handlung nicht unbedingt förderlich waren. Ben-Luca hatte gemeint, es gehe nicht um avancierte Kunsttheorie, sondern darum, die Gedankenwelt nachzuvollziehen, in der die Glasobjekte entstanden waren, die in dem Buch beschrieben wurden.

Der Disput zwischen dem Schriftsteller und der Drehbuchärztin flammte nicht wieder auf, die Gäste erhoben sich, um nach draußen zu gehen. Zuvor hatte der Hausherr ausladend die Geschichte seines neuen Pools erzählt, von den Problemen der Genehmigung über die Schwierigkeiten der Gründung bis zur Installation des Prototypen eines neuen Heizungssystems, das es erlaubte, den offenen Pool auch bei Übergangstemperaturen zu benutzen.

Der Pool war wirklich sehr groß. Thaddea wunderte sich, dass der Bauherr die Genehmigung erhalten hatte. Obwohl das Wasser völlig klar war, sah man in der Tiefe keine Ecken und auch keine Übergänge von der Wand zum Boden. Das Wasser schien völlig still zu stehen. Thaddea konnte keine Düsen erkennen, es musste welche geben, entweder waren die Pumpen abgeschaltet oder so eingestellt, dass keine Strömung sichtbar war. Der Pool vermittelte den Eindruck unendlicher Tiefe.

Die Gastgeberin war wirklich sehr schön. Sie posierte an der Schmalseite des Beckens mit einem Kescher. Den sie nicht benutzt haben konnte, sonst wäre die Wasseroberfläche nicht so glatt gewesen. Außerdem war das grüne Netz trocken. Sie trug einen einteiligen schwarzen Badeanzug, der den Nabel sowie die Taille und die Mitte des Brustkorbs freiließ, zwei über die Brüste gezogene Streifen waren um den Hals geschlungen. Sie stand auf schwarzen, vorne offenen Pumps mit Riemen um die Fesseln, die Absätze und die Sohlen leuchteten rot über der grünen Wasseroberfläche. Ihre Haut glänzte am ganzen Körper, nicht die Spur eines Muttermals oder einer Unreinheit. Die Bräune konnte sie sich nicht in diesen Breiten zugezogen haben. Als sie ihre weit über die Schultern herabfallenden, zu zwei Wellen geföhnten blonden Haare nach hinten strich, betonte das ihre breiten Schultern. Vermutlich gab es im Keller des Tudor-Bungalows einen Fitnessraum und eine Sonnenbank.

Thaddea verspürte ein Neidgefühl, das natürlich folgenlos bleiben würde. Im Gespräch war die Gastgeberin nicht geistvoll, aber auch nicht unterbelichtet. Ihre Pose war zwar essentiell dämlich, aber im Genre perfekt.

An dem kühlen Noch-Frühlingsabend herrschte am Pool eine angenehme Temperatur, sonst hätte sich die Gastgeberin nicht ohne Gänsehaut präsentieren können. Auf der Poolumrandung aufgestellte und über den Pool gespannte Aluminiumstangen gaben warme Luft ab. Thaddea nahm sich vor, Kata von dem Heizsystem zu erzählen. Doch dann schnitt sie ihren eigenen Gedanken jäh ab.

Als die anderen schon wieder ins Haus zurückgegangen waren, fand Thaddea sich unbeabsichtigt und unversehens mit dem Schriftsteller allein. Sie betrachteten die in die hellgraue Umrandung des Pools eingelassene dunkelgraue Inschrift:

YOU CAN'T HIDE FROM YOURSELF

War das eine Ironie des Architekten, der den Pool gebaut hatte? Die Gastgeberin hatte genau auf der Inschrift posiert. War sie vielleicht eine – liberale – Ironikerin?

Es interessierte Thaddea nicht, wie die Bücher des Schriftstellers entstanden. Welche Rolle dabei seine Handschrift und seine Beobachtungen spielten. Aber sie konnte den von dem Disput mit seiner Widersacherin Mitgenommenen nicht einfach wortlos im Freien stehenlassen. Sie fragte den Schriftsteller neutral, ob es denn tatsächlich einen so großen Unterschied mache, mit der Hand oder auf dem Computer zu schreiben.

»Wenn ich mit dem Computer schreiben würde – meine Wörter, meine Sätze, alles, was ich schriebe, wäre eine Stadt in einer Stadt, die sich nach allen Seiten bis zum Horizont erstreckt. Ich müsste Mauern und Kanäle bauen, Gitter und Zäune errichten, um die Stadt in der Stadt abzuschotten. Um das Leben innerhalb gegen das Leben oder das Nicht-Leben außerhalb zu schützen. Meine Wörter und meine Sätze können nur etwas meinen, wenn sie abgegrenzt sind von allen anderen Wörtern, von allen anderen Sätzen. Nur dann kann das, was ich schreibe, etwas bedeuten.«

Der Schriftsteller blickte immer entweder in die Höhe, zur Seite oder nach unten, aber nie Thaddea ins Gesicht. Als ob Thaddea eine grelle Lampe auf sein Gesicht gerichtet hätte.

»Das Leben innerhalb der Stadt in der Stadt ist unausgesetzt bedroht. Das Leben oder das Nicht-Leben außerhalb ist ständig bereit, dort einzufallen. Die Zäune zu zerschneiden, die Sperren niederzureißen, die Mauern zu überklettern, die Kanäle zu durchschwimmen, ohne Luft zu holen.

Das Leben der Stadt in der Stadt atmet, das Leben außerhalb muss nicht atmen. Wenn das Leben oder das Nicht-Leben von außerhalb in die Stadt einfällt, wandelt es das Leben in der Stadt um. Niemand und nichts atmet mehr. – Die Stadt außerhalb erstreckt sich nicht nur bis zum Horizont, sondern vielleicht über den ganzen Planeten. Das Leben von außerhalb wird die Stadt in der Stadt überrennen.«

»Sind Sie sicher, dass das Leben in Ihrer Stadt wirklich atmet? – Wenn das Leben dort die Luft anhält, vielleicht passiert gar nichts. Alles geht genauso weiter. Warum sollte das Leben in Ihrer Stadt anders ablaufen als dasjenige außerhalb?«

»Ich veranstalte Schaukämpfe.«

Thaddea unterbrach ihn: »Nur für Sie selbst natürlich. Sie sind der einzige Zuschauer.«

»Ich mache Ausflüge. Ich bewaffne und panzere mich. Ich nehme Wörter und Sätze von anderen gefangen. Ich lege sie in Ketten. Natürlich sorge ich dafür, dass sie immer angekettet bleiben. Natürlich achte ich darauf, dass es nicht zu viele sind. Aber ich gebe zu: Manchmal stelle ich mir vor, es sind viele Wörter, viele Sätze, von vielen anderen. Sie greifen nach mir. Ich gehe ganz nah zu ihnen hin, so dass sie mich fast berühren können –«

»Wenn die Wörter und Gedanken der anderen angekettet sind, können Sie sich billig amüsieren.«

»Ich werfe einzelne Gedanken und einzelne Sätze anderer, ohne Ketten, in eine Arena, und ich lasse sie auf einzelne Sätze und einzelne Gedanken von mir los.«

»Wer gewinnt?«

Thaddea stellte fest, ihre Frage klang aufrichtig interessiert. Sie musste zugeben, sie war es auch. Sprachspiele als

Gladiatorenkämpfe – das war eine unerwartete Perspektive. Allerdings glaubte sie, die Antwort auf ihre Frage zu kennen.

»Die Wörter und Sätze der anderen stürzen sich auf meine Wörter und meine Sätze. Sie wollen sie zerreißen, zerfleischen.«

»Ihre Wörter und Ihre Sätze wehren sich.«

»Sie versuchen es, aber sie sind unterlegen.«

»Warum?«

»Sie atmen, sie leben. Ihre Gegner leben nicht, sie atmen nicht. Meine Sätze, meine Wörter haben etwas zu verlieren: ihr Leben. Die Wörter und Sätze der anderen haben ihr Leben bereits verloren.«

Der Schriftsteller suchte die Arena aus, und er bestimmte die Regeln der Kämpfe. Aber nicht mit dem Ziel, sich daran zu ergötzen, dass seine Wörter und Sätze sich als die Stärkeren erwiesen. Das war eine erneut unerwartete Perspektive.

»Wenn sich Ihre Hervorbringungen nur einbilden zu leben? – Wenn sie genauso tot sind wie die der anderen? – Dann würde sie ihre eigene Lebenseinbildung nur schwächen.«

Thaddea und der Schriftsteller wurden abgelenkt. Das stählerne Tor aus der gelb und weiß gestrichenen Mauer um den Tudor-Bungalow versank geräuschlos in der Erde, und ein kleines weißes Cabrio fuhr vor die Garagen. Man hörte kein Motorgeräusch. Trotz der Kühle des Abends hatte der Fahrer das Verdeck eingezogen.

Der Fahrer rangierte, um seinen Wagen am Rand der gepflasterten Fläche abzustellen. Er wollte kein Hindernis für die Fahrzeuge in der Garage abgeben. Vor der fast mannshohen Hecke neben der Einfahrt zeichneten sich die Umrisse der Karosserie als schmale schwarze Linien ab. Seltsamerweise zogen auch dort dunkle Kontrastlinien die Kontur des Wagens nach, wo das helle Pflaster den Hintergrund bildete. Jedes Manöver des Fahrers bog und streckte die Linien, machte sie breiter oder schmaler, ließ manche Linien nervös zittern.

Im Laufschritt eilte der Spätgekommene zum Hauseingang hin. Die dunklen Jeans und die eng anliegende, bis oben hin geschlossene schwarze Lederjacke machten ihn noch schmaler, als er schon war. Das Licht aus dem Fenster, an dem er vorbeikam, beleuchtete ein sehr junges Gesicht, die langen dunkelblonden Haare waren zu einem Pferdeschwanz gebunden. Das musste der Sohn des Hauses sein, aber er konnte nicht der Sohn der Hausherrin sein, dazu war diese zu jung. Der Gastgeber hatte erzählt, sein Sohn besuche ein Internat in England, komme aber auch außerhalb der Ferien öfter für ein Wochenende nach Hause. Das bayerische Schulsystem sei nur etwas für Overachiever.

Thaddea fuhr unbeirrt in der Konversation fort.

»Wenn Ihre Hervorbringungen tatsächlich leben, und wenn die Hervorbringungen der anderen gar nicht tot sind, sondern genauso leben? – Dann wären Ihre Hervorbringungen durch die Tod-Einbildung in Bezug auf die anderen ebenfalls geschwächt.«

»Wenn die Sätze und Wörter der anderen meine Sätze und meine Wörter zerrissen haben, versuchen sie, aus der Arena auszubrechen. Gelingt ihnen das nicht, gehen sie aufeinander los.«

Thaddea verstand vage: Es ging nicht darum, welche Wörter und Sätze stärker, schwächer, lebendiger oder toter waren und auch nicht darum, eine bestimmte Sorte gewinnen zu lassen, sondern darum, mögliche Bedeutungshöfe von Wörtern und Sätzen voneinander abzugrenzen. Der Schriftsteller versuchte, mit Gewalt eine Grenze zu ziehen zwischen seinen Wörtern und Sätzen und denjenigen der anderen. Es war egal, wie lebendig oder wie tot die Wörter und Sätze waren, nur eins durfte nicht passieren: dass alle Wörter und Sätze gleich lebendig oder gleich tot waren. Dann konnte der Schriftsteller seine Grenze nicht mehr ziehen.

Thaddea hatte keine Grenzen gezogen zwischen sich und Ben-Luca, zwischen sich und Kata. Nie im Leben hätte sie es für möglich gehalten, dass Ben-Luca sie mit Kata betrügen würde, dass Kata sie mit Ben-Luca betrügen würde. Wenn sie eine Grenze gezogen hätte – hätte sie dann verhindern können, dass Ben-Luca und Kata …? Hätte sie es nicht zumindest – geahnt?

Der Mann, den der Blitz getroffen hatte – da hatte sie auch keine Grenze markiert. Dabei wäre das doch einfach gewesen. Sie hätte einfach nur cool und professionell agieren müssen, das wäre schon die Grenze gewesen.

Der Sohn des Hauses spurtete, jetzt ohne Lederjacke, nur in Jeans und einem weißen T-Shirt, über den Rasen und sprang mit einem Hechtsprung in den Pool. Ihm folgte, sie hatte es nicht so eilig, ein Mädchen in einem kurzen schwarzen Cocktailkleid, die Pagenfrisur schimmerte rötlich.

Der Junge mit dem Pferdeschwanz blieb ziemlich lange unter Wasser. Das schien das Mädchen nicht zu beunruhigen. Gelassen strich sie sich eine Wimper aus dem Auge. Sie nahm keine Notiz von Thaddea und dem Schriftsteller, die an der gegenüberliegenden Ecke des Pools standen.

Die beiden konnten beobachten, wie unmittelbar vor ihnen vier gestreckte Finger aus dem Wasser auftauchten, um an der Poolumrandung Halt zu suchen. Schließlich erschien auch der Daumen. Langsam tastete sich die Hand vor, um sich schließlich flach auf die Poolumrandung zu legen. Das Mädchen stellte sich neben die Hand. Der Schriftsteller und Thaddea waren für sie Luft. Angesichts dieser Unhöflichkeit gebot die Höflichkeit den beiden, sich zurückzuziehen.

Der Junge brachte erst den Oberkörper aus dem Wasser und legte dann auch die andere Hand auf die Poolumrandung. Das Mädchen war jetzt so nahe bei ihm, als ob sie mit ihren High heels aus rotgefärbtem Krokodilleder auf seine Hände treten wollte.

Schließlich ging das Mädchen in die Knie und umfasste den rechten Arm des Jungen am Handgelenk. Es sah so aus, als ob sie ihn, ohne dass er mithelfen würde, aber trotzdem ohne Kraftanstrengung, aus dem Wasser zog.

– Keine Macht.

Wenn die Klienten nicht bleiben wollten, blieben sie nicht. Wenn die Klienten nicht kommen wollten, kamen sie nicht.

– Keine Pracht.

Am Tag nach der Einladung googelte sie. Der Schriftsteller, den sie kennengelernt hatte, hieß Franz Rumpold. Kein Name, mit dem man den Deutschen Buchpreis gewann. Er war über sechzig.

Stattdessen:

– Unter Belagerung.

Kata rief an und fragte: »Was macht die Praxis?«

Thaddea hatte sich vorgenommen gehabt, nicht zu reagieren, wenn Kata versuchen sollte, Kontakt aufzunehmen. Aber dann sagte sie doch: »Der erste Tag lief nicht so gut …«

Kata sagte: »Es tut mir leid.«

Thaddea konnte sich nicht beherrschen und sagte: »Warum hast du mir das angetan?«

Kata gab keine Antwort.

Thaddea sagte: »Warum hast *du* es mir nicht gesagt?«

Kata schwieg.

Thaddea konnte sich gerade noch im Zaum halten, um nicht zu sagen: ›Ich möchte, dass alles so ist wie früher.‹

Kata schwieg weiter.

Erst jetzt merkte Thaddea, dass Kata gar nicht mit ihr sprach. Kata hatte auf dem Festnetz angerufen, Thaddea war nicht zu Hause gewesen, Kata hatte auf den Anrufbeantworter gesprochen. Der meldete sich automatisch nach einer bestimmten Zeit, Thaddea hatte nicht auf das Display geblickt und geglaubt, ein hereinkommendes Gespräch anzunehmen. Kata hatte nur zwei Sätze gesagt und dann aufgelegt.

– Auf dem Rückzug.

Nicht zu Einladungen bei Randlkofers, Reitzles oder Röschingers. Da befürchtete Thaddea, auf Ben-Luca zu treffen. Ben-Luca hatte Wolfgang Reitzle, dem Linde-Chef, eine große *Mappa del Mondo* von Alighiero Boetti für das Konferenzzimmer vermittelt.

Das Mädchen, das den Sohn des RTL-Produzenten aus dem Wasser gezogen hatte, war zu dem weißen Cabrio gegangen. Unter der stärkeren Beleuchtung im Eingangsbereich konnte man erkennen, in das schwarze Cocktailkleid waren um die Taille und am Hals Goldfäden eingewirkt.

Das Mädchen hatte hinter dem Steuer des weißen Cabrios Platz genommen. Die Freundin des Jungen – nicht notwendigerweise *die* Freundin – knipste die Lampe über dem Rückspiegel in der Mitte der Frontscheibe an und brachte ihr Gesicht ganz nah an den Spiegel. Sie nahm die Haare ihrer Pagenkappe jeweils rechts und links zwischen Daumen und Zeigefinger und hob sie an, damit sie in den Lichtkegel der Lampe kamen. Von dem Jungen keine Spur.

Thaddea und der Schriftsteller waren an der Stelle der Poolumrandung stehen geblieben, an der die englische Inschrift eingelassen war.

Thaddea hatte leise, aber vernehmlich gemurmelt: »Will I be beautiful forever?«

– Die Sterbende im Klosterhof, unter kalten Frühlingsschatten.

In ihrem Haus lief Thaddea vom Master bedroom an dem gefliesten und verglasten Patio vorbei zum Bad und dem Slave bedroom und zurück, vom Dining room mit der Küche zum Living room und zurück. Vom nördlichen Panoramafenster zum südlichen, vom östlichen zum westlichen Panoramafenster. Sie blickte nicht aus dem Fenster, aus keinem.

Die schwarzen, glänzenden Schnürschuhe, die sie einlief, sahen unbequemer aus, als sie waren. Sie wirkten grundsätzlich sehr seriös, hatten jedoch ein Feature, das man nicht sofort bemerkte: Auf der Höhe der Schnürung standen die geriffelten Sohlen sehr weit heraus, um sich dann zum Vorderfuß hin langsam nach innen zurückzuziehen. Es hatte etwas Batman-Artiges. Die flachen Schnürsenkel waren übrigens dermaßen breit, dass sie kaum Zwischenraum ließen.

Je länger Thaddea übte, desto besser gefielen ihr die schwarzen Schnürschuhe. Sie war sicher, in diesen Schuhen würde sie keinen Faux pas produzieren. Sie musste ihre Einkaufspolitik einer Revision unterziehen. Ihre Nibelungentreue zum Bottega-Veneta-Geflecht war möglicherweise dysfunktional gewesen. Die schwarzen Schnürschuhe trugen keine Insignien ihrer Herkunft. Wer wissen wollte, wusste natürlich, dass das ein Prada-Entwurf war.

– Rabimmel, Rabammel, Rabumm.

Thaddea hatte nie Kinder gewollt und wollte auch jetzt keine.

Der Schriftsteller schien aus einem Tunnel zu kommen. Entschlossen strebte er seinem Ziel zu, das Ziel war Thaddea. Die Bäume wuchsen sehr dicht an dem Weg, den der Schriftsteller genommen hatte. Die Äste der Bäume berührten sich, verspäteter Frühlingsnebel, der sich in der Nähe der Isar über den Englischen Garten gesenkt hatte, verstärkte den Eindruck des Tunnels. Weit und breit war kein Mensch zu sehen, aber der Schriftsteller ging mit einer so entschlossenen Körperhaltung, als ob er sich unbedingt von einer Gruppe oder gar von einer Menschenmenge abheben musste.

Die schrankenlose, hemmungslose Hingabe war nicht Thaddeas Programm. Weder an das Glück noch an das Unglück. In einer Laune des andauernden Augenblicks, in dem Kata und Ben-Luca ihr, Thaddeas Leben zernichtet hatten, hatte sie den Schriftsteller angerufen und gefragt, wie er wirklich schreibe. Warum sollte sie das interessieren. Aber mit wem sollte sie sonst über irgendetwas sprechen, das nicht völlig trivial war.

Bei ihrem Telefonat hatte der Schriftsteller nicht mehr behauptet, dass er mit der Hand schreibe. Aber er schreibe auch nicht auf dem Computer. Er diktiere. Thaddea war überrascht. In der Klinik hatte sie diktiert, eine Schreibkraft hatte geschrieben. Für ihre Praxis hatte sie ein selbstlernendes Sprachprogramm angeschafft, es war sehr fit, was die medizinische Terminologie betraf, allerdings musste es sich noch an ihre Aussprache gewöhnen. Eine Gelegenheit, anlässlich derer sich das Programm mit ihrer Aussprache anfreunden konnte, zeichnete sich weiterhin nicht ab.

Das Buch des Schriftstellers, das Thaddea gelesen hatte, war ein Page turner, das konnte man diktieren. Seine anderen Bücher standen in dem Ruf, schwierig zu sein. Wie behielt man beim Diktieren eines Romans den Überblick?

Der Schriftsteller – Thaddea vermied es, ihn mit seinem Namen anzureden und gleichfalls, seinen Namen in Gedanken zu nennen, sie bevorzugte die generische Bezeichnung – hatte gesagt, er benutze ein altmodisches Diktiergerät mit Kassetten. In der warmen Jahreszeit diktiere er im Nordteil des Englischen Gartens. Thaddea hatte sich vorgenommen, während der Pausen in ihrem Schwabinger Studio im Englischen Garten spazieren zu gehen. Dazu hatte sie jetzt ausgiebig Zeit. Sie hatte den Schriftsteller um ein Treffen gebeten und eine bestimmte Parkbank vorgeschlagen.

Der Schriftsteller blieb stehen und blickte Thaddea an wie jemand, der sein Gesicht einem automatischen Erkennungssystem präsentierte. Thaddea streckte die Hand aus, er zögerte, sie zu ergreifen. Sein Zögern war nicht unsicher, sondern indigniert, als ob ihn das Erkennungssystem nicht identifiziert hatte und nun eine Verhaltensprobe forderte. Als er schließlich doch Thaddea die Hand reichte, drückte sie irritiert und unbeabsichtigt fester zu, als sie es sonst tat. Sie vermeinte, ein Zucken zu spüren, das durch den ganzen Körper des Schriftstellers lief. Aber sie war sich nicht sicher, ob diese Wahrnehmung nicht eine Täuschung war, zurückzuführen auf eine durch die jüngsten Ereignisse überreizte Einbildungskraft.

»In der kalten Jahreszeit diktiere ich in der Kirche oder in der Straßenbahn.«

»In welche Kirche gehen Sie?«

»Am liebsten in die Asamkirche.«

Thaddea hatte Ben-Luca kennengelernt, kurz bevor er das Rigorosum ableistete. Einer der prüfenden Professoren war Spezialist für Barockkirchen gewesen. Zur Vorbereitung auf die Prüfung hatte Ben-Luca mehrere Kirchen aufgesucht, darunter auch die Asamkirche in der Sendlingerstraße, Thaddea hatte ihn begleitet.

»Und welche Straßenbahnlinie nehmen Sie?«

»Eigentlich nur die Linie 25. Sie braucht fast eine dreiviertel Stunde vom Sendlinger-Tor-Platz zur Endhaltestelle in Grünwald.«

Wusste der Schriftsteller, dass sie in Grünwald wohnte? Sie hatte es ihm nicht gesagt.

»Man muss sich konzentrieren, man muss flüssig und entschlossen sprechen, dann wenden sich die Leute schnell ab. Wenn man nicht weiter weiß und stockt, wird es peinlich. Die Leute schauen einen an, bis man weitermacht.«

Thaddea bedachte den Schriftsteller mit einem restlos unprofessionellen ungläubigen Blick. Vor anderen Leuten in ein Diktiergerät zu sprechen, das hatte etwas von Psichiatria aperta an sich. In Italien hatte man in den siebziger Jahren die psychiatrischen Kliniken geschlossen, weil Geisteskrankheiten keine Krankheiten mehr sein sollten, sondern stigmatisierende Zuschreibungen der Gesellschaft für abweichendes Verhalten darstellten. Das hatte dazu geführt, dass man in den Großstädten auf der Straße und in den öffentlichen Verkehrsmitteln häufig vor sich hinredende, gestikulierende, manchmal auch schreiende Menschen traf, die es aber wiederum gewohnt waren, ignoriert zu werden. Solchen Menschen begegnete man als Folge des Fortschritts der Telekommunikation mittlerweile überall.

»Schreiben Sie?«

Die Frage traf Thaddea völlig unvorbereitet. Aber ihr war auch sofort klar, dass sie mit der Frage hatte rechnen müssen. Sie hatte sich dafür interessiert, *wie* der Schriftsteller schrieb. Er war es gewöhnt, dass sich nicht publizierte Autoren intensiv für ihn und seine Bücher interessierten, um ihm dann zu entdecken, dass sie ebenfalls schrieben. Er wollte den Prozess abkürzen.

Thaddea hatte tatsächlich etwas geschrieben: zwei Artikel, die von zwei Fachzeitschriften abgelehnt worden waren. Mit durchaus unterschiedlichen Begründungen. In den ersten Artikel hatte sie sich selbst zu sehr eingebracht, dem zweiten Artikel mangelte es an dem erforderlichen Mindestmaß von Empathie. Thaddea hatte gefunden, dass sich die Begründungen nicht widersprachen, und vorerst von dem Gedanken Abstand genommen, freiwillig Aufsätze zu schreiben.

Sie beschloss – sie wusste nicht, warum –, die Frage des Schriftstellers nicht zu beantworten. Niemand konnte von ihr verlangen, ihr Nicht-Wissen über sich selbst zu rechtfertigen. Die Leute gaben für ihre eigenen Handlungen stets Gründe an, während sie die Handlungen anderer immer in die Schublade ›der oder die ist eben so‹ steckten. Die Gründe waren nicht wirklich mehr wert als ›der oder die ist eben so‹. Sie fragte den Schriftsteller, ob es in seinen Büchern um die Gegenwart oder die Vergangenheit gehe. Thaddea konnte auch artig Konversation machen.

»Ich habe ein Buch nach meinem Leben geschrieben, darin kommt auch meine Kindheit vor. Ich bin in sehr bescheidenen Verhältnissen aufgewachsen. Wir haben in einem Bauernhaus aus dem siebzehnten Jahrhundert gewohnt, es ist aus Felssteinen erbaut. Es gehörte meinem Vater nicht, er war kein Bauer, nur Pächter. Das Haus hat ganz kleine vergitterte Fenster. Die Scheiben waren fast blind.

Man konnte gar nicht hinaussehen. Ich habe mit meinen –«, er hielt inne, »fünf Geschwistern auf engstem Raum zusammengelebt.«

Thaddea wunderte sich, warum er gezögert hatte, die Anzahl seiner Geschwister zu nennen. Welche Art von Unsicherheit war das? Es schied aus, dass sich jemand nicht daran erinnerte, wie viele Brüder und Schwestern er hatte.

»Wir haben zu viert in einem Zimmer geschlafen. Eins von uns Kindern musste die Nacht auf dem Diwan neben dem Kachelofen in der Stube verbringen. Wegen des Altersunterschiedes schliefen niemals mehr als fünf von uns gleichzeitig im Haus. Ein eigenes Zimmer war ein phantastischer Traum.«

Thaddea hatte schon als kleines Kind zwei Zimmer gehabt, ein Schlafzimmer und ein Spielzimmer. Sehr bald wurde aus dem Spielzimmer das Arbeitszimmer.

»Nach der Elementarschule habe ich ein Klosterinternat besucht. Ich wollte in meinem Buch auch einige Erlebnisse aus der Internatszeit schildern. Ich bin nicht missbraucht worden, viel schlimmer als die Lehrer waren die Mitschüler. Ich habe versucht, mir die Klosteranlage zu vergegenwärtigen: die Kirche, die Klassenzimmer, die Schlafräume, die Fischbassins, die Klostergaststätte. Es gelang mir nicht. – Ich zeichnete Grundrisse von Räumen, an die ich mich erinnern konnte, aber ich war nicht dazu in der Lage, sie zueinander in Beziehung zu setzen. Die Skizzen, die ich anfertigte, hatten mit Architektur nichts zu tun. Grundrisse dürfen sich nun einmal nicht überschneiden, separate Räume dürfen nicht ineinanderragen.«

Der Schriftsteller saß neben Thaddea auf der Parkbank, er hatte sich ihr zugewandt, einen Arm auf die Lehne der

Bank gelegt. Thaddea hatte das Gefühl, seine Stimme kam nicht aus seinem Mund, sondern aus einem Lautsprecher. Sie achtete auf seine Lippen, doch es gab keine zeitliche Unstimmigkeit.

»Ich hatte noch ein paar alte Fotos und einen touristischen Prospekt des Klosters. Als ich das Buch schrieb, gab es das Internet noch nicht. Der Prospekt beschäftigte sich vor allem mit der Kirche und dem Mathematischen Turm, dem naturkundlichen Museum, er ging nur am Rande auf die Schule ein. Wenn ich von den Gebäudeteilen ausging, die die Klassenzimmer beherbergten, teilte ich sie in zu viele und zu kleine Klassenzimmer auf. Wenn ich die Klassenzimmer zugrundelegte, an die ich mich erinnerte, waren sie in der Summe weit größer als der Schulteil, und es gab keine Verbindung zwischen ihnen.«

Thaddea hatte dem Wetter zu Recht nicht vertraut und einen Übergangsmantel angezogen, einen grauen, weißgesprenkelten Tweed-Mantel in Eggshape. Sie hatte sich mit geschlossenem Reißverschluss auf die Bank gesetzt. Über dem Nebel musste der Himmel wolkenlos sein, die Sonne bildete in dem Nebel eine riesige, schwach gelb leuchtende Scheibe.

»Ich habe ein Papiermodell des Klosters gebastelt und versucht, den für die Schule vorgesehenen Raum in dem Papiermodell aufzuteilen. Das Ergebnis war in drei Dimensionen nicht besser als in zwei. Ich war verzweifelt!«

»Sie schreiben doch Romane. Warum müssen Sie denn unbedingt wissen, wie es wirklich war?«

Thaddea hatte ein entspanntes Verhältnis zur Wahrheit. Die meisten Wahrheiten hielten nicht länger vor als ein paar Tod's, mit denen man in den Regen geriet. Die angeblich tiefen Wahrheiten waren nichts anderes als in die Ewigkeit platzierte Irrtümer. Thaddeas persönliche Wahrheiten entpuppten sich regelmäßig als Trugschlüsse ihres Hochgefühls oder ihrer Niedergeschlagenheit. Alles war verfechtbar. Die Wahrheit war keine große Hilfe. Die grundsätzliche Neigung zur Wahrheit hatte etwas Pathologisches.

»Ich habe die Klassenräume, an die ich mich erinnern konnte, einzeln nachgebaut und neben das Kloster gestellt. Das war die rettende Idee! – Ich habe alle möglichen Anordnungen ausprobiert, und ich habe Verbindungselemente hinzugefügt, die Gänge, an die ich mich erinnerte. Auf diese Weise entstand ein ganz neues Gebäude, das übrigens sehr sakral wirkte. Aber das hatte überhaupt nichts damit zu tun, dass der Ausgangspunkt ein Kloster war.«

»Das hat Sie in die Lage versetzt, in Ihrem Buch Internatsszenen zu beschreiben?«

Der Schriftsteller blickte abwechselnd zu der riesigen Sonnenscheibe hoch und zu Thaddea hin, ohne eine Antwort zu geben. Thaddea entschuldigte sich, sie habe nur ein Buch von ihm gelesen, dasjenige über das Galeristenpaar aus New York, nicht dasjenige, in dem seine Kindheit vorkam. Selbst wenn er bekannter gewesen wäre, hätte er nicht erwarten können, dass jemand alle seine Bücher gelesen hatte.

In diesem Augenblick meldete sich in der Manteltasche Thaddeas das Telefon. Sie hatte gar nicht die Absicht nachzusehen, wer sie zu erreichen suchte, geschweige denn, das Gespräch anzunehmen. Trotzdem machte sie eine gewohnheitsmäßige Bewegung in Richtung des Telefons. Der Schriftsteller interpretierte den Vorgang augenscheinlich derart, dass sie zunächst vorgehabt hatte, das Gespräch in seiner Gegenwart anzunehmen, dann aber doch davor zurückgeschreckt war. Er verabschiedete sich auf der Stelle.

Thaddea hatte auf der Parkbank nichts mehr verloren, ihr Weg zum Studio war der gleiche, den der Schriftsteller nahm. Aber nach dieser Verabschiedung konnte sie nicht einfach mitgehen. Sie setzte sich wieder auf die Bank.

Thaddea kam es so vor, als würde der Schriftsteller ungewöhnlich schnell kleiner. Schneller, als es nach der jeweils zurückgelegten Entfernung hätte sein müssen. Oder lag es daran, dass der Nebel die Bäume, die den Weg säumten, gerade freigab, und die Bäume beim Hinsehen größer wurden?

In ihrem Studio hatte Thaddea ebenfalls nichts verloren, sie setzte sich ins Auto und fuhr nach Grünwald, nach Hause. Im Auto hörte sie nie Radio. Sie hätte Musikprogramme eingestellt, wenn diese nicht ständig durch Sprecher unterbrochen worden wären. Sie empfand die Radiostimmen der Sprecher als Bedrohung. Es ging nicht darum, dass sie etwa eine Konkurrenz zu Thaddeas innerer Stimme bildeten, dass Thaddea vermeiden wollte, fremde Stimmen im Kopf zu haben. Die Radiostimmen waren körperlos und ortlos, aber sie waren deswegen nicht unkörperlich: Sie strebten nach einem Ort und einem Körper. Die Radiostimmen bauten Körper auf, die ihren, Thaddeas Körper verdrängen wollten.

Von ihrem Studio aus fuhr sie immer über Harlaching, niemals über Solln nach Grünwald. Mit dem Startpunkt in

Schwabing wäre die Route über Solln ein Umweg gewesen. Von Harlaching führte nur eine Straße nach Grünwald, parallel dazu verliefen die Trambahngleise. Die Eisenbahnlinie, die über die Großhesseloher Isarbrücke führte, querte die Straße und die Gleise, die an dieser Stelle tiefer gelegt waren. Vor der Eisenbahnbrücke ermöglichte eine Gleisschleife der Linie 15 das Umdrehen, die Linie 25 fuhr nach Grünwald weiter. Mehrere Verkehrszeichen wiesen darauf hin, dass die Eisenbahnbrücke sehr niedrig war. Ein Möbelwagen mit Anhänger hatte die Zeichen übersehen, er war offensichtlich ungebremst in die Brücke hineingefahren, die oberen Aufbauten des Möbelwagens sowie des Anhängers waren wie abgeschnitten. Der Zugwagen und der Anhänger waren leer gewesen, sonst wäre der Fahrer wohl auch nicht so schnell gefahren. Die Straße, der Fahrradweg und die Trambahngleise waren mit Fetzen von weißem Dämmstoff aus den Wänden und der Decke des Möbelwagens und des Anhängers übersät. Der Unfall musste gerade eben passiert sein, vor der Brücke stauten sich erst wenige Fahrzeuge. Es sah so aus, als hätte sich eine Wolkendecke unmittelbar auf die Erde gesenkt. Geblendet blickte Thaddea in die Sonne über den Wolken.

Ben-Luca hatte versucht, sie zu erreichen. Aber er hatte weder auf die Mailbox gesprochen noch eine SMS gesendet. Das Gefühl, mit dem Thaddea seinen Namen auf dem Display ihres Telefons betrachtete, war nur mittelgroß. Keine Spur mehr von wilden Wünschen.

Thaddea hatte kein Talent zur Caprice, keine Begabung

zum Spiel. Das war unkorrigierbar für alle Zeit. Gott sei Dank war die Schwerfälligkeit ihres Ernstes nicht mit irgendeiner Form von Drangsalhitze gepaart. Das hätte dann einen schauerlichen Fluchtpunkt abgegeben. Thaddea verschwamm gern mit den reizenden Launen anderer. Das war auch die Basis ihrer Freundschaft zu Kata. Gewesen.

Die Wiederholung machte nicht glücklich. Sie würde weder die Beziehung zu Ben-Luca noch die Freundschaft mit Kata wiederholen. Niemals würde sie in die Klinik zurückgehen, auch wenn sie keinen einzigen Klienten haben würde. Die Wiederholung war sinnentleerend, zersetzend.

Die Ewigkeit der Aussichten durch die Panoramafenster, zumindest die Vorewigkeit, war nicht dazu da, um darin herumzuwuseln. Wenn das Schicksal ihr noch so derbe Signale senden sollte, es würde sie nicht zum Hausfrauchen mit Tantenkraft verkleinern. Genausowenig hatte Thaddea vor, ihre Misere zu entwerten, indem sie diese endlos herunterleierte. Sie übte. Ausgestreckt auf der roten Couch, ein Dohlenzwitschern über dem Kopf – häufig ließen sich Vögel auf den großen Topfpflanzen im Patio nieder.

Das Albert-Einstein-Gymnasium in Harlaching, das Thaddea besucht hatte, war kein Kloster, sondern ein Bau aus den sechziger Jahren, der an Übersichtlichkeit nichts zu wünschen ließ. Sie konnte sich sehr genau erinnern, in welchen Klassenzimmern Unterricht stattgefunden hatte, den sie als markant empfunden hatte. Die Orte ihres Medizinstudiums und die Kliniken, in denen sie Dienst getan hatte, waren restlos uninteressant. Was hatte eigentlich der Schriftsteller studiert? Sie musste noch einmal googeln.

Als einzig lohnendes Objekt der Erinnerung fiel ihr der Kronenhof in Pontresina im Engadin ein, in dem sie mit ihren Eltern als Kind und als Teen die Weihnachtsferien verbracht hatte. Sie war eine ziemlich gute Skifahrerin. Beim Skifahren spielte ihre spezifische körperliche Unzulänglichkeit keine Rolle.

Das Hotel war ein schlossartiger Bau mit vier – fünf – sechs Stockwerken? Im Dach gab es ebenfalls Zimmer. Die Form des Baukörpers war die eines Us mit der Öffnung zur Bergseite. Aus der Rezeption in der Mitte des Us trat man in die Lounge, von der aus sich eine großartige Aussicht über das Tal bot. Der Speisesaal lag von dort aus im linken Flügel. Man gelangte zu ihm durch einen Salon mit Kamin. Die Mahlzeiten nahm man unter einem opulenten Deckengemälde ein, über das schon Dissertationen geschrieben worden waren, wie Ben-Luca sie später aufklärte. Als Thaddea Kind gewesen war, wurde für das Dinner von den Damen Abendgarderobe und von den Herren Anzug oder Jacke mit Krawatte verlangt. Wer sich im Pullover an die Abendtafel setzte, wurde zuerst vom Chef de Rang und im Wiederholungsfall vom Maître d'hôtel angesprochen.

Was stellte das Deckengemälde dar, unter dem sie zwanzig Jahre lang jeden Tag zwischen Weihnachten und Neujahr gesessen hatte? Sie wusste es nicht mehr. Durch den Speisesaal hindurch und durch mehrere Gänge gelangte man zum Kronenstübli, das war das dem Hotel angeschlossene Restaurant. Auch Hotelgäste speisten zur Abwechslung dort. Ihre Eltern hatten im Laufe der Zeit in zahlreichen Zimmern logiert, in alten, in denen der Teppichboden roch, und in neu hergerichteten. Niemals hatte sie mit ihren Eltern in einem Zimmer geschlafen. Als sie klein war, hatten die Eltern für sie ein Zimmer daneben belegt. Je älter sie wurde, desto weiter weg schlief sie von ihren Eltern.

Die Treppe zu den Zimmern – war die vor dem Speisesaal oder neben dem Speisesaal? Befand sich das Schwimmbad im Untergeschoss des Hauptgebäudes oder in einem separaten Gebäudeteil? Ging man von der Rezeption direkt in den Skiraum, oder erreichte man diesen durch einen Gang? Dabei war das Gebäude doch von außen so übersichtlich.

Thaddea dachte nicht im Traum daran, Papiermodelle zu basteln. Der Schriftsteller hatte ihr geschildert, wie das ausging. Sie begnügte sich damit, die Räume im Geist neben das Hotel zu stellen, und gab sich keine besondere Mühe, sie sinnfällig anzuordnen.

Sie übte nicht lange. Lieber dachte sie an die Eisbahn mit dem Restaurant in dem alten Holzbau zurück. Thaddea hatte sich auch ein paar Mal Schlittschuhe geliehen. Aber im Gegensatz zum Skifahren machte sich ihre körperliche Beeinträchtigung beim Eislaufen sehr bemerkbar. Sie war eine wirklich gute Skifahrerin, aus eigenem Verschulden stürzte sie nur alle paar Jahre. Auf Schlittschuhen hingegen musste sie sich anstrengen, das Gleichgewicht zu halten. Das Eislaufen war deshalb weit weniger entspannend als das Skilaufen. Bei geeignetem Wetter hatte sie zusammen mit ihren Eltern das Mittagessen auf der Terrasse eingenommen. Danach hatten sie sich im Liegestuhl gesonnt.

Ihre Eltern hatten nicht das entweder angebliche oder tatsächliche Glück der nach eigenen Aussagen vielfach lebensgefährdeten Klientin gehabt, sie waren beim Heliskiing in Kanada ums Leben gekommen. Der Skilehrer hatte einen Hang gequert, über dem sich eine Lawine löste. Der Skilehrer hatte seinen Fehler ebenfalls mit dem Leben bezahlt. Thaddea hatte sich immer geweigert, sich den Namen des Bergs zu merken, an dem das Unglück geschehen war.

Thaddeas Seelensegel waren weder von Liebes- noch von Berufsbegeisterung gebläht. Unabhängig davon war sie noch nie auf Leuchttürme zugesegelt. Der Schriftsteller war bestimmt kein Leuchtturm. Wie sah er eigentlich aus? Wenn sie an ihn dachte, changierte er. Das Gesicht war ein völlig anderes, je nachdem, was er sagte. Seine Haare waren dunkler oder heller, seine Gesichtszüge kantig oder unscharf, seine Augen gewärtig oder stumpf, sein Mund voll oder gepresst. Sie versuchte logisch zu denken. Sie hatte ihn bei sehr verschiedenen Beleuchtungsverhältnissen gesehen: gedämpftes warmes Licht aus altmodischen Glühbirnen in dem Speisezimmer des Tudor-Bungalows, kaltes stumpfes Licht aus Energiesparlampen um den Pool, das bröckelnde, rieselnde Licht im nebligen Englischen Garten, unter der zu großen fahlgelben Sonnenscheibe. Aber das war es nicht.

Machte er sich über sie lustig? Über ihre unsichtbare Hilflosigkeit? Der in Maßen spöttische Ton, mit dem sie auf den Schriftsteller eingegangen war, hatte sie mehr Arbeit gekostet, als er wissen konnte.

Als sie am Abend ihr Notebook checkte, schienen Mails von Kata und Ben-Luca auf. Ben-Luca hatte ihr zuerst geschrieben. Sie löschte die Mails, ohne sie anzusehen. Während sie auch den Papierkorb leerte, dachte sie: ›Arme Teufel‹. Später ging ihr das Wort ›Glutrestchen‹ nicht aus dem Kopf. Es kam nicht darauf an, andere zu verstehen. Sondern darauf, sich selbst zu verstehen.

Thaddea beschloss, einen Roman zu schreiben. Sie war sich sicher, ihr Roman würde nicht trivial sein.

»Ich war lange vor Sonnenaufgang im Büro. Das leere Verwaltungsgebäude. Die weit offenen Eingangstüren. Nie stehen sie während des Tages offen. Weil viele Kollegen oft bis weit nach Mitternacht arbeiten und in ihrer Konzentration beeinträchtigt wären, erfolgt die Reinigung im Morgengrauen. Die Pförtnerloge unbesetzt. Aber das Gebäude nicht ungeschützt, die Security patrouillierte. Die Reinigungsmaschinen lautlos. Kein Lumpen klatschte auf den Boden. Halt – irgendwo war ein Radio an, ganz leise. Keine Musik, ein Nachrichtensender. Die Aufzugtüren ebenfalls offen. Nie sind sie während des Tages ohne Kommando offen. – Ich verkörperte Seelenruhe und Erdenschwere. Ich war mir meiner Sache sicher.«

Thaddeas erste richtige Klientin hieß Roberta Blankovic. Sie war fünfundfünfzig und Leiterin der Unternehmensplanung in einer großen Firma, im Vorstandsrang. Seelenruhe? Erdenschwere? Um welche Firma ging es überhaupt.

»Wie, sollte das eine Rolle spielen?«

Thaddea war überrascht, auf diese harmlose Frage keine Antwort zu bekommen.

»Es gibt doch Firmen noch und noch …«

Das war kaum die richtige Einstellung in einer großen Firma. Um ihre Autorität nicht von vornherein einzubüßen, fragte Thaddea, ob es eine DAX-Firma sei. Es war eine.

Ein solches Gesicht hatte Thaddea noch nicht gesehen. Wer sich einer Schönheitsoperation unterzog, wollte der seinen Charakter bewahren, wollte er seinen wahren Charakter enthüllen, oder wollte er jemand anderes werden? Wer definierte, was Schönheit war? Die Kultur? Der Chirurg? Ben-Luca?

In diesem Gesicht existierten kein Reiz und keine Sinnlichkeit. Doch konnte man nicht sagen, dass die Gesichtszüge Künstlichkeit verbreiteten. Sie posierten auch nicht herrisch starr. Das Gesicht war weder warm noch kalt. Da war keine Freude, aber genausowenig Traurigkeit oder Niedergeschlagenheit.

»In meinem Büro gab ich mir den Anschein, als gehöre jeder Handgriff, ja jede Bewegung zur Vorbereitung auf das, was bevorstand. Ich rückte die Papierstapel auf meinem Schreibtisch zurecht – ich bin keine Pedantin, ich ordne Bücher und Magazine nicht auf Kante, aber die Papierstapel waren nach dem Reinemachen verrutscht.«

Im Regelfall kamen Manager nur, wenn sie keinen Ausweg mehr sahen. Die sich auch bei geringerem Leidensdruck einstellten, hatten Thaddea immer mit einem Ratgeberbuch verwechselt. Die Manager erwarteten gar nicht, dass man auf sie persönlich einging, dass man ihnen sagte: »Sie könnten, Sie sollten …« Sie wollten hören: »Man muss …!«

Offensichtliche Fälle von Burn-out hatte Thaddea in der Klinik immer an Kollegen weitergegeben. Manager und Unternehmer betrachtete sie entschieden aus der Perspektive ihres Vaters. Sie hatte einfach keine Lust, zu einem Manager den Satz zu sagen: »Entweder müssen Sie sich dran gewöhnen oder den Job wechseln.« In ihrem eigenen Studio konnte sie nicht mehr so picky sein.

»Die eigentliche Arbeit war getan. Meine Präsentation stand. Sheet für Sheet ging ich sie noch einmal durch. Ich prüfte den Text, die Zahlen, die Grafiken, ich fand keine Fehler. Meine beiden Assistenten hatten Fehler natürlich längst ausgemerzt. Im Geist vergegenwärtigte ich mir, was ich zu den Sheets sagen würde – nicht Satz für Satz, nur die Stichpunkte. Es darf ja niemals auswendig gelernt wirken. Es muss authentisch sein. Aber authentisch bedeutet nichts anderes als nicht auswendig gelernt. Ich sagte laut: ›Ich bin nicht aufgeregt.‹ Ich hörte mir zu, und ich war nicht aufgeregt. Aber das Fehlen der Aufregung empörte mich. – Die Aufregung fehlt mir jeden Tag. Einmal weniger dringlich, einmal als dringlichste aller Dringlichkeiten.«

Thaddea hätte sich nicht vorstellen können, dass jemand tatsächlich einen Satz wie »das Fehlen der Aufregung empörte mich« über sich selbst sagte. Sie hatte den nur schwer bezähmbaren Impuls, ihre erste richtige Klientin zu fragen, ob sie sich immer so ausdrücke. Aber das wäre eine enorme Unprofessionalität gewesen. Auf keinen Fall konnte sie die Klientin schon nach ein paar Minuten mit Kritik an ihrem Verhalten konfrontieren.

Erster Widerspruch: Wenn die Planerin plante, Gefühle aufzubringen und wenn ihr das üblicherweise Schwierigkeiten bereitete, warum nutzte sie die günstige Gelegenheit der Anspannung vor ihrer Präsentation nicht? Mit dem Satz »ich bin nicht aufgeregt« wies sie sich selbst an, eben kein Gefühl aufzubringen.

Zweiter Widerspruch: Die Planerin empörte sich darüber, keine Gefühle zu haben. Aber Empörung war doch ein Gefühl.

Wie konnte jemand, dessen Lebensinhalt im Planen bestand, mit solchen Widersprüchen leben? Planung bestand darin, die Zukunft entweder vorherzusehen oder sie zu realisieren. Wenn eine Planung in sich widerspruchsvoll war, dann konnte man mit dieser Planung weder etwas prognostizieren noch etwas produzieren.

Alternative Deutung: Koketterie. In Wirklichkeit hatte die Planerin etwas gedacht wie: ›Wenn ich ein gewöhnlicher Mensch wäre, müsste ich aufgeregt sein, aber huch! – Ich bin ein Übermensch!‹ Gegen diese Deutung sprach allerdings die Tatsache, dass die Planerin sie, Thaddea, aufsuchte. Warum?

»Die Firma hat eine große Kunstsammlung angelegt, sie hat sich auf die Skulptur geworfen. Die Arbeit auf meinem Stockwerk ist gegenständlich und bunt. An einem zweieinhalb Meter hohen Ständer aus Lochschienen sind Haushaltsgegenstände aus Plastik befestigt: Spülbürsten, Schuhbürsten, auch Toilettenbürsten. Staubwedel, Fliegenklatschen, Trichter, Siebe, Spiegel mit Griffen und Haarbürsten. Während ich auf den Aufzug wartete, empfand ich eine Art von Genugtuung, dass ich – nur – Managerin war. Dass mir die Firma nicht gehörte, auch nicht der allerkleinste Teil. Ich besitze nicht eine einzige Aktie. Früher einmal wollte ich Eigentümerin sein –«

Die Planerin sprach tatsächlich, wenn immer das irgend möglich war, im Präteritum. War das ihr Alleinstellungsmerkmal? Jetzt erhob sie sich von der Couch. Was nicht vorgesehen war. Aber Thaddea sagte nichts.

Spielte es eine Rolle, dass die Klienten nicht gerade hereinströmten? Ja.

»Einmal, früher, wäre ich mit Überzeugung Eigentümerin geworden – aber jetzt wäre mir das Eigentümertum eine

Last. Es würde mich beengen, meinen Blick verengen. Mein Blick, ich, wir wären immerzu auf Dinge gerichtet, die nicht hauptsächlich wären. Vor allem das, was nicht mehr ganz wäre, spränge mir unablässig in die Augen, würde mich unausgesetzt in Beschlag nehmen. – Als ich auf den Lift wartete, verspürte ich tiefe Befriedigung darüber, dass eines Tages nichts hier an mich und mein Dagewesensein erinnern würde. Am liebsten hätte ich die Skulptur neben dem Lift angesprochen und ihr dafür gedankt, dass sie mich sah und übersah. Dass sie mich rettete.«

Die erste und bisher einzige Klientin nahm mit hinter dem Rücken verschränkten Armen die Stufen zur nächsten Zwischenebene von Thaddeas Studio.

Die Struktur, die Kata entworfen hatte, war eine reine Stahlkonstruktion ohne Mauern. Die Außenflächen bestanden ausschließlich aus Glas. In Bad und Toilette war es möglich, die Scheiben durch Polarisation undurchsichtig zu machen. Doch, Grundrisse konnten sich überschneiden, Volumina konnten ineinanderragen. Geometrisch war die Struktur am besten als Anordnung versetzter Kuben zu beschreiben, die Zwischenebenen generierten. Wobei die Unterscheidung zwischen Haupt- und Zwischenebene eigentlich nicht adäquat war. Die Struktur hatte kein Dach, weiße beschichtete Glasscheiben bildeten die jeweils obersten Außenflächen.

Auf der Zwischenebene wandte sich die Planerin um. Die Wolken gaben die Sonne frei. Die aufgespritzten Lippen erzeugten einen Schatten auf dem Kinn der Planerin. Thaddea konnte keine Falten wahrnehmen. Die hohen Backenknochen warfen gleichfalls Schatten. Machte es Sinn, Backenknochen zu betonen? Eine russische Bekannte von

Thaddea jammerte über ihre zu hohen Backenknochen, sie hätte gern auf den asiatischen Einschlag verzichtet. Die Weißrussinnen hätten dieses Problem nicht. Die hohen Backenknochen und die breiten natürlichen Augenbrauen machten die Augen der Planerin schmaler, als sie tatsächlich waren. Lagen die Augen tatsächlich so tief in den Höhlen, oder war das ein von den Lichtverhältnissen erzeugter Eindruck?

»Ich war sicher, um diese Tageszeit auf meinem Stockwerk allein zu sein. Aber es konnte natürlich geschehen, dass ich im Aufzug jemandem begegnete. Ich zögerte lange, ehe ich auf den Knopf drückte.«

Die Planerin begab sich zur nächsten Ebene, derjenigen mit dem Bücherregal. In der Struktur gab es nur sieben Einrichtungsgegenstände: die Couch, den Stuhl, das Bücherregal, das alle Bücher enthielt, die Thaddea besaß, zwei Leseleuchten und zwei Raumleuchten.

Für andere Menschen gehörte nicht viel dazu, Treppen sicher zu nehmen. Aber die Sicherheit der Planerin hatte eine besondere Qualität. Thaddea dachte: Es sieht so aus, als ob es die jeweils nächste Stufe noch gar nicht gibt, wenn die Planerin den Fuß hebt, als ob die Stufe erst materialisiert, wenn der Fuß unmittelbar über ihr ist. Die Planerin wusste, da war noch keine Stufe, aber sie wusste auch, da würde eine Stufe genau in dem Augenblick sein, wenn sie den Fuß senkte.

»Oh, es war niemand in der Aufzugkabine. – Während der Fahrt ging mir der Gedanke durch den Kopf, ich würde nie mehr in mein Büro zurückkehren, ich würde verlorengehen. Ich war schon eine Verlorene. Meine Präsentation würde ein großer Erfolg werden, aber das würde mir nicht helfen. Ich war eine Verlassene, von mir selbst, aber auch von der Welt. Denn ich glich niemandem mehr, und niemand glich mir.«

Eine Verlorene, eine Verlassene. Thaddea sorgte sich jetzt sehr ernsthaft, dem Antrieb nicht mehr widerstehen zu können, die Planerin auf ihre ungewöhnliche Ausdrucksweise anzusprechen. Sie flüchtete sich in die Phantasie, der Aufzug, den die Planerin betreten hatte, ließ das Gebäude hinter sich, er fuhr ganz weit hoch in den Himmel oder ganz tief in die Erde.

»Als ich auf dem Stockwerk angekommen war, auf dem das Meeting stattfinden würde, und sich die Aufzugtüren öffneten, war mir mein Schreckensmoment nicht anzusehen. – Nach Stunden der Stille knatterten Unterhaltungen nah und näher. Es war ein Hindernisgehen zu dem Besprechungssaal. Ich versuchte, die Hindernisse schnurstracks zu nehmen.«

Bei dem Wort ›schnurstracks‹ konnte Thaddea sich nicht mehr beherrschen, sie zuckte zusammen. Sie dachte sich, eigentlich hätte sie schon bei dem Wort ›Hindernisgehen‹ zucken müssen.

»Ich durfte nicht aus dem Rhythmus kommen. Ich grüßte, ich nickte beiläufig, ich sagte ein oder zwei Sätze, nie mehr. Die Regel war: auf keinen Fall ein Austausch.«

Und das Leiden? Thaddea blickte auf ihre Armbanduhr. Das war ebenfalls unprofessionell, denn es signalisierte unfehlbar eine von zwei Möglichkeiten: Die Zeit zog sich für sie oder sie hatte nach der Hinwendung zum Klienten etwas Wichtigeres vor. Aus diesem Grunde brachten die Kollegen üblicherweise entweder eine Uhr an der Wand an oder stellten eine in Sichtweite auf, zu der sie hinblicken konnten, ohne dass es auffiel. In ihrem Hochmut hatte Thaddea auf diesen Trick verzichtet, sie hatte geglaubt, sich auf ihr Zeitgefühl verlassen zu können. Dabei hatte sich niemand anderes angemeldet, sie hatte nichts vor, sie hatte alle Zeit der Welt.

»Der erste Vortragende sprach inständig, bedürftig. Er erzählte dringend märchenhaft. Ich hatte den Eindruck, er rücke mir stetig näher. Dagegen musste ich mich wehren. Natürlich durfte ich ihn nicht ganz abschalten, das konnte ich mir nicht leisten. Ich ließ einfach nicht mehr alle Worte an mich heran: Einmal achtete ich nur auf die Hauptwörter, ein anderes Mal nur auf die Zeitwörter, dann wieder nur auf die Eigenschaftswörter. Dabei fiel mir auf, dass er sich zunehmend wiederholte, vor allem mit den Hauptwörtern. Er redete immer dringlicher und immer inständiger. Sein Vortrag war eine wilde Ratsuche, seine Ratlosigkeit immer offensichtlicher. Er schaute sein Publikum, auch mich, viel zu groß an. Er gierte nach jeder geringsten Reaktion, als sei sie ein Orakel. – Der zweite Vortragende war ein Nachahmer und Nachäffer. Er imitierte und kopierte nicht aus freien Stücken, wer hatte ihn an die Front geschickt? – Die Stichworte, die man ihm eingegeben hatte, fuhren grässlich aus ihm. Krampfend ahmte er Merksätze nach, die vorweg das vergessen machen sollten, was ich zu sagen hatte. Er war abstoßend auf den ersten Blick. Ich schaute in die Runde und hoffte: Es war der erste Blick, der entschied! – Seine Stichworte, seine Merksätze waren unschön, abdominabel. Das war eine unumstößliche Tatsache. Trotzdem hatte ich Angst vor dem zweiten, dritten Blick.«

War Unternehmensplanung mittlerweile eine Kunstrichtung? Die Planerin drückte sich aus wie eine Künstlerin.

Sie musste auf ihren Platz zurückkehren. Ihr Platz war die Couch. Es widersprach den Regeln der Kunst, dass sie so frei im Raum umherlief. Thaddea musste etwas sagen, aber sie sagte nichts.

»Meine Präsentation war wie ein Gang ins Freie. Während die erste Überschrift, die einführenden Thesen und die ersten Grafiken auf dem großen Screen erschienen, als ich meine ersten Sätze sprach, kam es mir so vor, als würde ich eine Lichtung betreten. Alles war gerecht ausgeleuchtet: alle Teilnehmer, alle Utensilien, die sie mitgebracht hatten. Meine Präsentation erzeugte Harmonie. Sie verband mich mit den anderen. Obwohl sie so grundverschieden waren, obwohl sie zuvor alle so vereinzelt aufgetreten waren. Auf einmal ergänzten wir uns. Ich war eine Menschensammlerin, aber keine aus Leidenschaft oder Trieb. Ich zielte auf niemanden und nichts. Ich war eine freudige, kindliche Sammlerin. Ich pflückte die Menschen, im Rhythmus meiner Präsentation, trotzdem einzeln, behutsam. Wir bildeten ein Miteinander.«

Von einem Moment auf den anderen war der Himmel über der Stadt wolkenlos geworden: der ganze Himmel lauter Blau und lauter Blau. Im Handstreich hatte der Föhn die Wolkendecke vom Himmel abgezogen.

Die Baustelle des Stadthauses war lange ein schwarzes Loch gewesen. Erst mit der endgültigen Fertigstellung waren die Schutzfolien von den Glasscheiben entfernt worden. Als das Licht schließlich Gelegenheit gehabt hatte, ungehindert einzufallen, war Thaddea enttäuscht gewesen. Das Licht bestand aus Teilchen, die dahin strebten, wo Platz für sie war. Das war Thaddea zu sanft gewesen. So hatte sie es sich nicht vorgestellt.

Am Tag des ersten Lichts und an allen anderen Tagen, die sie bisher in der Struktur verbracht hatte, war der Himmel bedeckt gewesen. Jetzt, unter dem blauen Himmel, bestand das Licht nicht mehr aus behutsamen Teilchen, sondern aus unnachgiebigen Strahlen, die jedes Detail der Außen- und Innenkonstruktion ausmaßen. Jede Stütze, jede Ebene, jeder Rahmen, jede Verblendung warf gestochen scharfe Schatten.

Fast hätte Thaddea gesagt: ›Hallo, Himmel!‹

»Ich wollte die Lichtung nie mehr verlassen. Meine Darstellungen waren wahr und klar. Solange ich auf der Lichtung war, irrte ich nicht. Weder mein Zahlensinn noch mein Menschensinn trog mich. Der Glanz des Unumstößlichen – aber auch die Befürchtung, vom Unumstößlichen verschluckt zu werden? – Ich weiß es nicht. – Völlig unvermittelt schrie mein Kollege X los: ›Wollen Sie zehntausend Mitarbeiter in der Zentrale?‹ Er stieß nur diesen einen Satz aus.«

Die Planerin kehrte zur Couch zurück, damit hatte Thaddea nicht mehr gerechnet. Die Planerin stieg die Stufen nicht mit der gleichen Souveränität hinab, mit der sie sie aufwärts genommen hatte. Sie blickte nach unten und hielt den Blick gesenkt, als sie die Ebene erreicht hatte.

»Dann redeten alle auf einmal.«

Die Planerin setzte sich auf die Couch und drehte Thaddea den Rücken zu. Das war Thaddea noch nie passiert, und sie hätte es auch nie geduldet. Aber sie hatte ihrer ersten Klientin schon zu viel durchgehen lassen. Es war nicht sinnvoll, jetzt noch die Linie zu ändern.

»Die anderen schnatterten, grunzten, zischten, winselten, keiften, kicherten. Ich: Unerschütterlichkeit, Seelenruhe, Geistesgegenwärtigkeit – vortäuschend, alles im Griff zu haben. Aber das war nur ein Kammertheater mit mir als Zwangszuschauerin, im Vergleich zu dem, was mein Kollege X nun aufbot. Er schnellte von seinem Platz hoch und wieder zurück, er brüllte immer das Gleiche, immer in der gleichen Lautstärke und Tonlage, dabei hatte sein Gesicht gar keinen Ausdruck. Er hatte den Verstand verloren, ich weiß nicht worüber. – Plötzlich war eine Karte von Amerika auf dem Screen, ich wusste erst nicht, wie sie dahin kam. Der Schreier hatte sie eingespeist. Als er sich auf das stürzte, was ich vorgetragen hatte, und es zerstören wollte, war seine Hand in unkontrollierten Kontakt mit der Tastatur seines Notebooks gekommen. Auf der Karte waren die Grenzen der US-Bundesstaaten mit schwarzen Linien gezeichnet. Alle Staaten verfärbten sich zur Gänze schwarz und veränderten ihre Form, sie wurden zu mehr oder weniger regelmäßigen Rechtecken. Grelle Strahlen traten zwischen den Staaten aus, dort, wo vorher die Grenzen gewesen waren.«

In diesem Augenblick schob sich eine einzelne Wolke vor die Sonne. Der Himmel blieb blau, aber das Blau bewirkte nichts mehr. Alles in der Struktur war grau. Nicht genug, dass die Komponenten der Struktur keine Schatten mehr warfen, es ergaben sich nicht einmal da mehr Kontraste, wo Durchsichtiges in Undurchsichtiges überging. Die Planerin und Thaddea waren beide in das Grau getaucht. Auf einmal störte es Thaddea nicht weiter, dass die Planerin ihr den Rücken zuwandte.

»Einzig der Chief Financial Officer gab den völlig unbeteiligten Zuschauer. Die Blicke meines Widersachers buhlten um ihn, aber der CFO wollte nicht sein Blickfreund sein, er lehnte jede Blickbekanntschaft ab. An meinem House keeping-Plan gab es nichts zu rütteln und zu schütteln, wie mein Widersacher auch dagegen anrannte. Nach den Lean-Jahren würden wir den Einfluss des Corporate Center wieder ausweiten. Natürlich würden wir in der Konzernzentrale nicht zehntausend Leute beschäftigen. Mein Widersacher richtete nichts aus. Er griff weiter an, aber ohne Kraft. Es war nicht klar, ob die ihm nun fehlte, oder ob es ihm nicht mehr ernst war. Er redete, ohne eine Antwort zu erwarten. Er erstarrte. Aber zum ersten Mal bekam sein Gesicht einen Ausdruck.«

Unversehens hatte die Wolke die Sonne freigegeben. Die Planerin drehte sich Thaddea zu, beide blickten in Richtung des Lichts. Es war, als ob die Lichtstrahlen ihnen einen körperlichen Widerstand entgegensetzten.

Die Planerin strich sich die Haare aus dem Gesicht und sagte: »Das vielstimmige Wutknirschen war verebbt, nicht einmal ein Hintergrundgeräusch klang nach. Aber nach dem Ende des Meetings konnte ich nicht aufstehen. Ich konnte mich nicht mehr erheben.«

Ben-Luca sagte: »Ich habe mir Gedanken gemacht.«

Er kauerte auf dem Beifahrersitz. Die Augen unmittelbar über der Türverkleidung, die Stirn am Seitenfenster, klammerte er sich mit beiden Händen an den Türgriff, als ob er sich vor den Blicken der anderen auf der Straße verstecken wollte, aber dennoch unbedingt mitbekommen musste, was dort vor sich ging. Als ob er auf der Flucht wäre. Er zitterte. Der Tag des Sommeranfangs war kühl, er trug nur ein ärmelloses weißes Unterhemd und schwarze knielange Hosen. Thaddea warf einen Blick auf den Rücksitz, da war keine Sporttasche, er musste sie im Leo's Sports Club gelassen haben. Er besaß einen Ersatzschlüssel für ihren Q3 und musste offensichtlich schon länger auf sie gewartet haben. Thaddea ließ den Motor an und fuhr los.

Sie überlegte, ob sie einen Satz sagen sollte, in dem die Worte ›schlüpfriger One-Night-Stand‹ vorkamen. Oder ›Affäre mit meiner besten Freundin‹.

Sie fuhr los, und Ben-Luca richtete sich etwas auf. Er legte die Hände auf den Rahmen des Seitenfensters und stützte sich mit dem Kinn auf die Hände. An einer roten Ampel spiegelte sich sein von der Sonne beschienenes Gesicht in einem Schaufenster, das im Schatten lag. Fast panisch gingen seine Augen hin und her, sein Mund öffnete und schloss sich, als ob er heftig atmete. Trotzdem gab er kein Geräusch von sich. Da war doch nichts auf der Straße, wovor er Angst haben musste.

Thaddea sagte, harmoniefrei: »Geht es dir gut?«

Alles, nur nicht Girlfriend dolorosa.

Der dekrepite Ben-Luca sagte: »Du brauchst mir keine Hilfe zu sein.«

Er zitterte unvermindert stark. Sie hatte keine Jacke im Auto, sonst hätte sie ihm die übergeworfen. Sie ärgerte sich über ihn und ihre fürsorgliche Regung, er hätte doch bloß seine Trainingsjacke mitnehmen müssen.

Sie musste wieder vor einer Ampel halten. An der Ecke befand sich ein Sportgeschäft. Sie überlegte, ob sie ihm in dem Geschäft einen Sweater kaufen sollte, und sie ärgerte sich noch mehr über sich selbst. Als die Ampel auf Grün schaltete, wartete sie eine Zeitlang, um dann stark zu beschleunigen. Plötzlich schien ihr Körper schwer. Aber dann musste sie stark bremsen, weil ein Radfahrer, ohne sich umzusehen, aus einer Parklücke auf die Straße schoss. Für einen Moment fühlte sie sich gewichtslos, schwerelos. Ihr Hintermann hupte, er hatte die Situation zu spät erfasst und musste eine Vollbremsung hinlegen.

Thaddea dachte: ›Universum des Schmerzes.‹ Es war aus mit Ben-Luca, endgültig. Wie verloren sie beide waren. Die Verlassenheit würde bei ihr bleiben, bis ans Ende aller Tage. Wie stolz waren sie einmal gewesen, beide!

Das Manöver hatte Ben-Luca von seinem Zittern erlöst. Er saß jetzt ordentlich, allerdings etwas künstlich auf dem Beifahrersitz, die Arme seitlich an die Hüften gelegt.

Thaddea fuhr den Isarberg hoch, an der Mariahilfkirche vorbei. Sie gab Ben-Luca noch bis zum Wettersteinplatz Zeit, seine Gedanken zu äußern.

Ben-Luca sagte nicht: ›Entschuldige, dass …‹ Er sagte auch nicht: ›Wir sollten nichts überstürzen.‹ Oder: ›Vielleicht war es voreilig, dass …‹

Ein für allemal – geworfene oder gefallene? – Würfel.

Am Wettersteinplatz gab es Taxis, aber was war, wenn Ben-Luca einfach im Wagen sitzen blieb? Sie konnte ihn nicht zwingen auszusteigen. An der Verkehrsinsel drehte sie um.

Sie sagte: »Ich habe etwas in Schwabing liegen gelassen.«

Er fragte: »Was hast du liegen gelassen?«

Er glaubte ihr nicht.

Er sagte: »Ich spreche nie wieder mit Kata. Ich verspreche es.«

Sie glaubte ihm nicht.

Sie würde den Wagen in Schwabing stehen lassen und

einfach nicht zurückkommen. Sie würde ein Taxi nach Grünwald nehmen und am nächsten Morgen mit dem Taxi wieder in die Stadt fahren. Ben-Luca würde nicht die ganze Nacht auf dem Beifahrersitz verbringen.

Das rasende Knospen der Wüste in Ben-Luca-und-Thaddea-Land! Zugleich sie, Thaddea, turbulent, tumultuarisch! Es musste nicht mehr alles so zusammenpassen, wie es früher zusammengepasst hatte. Grübelzwang – das war gestern. Thaddea, allein, ungeliebt an allen Fenstern sitzend, studierte nicht länger, wer sie lieben könnte. Wen sie lieben könnte.

Thaddeas Geist war Flamme. Die Hauptperson ihres Romans würde ein Junge sein, kein Mädchen. Nicht etwa, sondern genau fünfzehn Jahre alt. Der Junge würde so denken und so fühlen, wie sie in dem Alter gefühlt und gedacht hatte – wie sie jetzt noch fühlte und dachte. Sie wollte sich nicht verstellen. Sie hatte keine Angst, zu viel von sich preiszugeben. In allem, was sie taten und sagten, entblößten sich die Menschen unablässig, das galt auch für sie selbst. Sie wollte in ihrem Roman Nebensächliches vermeiden. Der Junge war eine Kontrollinstanz: Für alles Gefühlte, für alles Gedachte musste sie erwägen, ob sie es von sich auf einen Jungen übertragen konnte. Auf diese Weise, so stellte sie es sich vor, wurden unbedeutende Nebensächlichkeiten wirkungsvoll ausgefiltert. Wenn sie ein Mann gewesen wäre, dann hätte sie ein Mädchen als Hauptfigur gewählt.

Der Vater des Jungen war Steuerberater, ein Einzelkämpfer. Er hatte eine Sekretärin und immer zwei Auszubildende, die zusammen eine Arbeitskraft ersetzten. Der Junge sollte nicht in so gesicherten Verhältnissen aufwachsen wie sie selbst. Ihr Vater hatte eine der größten Steuerkanzleien in München aufgebaut und aus dieser eine Wirtschaftsprüfungsgesellschaft – Klock Treuhand – gemacht. Unmittelbar nach der Wiedervereinigung hatte er zwei Tochtergesellschaften in Dresden und Leipzig gegründet, die sich sofort sehr gut entwickelt hatten.

Thaddea war ein Münchner Kindl, in der Kinderklinik in der Lachnerstraße geboren. Aber ihre Eltern waren keine Bayern. Thaddea Klock kam aus uraltem Steueradel, wenn man das so sagen konnte. Ihr Urahn, Kaspar Klock, galt als der wichtigste Begründer der deutschen Steuerlehre. 1583 in Soest geboren und 1653 in Braunschweig gestorben, war er als Rechtsgelehrter nacheinander Kanzler dreier Fürstentümer und der vielgelesene Autor umfänglicher lateinischer Werke über öffentliche Finanzen gewesen. Diese kulminierten in dem riesenhaften *De Aerario*, einem ›Tractatus juridico-politico-polemico-historicus‹. Der Kameralist – seine Überlegungen galten einer gerechten, auf Leistung beruhenden Besteuerung, die ohne zu großen Verwaltungsaufwand durchgeführt werden konnte – zitierte üppig aus den Gedichten der Alten, er verfasste selbst Verse, und auch Beschreibungen der Schrecken des Dreißigjährigen Krieges flossen ein.

Thaddeas Vater hätte es gerne gesehen, wenn sie BWL oder Jura studiert und seine Kanzlei übernommen hätte. Thaddea war das einzige Kind. Aber nachdem sie einmal in der Kanzlei gejobbt hatte, gab sie ihrem Vater zu verstehen, dass sie etwas anderes studieren wollte. Darauf hatte er seine Kanzlei für sehr viel Geld an PricewaterhouseCoopers verkauft. Nicht viel später waren Thaddeas Eltern verunglückt.

Mathematik war Thaddeas schlechtestes Fach, sonst war sie eine gute Schülerin gewesen. Das lernintensive Medizinstudium hatte sie leicht bewältigt. Obwohl sie nicht wenig las, hatte sie eine Rechtschreibschwäche, gegen die anzukämpfen sie sich niemals Mühe gegeben hatte. Mittlerweile ersparten ihr Textverarbeitungsprogramme einschlägige Anstrengungen. Das Problem, sich zwischen ›das‹ und ›dass‹ zu entscheiden, perseverierte allerdings.

Sie hatte Medizin studiert, weil –. Die Frage, warum sie Medizin studieren wollte, hatte sie nie wirklich beantworten können. Schon als Kind hatte sie Ärztin werden wollen. Nach dem Erlebnis mit dem Lieferwagen vor dem Kindergarten war für sie klar gewesen, dass sie Medizin studieren würde. Hatten sie die Ärzte in der Klinik beeindruckt? Ja. Aber nicht über die Maßen. Wollte sie den Menschen helfen? Ja. Aber nicht um jeden Preis. Bestimmt nicht um den Preis ihres, Thaddeas Lebens. Wollte sie mit ihrer Berufswahl ihre eigene Dummheit bestrafen oder wiedergutmachen? War es wirklich eine gewesen? Wie die Jahre vergingen, war sie sich da nicht mehr so sicher. Aber wenn es keine Dummheit war, was war es dann gewesen?

In ihrem Roman verbrachte der Junge seine Ferien in der Kanzlei seines Vaters, er fertigte Excel-Tabellen an, schrieb E-Mails und füllte Formulare aus. Der Junge bekam kein Taschengeld, dafür bezahlte ihn der Vater wie eine reguläre Hilfskraft. Auf diese Weise verfügte er über mehr Geld als seine Klassenkameraden.

Die allerersten Sätze des Romans würden lauten:

»Frei?« Der Vater wiederholte verblüfft: »Du willst morgen frei haben?« Der Vater war hinter einem Wall von Aktenordnern verschanzt.

Sollte sie mit der Hand schreiben, den Computer benutzen oder diktieren?

Ihr Vater hatte die Gewohnheit gehabt, vor seinem Schreibtisch Aktenordner bis zu Kniehöhe zu stapeln. Erst viel später war Thaddea der Gedanke gekommen, dass der Aktenwall vor dem Schreibtisch eine andere Funktion gehabt hatte als die von allen vermutete. Der Vater hatte den Wall nicht gezogen, um die anderen auf Abstand zu halten, sondern um sich selbst Abstand von den anderen zu verordnen. Er wollte verhindern, dass er zu sehr aus sich herausging. Der Aktenwall sollte ihm nicht gegen die anderen Schutz gewähren, er sollte ihn vor sich selbst schützen.

Der Junge war eines Tages aufgewacht und hatte die Welt verstanden. Er war eine Maschine. Die anderen waren Menschen aus Fleisch und Blut. Wenn er sich in den Finger schnitt, floss Blut, aber das Gewebe war nur Verkleidung. Sein Kern bestand aus einer hochkomplizierten technischen Konstruktion. Dass Röntgenbilder einen gewöhnlichen menschlichen Körper zeigten, war nur Vorspiegelung. Wenn ein Röntgengerät auf seinen Kern gerichtet wurde, projizierte dieser das gewünschte Bild in das Gerät.

Die anderen taten, was sie wollten. Er tat, was jemand anderes wollte. Das war gar kein Jemand, sondern ein großer schwarzer Kasten, ein Lochbandcomputer. Er, der Junge, war die einzige Maschine in seiner Familie und in seinem Umkreis, aber es musste noch andere geben. Für ihn allein hätte sich der technische Aufwand nicht gelohnt. Die Seele jeder Maschine befand sich auf einem gestanzten Plastikband, die Spulen mit den Seelen wurden auf Spindeln außen auf dem schwarzen Kasten aufgesetzt. Jemand musste jeweils den Anfang des Bands durch mehrere Führungsrollen fädeln. Die Bänder zogen Staub an, manchmal hafteten an ihnen noch ausgestanzte Teilchen, nach häufiger Benutzung waren sie zerkratzt und eingerissen.

Woher kamen die Seelen auf den Bändern? Eine Seele auf ein Band aufzuzeichnen, das war ein komplizierter Prozess, der wohl nicht ohne die Einwilligung des Inhabers der Seele vonstatten gehen konnte. Der Junge glaubte, dass die Inhaber der Seelen für die Kopien ihrer Seelen Geld bekommen hatten. Aber vielleicht hatte es auch gar nichts mit Geld zu tun. Wenn jemand seine Seele kopieren ließ, dann wurde die Seele so etwas wie unsterblich. Allerdings: Mit dem Gebrauch verschlissen die Seelen, sie wurden beschädigt, manche wurden ganz zerstört.

Weil es nicht einfach war, Seelen zu kopieren, lag es nahe, die Seelen mehrfach zu verwenden. Der Junge glaubte, dass seine Seele auch in andere Maschinen eingesetzt wurde, die sich von ihm unterschieden. Der Junge hatte in der Schule Informatikunterricht, das Hobby des Lehrers waren alte Rechner.

Der Junge funktionierte nicht richtig. Der Rechner war uralt, das Band mit der Seele des Jungen beschädigt, es gab keinen Support mehr für das System. Warum verwendeten diejenigen, die die Seelen kopierten, nicht einen modernen Computer, warum kopierten sie die Seelen nicht auf moderne Medien? Aber vielleicht taten sie das ja und ließen einfach nur das veraltete System so lange weiterlaufen, bis es crashte. Bis er, der Junge, crashte.

Vielleicht gab es ja eine fehlerfrei funktionierende Version seiner Seele in einer anderen Maschine. Vielleicht war er auch die letzte Seele, die auf dem Lochbandrechner lief. Er hatte noch keine andere Maschine getroffen, von der er mit Sicherheit sagen konnte, dass sie eine war.

Der erste Rechner, den Thaddeas Vater für seine neu gegründete Kanzlei gekauft hatte, war ein Lochbandrechner gewesen. Ihr Vater hatte sich nicht davon trennen können. Bis zum Verkauf der Kanzlei stand der Rechner in dem Raum, in dem das Büromaterial vorgehalten wurde. Thaddea hatte sich gefragt, was die PwC-Leute mit dem Rechner gemacht hatten. Hatten sie ihn entsorgt oder vielleicht doch in ein Technikmuseum gegeben?

Die nahe Kirchturmuhr schlug Mitternacht. Thaddea las noch einmal die Stichworte durch, die sie aufgeschrieben hatte, als ein Geräusch im Parterre sie aufschrecken ließ. Das konnte kein Einbrecher sein, die Struktur war außen und innen beleuchtet.

Sie hatte den Wagen in Schwabing stehen gelassen, aber sie hatte nicht sofort ein Taxi nach Hause genommen. Wenn keine Klienten kamen, konzipierte sie eben ihren Roman.

Thaddea stieg ins Parterre hinab, wo die Ursache für das Geräusch sofort klar wurde. Naturgemäß war es unmöglich, in der Struktur gewöhnliche Deckenleuchten oder Wandappliken anzubringen. Die Beleuchtung wurde gerade durch die LED-Technik revolutioniert, jeden Monat kamen neue Leuchtkörper mit neuen Leuchtmitteln auf den Markt. Man – das waren Kata und sie – hatte sich deshalb nicht früher mit der Beleuchtung befasst, die Entscheidung darüber sollte mit der Fertigstellung der Struktur fallen. Aber Thaddea konnte sich ja nicht mehr mit Kata über die Beleuchtung besprechen. Auf eigene Faust hatte sie zwei Steh- und zwei Leseleuchten gekauft. Der Leuchtkörper für das Leselicht bestand aus einer auf einem Gelenkständer montierten schwarzen Scheibe. Die war so flach, dass man sie von der Seite kaum sah. Die Stehleuchte für das Raumlicht war mannshoch, ein weißes Glasei mit LEDs war auf eine schmale schwarze Stange aufgesetzt. Offensichtlich hatte der Techniker der Firma, die die Lampen geliefert hatte, die Stange nicht richtig auf der Bodenplatte festgeschraubt. Das Glasei war nur deswegen nicht in tausend Scherben zersprungen, weil die Stange genau auf Thaddeas auf dem Boden liegende Handtasche gefallen war.

Es würde Thaddea nicht einfallen, zu einem Schraubenzieher zu greifen und die Lampenstange zu befestigen. Sie würde die Firma anrufen, die die Lampen geliefert hatte, die sollte gefälligst einen Techniker schicken. Thaddea kontrollierte jedoch die andere Stehlampe, die richtig montiert war. Sie knipste die Stehlampe und das Leselicht neben dem Sofa aus.

In der ersten Etage des Jugendstilhauses auf der gegenüberliegenden Straßenseite gab es keine Vorhänge. Thaddea blickte auf ein Arbeitszimmer mit einem schweren schwarzen Schreibtisch, neben dem ein riesiger, von innen beleuchteter Globus zu schweben schien. Der Globus bestand aus zwei Halbkugeln, die von einem um den Äquator laufenden breiten schwarzen Band zusammengehalten wurden. Die Meere verströmten milchweißes Licht, die Kontinente hoben sich schwarz und gestochen scharf ab.

Die Bewohner konnten alles sehen, was sich in Thaddeas Studio abspielte, sie selbst konnte alles beobachten, was sich in deren Wohnung zutrug.

Katas Konzeption für die Struktur war die kompromisslose und totale Transparenz gewesen. Es gab jedoch immer den Last exit Faltrollo. Wenn Thaddea wollte, konnte sie Nichteinsehbarkeit herstellen. Natürlich hatte sie niemals vorgehabt, irgendwelche Sichtblenden anzubringen, ohne das vorher mit Kata zu besprechen.

Nachdem Thaddea alle Lampen ausgeschaltet hatte, wurde das Innere der Struktur nur noch von den beiden nächsten Straßenlaternen ausgeleuchtet. Am Tag wehrten sich die weißen Streben, die weißen Flächen, die weißen Treppen gegen das Licht, die Struktur bewahrte Disziplin. In der Nacht saugten sich die Elemente der Struktur mit dem spärlichen Licht voll, die Struktur ließ sich gehen.

Naheliegenderweise war es im hinteren Teil der Struktur dunkler als im vorderen. Wer sich anstrengte, konnte trotzdem von der Straße aus Thaddeas Kontur auf der weißen Couch wahrnehmen. Sie glaubte, dass in dem Arbeitszimmer mit dem Globus ebenfalls jemand saß, auf dem grauen Sofa neben der schwarzglänzenden Kassettentür. Aber sie war sich nicht sicher.

Die Struktur befand sich in einer ruhigen Nebenstraße. Thaddea hatte den ganzen Tag kein einziges Geräusch bewusst wahrgenommen. Das erste Geräusch war das Umfallen der Stehlampe gewesen. Minutenlang hielt Thaddea sich völlig still, aber auch nach Mitternacht war da kein Laut. In der unmittelbaren Umgegend gab es keine Lokale, die besoffene Gäste ausspien. Wenn die Stadt einen Puls hatte, dann war er hier nicht spürbar.

Wer im Glashaus saß, sollte sich über Krach nicht beschweren. Als sie die Pläne mit Kata besprochen hatte und auch während des Baus, hatte Thaddea sich immer wieder vorgestellt, wie es wohl sein würde, wenn sie sich in der fertigen Struktur aufhielte. Sie hatte Angst gehabt, dass ihr die Stadt wichtigtuerische Angebote machen würde, denen sie vielleicht nicht widerstehen konnte. Keine Rede.

Biss sich die Stadt auf die Lippen? War sie, Thaddea, in eine Gesprächslücke geraten? Die Stadt hatte es nicht mit ihr aufnehmen wollen an diesem Tag. Wartete die Stadt auf einen Tag, an dem Thaddea sich nachlässig Blößen geben würde – sie wusste nicht welche?

Der Junge wusste, er war eine Maschine. Das stand fest. Er konnte es nicht sagen, man hätte ihn für verrückt gehalten. Er konnte es nicht beweisen, alle Röntgenaufnahmen, die von ihm gemacht wurden, zeigten einen Menschen. Aber das Band mit seiner Seele war fehlerhaft: Er fühlte nichts. Beim Kopierprozess war etwas schiefgegangen.

Es hatte ihn keine Mühe gekostet, ein normales Kind zu sein, und es war für ihn nicht mit Anstrengungen verbunden, ein normaler Heranwachsender zu sein. Er war ein folgsames Kind gewesen, nur manchmal aufsässig, nie so sehr, dass es aus dem Rahmen gefallen wäre. Er war zurückhaltender gewesen als andere Kinder, aber das entsprach keinem inneren Antrieb. Seine Eltern legten großen Wert darauf, dass er sich korrekt benahm. Er machte alles, was alle anderen auch machten, doch er fühlte nichts dabei. Er wusste, was ein Autist war und dass er keiner war. Es gab Freunde. Er verspürte keine Befriedigung, wenn er Zeit mit einem Freund verbrachte.

Er konnte nichts dafür, dass er nichts fühlte. Trotzdem hatte er ständig ein schlechtes Gewissen, weil er nichts fühlte. Ein schlechtes Gewissen zu haben, war auch eine Sorte von Gefühl. Streng genommen war es also nicht richtig zu sagen, er hatte gar keine Gefühle – aber das war Haarspalterei. Wenn er Gefühle hatte, dann nur eins: das schlechte Gewissen. Es war nicht so, dass er es unerträglich gefunden hätte, auf Dauer mit dem schlechten Gewissen zu leben. Dann hätte er ja schon zwei Gefühle gehabt: das Gefühl des schlechten Gewissens und das Gefühl, das schlechte Gewissen nicht ertragen zu können. Es ging um etwas anderes. Er funktionierte einfach nicht richtig.

Irgendwie musste er es erreichen, dass seine Eltern, seine Lehrer, seine Mitschüler ihn wie eine Maschine behandelten. Nicht wie einen Menschen. Von einer Maschine würden sie nicht erwarten, dass sie Gefühle hatte. Dann brauchte er kein schlechtes Gewissen mehr zu haben, weil er keine Gefühle hatte.

Qu'est que s'up? Der Rock – Pencil skirt – glänzte golden wie das Sonnensegel einer Raumsonde im Orbit. College look. Auf dem langärmeligen grauen T-Shirt – dabei war es ziemlich warm – die Karikatur eines weißen Pudels, die hinteren Läufe geschoren und rosa, die Augen freigeschnitten und verdreht – es sah so aus, als ob der Pudel eine Brille trug –, die Schnauze pink, wie angemalt. Dafür hatte Kata keinen Lippenstift aufgelegt, und sie trug auch keine Brille. Obwohl die Sonne schien. Wollte sie Thaddea unbedingt in die Augen sehen? Ihre Augen waren stark schwarz geschminkt, das hing wohl mit der Kopfbedeckung zusammen, einer schwarzen Haube unbekannter Genese. Thaddea fand, ein schwarzer Pudel wäre passender gewesen.

Kata unterbrach Thaddeas Roman. OmG. Entschlossen hielt Kata mit beiden Händen eine große weiße Tüte vor sich. Als Thaddea noch in der Maxvorstadt gewohnt hatte, war Kata oft am Samstagmorgen bei ihr vorbeigekommen, sie hatte frische Croissants mitgebracht, und sie hatten gemeinsam ausgiebig gefrühstückt. Thaddea wäre es nie eingefallen, extra wegen der Croissants den Fuß vor die Tür zu setzen. Kata blickte in die Videokamera an Thaddeas Gartentor in Grünwald, aber sie sagte kein Wort in das Mikrophon.

Thaddea konnte Kata nicht hereinlassen, damit hätte sie ihr bereits so gut wie vergeben. Egal, was danach kommen würde. Selbst dann, wenn Thaddea kein Wort mit Kata reden würde. Wenn sie stumm zusammen frühstücken würden: Das wäre dann das Maximum der Vergebung. Thaddea begann sich zu ärgern. Kata konnte doch nicht ernsthaft erwarten, dass sie mit einer Tüte Croissants alles wiedergutmachen würde. Bestusst, wenn Kata meinte, sie würde darauf eingehen.

Kata hätte Sneakers anziehen sollen. Die goldenen Bänder der offenen Schuhe passten zum Rock, aber die Absätze waren viel zu hoch, und Riemchen um die Fesseln hatten mit College look wirklich nichts zu tun. Kata war selbst schuld, dass sie Thaddea eine Überwachungsanlage mit derart hochauflösendem Bildschirm eingebaut hatte.

Kata wusste, sie konnte lange warten, bis Thaddea auf sie zukommen würde. Aber deswegen musste sie Thaddea nicht gleich auf den Keks gehen. Sie hätte eine Gelegenheit suchen können, bei der sie Thaddea zufällig traf. Was allerdings nicht ganz einfach war. Sie hätte ja Ben-Luca fragen können – hoppla, der Gedanke führte in die Irre.

Thaddea stellte sich vor, sie hätte es von jemand Drittem erfahren, und Kata tat so, als wäre nichts gewesen. Sie stellte Kata zur Rede, die erst alles leugnete, ehe sie etwas zugab. Dann hätte Thaddea die Gelegenheit gehabt, ihr zu sagen: ›Ich habe immer gewusst, dass du eine Nutte bist! – Aber ich habe nicht gedacht, dass du auch so lügst!‹

Kata machte keine Anstalten, den Knopf ein zweites Mal zu drücken. Das war auch nicht nötig, denn den Summton konnte man nicht überhoren. Thaddea hatte für ihr Haus einen tiefen und für die Struktur einen hohen Summton gewählt. Kata konnte nicht wissen, ob Thaddea zu Hause war, aber sie wusste, wenn Thaddea zu Hause und nicht gerade ohnmächtig war, dann hatte sie etwas gehört. Bitch was busy.

Da kam Thaddea – da kam dem Jungen eine Idee. Der Junge musste sich verletzen. Auf eine Weise, dass der Kern seines Körpers für das bloße Auge sichtbar wurde, dass der Mechanismus, der die Röntgengeräte übertölpelte, nichts mehr nützte. Er durfte sich nicht zu schwer verletzen, schließlich wollte er sich nicht umbringen. Das wäre nur dann angebracht gewesen, wenn das schlechte Gewissen absolut unerträglich gewesen wäre. Was ja nicht der Fall war.

Früher hatte der Junge gedacht, seine Gliedmaßen seien mechanische Teile, lediglich mit Muskeln, Sehnen, Adern, Haut verkleidet. Aber dann wäre es bei der ersten kleineren Verletzung aufgefallen, dass er eine Maschine war. Mittlerweile hegte er die Überzeugung, dass seine Arme aus Fleisch und Blut waren. Der Junge glaubte auch, dass sein innerer Kern ziemlich robust war. Er konnte aus großer Höhe von einer Brücke oder aus einem Gebäude in die

Tiefe springen, der innere Kern würde es unbeschädigt überstehen, er würde nicht sterben. Doch würde er sich seiner Arme und Beine nicht mehr bedienen können, er könnte nach nichts mehr greifen und sich nicht mehr fortbewegen. Weil die Maschine dann zu gar nichts mehr nütze war, lag es nahe, sie abzuschalten. Man würde seine leblosen Überreste nicht untersuchen. Niemand würde wissen, dass da eine Maschine begraben wurde.

Der Junge wollte nicht, dass die Leute annahmen, er habe Probleme. Die hatte er ja nicht. Sein Problem war ja, dass er keine Probleme hatte. Aus diesem Grund kam es auch nicht in Frage, dass er sich etwa einen spitzen Gegenstand in die Brust bohrte, der bald auf unnatürlichen Widerstand stoßen würde. Genausowenig konnte er einfach auf die Straße laufen und sich überfahren lassen. Am unverfänglichsten war ein Fahrradunfall –

Roberta Blankovic besaß ein Haus in der Nähe von Empoli, das von Ettore Sottsass entworfen war. Das ziemlich unscharfe Handyfoto im Internet hätte auch die Abbildung eines Legohauses sein können. Über einem hellen Quader, der lediglich auf der Seite mit der Rundbogentür drei nicht sehr große quadratische Fenster besaß, schwebte ein ziegelgedecktes Satteldach. Der Zwischenraum zwischen dem Hauskörper und dem Dach war als teilweise verglaste Veranda gestaltet. Das Haus stand in einer nicht gemähten, halbverdorrten Sommerwiese allein vor einem Wald.

Sottsass war Thaddea ein Begriff. Sie erinnerte sich an komplizierte Glasobjekte, an Keramiken und Möbel, an die Memphis-Zeit. Das Auktionshaus, in dem Ben-Luca arbeitete, veranstaltete jede Saison eine Auktion Modern Design. Üblicherweise hatte Ben-Luca sie und Kata noch vor der offiziellen Vorbesichtigung durch die Auktion geführt.

Wie kam die Planerin nach Empoli? Die Landschaft sah nicht nach einer Traumgegend aus. Keine Spur von Toskana. Allerdings war der Bildausschnitt ziemlich klein. Der Job der Besitzerin legte nahe, dass sie das Haus nicht oft benutzte. Zwar war Florenz nur etwa zwanzig Kilometer entfernt, aber es machte keinen großen Sinn, am Samstagnachmittag nach Florenz und am Sonntagabend zurück nach München zu fliegen.

Thaddea hatte auch herausgefunden: Die Planerin hatte eine Tochter namens Fleur, die eine weltbekannte Künstlerin war. Sie wurde von Hauser & Wirth vertreten, einer Schicki-Galerie in Zürich. Die Künstlerin hatte Gruppen-Ausstellungen im MoMA in New York und im Centre Pompidou in Paris gehabt. Thaddea fand Ausschnitte aus ihren Videos und jede Menge Bilder von ihren Installationen. Sie war die offizielle Ländervertreterin Deutschlands bei der Biennale von Venedig im Jahr 2002 gewesen. Thaddea entsann sich dunkel, dass es damals um ihr Video ein ziemliches Ballyhoo gegeben hatte. Der Text zu dem Video hatte pornographische Stellen enthalten, der deutsche Biennale-Kurator hatte die Künstlerin dazu bringen wollen, von sich aus auf diese Stellen zu verzichten, die hatte sich geweigert, die Sache war beim Direktor der Biennale gelandet. Der hatte ein Rechtsgutachten eingeholt, das keine andere Wahl ließ, als die inkriminierten Stellen zu streichen. Die Galerie der Künstlerin hatte dafür gesorgt, dass aus der Angelegenheit eine Cause célèbre wurde.

Es gab auch ein Video der Tochter über die Mutter mit dem Titel: *I don't know anyone who wished on his deathbed that he had spent more time in the office.* Thaddea konnte nichts über den Inhalt dieses Videos herausfinden. Jedoch existierte ein Interview in einer Kunstzeitschrift, in dem Mutter und Tochter gemeinsam auftraten und in dem die Mutter erklärte, der Anlass des Videos sei gewesen, dass sie sich in einer Firma, für die sie sehr gern gearbeitet habe, mit ihren Vorstellungen nicht habe durchsetzen können. Ihr sei nichts anderes übriggeblieben, als die Firma zu verlassen. Es sei ihr schwergefallen, die Dinge zu verarbeiten. Unmittelbar nachdem sie in der Firma aufgehört hatte, habe sie sich auf eine unbewohnte Insel bringen lassen, nur mit einem Survival kit ausgerüstet. Sie habe zwei Wochen allein auf der Insel zugebracht.

Als der Summton das pünktliche Eintreffen ihrer Klientin zur zweiten Sitzung anzeigte, googelte Thaddea gerade das Veranstaltungsprogramm des Hauses der Kunst. Sie hatte sich richtig erinnert: In drei Tagen würde eine Einzelausstellung von Fleur Blankovic eröffnet werden. Die Künstlerin würde anwesend sein. In zwei Tagen war Preview. Thaddea würde die Sekretärin des Direktors anrufen.

Der hohe Ton ertönte noch einmal. Die Planerin war ungeduldig? Das passte nicht zu dem Bild, das die Planerin bis jetzt von sich entworfen hatte. Thaddea hastete zum Eingang und erschrak auf der Zwischenebene darüber, dass sie humpelte. Der erste Gedanke: Das macht ja nichts, es sieht ja niemand. Der zweite: Es sehen ja alle. Wenn jemand im Glashaus saß, dann sie. Die Zwischenebene befand sich auf halber Raumhöhe, jemand, der vor der Tür wartete und hoch blickte, musste sehen, dass sie humpelte. Thaddea schwor, nie wieder nicht daran zu denken, ihre Schritte regelmäßig zu setzen.

Sie konnte jedoch erleichtert durchatmen. Vor der Tür tippte die Planerin auf dem iPhone eine E-Mail oder eine SMS ein, damit war sie bestimmt schon länger beschäftigt gewesen. Sie hatte nichts gesehen.

Die Augen der Planerin waren schmaler, ihre Lippen schienen dünner. Zugleich waren ihre Wangenknochen nicht mehr so prominent. Ihr Gesicht schien irgendwie aufgedunsen. Auch die Nase hatte Thaddea schmaler in Erinnerung. Die Haut auf den Backen und auf der Nase wirkte gerötet, das war kein Effekt des Lichteinfalls. Der Rock war etwas kurz, sehr runde Knie standen hervor.

Thaddea ließ die Planerin vorangehen, sie wollte nichts, gar nichts riskieren. Die Planerin trug Business pumps, bestimmt war es Absicht, dass man sie keiner Marke zuordnen konnte.

»Früher war ich überzeugt, meine große Stärke ist das Beobachten. Ich beobachtete alles neu. Ich habe zu mir gesagt: Ich *bin* das Beobachten.«

Auf der Couch beugte sich die Planerin vor und stützte sich mit den Ellbogen auf die Knie. Im Gegensatz zum Gesicht war die Haut an den Innenseiten der Beine und Arme vollkommen weiß. Die Planerin ging nie in die Sonne. Sie war extrem gut depiliert.

»Ich dachte, ich hätte die Dinge gefunden, und mein Beobachten war eine Rekonstruktion. Ich dachte, die Zweckmäßigkeit eines Vorgangs bestand darin, dass ich den Vorgang gemäß dem Gefundenen designt habe. Wenn ich mit den Dingen, mit den Vorgängen zusammengekommen bin, war das eine Epiphanie.«

Natürlich konnte Thaddea nicht erwarten, dass die Planerin ihre Ausdrucksweise für die zweite Sitzung unvermittelt änderte. Thaddea konstatierte, sie hatte sich bereits daran gewöhnt.

»Doch schließlich habe ich gemerkt: Die Dinge und die Vorgänge finden *mich*. – Beobachten, das kann ich gar nicht. – Die Dinge und die Vorgänge gehen auf mich über –«

Die Planerin blickte Thaddea verständnisheischend an.

»Was ich beobachte, sehe ich nicht wirklich. Was mir durch den Kopf geht, denke ich nicht wirklich. Es gibt das Ding und mich. Ist das Ding wie ich, bin ich wie das Ding?«

Thaddea dachte: Noch jemand, der abstritt, zu beobachten. Der Schriftsteller und die Planerin, beide bestanden darauf, dass der Gegenstand seinen Betrachter, seinen Beobachter wählte. Die Planerin strich sich selbst aus dem Zusammenhang zwischen Beobachtung und Beobachtetem heraus. Für den Schriftsteller konnte das niemals in Frage kommen, weil sich der Gegenstand der Betrachtung laufend entzog. Wer war hier naiv: Die Planerin, weil sie den Gegenstand mit dem Erlebnis des Von-ihm-Ergriffenwerdens gleichsetzte und das Beobachten durch das Erlebnis ersetzte? Der Schriftsteller, weil er dem Glauben anhing, dass der Gegenstand zwar vor Augen stand, aber unerreichbar war, und weil er auf diese Weise jede seiner Beobachtungen rechtfertigen konnte? Der Schriftsteller wollte unabdingbar sein, das war professionell nachzuvollziehen. Die Planerin wollte überflüssig sein, das war nicht das Übliche, wenn man im Vorstand einer DAX-Firma war.

Thaddea konnte nicht beurteilen, ob und inwieweit die Planerin ihr Metier beherrschte, was sie in ihrer Position zu bewirken vermochte. Thaddea stellte sich vor, man musste ehrgeizig sein. Gestaltungswillen haben. Vielleicht den Willen zur Macht. Über das Talent der Sehnsucht verfügen? Die Menschen erlebten etwas als groß – sie, Thaddea, niemals –, und sie sehnten sich danach, es dem Großen gleichzutun. Thaddea war überzeugt, weder Ehrgeiz noch Sehnsucht zu besitzen. Aber sie hatte sich auch schon gefragt, warum sie sich ein Haus wie die Struktur bauen ließ. Aus Extravaganz? Sie war doch gar nicht extravagant.

Thaddea fragte die Planerin: »Was ist für Sie etwas Großes?«

Nun also doch Penetration. Sic transit gloria Thaddeae.

»Ich habe einmal eine kleine Firma gerettet. Ohne mich hätte es die Firma nicht weiter gegeben. Doch dann machte die Inhaberin schlapp, meine Kollegin übernahm die Firma und schmiss mich raus, daran habe ich lange gekaut. Ihr war schließlich das gleiche Schicksal beschieden, eine große Firma übernahm die kleine Firma. – Jetzt bin ich in einer großen Firma. Dort habe ich einmal für einen großen Strategiewechsel gesorgt. Manche sagen, ich hätte die große Firma gerettet. Ich rette immer wieder –. Jetzt weiß ich: Ich habe nie *jemanden* gerettet. Ich habe nur immer wieder ein Aus und Vorbei verhindert, für ein Geschäftsmodell, für eine Firma, für eine Karriere. Ich habe geholfen. Aber helfen kann ja auch der allerschlimmste Verrat an *jemandem* sein …«

Thaddea bedauerte irgendwie, dass es ›jemand‹ nicht im Plural gab. Die Planerin war nur um die Geburt ihrer Tochter herum kurz verheiratet gewesen und dann schnell geschieden worden. Sie lebte allein und hatte offiziell keinen Freund. Gab es einen heimlichen Liebhaber, oder machte die Mutter der Künstlerin wechselnde Bekanntschaften?

»Jemanden zu retten, das würde heißen: eine Grenze und ein entscheidender Augenblick. Jemanden davon abhalten, die Grenze zu übertreten, ihn zurückzuholen. Wenn ich am Bahnsteig warte, bin ich eigentlich immer auf dem Sprung – nein, nicht, was Sie meinen.«

Thaddea meinte nichts.

»Ich beobachte immer, ob jemand zu nahe am Bahnsteig steht. Ist das der Fall, entferne ich mich nicht. Wenn jemand hinfiele und gefährlich nahe an die Bahnsteigkante geriete, ich würde zu ihm hinstürzen und ihn wegreißen. – Was würde ich machen, wenn sich jemand absichtlich vor den Zug werfen will? – Aber es gibt keine entscheidenden Momente mehr, es steht immer schon vorher fest, dass nichts passiert. Selbst wenn etwas passiert, was selten genug vorkommt, steht es vorher fest.«

Großes, schlichtweg Großes gab es nirgendwo. Nicht in der Kunst, auch nicht in der Wissenschaft, bestimmt nicht im Geschäft. Es gab nur Beiträge.

Der hohe Ton zeigte einen weiteren persönlichen Kontaktwunsch an. Thaddea erwartete niemanden, auch nicht die Anlieferung einer Internetbestellung. Sie stand auf und begab sich gemessenen Schrittes zur Treppe. Nie wieder würde sie die Kontrolle über ihren Gang verlieren, egal, ob jemand sie beobachtete oder nicht.

Von der Zwischenebene aus erblickte sie einen schlanken Mann in einem dunkelblauen Zweireiher mit großen Revers. Niemand trug mehr Zweireiher. Der Mann hatte die Hände vor dem Körper übereinander gelegt.

Als Thaddea die Tür öffnete, hob er die Hände und machte eine entschuldigende Geste. Er sei der Fahrer von Frau Blankovic, er wolle auf gar keinen Fall stören, aber wenn Frau Blankovic den Anschlusstermin wahrnehmen wolle, dann müssten sie, er verbesserte sich, dann müsste sie jetzt losfahren. Auf der Route gebe es einen Stau mit beträchtlichem Zeitverlust. Er habe auf die Mailbox gesprochen und auch eine SMS geschrieben, aber Frau Blankovic habe das Telefon wohl abgeschaltet.

Thaddea konnte keine größere Limousine auf der Straße ausmachen. Der Fahrer hatte weiter entfernt geparkt. Es war unwahrscheinlich, dass er die ganze Zeit in seinem Wagen geblieben war. Der Fahrer musste seine Chefin und sie beobachtet haben.

Die Planerin empfing sie mit einem gefakt erwartungsvollen Gesichtsausdruck. Sie musste gewusst haben, wer sich da bemerkbar machte. Sie hätte den Fahrer anrufen, Thaddea den Weg ersparen können. War ihr vielleicht doch etwas an Thaddeas Gang aufgefallen? Hatte sie ihre Hypothese verifizieren wollen? Thaddea verwarf den Gedanken. Alle Vorgesetzten triezten von Zeit zu Zeit ihre Untergebenen – das war kein Charakterdefekt, es gehörte dazu, sie selbst hatte es auch nicht anders gehalten.

Die Planerin dachte nicht daran, die Sitzung zu verkürzen. Sie rief den Fahrer an, er solle ihrem Sekretariat Bescheid sagen, sie könne den Anschlusstermin leider nicht wahrnehmen. Danach schaltete sie das Telefon wieder aus.

Thaddea musste das Ursache-Spiel beginnen. Dic Planerin erwartete das von ihr.

Ach, die Ursache. FKBP5.

Das war ein Protein, das die Stoffwechselreaktion einer Zelle auf Stresssignale steuerte, indem es die Wirkung des Stresshormons Cortisol beeinflusste. Das entsprechende Gen existierte in zwei Varianten. Wer mit dem Risikotyp von FKBP5 ausgerüstet war und früh im Leben traumatisiert wurde, entwickelte als Erwachsener eher eine Depression, legte häufiger aggressives Verhalten an den Tag, zog sich eher eine posttraumatische Belastungsstörung zu oder wurde Opfer einer bipolaren Störung. Auch die Suizidhäufigkeit stieg eindeutig mit dem Risikotyp von FKBP5. Das Gen entschied darüber, ob und wie die Umwelt die Reaktion des Menschen auf Stress beeinflusste. Eine stärkere Produktion des Proteins FKBP5 ließ dem Stresshormon Cortisol freie Bahn, eine schwächere Produktion bremste es. Bei den traumatisierten Trägern der Risikovariante war das Gen stark aktiviert. An die DNA waren an dieser Stelle auffallend wenige Methylgruppen angedockt, die verhindern konnten, dass das Gen aktiviert wurde. Bei der Risikovariante verursachten Traumata eine Entfernung der Methylgruppen, bei der schützenden Variante war dieser Effekt wesentlich geringer. Träger der Risikovariante reagierten bereits als Kinder auf ein Trauma mit einer verstärkten Bildung des Proteins FKBP5. Dadurch wurde die natürliche Stressreaktion verstärkt, die Zellen legten den epigenetischen Schalter um, die übersteigerte Stressreaktion wurde fest gespeichert.

Oh, die Ursache. Als sich in Thaddea der nicht wieder rückgängig zu machende Wunsch gebildet hatte, das zu tun, was sie jetzt tat, hatte noch niemand von FKBP5 gesprochen. Weder von dem Protein noch von seinem Gen. Thaddea war das geworden, was sie jetzt war, *weil* die Ursache nach ihrer Auffassung eine Narretei, eine unselige Fixierung, eine Obsession darstellte. Irgendwo fand man immer bei jedem und jeder eine Mischung aus unguten Erinnerungen und einem nicht besonders gut funktionierenden Erinnerungsvermögen. Das nannte man dann Trauma, und anschließend bastelte man daran, die Erinnerungen in einen einigermaßen logischen Ablauf zu bringen und sie in einem freundlicheren Licht erscheinen zu lassen. Thaddea hatte niemals an Ursachen geglaubt und glaubte auch jetzt nicht daran.

Was klagten die Inhaber von Traumata – sie hatten doch eine Beschäftigung! Wenn sie litten, dann hatte das seine Berechtigung. Jeder wollte die Ursache von etwas sein. Wenn er das nicht schaffte, musste es eine Ursache geben, warum ihm das nicht gelang. Die Leute waren selbst schuld, wenn sie sich Ziele setzten. Wer sich Ziele setzte, musste mit dem Tod konkurrieren, denn das war der einzige, der immer seine Ziele erreichte. Und wenn es jemandem gelang, Ursache zu sein, dann entfaltete er sich in die Breite, nirgendwohin sonst. Wobei das ›entfalten‹ einen Euphemismus darstellte. Sie, Thaddea, hatte keine Ziele. Mit Zielen hätte das Leben für sie jeden Reiz verloren.

Die Ursache sollte eine Therapie gegen das Dasein bilden. Wenn die nichts fruchtete, dann war natürlich die Therapie der Therapie fällig. Man haute dem Bewusstseinsträger mit dem Plastikhammer auf den Kopf. Man platzierte Spulen neben seinem Schädel, die ein Magnetfeld aufbauten, das jede Sekunde die Richtung wechselte, aus dem Südpol wurde der Nordpol, aus Rot wurde Grün, immer wieder. Man betäubte das Bewusstsein oder auch nicht und ließ Strom durch das Gehirn fließen. Oder man bildete Bewusstsein in Psycho-Blah aus. Früher war das Unbewusste der Spielverderber. Heute hieß es: Ihre Beziehung *ist* die Persönlichkeitsstörung, und: Er ist ihr Symptom und Sie sind seins, aber man sagte nicht mehr ›Symptom‹, sondern ›Kriterium‹. Es gab keine Therapie gegen das Dasein. Mit Ursachen kam man um das Dasein nicht herum.

Das bloße Lebendigsein war unglaublich anstrengend. Nichtstun, Erleiden war in höchstem Maß kräftezehrend. Es gab nichts Strapaziöseres als Erleben. War das so, *weil* das Leben nichts bedeutete, oder *obwohl* das Leben nichts bedeutete? Darüber hatte Thaddea lange nachgedacht. Die Ursache war ein anspruchsloses, unanstrengendes Gewerbe, das von der Anstrengung des Lebendigseins ablenkte –

Was Ben-Luca und Kata betraf: Die Sache war nicht

wirklich wichtig. Aber sie kränkte, verletzte so sehr, weil es um missbrauchtes Vertrauen ging. Thaddea hätte nie gedacht, dass … Ben-Luca wusste, dass Thaddea nie gedacht hätte, dass … und Kata ebenfalls. – Wäre es besser gewesen, wenn Kata und Ben-Luca sie vorher gefragt hätten?

Thaddea war noch nicht bereit, mit dem Ursache-Spiel zu beginnen. Sie wollte von der Planerin wissen, ob es irgendetwas gebe, worüber sie lachen könne. Die erteilte die bündige Auskunft, es gebe keinen Humor. Thaddea fiel der letzte Witz ein, den Kata ihr erzählt hatte. Treffen sich zwei Rosinen. Fragt die eine: Warum hast du denn einen Helm auf? Sagt die andere: Ich muss gleich in den Stollen.

Thaddea fragte die Planerin, ob es Ironie gebe. Die Planerin stellte geistesgegenwärtig die Gegenfrage, was Thaddea unter Ironie verstehe. Thaddea antwortete nicht minder geistesgegenwärtig, Ironie sei immer auch, dem Adressaten der Ironie voraus zu sein. Der eine tue oder sage etwas, auf das der andere bis dahin noch nicht gekommen war. Das der andere dann nachvollzog. Das Aha- oder Heureka-Erlebnis sei immer auch die Anerkennung eines Machtgefälles. Wer ironisch sei, wolle mächtig sein.

Thaddea überlegte bei sich: Was war, wenn sich jemand Ironie gegenüber anderen verbot, zugleich aber danach strebte, in seinen Gedanken prinzipiell ironisch zu sein? Wenn jemand versuchte, nur zu sich selbst ironisch zu sein? Wollte er Macht über sich selbst haben? Einerseits war das plausibel. Andererseits: Wenn Ironie darin bestand, jemand anderem voraus zu sein, und wenn der andere man selbst war, wie sollte das funktionieren? Wer ironisch zu sich selbst war, der war ganz ohne Zweifel beschäftigt.

Die Planerin entledigte sich der Schuhe, zog beide Beine an, stellte die Füße auf den Couchrand und umfing die Beine mit den Armen. Sie presste ihre runden Knie zusammen, nahm aber die Füße soweit wie möglich auseinander, so dass sich nur die großen Zehen berührten.

»Das Brausen und Gellen der Argumente war verklungen. Die Kriegführenden hatten sich ausgetobt, keiner, der seine Höllenmaschine nicht in Funktion gesetzt hätte. Die großen und kleinen Kriege waren ausgetragen. Waffenstillstände und Friedensschlüsse waren leicht als solche kenntlich gewesen. Tödliche Ausgänge würden sich möglicherweise erst später als solche erweisen. Das Meeting war eines der wichtigsten in den letzten Jahren. Es ging um die Zukunft. Und diesmal, zum ersten Mal seit Jahren, war die Zukunft noch nicht vorher festgelegt. – Wer nach dem Ende des Meetings sofort seine Sachen zusammengepackt hätte und mit oder ohne Gruß davongeeilt wäre, hätte damit zu verstehen gegeben, dass das Meeting für ihn nicht wirklich wichtig gewesen war. Das wäre nur als Machtdemonstration durchgegangen, aber so viel Macht hat in dieser Firma niemand. Der Eilige hätte alles entwertet, was er während des Meetings gesagt oder nicht gesagt, getan oder nicht getan hatte. – Der einzige, der etwas sagte, war der CEO, die anderen checkten ihre Notebooks oder ordneten ihre handschriftlichen Aufzeichnungen, ich tat beides. Der CEO sprach zu seinem persönlichen Assistenten und zum Chef der Auslandsgesellschaften, die sich stehend zu ihm hinunterneigten. Beide lachten simultan in regelmäßigen Abständen auf, gedämpft und zurückhaltend. Es war wie der Ton eines Metronoms –«

Zum Punkt. Thaddea machte Anstalten, die Erzählaktrice zu unterbrechen. Da wischte von einem Augenblick auf den anderen etwas Ungestümes, Schrilles, tatsächlich Wutentbranntes über deren Gesicht. Sie ballte die Hände zu Fäusten und presste die Finger so fest zusammen, dass Thaddea sehen konnte, wie die Knöchel weiß wurden.

»Der Himmel draußen war grau überzogen, es fiel kaum Tageslicht in den Raum. Die Beleuchtung war nach dem Ende des Meetings heruntergedimmt. Die LEDs unterschieden nicht zwischen dunkelgrauen und dunkelblauen Anzügen oder Kostümen und wollten von den Zwischenräumen zwischen den Teilnehmern nichts wissen. Ich kam mir vor, als blickte ich in einen Raum, in dessen Wände Menschen so eingemauert waren, dass nur noch ihre Gesichter zu sehen waren. – Auf einmal, ich hatte überhaupt nicht bemerkt, dass die anderen den Konferenzsaal verlassen hatten, waren wir nur noch zu fünft: der CEO, der CFO, der Chief Human Resources Officer, der Kollege X, der Chief Sales Officer, und ich. Wie ein Blitz traf mich die Erkenntnis: Das war die Wiederholung. Bei der letzten Sitzung in der alten Firma hatte ich die Vorstandsvorsitzende mir gegenüber gehabt, links von mir saßen die Finanzen, gegenüber den Finanzen der Vertrieb, rechts von mir das Personal. Die Anordnung im Raum war wieder genau die gleiche. Die Vorstandsvorsitzende hatte damals kein Wort gesagt, sie litt am chronischen Müdigkeitssyndrom, noch am selben Abend war Notartermin, die Vertriebsverantwortliche übernahm die Firma, am nächsten Morgen hatte ich mein Büro ausräumen müssen – als ich dieses Déjà-vu realisierte, entfuhr mir der Satz: ›Aber das gibt es doch nicht!‹ – Ich habe nicht sehr laut gesprochen, aber ich habe auch nicht gemurmelt oder geflüstert. Ich weiß nicht, ob die anderen hörten, was ich gesagt habe. Sie konnten ja nicht wissen, worauf es sich bezog. Trotzdem war es mir unendlich peinlich, mich nicht beherrscht zu haben.«

Thaddea dachte, veni creatrix causa.

»Als die anderen aufbrachen, gab ich vor, dringend eine E-Mail beantworten zu müssen. Ich machte eine Bewegung, als ob ich aufstehen wollte, aber dazu war ich ja nicht in der Lage. Ich konnte doch nicht einfach sitzenbleiben. Der CEO, der CFO und der CHRO verabschiedeten sich höflich, der Kollege X besonders höflich. Ich glaube, es war gegen Mitternacht, als ich schließlich dazu fähig war, mich zu erheben.«

Thaddea konnte erst in die Sperrzone eindringen, wenn die Kanzel des Wachtturms unbesetzt war. In den Fenstern zeichneten sich die Silhouetten der Diensthabenden deutlich ab. Die Sperrzone vor dem Metallgitterzaun bestand aus kurz gehaltenem Rasen. Der Zaun hatte einen Übersteigschutz aus mehreren Reihen Stacheldraht. Porzellanisolatoren zeigten an, einige Drahtreihen waren stromführend. Von Thaddea aus gesehen rechts, zum Eisbach hin, verzweigte sich der Zaun, dort umschloss er eine Hundelaufanlage. Das Informationsmenü auf der App für Thaddeas iPhone gab die Fütterungszeiten an, während deren sich die Hunde garantiert nicht in dem Abschnitt aufhielten.

Von Thaddea aus gesehen links, zur Königinstraße hin, waren an dem Metallgitterzaun Selbstschussautomaten angebracht. Das Informationsmenü zeigte kleine rechteckige Kästen mit wegstehenden Stäben, Thaddea dachte an eckige Käfer, die den Zaun hochkletterten. Jeder Selbstschussautomat enthielt zwanzig Acht-Millimeter-Wälzlagerkugeln und achtundneunzig Gramm TNT. Aus der Beschreibung ging allerdings nicht hervor, ob die Automaten nur ausgelöst wurden, wenn man die Fühler berührte oder bereits dann, wenn der Zaun in Bewegung geriet.

Unmittelbar hinter dem Metallgitterzaun führte der Kolonnenweg vorbei. Dessen Gefahrenpotential war gut berechenbar, nach dem Informationsmenü patrouillierten die Grenzsoldaten regelmäßig in dreiviertelstündigem Abstand. Der Spurensicherungsstreifen neben dem Kolonnenweg wurde nur alle paar Tage geeggt, der Zeitpunkt stand allerdings nicht fest. Die Bäume, Büsche und Felsen zwischen dem Spurensicherungsstreifen und dem zweiten Metallgitterzaun erlaubten dem Grenzüberwinder eine Atempause.

Hinter dem nicht stacheldrahtbewehrten zweiten Metallgitterzaun begann das freie Schussfeld. Hier waren keine Hindernisse zu überwinden, aber der Boden war äußerst uneben, man musste aufpassen, warnte das Informationsmenü, dass man nicht in Erdlöchern hängenblieb. Die eigentliche Grenze war durch weiße Pfähle markiert. Wer diese Linie erreicht hatte, verschwand sofort in einem dichten Wald. In dem Grenzabschnitt gab es keine Landminen.

»Den Passierschein bitte.«

Thaddea zuckte erschrocken zusammen und wollte sich umdrehen. Aber ihre linke Schulter war fest im Griff einer großen und starken Hand. Sie hatte tatsächlich einen Passierschein bekommen, das Papier jedoch lediglich für Dekoration gehalten. Jetzt erinnerte sie sich: Die App hatte vor Grenzaufklärern in Zivil gewarnt. Sie fingerte in ihrer rechten Jackentasche und war durchaus erleichtert, das Papier zu ertasten. Als sie den gelben Zettel zu Tage förderte, gab die Hand ihre Schulter sofort frei.

»Pimpi, du hast mich wirklich erschreckt – ich wusste gar nicht, dass du an der Grenze arbeitest!«

»Ich bin froh, dass du einen Passierschein hast! – Sonst hätte ich dich sofort in Gewahrsam nehmen müssen. Ich muss dich fragen, was du hier an der Grenze machst.«

»Ich besuche meine Tante.«

Thaddea zeigte auf eins von mehreren mit Eternitschindeln verkleideten Häusern auf dem leeren Parkplatz hinter dem Haus der Kunst. Unmittelbar daneben begann die Sperrzone.

»Ich wollte einfach die Grenze aus der Nähe sehen. Ist doch nicht verboten, oder?«

Thaddea konnte Pimpi nicht leiden. Pimpi war der engste Freund von Ben-Luca, aber Thaddea hatte immer möglichst wenig mit ihm zu tun haben wollen. Sie weigerte sich, mit ihm gemeinsam auszugehen. Manchmal trafen sie und Ben-Luca ihn bei Hugo's oder im Bob Beaman. Er ging nie ins Einser oder zu Schumann's, das war ihm zu spießig, und er verachtete die Party-Banane in der Sonnenstraße. Er hatte TUM-BWL studiert, keiner wusste, wie er das fertiggebracht hatte, das war der BWL-Studiengang an der TU München mit mehr Mathematik als an der LMU. In dem Studium wurde auch elementares technisches Wissen vermittelt, er war sozusagen Wirtschaftsingenieur von der anderen Seite. Pimpi hatte zwar ewig studiert, aber offensichtlich seine Prüfungen abgelegt, denn danach hatte er eine Zeitlang bei der Strabag gearbeitet, der zweitgrößten deutschen Baufirma. Sein Vater war einer der größten Immobilienunternehmer in München. Ihm gehörten unter anderem mehrere Häuser in der Kaufinger Straße, das war nach wie vor die Straße mit den teuersten Ladenmieten in ganz Deutschland, dreihundert Euro pro Quadratmeter im Monat. Nach dem Gig bei der Strabag arbeitete er nun in der Firma seines Vaters.

Sorgsam kontrollierte Pimpi Thaddeas Passierschein. Thaddea musste zugeben, er hatte einen bemerkenswerten Körper. Er und Ben-Luca liefen öfter im Nordteil des Englischen Gartens. Ein paar Mal hatte Thaddea vor der Tennisanlage gewartet, danach waren sie in den Biergarten hinter den Tennisplätzen gegangen. Sie hatte beobachtet, wie er sich nach dem Laufen umzog. Er hatte einen breiten Brustkorb und sehr kräftige Arme und Beine, weder an seinem Brustkorb noch an seinen Gliedmaßen zeichneten sich jedoch die Muskeln aufdringlich ab. Sein Körper schien nicht aus Knochen und Gewebe zusammengesetzt, vielmehr war sein Körper eine komplexe, resistente Einheit, die imstande war, sich äußerst elegant zu bewegen. Ben-Luca tappte mehr als er lief, wenn er müde wurde, trampelte er, die Erde konnte es aushalten. Pimpi bewegte sich völlig gleichmäßig. Nie hatte Thaddea ein Zeichen von Müdigkeit nach dem Laufen bei ihm wahrgenommen. Als Läufer war Ben-Luca ein schlichter Schwitzer. Pimpi schwitzte ebenfalls, aber der Schweiß schien völlig gleichmäßig auf seinem Körper verteilt, seine immer nur dezent gebräunte Haut war wie mit einem Film überzogen. Thaddea konnte sich gar nicht vorstellen, dass er nach Schweiß roch. Natürlich besuchte auch er Leo's Sports Club.

Pimpi durchleuchtete den Passierschein und machte eine Aufnahme davon. Bei einem Kalkbrenner-Konzert im Zenith hatte er einmal die jüngere Schwester einer ehemaligen Studienkollegin von Thaddea bedrängt. Trotz seines sportlichen Lebenswandels pflegte er sich beim Ausgehen zu betrinken. Das Mädchen war gerade achtzehn geworden, es hatte dünne Kinderbeine, lange blonde Haare und keinen Busen, die Ältere hatte schon mit Sorge beobachtet, wie Pimpi der Jüngeren einen Gin Tonic nach dem anderen brachte. Auf einmal waren die beiden verschwunden. Die Studienkollegin suchte auf der Damentoilette, Ben-Luca auf der Herrentoilette, ohne Ergebnis. Es blieb nur noch die verlassene Garderobe. Pimpi hatte das Mädchen an die Wand gedrängt. Zwischen mehreren Mänteln versuchte er, die Schwester der früheren Mitstudentin zu küssen, er fummelte an ihr herum und war dabei, in ihren Ausschnitt zu greifen. Das Mädchen stieß kurze spitze Schreie aus, war jedoch zu betrunken, um stärkeren Widerstand zu leisten. Die Studienkollegin zerrte Pimpi von seinem Opfer weg und verabreichte ihm mit beiden Händen mehrere Ohrfeigen, gegen die er sich nicht wehrte.

Danach hatte Thaddea nicht mehr mit Pimpi ausgehen wollen, aber Ben-Luca hatte sie noch einmal überredet, mit ihm und weiteren Freunden Essen zu gehen. Pimpi war in Begleitung eines Zwillingspaares aufgetaucht. Die Zwillingsmädchen waren nicht auseinanderzuhalten, sie trugen den gleichen kurzen schwarzen Rock und die gleiche weiße Bluse, sie behaupteten, in einem Geschäft hinter der Maximilianstraße zu arbeiten, aber sie waren nicht einmal geschminkt. Es schien keineswegs sicher, dass sie volljährig waren. Thaddea wollte nicht ausschließen, dass sie für einen Escort-Service arbeiteten, aber wahrscheinlich waren es Schülerinnen, die Pimpi aushielt. Danach wollte sie endgültig nichts mehr mit ihm zu tun haben. Weniger – wie sie sich selbst eingestand – deshalb, weil sie sein Verhalten missbilligte, sondern weil sie es nicht verstand. Er sah wirklich gut aus, er hatte tatsächlich Geld – er konnte fast jede Frau haben, die er wollte. Warum suchte er sich Mädchen aus, die nicht wollten oder die er bezahlte? Die beiden Mädchen hatten lange braune Haare gehabt, die sie völlig ungeordnet hochgesteckt hatten, es sah aus, als seien sie direkt aus dem Bett gekommen.

»Der Passierschein ist nicht gültig.«

Pimpi hielt den gelben Zettel hoch ins Licht.

»Heute ist der achtundzwanzigste, aber die Acht sieht aus wie eine Drei, aus der jemand eine Acht gemacht hat.«

Thaddea war irritiert. Sie hatte das Informationsmenü zum Sperrstreifen nur überflogen, weil sie ihn nicht als ernsthaftes Hindernis betrachtet hatte.

Sie sagte schließlich: »Der Stempel ist verwischt, das ist alles. Warum sollte ich daran herumgedoktert haben?« Sie zeigte auf das Haus auf dem Parkplatz und fügte hinzu: »Du kannst mich gern zu meiner Tante begleiten. Sie wird dir bestätigen, dass der Passierschein bis einschließlich heute gilt. Heute Abend will ich nämlich abreisen.«

»Ich muss dich mitnehmen. Dein Passierschein muss überprüft werden.«

Seine Augen schienen sich zu sehr hellen Schlitzen zu verformen.

»Es ist zu deinem eigenen Besten.«

Sie hatte gar nicht gemerkt, dass er ihr Handgelenk umfasst hatte. Als er sich in Bewegung setzte, zögerte sie einen Moment, da verstärkte sich der Druck um ihr Handgelenk.

Sie gingen an dem Mini-Dorf auf dem Parkplatz vorbei zur Terrasse des Hauses der Kunst. Vor dem Eingang ließ er ihre Hand los.

Nach einer höflichen Kurzkonversation – Thaddea war in einer derart unterlegenen Position, dass sie sich nicht dagegen sperren konnte – bat Pimpi Thaddea, das Büro von Okwuis Sekretärin aufzusuchen. Ben-Luca sei auch gekommen, er traue sich nicht, Thaddea anzusprechen. Ben-Luca habe ihm erzählt, dass sie sich gestritten hätten, mehr wisse er nicht. Ben-Luca tue alles unendlich leid. Er, Pimpi, wolle vermitteln. Thaddea sagte weder ja noch nein, aber sie folgte Pimpi.

Okwui Enwezor war schon zwei Jahre Direktor des Hauses der Kunst. Ben-Luca hatte seine *Documenta* gesehen, die ihm nicht gefallen hatte. Das Auktionshaus, in dem Ben-Luca arbeitete, war stark auf dem Gebiet der Fotografie engagiert. Das Haus der Kunst stellte immer wieder Fotografien aus, sowohl der alte wie der neue Direktor bedienten sich der Kontakte des Auktionshauses. Ben-Luca sorgte dafür, dass Sammler Leihgaben für die Ausstellungen zur Verfügung stellten.

Der Vorgänger Okwuis, Chris Dercon, hatte sich kritisieren lassen müssen, er setze zu sehr auf Blockbuster. Jetzt wären die Kritiker froh gewesen, wenn sein Nachfolger wenigstens einen einzigen Blockbuster präsentiert hätte. Über dem Säulenvorbau prangte in farbigen Großbuchstaben der Name Fleur Blankovic. Die Tochter der Planerin war eine renommierte Künstlerin, aber auch kein Blockbuster.

Okwui hatte für die Preview-Gäste eine kurze, aber kompetente Ansprache in dem makellosen British English gehalten, für das er berühmt war. Dabei hatte er an der Rutgers University in New Jersey studiert. Daran anschließend hatte sein Chefkurator auf Deutsch eine kurze Übersicht über die Karriere von Fleur Blankovic gegeben und die internationalen Gäste mit ein paar Fundamentals zur deutschdeutschen Geschichte versorgt. Dem Programm nach hätte die Künstlerin anwesend sein sollen. Sie kam aus Karachi, aber der Flug hatte sich unvorhersehbar verspätet. Thaddea hörte, wie ein Preview-Gast dem anderen erklärte, PIA bedeute nicht *Pakistan International Airlines*, sondern *Perhaps I'll arrive*.

Beim Direktionsbüro angelangt, stellte Pimpi sich neben der marmorumfassten Eingangstür auf. Er blickte erst Thaddea und dann die Tür an, streckte den Arm aus, spreizte die Finger und führte sie wieder zusammen, es sah aus, als ob er sich vorbereitete, mit einem Schlag das Türblatt zu durchstoßen. Aber dann betätigte er nur die Klinke. Er betrat nicht mit Thaddea den Raum, sondern schloss die Tür hinter ihr.

Hier fand eine Party in der Party statt. Ein schneller Scan ergab: keine älteren Leute, die den Kern der Freunde des Hauses der Kunst ausmachten, aber auch keine Zwanzigjährigen. Ein Dinner Jacket stand mit einer Inbetweenie-Blondine in einem langen türkisfarbenen Kleid am Fenster, sie konzentrierten sich auf den Verkehr auf der Prinzregentenstraße. Eine andere Blondine in einem langen roten Kleid hatte sich auf dem Sofa ausgestreckt, ihr Kopf im Schoß eines Mannes mit einer Jacke aus Schlangenhaut. Ein zweites Dinner Jacket – das Revival war Thaddea bis jetzt entgangen – ließ lässig die Beine vom Schreibtisch der Sekretärin baumeln, vor einem langen cremefarbenen Kleid mit Ärmeln, die an Theatervorhänge erinnerten. Das petrolfarbene Kleid der Sekretärin des Direktors, die ihre Hände auf Thaddeas Schultern legte und sie auf beide Wangen küsste, hatte gleichfalls sehr weite Ärmel.

In einer Ecke des Raums waren um einen hohen Tisch Barhocker aufgestellt, die ebenfalls von Pärchen bevölkert waren, alle dunkelhaarig und dunkel gekleidet. Die Blondinen und die Schwarzhaarigen waren streng voneinander geschieden.

Redete überhaupt jemand? Thaddea hatte noch das Hundegebell aus der App im Ohr, das die Gefahr verdeutlichen sollte, die von der Hundelaufanlage ausging. Doch, manche Pärchen bewegten ihre Münder, aber sie sprachen so leise, dass kein anderer etwas verstehen konnte.

Naturgemäß konnte man die Grenze nicht in Horden überqueren. Diejenigen, die es wagen wollten, hatten sich bei der Fluchthilfeorganisation registrieren lassen, man hatte ihnen keine große Hoffnung gemacht, nur wenige würden ausgewählt werden. Allein Thaddea wusste von vornherein, dass sie unter den Auserwählten war. Bei der Bestätigung ihrer Anmeldung zur Preview hatte sie der Sekretärin des Direktors zu verstehen gegeben, dass sie unbedingt republikflüchtig werden wollte. Die Sekretärin – leggy blonde variety – hatte ihr zugesichert, dafür zu sorgen, dass sie die Chance bekam. Thaddea wusste natürlich, die Bevorzugung galt nicht ihr, sie zielte auf Ben-Luca.

Plötzlich wurde der Raum in bläuliches Licht getaucht, und ein Laserstrahl wanderte umher. Der Raum der Sekretärin des Direktors war mit dem nächsten Raum verbunden, die Tür ausgehängt. In dem anderen Raum waren eine Bar sowie eine professionelle Sound unit samt Lichtspiel aufgebaut.

An dem Schreibtisch in diesem Raum arbeitete üblicherweise die Assistentin der Sekretärin. Ben-Luca saß auf deren Stuhl, er hatte die Arme auf dem Schreibtisch und den Kopf auf den Armen. Er bewegte den Kopf ruckhaft hin und her, die Absicht war wohl, die Anwesenden zu mustern. Aber er blickte durch die Menschen hindurch. Thaddea war sich nicht sicher, ob er sie überhaupt wahrnahm.

Als sie mit Ben-Luca allein im Wagen über die Isar und wieder zurück gefahren war, hatte sie gedacht: ›Zucken am Horizont‹, ›Widerschein untergegangener Glut‹ und ›Windige Schauspielerei‹. Aber sie hatte auch gedacht: ›Das stimmt ja nicht.‹

Yass!

Das war die Zeit, die Welt leichtsinnig zu deuten! Weg mit den psychologischen Relativierungen. Schluss mit der erotischen Neutralität. Sie zog ihn von seinem Stuhl hoch, sie strich ihm über das Gesicht und bugsierte ihn zur Eingangstür, dieser Teil des Raums war von dem anderen Raum aus nicht einsehbar, dann umfasste sie seinen Nacken, zog ihn zu sich hin und drückte seine Stirn an ihre.

»Ben-Luca.«

Katas Stimme.

Nope.

Sie, Thaddea, und Ben-Luca waren kein Pärchen. Thaddea spürte die noch eben in sie hineingegossene Liebe heraussickern.

Ben-Luca, gemütlicher Feigling, ließ sich auf einen unmotiviert im Raum stehenden Stuhl fallen. Thaddea wollte schreien und ihm ins Gesicht schlagen.

Höhnisch rankten sich die roten, rotweißen und weißen Rosen auf dem bestickten, fleischfarbenen Corsagenoberteil Katas in die Höhe, über den – gepufften Hotpants. Es war noch nicht so lange her, da hatte Kata an einem Thigh gap gearbeitet. Der war jetzt in weite Ferne gerückt, ihre Oberschenkel berührten sich unverfroren. Kata Super twat? Ja – Super moron!

Thaddea sagte zu Ben-Luca, unlogisch: »Du hast gesagt, du würdest niemals mehr mit ihr reden. Du hast es versprochen!«

Unlogisch, denn sie konnte ja nicht mit Sicherheit angeben, ob Ben-Luca und Kata tatsächlich miteinander geredet hatten. Thaddeas Satz hatte in der Luft gezittert, als er unterwegs war, aber er hatte ins Ziel getroffen. Das gab ihr Sicherheit und Zuversicht.

Kata fragte Ben-Luca: »Hast du das gesagt?«

Katas Satz blieb in der Luft stehen.

In einem unerwarteten energetischen Anfall sagte Ben-Luca zu Thaddea: »Es ist nicht ihr Fehler.«

Sein Satz war lange unterwegs, aber er kam an.

Er war dazu fähig, einen zweiten Satz zu Thaddea zu sagen: »Ich habe sie gebeten zu kommen.«

Unvorhergesehene, unvermutete pure heroische Männlichkeit.

Thaddea sagte zu Ben-Luca, mit finster erheitertem Schmunzeln: »Oh, du wolltest mit ihr reden, um ihr zu sagen, dass du nicht mit ihr reden willst?«

In diesem Augenblick vibrierte Thaddeas iPhone in der Hosentasche. Der Fluchthelfer hatte ihr eine SMS geschickt, sie solle sich im Dorf bereithalten.

Thaddea dachte zu Ben-Luca: ›Aus die Maus.‹ Und zu Kata: ›Fickschnitzel.‹

Auf dem Gang vor den Büros kam ihr im roten Nebel ein Junge in Springerstiefeln und weiten, in die Schuhe gesteckten schwarzen Hosen entgegen. Noch vor der Kontrolle war in der Eingangshalle eine Arbeit aufgebaut, die Nebel spuckte und eine Notfallsituation vorspielte. Thaddea konnte sich nicht mehr erinnern, wodurch die Alarmsirenen ausgelöst wurden, ob durch ein bestimmtes Verhalten der Besucher oder nach einem Zufallsprinzip. Das im Sekundentakt aufleuchtende Rotlicht war gewissermaßen der Herzschlag, der den Nebel in die Korridore hinein trieb, der Sirenenton machte jede Verständigung unmöglich.

Als Thaddea unmittelbar an dem Jungen vorbei ging, sah sie, der Junge war keiner. Sondern ein Mädchen oder vielmehr eine junge Frau, die wie ein Mädchen aussehen wollte. Das Haar war extrem strubbelig, an der Nase und an der Unterlippe schimmerte etwas, vielleicht Piercings. Thaddea hatte keine Gelegenheit, genauer hinzusehen, der Fluchthelfer hatte ihr eine zweite SMS geschickt. Sie musste sich beeilen. Um genau zwanzig Uhr sollte sie in die Sperrzone eindringen. Sie war sicher: Es würde ihr gelingen, die Grenze zu überwinden.

Die Überprüfung des Passierscheins war nur ein Vorwand gewesen. In dem Holzgeländer vor dem Dorf gab es keine Öffnung. Thaddea setzte sich auf das Geländer – sie trug Jeans –, nahm die Beine zusammen, lehnte sich zurück und schwang die Beine über das Geländer. Die anderen potentiell Republikflüchtigen fixierten neidvoll ihre sich in so zielgerichteter Bewegung befindlichen weißen Sneakers mit den roten Kappen, den roten Schnürsenkeln und dem Schriftzug von Prada.

Thaddea hatte eine weitere SMS erwartet, stattdessen empfing sie einen Anruf. In unverkennbar sächsischem Tonfall wies eine Männerstimme sie an, die Sperrzone zu betreten und sich langsam zu dem Punkt des Metallgitterzauns zu begeben, an dem die Hundelaufanlage begann. Die Diensthabenden im Wachtturm wandten der Grenze den Rücken zu. Offensichtlich standen sie mit der Fluchthilfeorganisation in Verbindung.

An der beschriebenen Stelle hielt sie inne. Sie nahm ein

fernes Hundegebell wahr. Das Telefon vibrierte wieder. Die Stimme sagte: »Gehen Sie –«, wurde dann jedoch durch laute Geräusche unterbrochen, bis schließlich die Verbindung abriss.

Thaddea wartete auf neue Anweisungen. Die Hunde bellten nicht lauter und nicht leiser. War das eine Falle? Hatte die Fluchthilfeorganisation nur vorgegeben, dass Thaddea mit ihrer Hilfe die Grenze überwinden konnte? Die anderen potentiellen Grenzverletzer beobachteten Thaddea hinter dem Geländer stumm und gespannt. Vermochte es überhaupt jemand, die Grenze zu überwinden?

In dem halbhohen Gras des von beiden Zäunen eingeschlossenen Bereichs lag ein über dem Ellbogen abgetrennter Arm. Die Finger umklammerten ein Telefon, kein iPhone oder Galaxy. Arrrghhh. Die Nachbildung des Arms war derart realistisch, dass Thaddea eine Gänsehaut bekam. Nur ungern erinnerte sie sich an ihr Praktikum bei einem forensischen Pathologen. Das war die ganz falsche Sorte Medizin gewesen. An dem Arm stand naturgetreu der Knochen hervor, die grauen Sehnen und die dunkelroten Muskeln verschwanden im Gras. Eine Blutspur führte zu dem Arm hin. Der Arm sah genauso aus, wie er aussehen musste, wenn er vor zwei oder drei Tagen abgetrennt worden war.

Thaddea erwog, ob der Arm überhaupt eine Nachbildung war, oder ob sie nicht vielleicht tatsächlich ein anatomisches Präparat vor sich hatte. Lief es darauf hinaus, dass jeder Versuch, die Grenze zu überwinden, schon im Ansatz unterbunden wurde, dass jeder, der es versuchte, mit Trara liquidiert wurde?

Während Thaddea in die Betrachtung des abgetrennten Arms versunken war, vibrierte das Telefon erneut. Wer auch immer ihr die Anweisungen gab, er verfolgte genau, wo sie war.

Eine SMS wies sie an, ein verwittertes Holzbrett hochzuheben, das neben dem Zaun lag. Darunter fand sie eine alte verrostete Heckenschere. Die nächste SMS ordnete an, Thaddea solle sich zu einer Stelle des Zauns begeben, an der zwei Pfosten durch Steine markiert waren. In diesem Abschnitt sollte sie den Zaun vom Boden bis zur halben Höhe durchschneiden, die Selbstschussanlagen würden dadurch nicht ausgelöst werden. Danach solle sie nicht sofort durch den Zaun schlüpfen, sondern auf weitere Anweisungen warten.

Die Heckenschere war schwer und lange nicht benutzt worden, sie quietschte. Wenn Thaddea einen Draht durchschnitt, machte es laut Pling. Der Zaun bewegte sich gehörig, aber nur in dem Bereich bis zu den beiden nächsten Pfosten, die Bewegung pflanzte sich nicht weiter fort.

Thaddea kam ins Schwitzen. Sie hatte sich die Überwindung der Grenze mehr als eine Art Videospiel vorgestellt. Sie hatte gedacht, sie müsse eine Geschicklichkeitsübung absolvieren, und dann würde wie von Geisterhand ein Teil des Zauns im Boden verschwinden.

Nach ein paar Minuten traf endlich die SMS ein, die Thaddea anwies, den Zaun durch die entstandene Lücke zu passieren. Genau in dem Augenblick, in dem Thaddea gebückt im Zaun stand, ertönten plötzlich mehrere laute Stimmen aus dem Dorf. Zuerst zuckte sie zusammen, dann richtete sie sich zu hoch auf, so dass sie mit dem Kopf den Zaun nicht nur berührte, sondern in starke Bewegung versetzte. Sie wusste sofort, sie hatte einen oder mehrere Selbstschussautomaten ausgelöst. Sie erstarrte und hielt den Atem an. Es blieb zu hoffen, dass die Automaten den Bereich vor dem Zaun bestrichen und nicht auf den Zaun selbst zielten.

Sie hatte nur einen Automaten ausgelöst, denjenigen über ihr, aber er hatte versagt. Sie hörte lediglich ein leises Pft. Ein Geräusch, als ob jemand eine wiederverschlossene Flasche Champagner oder Prosecco erneut öffnete. Der Metallzaun war offensichtlich nicht mit Detektoren ausgerüstet, die eine Beschädigung meldeten. Aus dem Turm konnten die Wachleute die Öffnung nicht sehen.

Neben dem Zaun am Boden kauernd, blickte sie dorthin, wo sie hergekommen war. Die lauten Stimmen gehörten einem älteren Museumswärter und einem unrasierten jüngeren Mann in Jeans und T-Shirt mit langen, zotteligen Haaren. Er war in die Sperrzone eingedrungen, der Museumswärter hatte ihn am Arm gepackt und zerrte ihn zum Dorf zurück.

Ohne Vorwarnung oder Vorankündigung ertönte auf einmal sehr lautes Hundegebell. Diesmal kam das Bellen nicht aus einem Lautsprecher. Es war nur ein einzelner Schäferhund, der seinen Dienst in der Hundelaufanlage versah, dies jedoch mit Vehemenz. Immer wieder sprang der Hund hoch, der Zaun ächzte, Thaddea begriff jetzt, warum der Zaun der Hundelaufanlage nicht unmittelbar mit dem Zaun verbunden war, an dem die Selbstschussautomaten befestigt waren.

Thaddea war weniger beunruhigt über die Aggressivität des Hundes, sondern mehr beeindruckt von der Intensität der Lebensäußerungen des Tieres. Wenn sie den Hund anblickte, steigerte das seine Raserei ins Unermessliche. Oder war das einfach Training? Er ließ nur dann nach, wenn sie für ihn deutlich sichtbar den Kopf abwandte. Trotzdem war Thaddea mehr als erleichtert, als schließlich der Ton einer Hundepfeife ertönte. Sofort ließ der Hund gänzlich von seinem Tun ab und trottete ohne Zeichen sichtbarer Erregung zurück.

Mit Verzögerung löste ein Stimmengewirr aus der Richtung des Dorfes das Hundegebell ab. Der Hund hielt irritiert inne, wandte sich um und den Zuschauern zu. Jetzt sprang er an dem Zaun gegenüber den Häusern in die Höhe, rüttelte mit der gleichen Aggressivität wie eben daran und bellte mit der gleichen Lautstärke. Die Stimmen hinter dem Geländer verstummten schlagartig. Nicht ohne Schadenfreude verfolgte Thaddea, wie die in der ersten Reihe Stehenden, die sich vorher über das Geländer gebeugt hatten, um besser zu sehen, ängstlich zurückwichen.

Die Gefühlslage des Hundeführers unterschied sich offensichtlich nicht sehr von derjenigen Thaddeas. Er pfiff den Hund nicht etwa zurück, sondern gab ein Kommando, das Thaddea nicht verstand, das jedoch dazu führte, dass der Hund vom Zaun zurückwich, Anlauf nahm und so hoch sprang, wie er es bisher noch nicht getan hatte. Zwar konnte er den Zaun nach wie vor nicht überwinden, aber die Zuschauer hinter dem Geländer gerieten in Panik und rannten weg. Eine Frau in einem langen Kleid kam ins Stolpern und schlug der Länge nach hin. Jetzt ertönte eine zweite, zornige Stimme, die den Hundeführer zur Räson brachte. Er ließ seine Pfeife lange und durchdringend ertönen. Der Hund zog sich zurück, diesmal allerdings unzweideutig erregt, er schnaubte und warf den Kopf hin und her.

Thaddea blickte auf das Display ihres Telefons und sah eine SMS, in der versichert wurde, sie brauche keine Angst zu haben, der Hund sei jederzeit unter Kontrolle. Die SMS war schon vor einigen Minuten eingetroffen, Thaddea hatte gar nicht bemerkt, dass das Telefon vibriert hatte, dabei hatte sie es in der Hand gehalten. Die früheren SMS waren so formuliert, wie man das von einer Fluchthilfeorganisation erwarten konnte. Diese SMS überspielte die konstruierte Situation.

Ein gewisses Unbehagen beschlich Thaddea. Sie hoffte, dass sich die ungeplanten Ereignisse nicht häufen würden. Sie überlegte, ob sie das Ganze nicht abbrechen sollte. Aber sie konnte nicht einfach aufstehen, durch den Zaun schlüpfen und zu dem Dorf zurückgehen. Sie wusste, was sie in den Augen derjenigen, die sich jetzt wieder dort einfanden, lesen würde: Höhere Tochter macht rüber. Naja. Das war die freundliche Version. Die unfreundliche: Mega-Zicke. Ha. Glam doc Thaddea? Haha …

Für zwei oder drei Minuten werde die Kanzel nicht besetzt sein. Das solle sie ausnutzen, um den Kolonnenweg und den Spurensicherungsstreifen zu überqueren und Schutz im Gebüsch daneben zu suchen. Auf dem Spurensicherungsstreifen ging sie anweisungsgemäß rückwärts, gebückt strich sie mit beiden Händen über ihre Fußabdrücke im Sand. Sie durfte keine Spuren hinterlassen. Eine Demütigung. Sie hasste das Putzen. Sie konnte von sich sagen, hielt sich aber üblicherweise damit zurück, dass sie noch nie in ihrem Leben ihre Zimmer, ihre Wohnung, ihr Haus selbst geputzt hatte.

Hinter einem großen Busch, der sie zuverlässig vor den Blicken aus der Kanzel des Wachtturms verbarg, entspannte sie sich. Der Zaun vor dem Schussstreifen war nicht zu sehen, Büsche und Bäume verdeckten ihn. Thaddea sollte sich in den Büschen zur Grenze hinbewegen. Sie würde auf einen Brunnen stoßen, dort solle sie innehalten.

Ein Brunnen im Englischen Garten, das konnte natürlich sein. Trotzdem hoffte Thaddea auf elektronischen Schnickschnack: ein Hologramm oder wenigstens ein paar Bildschirme, die einen besonders tiefen Brunnen vorspiegelten, hätten sich in der Natur gut gemacht.

Tatsächlich, ein Brunnenschacht. Thaddea vergaß ihre Mission. Sie hob einen mittelgroßen Stein auf, kniete sich auf die Brunneneinfassung und ließ den Stein in die Tiefe fallen. Es dauerte, bis ein Geräusch erklang, welches das Auftreffen des Steins auf eine Wasseroberfläche anzeigte. Die Isar war einen knappen Kilometer entfernt, das Haus der Kunst nicht viel höher gelegen, der Grundwasserspiegel musste durch die Isar bestimmt sein. Aber dafür hatte es viel zu lange gedauert, bis der Stein die Wasseroberfläche getroffen hatte. Sorgten besondere geologische Gegebenheiten dafür, dass genau an dieser Stelle der Grundwasserspiegel niedriger war, oder hatte man den Brunnenschacht absichtlich tiefer angelegt als den Grundwasserspiegel? War der Brunnenschacht vorher schon dagewesen, oder hatte ihn die Künstlerin anlegen lassen? In jedem Fall gehörte der Schacht zum Kunstwerk. Dann gehörte auch die Aussage, dass der Schacht tiefer als erwartet war, zum Kunstwerk.

Die Sache bot sich so gefährlich dar, dass Thaddea es kaum glauben konnte. Zwar wurde der Zugang zu dem Brunnen kontrolliert, aber was war, wenn ein Besucher der Show von Fleur Blankovic ins Stolpern kam und in den Brunnen fiel?

Mit großer Verzögerung bemerkte Thaddea, das Telefon

war ihr aus der Hosentasche gefallen. Es lag unmittelbar am Rand der Brunneneinfassung. Sie atmete tief durch. Wenn das Telefon im Brunnen gelandet wäre: Das wäre die ultimative Blamage gewesen. Dann hätte sie doch noch unverrichteter Dinge zurückkehren müssen.

Erschrocken duckte sie sich und barg ihr Gesicht, weil ein Schwarm Vögel über sie hinwegflog. Sie hatte die Vögel nicht sehen können, sie kamen von hinten. In der Zwischenzeit war die Nacht hereingebrochen. An der Grenze gab es nur noch eine Lichtquelle: den wie unter Seufzern kreisenden Scheinwerfer auf dem Wachtturm. Jetzt meldete sich endlich auch ihr Fluchthelfer wieder. Er gab ihr das Kommando, zu dem Metallzaun vor dem Schussfeld hinzulaufen.

Obwohl sie sich vorsah, blieb sie in einem Erdloch hängen und fiel hin. Ihr erster Gedanke war, sie hätte doch eine Einlage im Schuh tragen sollen, jedenfalls für dieses Abenteuer. Sie begann sofort, sich wieder aufzurappeln, aber eine leichte Benommenheit ließ sie innehalten. Sie schloss die Augen und atmete tief durch.

Sie musste daran denken, dass sie eigentlich vorgehabt hatte, ein Shoe department in ihr Haus einzubauen. Andere Leute besaßen begehbare Kleiderschränke, Thaddea wollte nur einen Schuhraum. Schuhe, die sie nicht mehr trug, warf sie niemals weg und gab sie auch nicht her. Ihre gebrauchten Schuhe waren immer in besserem Zustand als diejenigen anderer Leute, weil sie sich vorsichtiger bewegte. Kata hatte die Idee von Anfang an abgelehnt. Ein abgeschlossener, fensterloser Raum war in ihrem Entwurf nicht zu realisieren. Thaddea hatte das zugeben müssen. Es gab auch kein Basement, in dem der Raum unterzubringen gewesen wäre. Eine Stand-alone-Lösung unter der Wohnebene wäre eine völlig überflüssige Fußnote, hatte Kata gesagt.

Den Anweisungen folgend, gelangte Thaddea zu einer Stelle, an der der Metallzaun unterbrochen war. Eine Fläche zwischen zwei Pfosten war bis zur halben Höhe mit Ziegelsteinen und Sandsäcken aufgefüllt. Die Mauer gewann Stabilität durch einige in den Boden gestemmte rostige Regenrinnen, die auf dieser und wahrscheinlich auch auf der anderen Seite verhinderten, dass die unverbundenen Materialien zu Boden glitten.

Die Anweisung lautete, sie solle die Mauer umwerfen – der Fluchthelfer hatte tatsächlich *umwerfen* geschrieben – und kurz abwarten, ob es eine Reaktion gebe. Wenn nicht, solle sie über den Schussstreifen rennen, dann sei sie in Sicherheit. Der weite Bedeutungshof von *Reaktion* flößte nicht unbedingt Vertrauen ein.

Obwohl die Bestandteile der Mauer nicht fest miteinander verbunden waren, war das eine herkulische Aufgabe. Aber die Aufgabe musste doch für sie lösbar sein, sonst hätte man sie nicht losgeschickt. Von dem Augenblick an, in dem sie begonnen hatte, sich an der Mauer zu schaffen zu machen, musste sie sich beeilen.

In jedem Fall musste sie zuerst die Regenrinnen entfernen, um überhaupt einen Angriffspunkt zu haben. An einer der Regenrinnen hing eine Uniformjacke. Thaddea atmete tief durch und griff nach der Uniformjacke, zuckte aber wieder zurück. Es sah nicht so aus, als ob jemand die zerschlissene Jacke noch bis vor kurzem getragen und dann etwa hier vergessen hatte. War die Jacke eine Falle? Verdeckte sie vielleicht einen außertourlich angebrachten Selbstschussautomaten?

Mit äußerster Vorsicht griff sie nach dem Kragen der Jacke und hob sie im Zeitlupentempo hoch. Die Befürchtungen erwiesen sich als gegenstandslos. Zwei Ausweise fielen heraus, ein grüner des Ministeriums des Inneren der DDR – eine Berechtigung zum Empfang von VS- und Postsendungen – und ein grauer, eine Erlaubnis zum Umgang mit Sprengmitteln in den bewaffneten Organen des Ministeriums des Inneren und in Kampftruppen der Arbeiterklasse. Die Ausweise hatten das gleiche Format wie früher bundesdeutsche Personalausweise, derjenige für die »Postvollmacht« war auch kyrillisch beschriftet. Thaddea widerstand der Versuchung, die Ausweise zu öffnen.

Sie wickelte die Uniformjacke um die erste Dachrinne, sie musste aufpassen, dass sie sich nicht an deren scharfen Kanten verletzte. Auf diese Weise konnte sie alle Dachrinnen mühelos entfernen. Dann hängte sie die Jacke über einen der Sandsäcke und stemmte sich mit beiden Händen gegen die Mauer. Zu ihrer Erleichterung gab die Mauer nach. Wenn sie ihre gesamten Kräfte aufbrachte, würde es ihr gelingen, die Mauer einstürzen zu lassen. Sie hatte jetzt nur noch den mit der Uniformjacke verkleideten Sandsack in ihrem Gesichtsfeld, und ihr schoss der Gedanke durch den Kopf, dass sie eine Mauer aus menschlichen Körpern zum Einsturz brachte. Waren die Körper tot oder lebendig? Es war ihr egal.

Während sich die Mauer in ihre Bestandteile auflöste, stellte sich Thaddea vor, Kata stehe auf der anderen Seite und blicke ungläubig hoch, zu den auf sie niederstürzenden menschlichen Körpern.

Plötzlich tauchten mehrere Scheinwerfer den Schussstreifen in gelbes Licht. Die Scheinwerfer waren so an dem

Zaun angebracht, dass Thaddea sie von der anderen Seite nicht hatte sehen können, auch das Informationsmenü hatte sie nicht erwähnt. Gab es doch einen Signaldraht an dem Zaun, oder hatte jemand Verdacht geschöpft? Es blieb dabei: Vom Wachtturm aus konnte man den Mauerfall nicht sehen, aber der Schussstreifen war an der Stelle einsehbar, an der Thaddea ihn überqueren musste. Sie hockte sich auf die Fersen und rief ihren Fluchthelfer an. Der nahm jedoch das Gespräch nicht entgegen. Sie wartete ein paar Minuten und versuchte es noch einmal, wieder ohne Ergebnis. Das war untoll.

Thaddea schöpfte kurz Hoffnung, als das gelbe Licht flackerte, schwächer wurde und schließlich ganz erlosch. Die Batterien waren leer, oder der Generator funktionierte nicht. Aber dann explodierte ein Feuerwerkskörper im Schussstreifen, zugleich ertönte das Geräusch eines knatternden Motorrads. Der Feuerwerkskörper erleuchtete den Bereich des Schussfelds unter dem Wachtturm, das deutete darauf hin, dass der genaue Ort des Durchbruchs noch nicht lokalisiert war.

Thaddea schrieb eine SMS:

Was soll ich jetzt tun?

Die prompte, aber wenig informative Antwort war:

überleben

Thaddea hatte keine Zeit, lange zu überlegen, ob das eine geplante oder ungeplante Situation war. Ob vielleicht der Fluchthelfer Dienstschluss hatte, auf welcher Realitätsebene auch immer. Ein zweiter Feuerwerkskörper explodierte weiter weg vom Wachtturm, näher zur Stelle des Durchbruchs hin. In ihrem Rücken wurde das Geräusch eines Motorrads lauter. Thaddea blickte sich um und verstand, wozu die verrostete Schiene zwischen Kolonnenweg und Spurensicherungsstreifen gut war.

Doch Schnickschnack, aber kein elektronischer, sondern mechanischer. Das Motorengeräusch kam aus Lautsprechern, die Schiene entlang zog eine rasselnde Kette ein Motorrad mit einer Puppe. Der Scheinwerfer und der Tank des Motorrads schienen aus einem Teil zu bestehen. Im Licht, das vom Wachtturm kam, waren zahlreiche Beulen an dem Motorrad sichtbar. Auf Wacht für den Frieden in Galauniform. Natürlich kannte sich Thaddea mit DDR-Uniformen nicht aus, aber diese Uniformjacke sah einfach zu geleckt aus und passte überhaupt nicht zu dem Motorradfahrerhelm mit Brille. Hatten die Zuarbeiter der Künstlerin eine falsche Uniform organisiert, war das eine Ironie der Künstlerin, oder war die Puppe schon einem Freizeitvergnügen in Ausgehuniform nachgegangen, ehe sie durch den versuchten Grenzübertritt Thaddeas alarmiert worden war?

Thaddea hatte die Wahl. Sie konnte über den Schussstreifen rennen, der vom Wachtturm aus einsehbar war, sie war sicher, dass Schüsse fallen würden, und sie hatte Angst davor. Nützte es etwas, wenn sie Haken schlug wie ein Hase? Sie konnte auch jetzt noch den Versuch abbrechen und vor dem Motorradfahrer durch das Loch im Zaun in die Sperrzone zurücklaufen.

Thaddea hatte keine Wahl. Mechanisch ging der rechte Arm des Motorradfahrers hoch, der linke Arm kontrollierte den Lenker, und eine Pistole zielte auf den Geländestreifen vor dem zweiten Zaun. Wenn sie zum Dorf zurück wollte, musste sie die Schussrichtung des Motorradfahrers kreuzen.

Das war der erste Moment, in dem sich Thaddea ihrer nicht mehr sicher war. Bis hierhin war sie hundertprozentig davon überzeugt gewesen, dass es ihr gelingen würde, die Grenze zu überwinden. Plötzlich fühlte sie sich matt und müde. Es war weitaus anstrengender gewesen, bis zu dem Punkt zu gelangen, an dem sie sich jetzt befand, als sie sich das vorgestellt hatte. Sie musste sich im Zwielicht, im Dunkeln sehr vorsichtig bewegen, das hatte mit ihrer, nun ja, physischen Ausrüstung zu tun. Ihre Beine waren schwer, dabei musste sie sich doch auf sie verlassen können.

Wenn sie einfach blieb, wo sie war. Keine Bewegung machte, die man missverstehen konnte. Keinen Vorwand gab, dass Schüsse fallen mussten. Dann würde man sie abführen und in Gewahrsam nehmen. Dann stellten sich die Fragen nicht mehr: Ob sie Kata verzeihen sollte. Ob sie wieder mit Ben-Luca – wollte er das überhaupt? Warum hatte er mit Kata zusammen die Party im Nebenzimmer besucht? Dann war es auch egal, ob sich noch Klienten bei ihr anmeldeten oder nicht. Allerdings würde auch das Problem der Planerin nicht gelöst werden. Jedenfalls würde sie, Thaddea, es nicht lösen. Bei diesem Gedanken kam sich Thaddea undankbar vor, hier in der Welt der Tochter der Planerin.

Thaddea lief los.

In die Explosion eines weiteren Feuerwerkskörpers hinein. Zu spät nahm sie die Hand vor die Augen. Sie sah nur

Weiß. Sie musste blind laufen, sie sah nicht, wohin sie ihre Füße setzte. Nie wäre sie vorher auf den Gedanken gekommen, *blind* mit *hell* gleichzusetzen.

Es war unausweichlich, dass sie strauchelte und erneut stürzte. Sie streckte beide Hände vor sich, als ob sie Pushups machte, auf diese Weise verhinderte sie, dass sie mit dem Körper auf dem Boden aufschlug.

Sie musste daran denken, wie sie das letzte Mal mit Ben-Luca geschlafen hatte. Aus brauen- und lidlosen Augen hatte er sie ruhig angeblickt und ihr in die Augen gesehen. Es kam fast nie vor, dass er sie anblickte. Als Thaddea sich zu ihm hinunterbeugen wollte, war er plötzlich zusammengezuckt, fast gewalttätig hatte er den Kopf zur Seite geworfen, dann hatte er stillgehalten. Aber Thaddea hatte bemerkt, dass seine Hände leicht zitterten.

Jetzt brachte Thaddea ihr Gesicht ganz nahe an den Boden heran und berührte mit den Lippen die scharfen Grashalme.

Thaddea querte das Schussfeld, ohne dass ein Schuss gefallen wäre. Von dem Augenblick an, in dem sie den weißen Grenzpfahl mit beiden Händen umklammert hatte, explodierten keine Feuerwerkskörper mehr. Das einzige Geräusch, das sie noch wahrnahm, war ihr eigenes Keuchen.

Sie hatte die Grenze überwunden, sie war in Freiheit. Ihre Augen brannten vom Rauch der Feuerwerkskörper.

Die unbekleidete junge Frau – sie war von der Seite aufgenommen, der Unterkörper war unterhalb des Nabels abgeschnitten – hielt mit der rechten Hand eine alte, beschädigte Puppe mit roten Wuschelhaaren vor sich und zeigte mit dem linken Zeigefinger auf deren Gesicht, als ob sie die Puppe zurechtwies oder ihr einen Vortrag hielt.

In der zentralen Ausstellungshalle des Hauses der Kunst wurde lediglich eine einzige Arbeit gezeigt, ein Selbstporträt der Künstlerin. Die Fotografie war auf eine Platte aufgezogen, sie reichte vom Boden bis zur Decke und war in der Mitte der Halle platziert. Alle anderen Arbeiten, vor allem Videos, waren in den Nebenräumen ausgestellt.

Auch als Thaddea näher heranging, blieb das Bild gestochen scharf. Die junge Frau hatte ein Kindergesicht, eine Stupsnase, leichte Pausbacken und dünne, weiche Augenbrauen, genau wie die Puppe in dem an mehreren Stellen gerissenen Strampler. Bei der Puppe platzte überall der Lack ab: an den Backen, an den Ellbogen, an den Knien. Die junge Frau war am Nasenflügel, an der Unterlippe und am Nabel gepierct. Sie trug eine ziemlich starke runde Brille mit rotem Metallgestell. Das Gesicht konnte genauso gut dasjenige einer Siebzehnjährigen wie das einer Siebenundzwanzigjährigen oder einer sogar noch älteren Frau sein.

Thaddea glaubte nicht, dass das Bild gefotoshoppt war, dazu war der Schattenwurf im Gesicht, auf der rechten Schulter und auf der Innenseite des rechten Arms zu subtil. Der linke Arm verdeckte die Brüste, die Künstlerin sonnte sich nicht oben ohne, an der linken Schulter und am oberen Ansatz der Brüste war ein weißer Bikinistreifen sichtbar. Wenn man ganz genau hinblickte, konnte man im Schatten des linken Oberarms den unteren Ansatz der linken Brust erkennen.

Wer hielt hier wem einen Vortrag? Die Mutter der Tochter, die sich nicht wehren konnte? Die Tochter der Mutter, die sich nicht mehr wehren wollte? Das rechte Knie mit einem schwarzen, an den Rändern ausgefransten Strickstrumpf ragte von unten ins Bild. Da waren noch drei Piercings am Rücken, durch die ein schwarzes Stoffband lief. Das chaotisch hochgesteckte Haar – war das vielleicht eben die Künstlerin gewesen im Nebel des Korridors?

Im Museumsshop wurden Multiples der Künstlerin angeboten, zwölfstöckige Plattenbauten aus Plastik, die aussahen, als wären sie aus Streichhölzern gebastelt, mit einer grünen Plastikwiese und Plastikbäumen und einem Sandkasten, der mit echtem Sand gefüllt war.

Auf der Separatparty im Zimmer der Sekretärin: Thaddeas Arroganzattacke wie aus dem Lehrbuch! Niemand konnte auf den Gedanken kommen, dass sie eigentlich menschenscheu und menschendämlich war. Je schwächer die Liebe, desto stärker Thaddea?

Besser nicht ins Nordfenster sehen. Da gab es ihr glänzend gespiegeltes Gesicht mit den nassen Haaren und den tropfenden Brüsten. Nachdem sie in der Freiheit angelangt war, hatte sie in ihrem Haus in Grünwald fast vierundzwanzig Stunden durchgeschlafen. Darüber war sie so erschrocken gewesen, dass sie aus dem Bett gesprungen war und sofort begonnen hatte, gymnastische Übungen zu machen.

Sie war schweißgebadet aufgewacht. Sie hatte geträumt, obwohl sie sonst nie träumte beziehungsweise sich nie an ihre Träume erinnern konnte. Im Traum hatte sie Ben-Luca angewiesen, er solle sie wecken. Sie konnte sich nicht erinnern, auf welche Weise er dafür gesorgt hatte, dass sie aufwachte. Es war jedoch sicher, dass er sie nicht berührt hatte. Bei ihren Übungen kam Thaddea nie ins Keuchen, sie stöhnte trotzdem, um ein Geräusch zu erzeugen.

Alle Gefühle und alle Gefühlsäußerungen in dem Zimmer der Sekretärin hatten still in der Luft gestanden. Das hatte sie, Thaddea, fertiggebracht. Sie hatte sich nicht die geringste Blöße gegeben. Sie hätte sich ja auch mit Eifersuchtsgehabe lächerlich machen können – sie war gar nicht dazu fähig, sich lächerlich zu machen. Doch, manchmal beneidete sie diejenigen, die für die Erreichung eines bestimmten Zieles nicht vor der Lächerlichkeit zurückschreckten. Wenn sie sich eifersüchtig gegeben hätte – sie war nicht eifersüchtig –, wäre dann Ben-Lucas Herz mit einem Peng aus dem Boden geschossen?

Mit nichts aber zu vergleichen war die sterbende Liebe –

Guter oder schlechter Sex, das war früher einmal wichtig gewesen. Klitorale oder vaginale Orgasmen, das waren Weltanschauungen gewesen. Frauen liefen Männern hinterher, nicht obwohl, sondern weil diese so beschissen vögelten. So formulierten es dieselben Frauen, die in ihren Tagebüchern ihre Männer mit ›Geliebter‹ anredeten, anschrieben: Der Mann kam zu schnell oder gar nicht, jedenfalls hörte die Sache jedes Mal dann auf, wenn die Frau gerade anfing, wirklich Lust zu haben. Deswegen musste die Sache ausdauernd wiederholt werden, auch wenn absehbar war, dass sie stets auf die gleiche Weise enden würde. Die Frauen waren immer angegeilt, immer mittendrin im Vögeln, aber es klappte nie, deswegen liefen sie den Geliebten hinterher.

Mittlerweile war die orgasmische Seite durch moderne IT und Hilfsmittel neu geregelt. Wer mit einem Massagestab keinen Orgasmus bekam, der hatte einen körperlichen Schaden. Man konnte sich entschließen, den zu ertragen, aber da war kein Zwang, ihm zu dienen. Niemand schrieb heulend Mails oder textete wegen schlechtem Sex. Es ging um Dinge wie ob man beim Orgasmus squirtete oder nicht. Thaddea squirtete nicht – tete …

Hatte Thaddea nicht jederzeit alles gewusst über Ben-

Luca und Kata, zumindest was das Wesentliche betraf? Das Wesentliche war: Andere Dinge interessierten Kata und Ben-Luca mehr als Sex. Oder hatte sie das Wesentliche nicht gewusst? War das Wesentliche das prunklose Verhängnis, dass sich Ben-Luca und Kata jedenfalls mehr für Sex interessierten als sie, Thaddea?

Was ist die Wahrheit? Das war eine grundlegende Frage. Aber was war das neben der anderen Frage: Wie kann ich das Leben ertragen? Wie konnte Thaddea *sich* ertragen?

Thaddea dachte ›Mein Wissen ist Düsternis‹ und beendete ihre Übungen.

Als sie ins Bad ging und kurz hinter sich blickte, sah sie die nassen Abdrücke ihrer Füße auf dem Boden. Ihre Socken waren schweißgetränkt. Sie war deutlich Supinierin.

Sie wusste jetzt, warum die Planerin ihre einzige Klientin war. Bewahrte Thaddea ihre Würde und machte sie keine Reklame, würde die Mutter der Künstlerin auch die einzige Klientin bleiben. Thaddea hatte sich voll und ganz darauf verlassen, dass ihr die Klinik die Interessenten zuführen würde. Das hatte sie auch schriftlich vom Verwaltungsleiter. Aber als sie nach der Grenzverletzung nach Hause zurückgekehrt war, hatte sie in der Post – endlich – die endgültige Version ihres Arbeitszeugnisses vorgefunden. Mit der ursprünglichen Version war sie nicht einverstanden gewesen, denn diese hatte ihren Einsatz nicht genügend gewürdigt. Sie hatte regelmäßig zu Weihnachten, an Neujahr, an Feier- und Brückentagen Dienste übernommen und dadurch das Familienleben der Kolleginnen und Kollegen gefördert, die Kinder hatten und beziehungsweise oder verheiratet waren. Thaddea hatte darauf bestanden, dass das im Zeugnis erwähnt wurde. Das Zeugnis sollte richtig sein –

wahr? –, auch wenn niemand außer ihr es je noch zu Gesicht bekommen würde. Die jetzige Version entsprach genau ihren Wünschen. Sie war vom neuen Chefarzt unterzeichnet. Aber der neue Chefarzt war der alte Oberarzt. Er hatte vor zwei Jahren die Klinik verlassen und war nach Thaddeas Ausscheiden, ohne dass jemand sie vorgewarnt hätte, der Nachfolger des alten Chefarztes geworden, der in Pension ging.

Sie hatte sich mit dem alten Oberarzt und neuen Chefarzt nur gestritten. Er war wie sie Facharzt für psychosomatische Medizin, er hatte zwei Jahre in Berlin am Institut für Sexualwissenschaft der Charité gearbeitet, mit dem Schwerpunkt Paarberatung und Sexualtherapie. Er erläuterte seinen Schutzbefohlenen, Sex sei die intimste Form von Kommunikation, die dem Menschen zur Verfügung stehe, und er erklärte ihnen, worum es beim Sex gehe – um die Erlösung durch die Überwindung von Vereinzelung. Er trug bunte, giftige Krawatten zu seinem Arztkittel. In den Akten brachte er es fertig, in Zusammenhang mit bestimmten Phantasien und Praktiken von »Gesichtsbesamung« zu sprechen. Er schreckte nicht davor zurück, gegenüber seinen Opfern zur Veranschaulichung seiner Thesen die Du-Form zu benutzen, wie ein Fußballspieler oder Trainer: »Ich möchte mit dir schlafen, weil du mir alles bedeutest und weil ich mich nur durch dich und in dir beruhigen kann.«

Thaddea fand den Gedanken, dass der Oberarzt, jetzt Chefarzt, »sich in jemandem beruhigte«, unsagbar eklig. Damit konnten nicht einmal die allerschmutzigsten Seiten im Internet konkurrieren. Gegenüber den untergebenen Ärzten bevorzugte der Oberarzt die Wir-Form: »Das einzige, was wir nicht alleine hinkriegen, ist das Gefühl angenommen zu sein.« Der unsympathische Idiot würde es niemals hinkriegen, angenommen zu werden. Deswegen war das das Problem der Menschheit.

Es war einfach unmöglich, über Sex zu reden, ohne auch über sich selber zu reden. Da half die ganze Wissenschaft nichts, die sowieso bei dem Thema nicht viel zu suchen hatte. Thaddea vermied das Thema nach Möglichkeit, und sie war damit nicht schlecht gefahren. Der Oberarzt hatte ihr genau das zum Vorwurf gemacht: Sie spiele prinzipiell die Sexualität herunter. Dafür musste sie sich noch rechtfertigen. Sie hatte immer das Gefühl gehabt, dass ihre Schutzbefohlenen es ihr gedankt hatten.

Der Oberarzt war auch schlichtweg bösartig gewesen. Einmal hatte sie eine Paartherapie weiterführen müssen, die er aus nicht nachvollziehbaren Gründen abgebrochen hatte. Der Mann war Strumpf-Fetischist gewesen. Das kam eigentlich überhaupt nicht mehr vor. Natürlich wusste der Oberarzt um ihre Beeinträchtigung. Thaddea hatte das Gefühl, der Oberarzt war überhaupt nur auf der Welt, um sie zu quälen. Als Chefarzt sorgte er selbstredend dafür, dass niemand in der ganzen Klinik es wagen würde, ihr Interessenten zu vermitteln. Thaddea dachte, may he rot in hell.

Einmal hatte Thaddea ein Interview mit ihm in einer Frauenzeitschrift gelesen, in dem er sich über One-Night-Stand-Burn-outs ausließ. Interviews in Frauenzeitschriften bildeten offensichtlich eine kumulative Habilitation.

War sie prüde? Wenn es sein musste, empfahl sie älteren Männern, am Morgen Sex zu haben, weil dann der Testosteronspiegel am höchsten war. Sie verschrieb älteren Frauen Lotionen für die Vagina. Aber eigentlich war sie der

Meinung, dass ältere Leute keinen Sex haben sollten. Das war unschön. Wobei ›ältere Leute‹ alles war, was älter war als sie selbst.

Platzierte man genetisch identische Mäuse in Käfigen mit einem reichhaltigen Angebot an Stimuli, begaben sich alle auf Erkundungstour. Jedoch mit unterschiedlichem Engagement: Einige rannten rastlos schnüffelnd herum, während es andere sehr ruhig angehen ließen. Thaddea war eine begeisterte Leserin der Wissenschaftsseiten der *FAZ*, der *NZZ* und der *SZ*. Sofern die Dinge nicht mit Mathematik zu tun hatten. Sie war überzeugt, sie profitierte davon weit mehr als vom Großteil der Fachliteratur auf ihrem Gebiet, auch wenn die Zeitungsartikel gar keinen unmittelbaren Bezug zu dem aufwiesen, was sie machte.

Mit der Zeit prägten sich die Verhaltensunterschiede zwischen den Tieren immer deutlicher aus. Dabei wurden keineswegs nur die natürlichen Anlagen verstärkt. Aus schüchternen Mäusen wurden wagemutige und umgekehrt. Der Charakter, die Persönlichkeit der Mäuse bildete sich mit den Erfahrungen, die sie in der Versuchsanordnung machten. Wurden die Mäuse hinters Licht geführt, spielte man ihnen übel mit, gingen sie in die innere Emigration. Wurde dagegen ihre Neugier, wie skurril auch immer, belohnt, entwickelten sie sich zu Superheroes.

Die Verhaltensunterschiede spiegelten sich in der Plastizität des Hippocampus wider, der Hirnregion, die auch für das Erlernen neuer Inhalte verantwortlich war. Der Hippocampus der aktiven Charaktere enthielt deutlich mehr neue Nervenzellen als derjenige der passiven Charaktere.

Sie, Thaddea, würde sich schnüffelnd umtun. Natürlich würde sie nicht rennen. Sie würde den Roman schreiben. –

Animal print und Denim oder das Blumenkleid aus den vierziger Jahren?

Die Skinny-Hosen hatten ihr wie angegossen gepasst. Tatsächlich waren sie mehr Flower Power als Animal print, die Innenseiten der Unter- und Oberschenkel, der Schritt, allerdings auch die Knie, getigert, der Tiger in einem Meer von lilafarbenen und weißen Blumen – wenn der weiße Flieder wieder blüht. Das Tier für die sensibleren, die Blumen für die weniger empfindlichen Stellen – ein Fall von modischer Ironie? So eng die Hose, so weit die ausgewaschene Jeansweste. Überflüssigerweise hatte Thaddea ihre Bluse ausgezogen, um die Weste zu probieren. Sie knöpfte die Weste bis oben hin zu, die Verkäuferin machte die zwei oberen Knöpfe auf. Zwar trug Thaddea einen weißen BH, trotzdem machte sie die beiden Knöpfe wieder zu. Eigentlich hatte sie sich schon entschieden gehabt, aber dann hatte sie die Teile doch nicht sofort gekauft, sondern die Verkäuferin gebeten, sie beiseite zu legen.

Darauf hatte sie im Schaufenster das Blumenkleid gesehen. Hochgeschlossen, mit an den Schultern leicht gepufften halblangen Ärmeln und bis zur Taille herabhängenden Kragenbändern sowie darunter einer schürzenartigen Schleppe wirkte es wie aus einem Modemagazin der vierziger Jahre. Das war das Gegenteil von Wild Life, aber auch von Flower Power. Die cremefarbigen Blüten auf dem dunkelroten Hintergrund waren maximal elegant. Die Verkäuferin empfahl dringend den zugehörigen schwarzen Gürtel mit der Schnalle in Form eines Bouquets aus schwarzen Blumen.

Thaddea war, was nicht oft vorkam, völlig unentschlossen. Das Blumenkleid mit Gürtel sah aus, als hätte sie viele

Klienten. Ohne Gürtel wirkte es, als hätte sie wenig Klienten. Die Skinny-Hose und die Weste sahen aus, als wollte sie gar keine Klienten. Das Blumenkleid ohne Gürtel war sozusagen die realistische Abbildung der Situation, eine Klientin war nicht kein Klient, eine Klientin lief immer noch unter wenige Klienten. Wenn sie das Blumenkleid kaufte, dann musste sie es mit dem Gürtel nehmen. Aber sie würde es bestimmt nicht mit dem Gürtel tragen. Obwohl sie von dem Animal print so begeistert gewesen war, kamen ihr jetzt Zweifel. Keine Klienten für immer und ewig war eine verständliche, aber kindische Reaktion. Würde sie ewig in dieser Stimmung bleiben? Andererseits: War es nicht ihr gutes Recht, sich momentan dieser Stimmung hinzugeben?

Natürlich konnte sie beides kaufen, Blumenkleid und Animal print plus Flower Power plus Truckerweste. Aber das hatte dann ein starkes Element von Prokrastination an sich. Irgendwann musste sie sich doch entscheiden.

Noch einmal andererseits: Wenn sie vor ihrem Kleiderschrank stand und auswählte, was sie anziehen wollte, dann entschied sie sich jedes Mal, dann traf sie lauter kleine Entscheidungen, die sich schließlich zu einer großen zusammenfügen würden. Aber an diesem Modell störte sie, dass es so weise war.

Sie ging sehr langsam von dem Bottega-Veneta-Shop neben dem Hotel Vier Jahreszeiten in der Maximilianstraße – nicht ohne noch einmal einen Blick in das Schaufenster unter dem gotisch anmutenden Spitzbogen geworfen zu haben – zurück in Richtung des Geschäfts, das Roberto Cavalli führte, in der Kardinal-Faulhaber-Straße, jenseits der Oper. Sie hatte Zeit. War das chri-chri, wenn man von chri-chri zu elegant wechselte und zurück, oder war das elegant?

Sie hatte keine Zeit. Für siebzehn Uhr hatte sie einen Telefontermin mit dem Schriftsteller ausgemacht. Das war eine komplizierte Geburt gewesen. Sie hatte ihm ein Mail geschrieben, dass sie einen Roman verfasste und gern mit ihm darüber sprechen würde. Sie hatte gehofft, er würde einen Ort vorschlagen, der etwas mit seiner Art zu schreiben zu tun hatte, aber er lud sie zum Essen ein. Was sie mit einer windigen Ausrede abbog. Er begriff, dass das für sie zu sehr nach einem Date aussah, und schwieg kühl. Darauf schlug sie Schumann's Tagesbar als Treffpunkt vor, fügte jedoch hinzu, man könne sich dort nur unterhalten, wenn man bei geeignetem Wetter einen Tisch draußen bekomme. Schließlich hatte er, als ob es um etwas Geschäftliches ginge, einen Telefontermin vorgeschlagen. Unter der Bedingung, dass sie ihn von einem Festnetzanschluss aus auf seinem Festnetzanschluss anrufen würde. Er hatte keine Begründung gegeben.

Sie wollte auf keinen Fall ein Date mit dem Schriftsteller haben. Erstens war er ihr zu alt, und zweitens war da die soziale Aufstiegsproblematik. Sie hatte das Gefühl, dass er alles getan hatte und tat, um den bescheidenen Verhältnissen zu entkommen, in denen er aufgewachsen war. Ben-Luca hatte sich gewundert, dass sich der Autor des Romans über das New Yorker Galeristenehepaar so gut mit Decorative Arts auskannte. Im nachhinein hatte sich Thaddea gefragt, wie der Schriftsteller zu der Einladung bei dem RTL-Produzenten gekommen war. Thaddea hatte keineswegs grundsätzlich etwas gegen soziale Aufsteiger. Das Problem war jedoch: Sie verbreiteten Unsicherheit. Man musste ständig, bei allem, was man sagte und tat, auf ihren wunden Punkt Rücksicht nehmen. Auf ihre Herkunft. Das war mühsam.

Die Zeiger von Thaddeas Uhr wiesen auf drei viertel fünf, aber ihr iPhone zeigte sechzehn Uhr dreiundfünfzig an. Sie hatte noch sieben Minuten, um zum Hotel Mandarin Oriental zu gelangen. Sie besuchte dort oft die Bar mit Kata oder Ben-Luca – sie hatte dort oft die Bar mit Kata oder Ben-Luca besucht –, allerdings zu fortgeschrittener Zeit. Vielleicht hatte jetzt jemand an der Bar Dienst, den sie kannte, dann würde sie von der Bar aus telefonieren, sonst musste sie sich an die Rezeption wenden.

Sie passte einen Augenblick ohne Verkehr ab, um die Maximilianstraße zu überqueren. Auf dem gegenüberliegenden Bürgersteig standen zwei Männer, die beide dunkelgraue Anzüge, weiße Hemden und schmale, dunkle, mit Clips an den Hemden befestigte Krawatten trugen. Sie hatten die gleichen randlosen dunklen Sonnenbrillen auf. Neben ihnen eine blonde Frau in einem absurd lilafarbenen Trenchcoat, der glänzte wie eine Metallic-Autolackierung. Die beiden Männer und die Frau standen völlig still, sie bewegten sich nicht, mit keiner Faser ihrer Körper. Thaddea kam der Gedanke, sie befand sich auf einer anderen Zeitebene. Entweder war die Welt um sie herum eingefroren oder sie, Thaddea, lief unglaublich schnell.

Die Bar des Mandarin Oriental diente auch als Lobby, sie war auf der ganzen Länge von der Straße aus durch große Schaufenster gut einsehbar. Tatsächlich hatte der Adlatus des Barchefs Dienst, der Thaddea kannte. In der Bar gab es ein stationäres Telefon, mit dem man allerdings nur innerhalb des Hauses telefonieren konnte. Es war zwei Minuten vor fünf, Thaddea rief mit ihrem Mobiltelefon hastig den Schriftsteller an, der hatte den Anrufbeantworter eingeschaltet, sie sprach die Nummer des Hotels auf Band und dass er sich mit der Bar verbinden lassen sollte.

Auf der Straße vor dem Hotel hatte man Leitungen verlegt, die Baugrube war bereits wieder zugeschüttet, der Straßenbelag musste noch erneuert werden. Als das Telefon auf dem Tresen klingelte und Thaddea darauf zuging, näherte sich draußen auf der Baustelle ein kleiner Kipper. Er fuhr schräg über die Straße und genau auf das Fenster mit dem Bartresen zu. Thaddea beschleunigte ihre Schritte, und der Kipper fuhr schneller. Er würde die kaum kniehohe Mauer unterhalb der Glasscheibe überwinden und durch das Fenster in den Raum hineinfahren. Er würde den Tresen mit dem Telefon zerstören und Thaddea überfahren. Wenn es ihr gelang, vorher den Anruf anzunehmen, dann konnte sie entkommen. Sie musste es nur schaffen, den Hörer abzunehmen, dann war sie sofort woanders.

»Welche Schwierigkeiten haben Sie mit Ihrem Roman?«

Thaddea sagte, sie habe keine Schwierigkeiten mit ihrem Roman, weil sie ihn noch gar nicht angefangen habe. Das entsprach nicht der Wahrheit, aber sie ärgerte sich darüber, dass der Schriftsteller es nicht einmal für nötig hielt, das Gespräch mit einer Höflichkeitsformel zu beginnen.

Der Kipper war wie vom Erdboden verschluckt. Thaddea war nicht durch das Telefon verschwunden, sie war noch in der Bar, die jetzt von einer arabischen Großfamilie bevölkert wurde.

»Sie haben Schwierigkeiten mit dem Konzept Ihres Romans?«

Trotzig sagte Thaddea, alle hätten ein Konzept. Firmen

hätten Strategien, Kliniken Behandlungsrichtlinien, die Kids posteten ihre Vorstellungen vom Leben bei Facebook. Sie habe ein Nicht-Konzept. Sie war nicht sehr überzeugend, natürlich war auch ein Nicht-Konzept ein Konzept.

»Ich will nicht Managerin von Wissen sein und daraus irgendeinen Vorteil ziehen. Ich will aber auch nicht ein Ausschnitt aus einer Karte sein, die irgendetwas abbildet. Selbst wenn ich etwas weiß – ich möchte niemals *viel* wissen –, möchte ich Amateur sein.« Das war ihr im Augenblick eingefallen. »Ich suche nach einer Haltung. – Das Wissen beschäftigt sich vor allem mit sich selber. Dem muss man irgendwie entkommen, sonst ist man ziemlich überflüssig. Wie ich das in meinem Beruf mache, weiß ich.«

Thaddea brüstete sich nie mit etwas, was sie war oder tat. Sie hatte Kata immer ein wenig darum beneidet, dass sie stilvoll angeben konnte. Hätte sich Thaddea auch gebrüstet, wenn ihr Studio brummen würde, wenn sie neue Termine erst in einem halben Jahr vergeben könnte?

Ben-Luca und Kata mussten nicht darüber nachdenken, welche Haltung sie gegenüber den Dingen und den Menschen einnahmen. Ben-Luca war eine Art Snob, obwohl der Begriff heute kaum mehr anwendbar war. Kata wollte den Erfolg. Dabei waren beide auf ihre Weise ernsthaft. Kata wollte den Beifall nicht nur in München. Ben-Luca musste zugestanden werden, dass er zu den Kunst-Schickis entschlossen Abstand hielt.

»Wollen Sie Ihre Haltung *sein*? – Wollen Sie Ihre Haltung *zeigen*? – Soll Ihre Haltung Sie zu etwas hinbringen?«

Das wusste Thaddea nicht, und sie sagte es auch.

»Was kommt öfter vor: Hassen Sie etwas, was Sie tun, oder tun Sie etwas, ohne daran zu glauben?«

Die Frage war gefährlich. Wonach forschte der Schriftsteller? Thaddea zog es vor, die Frage nicht zu beantworten.

Der Schriftsteller bemerkte: »Nur die, die keine Haltung haben, lügen nicht.«

Thaddea gab zu bedenken: »Wer wirklich keine Haltung hätte, wäre der nicht der erstbesten Laune ausgeliefert?«

Der Schriftsteller wollte den Eindruck vermitteln, er überlege laut: »Es gibt nur ein Argument dagegen, keine Haltung zu haben. Es ist naturwidrig, darauf zu verzichten, ehe man ausprobiert hat, wie weit man gehen kann, egal mit welcher Haltung. – Wem aufgegeben ist, keine Haltung zu haben, der gehört nur zufällig dieser Welt an – für ihn ist im Grunde keine Welt zuständig.«

Thaddea, vernünftig: »Ich glaube, wenn Sie jemanden treffen würden, der wirklich keine Haltung hat, wären Sie verblüfft.«

Der Schriftsteller, ebenfalls vernünftig: »Wovon handelt denn Ihr Roman?«

»Alles ist smart und clean. Der Roman beginnt mit dem Sommeranfang in einer Stadt, in der kein Mensch irgendwelche Sorgen hat. Niemand hat Probleme mit Sex oder mit Kindern. Schon lange ist keiner mehr gestorben. Aus der ganzen Welt reisen die Leute an, um in der Stadt einzukaufen.«

Die Araber waren eine enorm wichtige Klientel für die Geschäfte der Maximilianstraße. Sie verbrachten gern die Sommerwochen im Bayerischen Hof, in den Vier Jahreszeiten oder eben im Mandarin Oriental, sie schätzten das für sie gemäßigte Klima und die Sicherheit. Es war gang und gäbe, Geschäfte für die Laufkundschaft zu sperren, wenn die Nabobs einkauften. Das schlug sich dann in sechsstelligen Rechnungen nieder.

Warum sollte sie dem Schriftsteller erzählen, wovon ihr Roman handelte? – Bah!

Thaddea war nicht smart. Allerdings war sie clean –

»Manchmal sieht es so aus, als wäre etwas schlimm. Aber das ist nur eine Frage, wie etwas wahrgenommen wird – eine Frage des Charakters –«

Der Schriftsteller unterbrach sie: »Das ist Ihre Haltung?«

Thaddea antwortete mit einem gereizten »Ja«.

»Die Protagonistin ist eine sehr gute Tennisspielerin …«

In der Oberstufe des Gymnasiums hatte Thaddea eine Zeitlang Tennis gespielt. Sie hatte sich den Sport ausgesucht, gerade weil er für sie nicht ideal war. Ihr war Talent bescheinigt worden, aber sie hatte das Training abgebrochen, nach der Sache mit den Fotos. Der letzte Trainer hatte immer Fotos von seinen Schülerinnen gemacht. Es war die Zeit vor dem Siegeszug der digitalen Fotografie gewesen, der Trainer hatte Papierabzüge angefertigt, sie mitgebracht und mit seinen Schülerinnen über deren Körperhaltung beim Spielen diskutiert. Thaddea hatte ein unangenehmes Gefühl gehabt. Wenn es ihm wirklich um ihre Technik gegangen wäre, dann hätte er schließlich Videoaufnahmen mit einer VHS-Kamera machen können. Er hätte die Bilder anhalten können, wo er wollte.

Die beidhändige Rückhand war ihr erfolgreichster Schlag gewesen. Auf den Fotos konnte man alle Muskeln sehen, die Adern, die die Bizepsmuskeln versorgten, wirkten wie diejenigen einer Bodybuilderin. Ihr Mund war verzerrt und unschön, dazu ihr stierer Blick, übrigens nie auf den Ball gerichtet, ein wesentlicher Kritikpunkt des Trainers. Sie schminkte sich nicht, wenn sie Tennis spielte. Ihre Haare steckte sie unter eine Kappe. Sie trug einen sehr engen Sport-BH und enge Oberteile, sie mochte es nicht, wenn das Hemd beim Laufen wehte. Die Muskelanstrengung beim Schlag führte dazu, dass man ihre Brüste gar nicht mehr als solche erkannte. Auf den Bildern hatte sie ausgesehen wie ein Mann.

Tatsächlich erwog sie, wieder mit dem Tennisspielen anzufangen. Sie trieb gar keinen Sport mehr. Seit dem Unfalltod ihrer Eltern fuhr sie nicht mehr Ski, sie lehnte auch alle Einladungen nach Kitzbühel ab. Auf dem Sandplatz fiel ihre körperliche Unzulänglichkeit nicht so sehr ins Gewicht, im Gegenteil: Das Gefühl des In-den-Ball-Hineinrutschens hatte sie immer genossen. Stumpfe Hartplätze musste sie natürlich meiden. Die Muskeln würden sie heute nicht mehr stören. Sie würde einen vorteilhafteren Sport-BH anziehen und sich schminken. Sie hatte genügend Zeit, um wieder mit dem Tennis zu beginnen.

Der Schriftsteller sagte: »Gib mir ein tiefes Gefühl, und meine Sprache wird richtig! – Oder muss es heißen: Gib mir die richtige Sprache, und mein Gefühl wird tief?«

Von einem Augenblick auf den anderen ärgerte Thaddea sich maßlos über den Schriftsteller. Sie hatte sich gar keine Blöße gegeben. Aber er verhielt sich so, als wäre genau das der Fall gewesen! Er konnte doch nicht wissen, dass ihr Roman gar nicht von dem handelte, was sie angegeben hatte!

Aufs Äußerste gereizt, rief sie ins Telefon: »Was wollen Sie von mir? – Können Sie mir das verraten?«

Sie hatte um das Gespräch gebeten, nicht er. Egal.

Der Schriftsteller sagte: »Als Sie in Grünwald am Pool

standen und erst die Frau des Gastgebers und dann den Sohn und die Freundin beobachteten, habe ich mich gefragt: Kann es sein, dass Sie sich verpflichtet fühlen, ein Schicksal zu haben? – Woher kommt das?«

Thaddea sagte: »Wenn *Sie* das nicht wissen …«

Der Schriftsteller sagte: »Schicksal ist nur interessant, wenn etwas aus dem eigenen Willen entspringt, ihm entflieht und sich dann gegen den Willen kehrt, um ihn zu zerbrechen. Natürlich stürzen Sie sich nicht in Unternehmungen. Wenn doch, dann nur in die Allerunbedeutendsten. Das hätte ja sonst etwas mit Wettbewerb, mit Überflügeln zu tun. Mit Neid. – Sein ist schlimm genug. Machen ist etwas Fürchterliches. Also: Wenn man schon etwas vollbringt, dann muss es sich gegen einen wenden.«

Thaddea sagte: »Ich weiß jetzt, wie ich mir Lebensmut mache.«

Der Schriftsteller sagte: »Es reicht nicht, zu zerstören. Man muss *sich* zerstören. Man muss sich Dingen zuwenden, die keinerlei Aussicht haben. Nur die Gegenstände sind den Hass wert, in denen man sich selbst hasst.«

Thaddea sagte: »Unglück ist für Sie ein poetischer Zustand –«

Wollte sie grundsätzlich Melancholikerin sein? Auf einem Stein sitzend, nie mehr aufstehen? Der Spielstoff war ihr ausgegangen. Sie als schwermütige Spielerin? Thaddeas Herz hatte sich verkrümelt gehabt, eingegraben in ironische Müdigkeit und subtile Trägheit. Ben-Luca hatte darauf gebaut, dass sie versuchen würde, ihn zurückzugewinnen. Sie war ihm in schläfriger Kühle begegnet, die sie nicht vorspielen musste. Ausnahme: die Separatparty. Keine Rede von feinfühliger Abgebrühtheit. Sie hatte heftig mit den Flügeln geschlagen. Aber kein Haltungsverlust.

Das Buch des Schriftstellers, das sie gelesen hatte, war nicht depri. Der Schriftsteller tat nur so, als ob jeder reizvolle Augenblick zwangsläufig die Vernichtung in sich trug, er spiegelte nur vor, das Gegenteil von dem zu verwirklichen, was er vorhatte. Welches Problem wollte ihr der Schriftsteller eigentlich aufhalsen? Doch tatsächlich hatte er es fertiggebracht, sie nicht nur ihrem nackten, tadellosen Unglück zu entreißen, sondern sie aufzupulvern, aufzupeitschen, aufzuputschen. Rasend schnell hatte sie wieder Vertrauen zu sich selbst gefasst. Kein metaphysischer Schluckauf und kein Rülpser des Schicksals konnte ihr Lebensfundament mehr gefährden.

An Ben-Lucas Schreibtisch lehnten über die ganze Länge schwarz gerahmte Schwarz-Weiß-Fotografien, die enorm vergrößerte Pflanzenteile zeigten. Auf der Arbeitsfläche des Schreibtisches waren ebenfalls Fotografien gestapelt, weitere lehnten am Bücherregal hinter dem Schreibtisch.

»Die Sammler und die Vorworte in den Katalogen behaupten immer, der Umgang mit Fotografien würde den Blick schärfen oder so ähnlich. Die Fotografen haben das früher auch selber gesagt.«

Ben-Luca ging vom Schreibtisch weg nach vorn. Er bewegte sich wie ein alter Mann, seine Schritte waren abgehackt, fast machte er einen Buckel, seine linke Hand schien zu zittern, seine rechte fuhr fahrig in der Luft herum.

»Ich verstehe etwas von Fotografien, ich kenne mich in der Szene aus. Ich habe alles unter Kontrolle. Deshalb mag ich Fotografien. Aber ich finde Fotografien nicht besonders interessant. Natürlich kann ich das den Leuten nicht erzählen. Obwohl – die meisten würden es mir gar nicht glauben.«

Ben-Luca wandte sich um und blickte auf die Fotografien, die an den Schreibtisch gelehnt waren. Sie bildeten jeweils einzelne Stängel mit Knospen oder Blüten ab, die Pflanzenteile wirkten völlig leblos, wie Steinskulpturen.

Er nahm zwei Fotos von dem Stapel auf dem Schreibtisch und hielt sie so, dass Thaddea sie sehen konnte. Sie zeigten sich verzweigende Stängel ohne Blüten oder Knospen. Es hätten auch Ausschnitte aus schmiedeeisernen Gittern sein können.

Ben-Luca hatte sich die Haare kurz schneiden lassen und nach hinten gekämmt. Die blauen Adern auf seiner Stirn traten stärker hervor, wenn er sich aufregte. Jetzt waren sie auch noch dunkel, fast schwarz. Seine Wangen waren faltig und geschrumpelt, wie dehydriert. Neugierig, aber nicht anteilnehmend, musterte Thaddea den im Raum stehenden Kummer. In ihr war nichts, was sich etwa unbehaglich geringelt hätte.

Ben-Luca war in seinem Büro und gleichzeitig bei ihr zu Hause in Grünwald. Im Essbereich war ein Beamer in die Decke eingelassen, die Glasscheibe zum Patio ließ sich weiß polarisieren, so dass sie als Projektionsfläche benutzt werden konnte. Ben-Luca, der sich im Auktionshaus auch um die IT-Angelegenheiten kümmerte, hatte ihren Laptop mit dem Beamer verbunden und ein Programm installiert, das den Beamer herabfuhr und einschaltete, wenn er mit Thaddea skypen wollte.

Das System war allerdings nicht ganz ausgereift. In unregelmäßigen Abständen zuckten schmale gelbe Lichtstrahlen durch das Bild. Sie schienen immer von einem Punkt auszugehen oder sich in einem zu treffen, sie zerschnitten das Bild und blendeten so sehr, dass man gut daran tat, für einen Moment die Augen zu schließen.

»Morgen kommt in der *SZ* ein großer Artikel über gefälschte Blossfeldt-Platten.«

Ben-Luca machte eine elend lange Pause.

»Ich habe die Zeitung schon. Ich habe eine Praktikantin zum Bahnhof geschickt, die dort die Ausgabe von morgen gekauft hat. – Blossfeldt hat mit einer selbstgebauten Plattenkamera fotografiert. Er hat nicht viele Silbergelatine-Abzüge von seinen Fotos gemacht. Er war ja kein Künstler. Die Fotos sind als Lehrmaterial für die Unterrichtsanstalt des Kunstgewerbemuseums Berlin entstanden. Sie wurden im Zeichenunterricht als Vorlage an die Wand projiziert.«

Ben-Luca ging zum Schreibtisch und zeigte ihr drei riesenhaft vergrößerte Fotos von Spitzen von Schachtelhalmen, die ineinandergesteckten Kelche ließen sie an große Kakteen denken.

»Auch nach dem großen Erfolg seiner Fotobände wollte er kein Künstler sein. – Die Fotos hier sind wertlose Drucke, die man im Berliner Kunstgewerbemuseum kaufen kann. Der Enkel eines DDR-Kulturministers ist mit zwei Dutzend Platten aus dem Besitz seines Großvaters an uns herangetreten. Natürlich enthalten die Bücher Blossfeldts nicht alle seine Fotografien. Der Enkel behauptet, sein Großvater habe als junger Mann den alten Blossfeldt gekannt und der habe ihm ein paar Platten überlassen. Der Bestand bei der Universität der Künste in Berlin stimmt nicht mit den ursprünglichen Aufzeichnungen überein. Wir haben natürlich angenommen, dass sich der Kulturminister die Platten aus dem Archiv des Kunstgewerbemuseums unter den Nagel gerissen hat. – Noch nie gab es Platten von Blossfeldt in einer Auktion. Wir haben genauso viele Experten beauftragt, wie es Platten gibt. Alle haben bestätigt, dass die Platten aus der Zeit sind. Sujet, Technik und Stil sind Blossfeldt. Mit der Provenienz haben wir die Platten als Zuschreibung angeboten. Die Platten aus der Zeit sind ja nie signiert. Die Preise kannst du dir vorstellen.«

Thaddea konnte sich nicht erinnern, dass Ben-Luca jemals so lange gesprochen hatte. Arme Kunsthistorikermaus.

»Es gibt auch noch eine Enkelin des Kulturministers. Die zur Fotografieexpertin der *SZ* gegangen ist und behauptet hat, die Platten seien ein Fake. – Selbstverständlich habe ich mich sofort mit der Aussage der Enkelin an die Experten gewandt. Sie bleiben bei dem, was sie gesagt haben, kein einziger ist weich geworden. Einige Untersuchungen wurden wiederholt. Alle sind unerschütterlich davon überzeugt, dass die Platten echt sind. Aber das nützt nichts, wenn die Enkelin öffentlich behauptet, dass sie Fälschungen sind.«

Ben-Luca sprach leise, jedoch deutlich. Die Falten auf seinen Backen schienen sich auszubreiten. Um die Augen herum bildeten die Falten konzentrische Kreise, die seine Augen undeutlicher und kleiner machten. Auf der Stirn richteten die Falten zusammen mit den dunklen Adern irreversible Zerstörungen an.

»Ich bin überzeugt, dass die Platten echt sind und dass die Enkelin nur behauptet, sie seien Fälschungen. Eine Familienfehde, die ganz andere Ursachen hat und nun auf diesem Schauplatz ausgetragen wird. Aber ich bin dafür verantwortlich, dass wir die Platten im Katalog angeboten haben und jetzt herausnehmen müssen. Was die Gutachten und die Kampagne gekostet haben, kannst du dir vorstellen.«

Ben-Luca, der hatte erreichen wollen, dass sie glühte, der Schriftsteller, der sie zur Schattenfrau machen wollte – die exklusiven Erkenner ihrer Seele hatten Pech gehabt. Ihre Seele hatte sich verändert. Sie, Thaddea, verfügte jetzt über übernatürliche Kräfte. Ben-Lucas markerschütterndes Präzisionsreden, seine Schmerzgrimassen, seine mutmaßlich wahnsinnigen Gedanken – Katastrophales schoss ihm durch den Kopf –: Aber sie streckte einfach nur den Arm aus, spreizte die Finger, hielt ihm ihre Hand entgegen, und seine Melodramatismen blieben in der Luft stehen. Sie prallten nicht einmal von ihr ab. Sie kamen gar nicht an sie heran.

Ben-Luca ein Häufchen Asche.

Thaddea eine spezielle Person, einzigartig.

Thaddea wollte sagen: »In gewisser Weise haben Sie nicht existiert, bevor man Ihnen den Strick um den Hals legte.« Aber das konnte sie nicht sagen.

Sie fragte: »Ist es erneut passiert?«

»Ja. – Nein. – Ja.«

Die Planerin konnte nicht weiterreden. Sie wurde durch das extrem laute Geräusch eines Hubschraubers unterbrochen, der direkt über der Straße stand. Bei Unfällen auf Autobahnen in der Nähe von München flog der Rettungshubschrauber auch das Schwabinger Krankenhaus an. Der Grund, warum der Hubschrauber über der Straße stehenblieb, konnte nur sein, dass der Landeplatz besetzt war. Aber warum hatte der Pilot am helllichten Tag den Suchscheinwerfer eingeschaltet? Einen Block weiter wurde die Straße neu hergerichtet. Der Belag war komplett entfernt worden. Ein Lastwagen kippte eine Ladung Schotter auf den Untergrund, eine Staubwolke waberte durch die Straße. Zwei Männer schweißten in dem betroffenen Straßenabschnitt an einem Geländer vor einem Kindergarten, Schweißblitze irrlichterten durch die Staubwolke. Der Scheinwerfer des Hubschraubers versuchte, die Staubwolke zu durchdringen. Thaddea fühlte sich wie die Zeugin eines Boden-Luft-Kampfes.

Die Straßenarbeiten würden ihre Spuren an der Verglasung der Struktur hinterlassen. Aber die musste sowieso jeden Monat einmal gereinigt werden. Thaddea hatte bereits einen entsprechenden Vertrag mit einer professionellen Reinigungsfirma unterschrieben, die Kata empfohlen hatte.

»Die Technik predigte ihre Allmacht. Der Technikvorstand ist eher kleinwüchsig, sein Spitzname in der Firma ist Helferlein. Er trug tatsächlich eine gelbe Krawatte. Seine

Hände sind klein, seine Finger spitz, es kann nicht sein, dass seine Hände schmutzig sind, er ist kein Bastler, aber sie sehen so aus: schmutzig. Der Produktionsvorstand notierte etwas auf seinem iPad. Er schreibt mit zehn Fingern und ist für seine unglaubliche Geschwindigkeit bekannt, niemals blickt er auf den Bildschirm. Seine Finger bewegten sich so schnell, dass man das Gefühl hatte, man sah sie gar nicht mehr. Seine Augen schweiften unruhig im Raum umher. Der Personalvorstand sagte nichts und tat nichts, das war das Übliche. Die Finanzen hüllten sich souverän in ihre Bedeutung. Wir waren zu fünft an einem Stehtisch im Panoramaraum im obersten Stockwerk. Eine Führungskräfte-Tagung.«

Auf dem neu erworbenen Beistelltisch neben der Couch hatte Thaddea zwei Flaschen Brisant Club Cola und zwei Flaschen Margonwasser platziert. Diese Produkte gab es wieder, Thaddea hatte sie im Museumsshop erstanden. Daneben lagen auf einem Stapel von Schreib- und Zeichenheften mehrere schwarz-weiß geringelte Kunststoffkugelschreiber, die den Knüppeln der Volkspolizei nachempfunden waren. Die Dame an der Kasse des Museumsshops hatte nicht mit dieser Information gegeizt. Thaddca rückte den Beistelltisch mit den Memorabilien absichtsvoll etwas nach vorn. Sie wollte die Reaktion der Mutter testen, die musste doch einen Zusammenhang zur Show ihrer Tochter herstellen. Die Planerin musterte die Dinge mit einem Blick, als ob ihr Thaddea Versprechungen machen würde, an die sie nicht glaubte. Thaddea hatte der Planerin nichts versprochen.

Im Museumsshop hatte Thaddea auch mehrere Erda-Strumpfhosen Form-Fit gekauft. Die Spezial-Stützstrumpfhose – ein Spitzenerzeugnis – formte vorteilhaft und angenehm die Figur. Auf der Packung war eine langhaarige Blondine mit Hut abgebildet. Sie saß auf mehreren aufeinander geschichteten Dämmplatten und rauchte einen Zigarillo, sonst trug sie nur noch ein Oberteil. Was hatte die DDR eigentlich versprochen? Die Blondine war nicht unproportioniert, sie vollschlank zu nennen, wäre übertrieben gewesen, aber eine Modelfigur war in weiter Ferne. Insofern konnte man der DDR nicht vorwerfen, zu viel versprochen zu haben. Andererseits war das schrecklich ahistorisch gedacht. Marilyn Monroe würde heute auch nicht mehr dieselbe Karriere machen. Fazit: Wenn man historisch dachte, dann hatte die DDR doch nicht zu viel versprochen. Man musste nur genau hinsehen. Gescheitert war die DDR trotzdem. So wie die DDR wollte Thaddea nicht scheitern.

»Plötzlich, ohne Übergang, seamless, wie die Amerikaner sagen, sah ich mich nicht mehr der Produktion, sondern Leadership gegenüber, und die Technik daneben war dem Verkauf gewichen. Der Kollege X, der Chief Sales Officer, hatte sein Mobiltelefon am Ohr. Obwohl zu den Regularien der Tagung gehörte, dass die Telefone ausgeschaltet bleiben. Es war wieder dieselbe Anordnung: Wir waren zu fünft, mir gegenüber der CEO, links von mir die Finanzen, gegenüber den Finanzen der Verkauf, rechts von mir das Personal. – Ich ließ alles stehen und liegen. Ich rief einen Assistenten an, er sollte mein Notebook, meine Aktentasche und die Tagungsunterlagen einsammeln. Ich fuhr mit dem Aufzug hinunter in die Lobby. Ich grüßte den Pförtner mit Namen – ich grüße die Pförtner immer, ich bin der einzige aus dem Vorstand, der alle Pförtner beim Namen kennt, der Personalvorstand grüßt die Pförtner überhaupt nicht – und trat auf den Gehsteig hinaus, um den Mittleren Ring zu Fuß zu überqueren.«

Gutsy decision. Das Hochhaus mit der Hauptverwaltung der Firma, in der die Planerin arbeitete, war eins der wenigen Beispiele guter Architektur in München. Das gab auch Kata zu. Um das Hochhaus hatte es erbitterte Kontroversen gegeben. Bei einem von einem früheren Oberbürgermeister initiierten Bürgerentscheid hatte die Mehrheit dafür gestimmt, den Bau von Hochhäusern innerhalb des Mittleren Rings zu untersagen. Die Firma der Planerin hatte mit dem Wegzug gedroht, wenn sie kein Hochhaus errichten durfte. Das Hochhaus befand sich nicht an der Außen-, sondern an der Innenseite des Mittleren Rings, fiel also unter das Verbot, aber man hatte eine juristische Lösung gefunden, ohne dass noch einmal abgestimmt werden musste. Umfragen zeigten allerdings, bei einer erneuten Bürgerbefragung würde das Hochhausverbot gekippt werden.

»Der Himmel hellte sich auf, die schwarzen Gewitterbänke über den Alpen und über der Ebene wurden grau. Sonst war keine Wolke am Himmel, auch kein Kondensstreifen. Der Föhnhimmel war wie ein blaues Tuch, das in einen Rahmen gespannt wurde. War das überhaupt ein Himmel? – Ich hörte die Autos nicht und auch nicht die Lastwagen. Vielleicht mussten sie bremsen. Aber nicht so scharf, dass es quietschte. Es passierte mir nichts. – Auf dem Mittelstreifen der Versuch einer Buschbarriere. Ist jemals irgendjemand vor mir an der Buschbarriere zwischen den verrosteten Leitplanken gestanden? – Hat jemals irgendjemand die Disteln gesehen? – War das ein Wind mit starken Böen oder der Luftzug der Fahrzeuge? – Anders als am Straßenrand hörte ich auf dem Zwischenstreifen etwas: das Summen der Trostlosigkeit. Ich lief wieder los, als wollte ich etwas umrennen, mit aller Kraft.«

Die Planerin hatte ein weißes, vorn knöpfbares Sommerkleid an, das aussah wie ein auf Taille geschnittener Schwesternkittel. Die großen schwarzen Knöpfe und der breite Gürtel waren aufeinander abgestimmt. Die Sonne tauchte die Couch mit der Planerin von hinten in helles Licht. Die Planerin saß seitlich auf der Couch und wandte das Gesicht der Sonne zu. In der Sonne war das Kleid fast durchsichtig. Thaddea glaubte, dass sich die Planerin dieser Wirkung bewusst war. Beim letzten Mal hatte sie das Gesicht der Planerin zu auffällig studiert, die Planerin wollte sie von ihrem Gesicht ablenken.

»Dem hörbaren und unhörbaren Getöse entronnen, begab ich mich zur nächsten U-Bahn-Station und fuhr kreuz und quer.«

Thaddea und die Planerin wurden voneinander abgelenkt. Unmittelbar vor Thaddeas Haus versuchte eine Frau, ihren roten Cinquecento abzustellen. Die Parklücke war nur wenig größer als das Auto, und die Frau stellte sich sehr ungeschickt an. Beim Rangieren blockierte sie die Straße, ein Lieferwagen konnte nicht vorbei, der Fahrer hatte es eilig und hupte mehrmals wütend. Der Lieferwagen gehörte zu der Baufirma, die weiter oben die Straßenbauarbeiten durchführte.

Als die Straße endlich frei war, beschleunigte der Fahrer des Lieferwagens mit quietschenden Reifen. Dabei öffneten sich die beiden Hecktüren, aus dem Wageninneren fielen ein Dutzend gelber Bauhelme auf die Straße. Sie blieben dort liegen, denn der Fahrer bemerkte nichts.

Nach dem Lieferwagen kam ein rückwärts fahrender Sattelschlepper. Er hatte wohl Material zur Baustelle gebracht, offensichtlich konnte er weder weiterfahren noch an der Kreuzung vor der Baustelle abbiegen, wenden war sowieso unmöglich. Der Fahrer sah die auf der Straße liegenden Helme nicht oder wollte sie nicht sehen. Mit dem Sattelschlepper in der engen Straße rückwärts zu fahren war eine kniffelige Aufgabe. Er trat aufs Gaspedal, um gleich wieder zu bremsen, dabei ließ er die Kupplung schleifen, so dass jedes Mal der Motor aufjaulte. Ruckhaft bewegte sich der Sattelschlepper auf die Helme zu und zerquetschte sie. Das Geräusch, mit dem sie zersprangen, war zwischen dem Aufdröhnen des Motors deutlich zu hören. Thaddea kam es so vor, als würden skelettierte menschliche Schädel zertrümmert.

»Wenn jemand Sie vorher, während der Tagung, beobachtet hätte: Was hätte er gesehen? – Eine glückliche oder eine unglückliche Frau?«

»Ein ferner Beobachter hätte eine glückliche Frau gesehen, die froh war, für sich zu sein, und die erleichtert die weitere Tagesordnung prüfte, nachdem ihre Präsentation mit anhaltendem Beifall aufgenommen worden war.«

Mit gekonnten Bewegungen, die Thaddea ihr gar nicht zugetraut hätte, entledigte sich die Planerin ihrer Schuhe. Sie hob die Beine, ohne sich mit den Händen abzustützen, und drehte sich munter so, dass sie mit den Füßen auf der Couch zu sitzen kam. Hätte sie schöne Beine gehabt, wäre es sexy gewesen. Wären ihre Beine muskulöser gewesen, hätte sie burschikos gewirkt. Thaddea glaubte nicht, dass es die ohnehin nicht zu verwirklichende Absicht der Planerin war, sexy oder burschikos zu wirken. Was sollte Thaddea dann mit dieser Geste anfangen? Eine neutrale Geste – gab es das überhaupt?

»Was hätte ein naher Beobachter gesehen?«

Thaddea drückte sich schon aus wie ihre Klientin.

»Ihr Unglück durchwirkt die Frau, aber es durchkreuzt sie nicht. – Keinerlei Unrechtsbewusstsein, keinerlei schlechtes Gewissen bei den anderen. Wie schön weh die Energie tat, die die anderen erzeugt hatten. Mit wem sollte sie diese schmerzhafte Freude teilen? – Jemand, der aus der Nähe beobachtete, hätte ein euphorisches Alleinsein *und* bedrückte Einsamkeit gesehen.«

Sie war eine klassische Hysterikerin. Heute hieß das anders, morgen würde es wieder anders heißen. Ein Hysteriker brachte sich um, nur um beachtet zu werden. Eine Hysterie gehörte zu den seltenen Dingen im Leben, die eindeutig und nachprüfbar gelingen konnten: Eine gelungene Hysterie endete mit dem Tod. Denn irgendwann waren die Mittel aufgebraucht, und es gab nichts mehr, womit sich der Hysteriker in Szene setzen konnte. Allerdings waren Hysteriker nicht notwendigerweise konsequent. Häufig konnten sie gut mit der Inkonsequenz leben, dass nicht alles gelingen musste, was sie anfassten. Intelligente Hysteriker waren manchmal sehr erfolgreich, wenn es um Leistungen ging, die nur schwer objektiv beurteilbar waren, deren Kriterien einen hohen subjektiven Anteil aufwiesen. Thaddea war trotzdem überzeugt, dass die Planerin eine gute Planerin war.

Beide blickten auf die Straße, die Überreste der Bauhelme hatten sich an zwei Stellen gesammelt. Die vorbeifahrenden Fahrzeuge bremsten ab, um einen Slalom zu bewältigen. Wenn ein Fahrzeug einen Helm noch einmal überrollt hätte, dann hätte man das gehört. Endlich nahte ein Bauarbeiter, der die Straße freimachen sollte. Der Tag war nur mäßig warm, trotzdem trug der Bauarbeiter lediglich eine lange Hose mit orangefarbenen Signalstreifen und kein Hemd. Mit staksenden Schritten ging er auf die zerstörten Helme zu, um dann vor den ersten Überresten abrupt stehen zu bleiben.

Ohne Zweifel war er Bodybuilder, sein Oberkörper glänzte, dabei war die Sonne von Wolken verdeckt. Thaddea dachte, für seinen riesigen kahlrasierten Schädel braucht er aber einen Helm in Sondergröße. Als ob er Gedanken lesen konnte, wandte er den Kopf zur Seite und blickte zu Thaddeas Haus herüber, Thaddea in die Augen. Sie musste an Pimpi denken, der sich so flüssig bewegte. Der Bauarbeiter war das Gegenprogramm zu ihm, oder Pimpi das Gegenprogramm zum Bauarbeiter.

In diesem Augenblick ertönte die sehr laute Hupe eines anderen Baustellenfahrzeugs. Ein paar Meter weiter vorn hatte ein Kranwagen Schwierigkeiten, eine weitere Engstelle zu passieren, die dadurch entstanden war, dass ein Lieferwagen viel zu weit vom Gehsteig entfernt abgestellt war. Es ging um Zentimeter, der Fahrer des Kranwagens wollte offensichtlich, dass der Bauarbeiter ihn durch die Engstelle dirigierte. Der zögerte einen Augenblick, ging dann aber mit den gleichen abgehackten Schritten wie vorher zu dem Kranwagen hin. Er nahm den kürzest möglichen Weg, dabei trat er auf einzelne Bruchstücke der Helme. Es war, als ob er seinen Ehrgeiz darein setzte, sich durch die Überreste der Helme nicht auch nur einen Millimeter von seinem Weg abbringen zu lassen.

Beide, Thaddea und die Planerin, waren nicht undankbar

für die Ablenkung. Sie verfolgten, wie schließlich der Kranwagen auf die zerstörten Helme zurollte. Von dem Bauarbeiter keine Spur mehr, der Kranwagen musste ihn mitgenommen haben, das Führerhaus war nicht einsehbar. Aber dann wandten sich Thaddea und die Planerin ab, sie wollten nicht mehr zusehen, wie auch der Kranwagen über die Helme fuhr.

Thaddea hatte ein einfaches Weltbild: Alle Denker waren Gescheiterte der Tat, die sich mittels ihrer Konstruktionen für ihr Fiasko schadlos hielten, alle Tätigen waren Gescheiterte des Denkens, die sich mittels ihrer Taten ebenfalls rächten. Die Planerin war mit diesem Weltbild nicht kompatibel. Sie war eine Denkerin, sie beobachtete, trotzdem handelte sie. Das war dadurch bewiesen, dass sie Vorstand in der großen Firma war, da kam man weder hin noch konnte man sich dort halten, wenn man sich zum Handeln jedes Mal einen Ruck geben musste. Okay, Frau Blankovic dachte und handelte – aber warum brachte das sie, Thaddea, durcheinander?

Die Planerin bekannte sich sowohl naiv wie auch völlig distanziert zu ihren Überzeugungen und zu den Schwankungen ihrer Überzeugungen. Sie changierte zwischen Beobachten und Tun, zwischen Denken und Handeln. Sie stand nicht nur zu der Leere zwischen ihren Empfindungen, sie managte den Zwischenraum zwischen ihren Empfindungen kompetent. Bis auf die – folgenlosen – Ausraster, die sie zu Thaddea geführt hatten. Thaddea sah sich gegen ihren Willen in diesen Zwischenraum hineingezogen. Ein Augenblick der Unachtsamkeit, der Schwachheit – sie wollte sich nicht in diesem Limbus aufhalten. Handeln war Nicht-Denken für sie, Denken war Nicht-Handeln, dabei sollte es bleiben. Wenn diese Tätigkeiten ineins fielen – wie konnte sie etwas denken, ohne es zu *sein*? Und natürlich auch: Sie musste doch alles *denken*, was sie tat. Thaddea würde verloren sein in dem Raum zwischen den Empfindungen, in dem sich die Planerin so gelungen eingerichtet hatte.

Die Planerin hatte keine Angst. Doch, eine Angst hatte sie ganz bestimmt: diejenige, hereingelegt zu werden. Diese Angst hatte nach Thaddeas Erfahrung praktisch jeder Manager. Nur Unternehmer leisteten es sich, Vertrauen zu haben. Die Angst, hereingelegt zu werden, war die unterste Kiste des Erkenntnisstrebens. Aber vielleicht bis wahrscheinlich auch der Ursprung jeglichen Erkenntnisstrebens.

Thaddea selber hatte keine Angst, vor gar nichts. Auch nicht davor, nie wieder etwas in ihrem Leben mit Ben-Luca und mit Kata zu tun zu haben. Ein Teil des Honorars für Kata war noch fällig – natürlich hatte sie einen Freundschaftspreis gemacht. Noch eine Unterschrift auf der Überweisung, um alles weitere würde sich ihre Steuerkanzlei kümmern. Angst hatte eins für sich: Angst war ein wirksames Gegengift gegen Langeweile. Aber Thaddea hatte ja keine Langeweile.

Man kam nur auf einen grünen Zweig, wenn man zur rechten Zeit innehielt, sich mit den Begrenzungen durch die Verhältnisse und der eigenen Begrenztheit abfand und eine Stop-Loss-Order platzierte. Die griff, bevor die eigene Unruhe unbequem und die fremde Unruhe unbeherrschbar wurde. Die Geschichte hatte keinen Sinn. Weder die große Geschichte noch die kleinen Geschichten, die der Menschen. Es war nicht Thaddeas Aufgabe, einem Problem auf den Grund zu gehen. Das galt auch für ihre eigenen Probleme. In der Tiefe, gleich in welcher, sah man den Horizont nicht mehr. Wie konnte man irgendwelche Fragen beantworten, wenn man den Horizont verloren hatte. Also bestimmt nicht ›Veni, creatrix causa‹.

Am liebsten hätte Thaddea gesagt: ›Was wollen Sie eigentlich?‹ Am zweitliebsten: ›Es ging doch um nix.‹ Am drittliebsten: ›Glauben Sie denn, die Finanzen, der CEO, der Kollege X verwenden auf Sie mehr als einen Bruchteil der Zeit, die Sie auf den Kollegen X, den CEO und die Finanzen verwenden?‹

Thaddea wusste die Lösung, sie hatte sie vorher gewusst. Die Lösung war ein Kinderspiel. Das Kinderspiel kostete allerdings Überwindung. Das galt für die Planerin, aber auch für Thaddea, die die Planerin plante.

»Sie betrachten die Welt ständig neu. Sie beschreiben immer Ihr Außen, niemals Ihr Innen. Aber es ist stets *Ihre* Weise des Betrachtens. Auf diese Weise tragen Sie Ihr Innen in die Welt.«

Die Planerin beobachtete und beschrieb ihr Inneres und sonst gar nichts, auf ihre Weise. Aber so konnte Thaddea das nicht formulieren.

»Je mehr der Mensch aus einem deutlich abgegrenzten Dasein besteht, umso verwundbarer wird er. Jede Nichtigkeit kann den Anlass zu einer fürchterlichen Erschütterung bergen. – Ihr Betrachten ist ein ständiges Überwachen, Wiederherstellen und Neuerrichten der Konturen Ihres Daseins. Das ist anstrengend. Deshalb sind Sie in der Versuchung, Leere um sich und in sich zu erzeugen. Die Leere kann keinen Anlass bieten, zu gar nichts. – Dabei geht es Ihnen nicht um ein Glück der Aufhebung. Weder um ruhige Exaltation noch um die angebliche Wollust, wenn man sich sagt, dass man nichts mehr begehrt. Das Glück mag flüchtig sein, aber es ist keine Illusion –«

Hm.

»Zur Verzweiflung besteht kein Anlass. Das ist nicht Ihr Thema –«

Das war auch nicht Thaddeas Thema. Kein ›hm‹.

»Das Nichts hat nur einen Zweck: Es minimiert die Wahrscheinlichkeit, dass Dinge, Menschen oder Ideen unmittelbar neben Ihnen entstehen, welche die Konturen Ihres Daseins ernsthaft in Frage stellen. Der magische Stern – links von Ihnen die Finanzen, gegenüber der CFO, rechts von Ihnen das Personal und der Verkauf – beschwört das Nichts herauf. Außerhalb des magischen Sterns gibt es nichts mehr. Außerhalb der Konstellation aus Ihnen, dem CFO, dem CEO, dem CHRO und dem Kollegen X herrscht definitiv die Leere. Darauf können Sie sich verlassen.«

»Der magische Stern?«

Thaddea kommentierte sich nicht.

»Der magische Stern erspart mir anderes Entsetzen und anderes Erschrecken …«

Thaddea hatte zwingend argumentiert, ohne dass die Worte Ursache oder Grund gefallen wären. Natürlich hatte sie nicht nur die Worte vermieden. Die Struktur ihrer Argumentation hatte nichts, überhaupt nichts mit dem Gedanken der Verursachung, des zureichenden Grundes zu tun. Jeder und jede andere hätte in der Vergangenheit gebohrt, hätte die Planerin dazu gebracht, sich endlos über die früheren Finanzen, die frühere Vorstandsvorsitzende, das frühere Marketing auszulassen! Thaddea verspürte eine tiefe Befriedigung und erwog den Gedanken, dass sie sich ihre Klienten eigentlich nur deswegen antat, um den

Gedanken der Ursache einer Wurzelbehandlung zu unterziehen. Ehe sie wieder anhub zu sprechen, schoss ihr allerdings noch der Gedanke durch den Kopf, es gebe nichts Unerträglicheres als ununterbrochene, unentwegte Ironie.

Fast hätte Thaddea gesagt: ›In Ihrem Beobachten ist jedoch auch angelegt, dass Ihr Vermögen, Konturen zu ziehen, abnimmt.‹

Sie besann sich rechtzeitig und sagte: »Doch es wird immer schwieriger für Sie, Konturen zu ziehen.«

Befriedigt, diese Klippe umschifft zu haben, fuhr sie fort: »Mit jeder weiteren Beobachtung, die Sie machen, geraten Sie näher an die Grenzen Ihres Bewusstseins. Es gibt nichts Instinktives und nichts Unbewusstes mehr in Ihnen. Sie haben die Möglichkeiten, sich selbst zu sehen, erschöpft. Sie haben keine Existenzreserve mehr, die es Ihnen erlauben würde, sich zu spalten und Ihre Existenz von außen zu betrachten.«

Die Planerin hatte alle ihre Ideen in Manien verwandelt. Ohne neue Ideen auch keine neuen Manien. Das konnte Thaddea überhaupt nicht sagen.

»Zum Ausgleich versuchen Sie, noch genauer zu beobachten. Aber dann ist nicht einmal die Leere mehr Schutz: Erschütterungen entstehen aus dem puren Nichts …«

Die Lösung war: Peinlichkeit, Lächerlichkeit. Früher, lange vor Thaddeas Zeit, war jemand, der sich takt- oder schamlos verhielt, in jedem Fall peinlich, je nach den Umständen machte er sich auch lächerlich. Jetzt war jemand, der nur aggressiv genug takt- und schamlos war, nicht peinlich, er machte nicht sich lächerlich, sondern die anderen, die nicht dagegen einschritten. Taktlosigkeit, Schamlosigkeit genügten nicht.

»Stellen Sie sich vor: Sie sind in einer Besprechung mit den Finanzen, mit dem CEO, mit dem Verkauf, mit dem Personal. Der Besprechungsraum ist gegen ein Vakuum isoliert. Wenn Sie einen Schalter umlegen, öffnet sich ein Schott, und alles, was in dem Konferenzraum ist, wird von dem Vakuum außerhalb angesaugt. Nur Sie bleiben zurück.«

»Warum zieht mich der Sog nicht ebenfalls hinaus?«

»Sie haben die Kraft, sich an dem Tisch festzuhalten. Der Tisch ist mit dem Boden verbunden. Die anderen sind zu schwach.«

Kata hatte einmal begeistert von einem Büroprojekt mit versenkbaren Zwischenwänden und Einrichtungselementen erzählt.

»In dem Augenblick, in dem Sie den Schalter umlegen, löst sich der magische Stern auf. Der CEO und Ihre Kollegen wirbeln hinaus. Der magische Stern wird zerstört. Es wird ihn nie wieder geben.«

»Ich kann nicht mehr atmen.«

Thaddea konnte nicht sagen: ›Sie haben nie geatmet.‹

Sie sagte: »Sie halten die Luft an, bis sich das Schott wieder schließt.«

»Der Schalter – wie lege ich ihn um?«

»Sie tun etwas maximal Peinliches.«

»Was sollte das sein?«

»Das müssen Sie wissen.« Thaddea verbesserte sich eilig: »Darüber müssen Sie nachdenken.«

Das Müssen war und blieb natürlich völlig unprofessionell. Aber wenn Thaddea das Müssen auch noch durch ein Sollen ersetzt hätte, wäre das Eingeständnis der Unprofessionalität zu deutlich ausgefallen.

»Soll ich während einer Vorstandssitzung auf die Knie fallen?«

»Warum nicht?«

»Wie sind Sie auf mich gekommen?«

»Ein Geschäftsfreund hat Sie empfohlen.«

Unter gewöhnlichen Umständen hätte Thaddea natürlich nach dem Tippgeber gefragt. Sie wollte sich keine Blöße geben. Der farblose Mann mit der roten Brille konnte nicht wissen, dass er erst ihr zweiter Klient war. Sie befürchtete, er könne ahnen, dass ihre Aktivität bis jetzt kein Erfolgsmodell darstellte.

Auf die Frage, was ihn zu ihr führe, gab er keine Antwort. Sie hatte deutlich mehr Zuwendung in ihre Stimme gelegt, als sie es getan hätte, wenn ihr Gegenüber nicht erst ihr zweiter Klient gewesen wäre.

Er saß steif aufgerichtet auf der Couch, hielt seine Hände unbeweglich im Schoß und hatte eine ungesund blasse Gesichtsfarbe. Seine Hände waren kalkweiß, über sie zogen sich dunkelblaue, erhabene Adern. Er blickte sie aus graublauen Augen an und gab auch keine Antwort, als sie ihre Frage wiederholte. Als sei nicht er zu Thaddea gekommen, sondern als habe sie ihn aufgesucht. Es war jedoch kein Element von Arroganz oder Präpotenz im Spiel.

Die Visitenkarte wies ihn als Geschäftsführer von Radio Entropy aus, das war ein Münchner Lokalsender. Er gab sein Alter mit sechzig Jahren an. Aber er schien völlig alterslos, genausogut hätte er fünfundvierzig oder fünfundsiebzig Jahre alt sein können.

Sie fragte, wie viele Mitarbeiter der Radiosender habe. Der Geschäftsführer antwortete »dreiundzwanzig« und enttäuschte ihre Hoffnung auf weitere Erläuterung. Etwas unpassend sagte Thaddea, sie höre nie Radio. Es passierte ihr nicht häufig, dass sie nicht mehr weiter wusste. Aber sie war durch den nicht überschießenden Zulauf zu ihrem Studio verunsichert.

Er war nicht tout court hässlich, aber er hatte ein extrem fliehendes Kinn. Die runde rote Brille trug er nicht, um sich den Anschein eines Kreativen zu geben, sondern um von seinem Kinn abzulenken. Als ob er Thaddeas Gedanken lesen konnte, rückte er auf der Couch nach rechts, stützte sich mit dem rechten Ellbogen auf der Lehne ab und lehnte das Kinn auf die Hand, wobei er den Zeigefinger ausstreckte. Er nahm eine einstudierte Pose ein. Wahrscheinlich verdeckte er nach Möglichkeit das Kinn, wenn er fotografiert wurde. Die Pose und die Bewegung, die zu ihr führte, hatten jedoch keinen abwehrenden Charakter, sie signalisierten auch nicht Selbstzweifel oder Minderwertigkeitsgefühle, sondern ein Eingehen auf den Betrachter: Ich weiß, dass du denkst, ich bin hässlich. Ich weiß, ich bin hässlich. Ich will es dir leichter machen und dir den ungeschützten Anblick ersparen.

Seinen beruflichen Lebenslauf schilderte er ohne Widerstand. Er hatte ursprünglich angefangen, Architektur zu studieren, sich aber dann in der Folge wegen offenkundigen und eingestandenen Mangels an Talent der Betriebswirtschaftslehre zugewandt. Der Architektur war er trotzdem treu geblieben, er wurde kaufmännischer Geschäftsführer der Gesellschaft eines weltbekannten österreichischen Architekten. Er selbst bezeichnete sich lediglich als Büroleiter.

Thaddea hatte eine der bekanntesten Arbeiten des Architekten vor Augen. Ein Einfamilienhaus, über das sie und Kata im Vorfeld ihres eigenen Hausbaus lange diskutiert hatten: Das aus Stein und Beton an einem See errichtete Haus gemahnte an eine Hand, die ins Wasser fasste. Thaddea erinnerte sich an eine ›Brunnenspirale‹ und an ›Schwebesteine‹.

Während er mitten in seinen Projekten steckte, hatte der Architekt überraschend Selbstmord begangen und seine Mitarbeiter wie seine Bauherrn einem planerischen Chaos überantwortet. Zwar hatte man die Leiche nie gefunden, aber der Architekt hatte öfter geäußert, dass er vorhabe, die Welt zu verlassen. Es hätte nicht zu ihm gepasst, unter einer anderen Identität ein neues Leben zu beginnen. Die Frau des Architekten war über zwanzig Jahre älter als er gewesen und hatte ihn überlebt. Hahl hatte die angefangenen Projekte abgewickelt und war dann Geschäftsführer des Radiosenders geworden.

»Wie sind Sie zu dem Radiosender gekommen?«

»Das ist nicht wichtig.«

Der Mann mit der roten Brille war nicht entgegenkommend, aber auch nicht abweisend. Er war alles andere als jovial, jedoch auch nicht herablassend. Der Ton seiner Antworten war weder freundlich noch unfreundlich, aber auch nicht einfach neutral. Thaddea fand kein geeignetes Adjektiv dafür. Er gab, auf seine Weise, ein Signal, dass er verstand, warum Thaddea fragte, was sie fragte, aber er übermittelte auch die deutliche Botschaft, dass das für ihn kein Grund sein konnte zu antworten, wenn er nicht antworten wollte.

Er strebte danach, blass und unpersönlich zu wirken, zugleich war er jedoch bemüht, den Eindruck von Kälte zu vermeiden. Er wirkte stetig bemüht, Emotionen und Affekte abzuwehren. Trotzdem konnte Thaddea noch nicht entscheiden, wie sicher oder unsicher er war. Über die Größe seines Egos konnte sie ebenfalls keine Aussage machen, da war noch alles drin. Er sah voraus, was sein Gegenüber äußern würde. Auf diese Weise hatte er viel Zeit, sich zurechtzulegen, was er sagen oder nicht sagen würde. Er wusste vorher, was er gefragt werden würde, und erwog die Antwort im Geiste. Die tatsächliche Antwort war dann nur eine Wiederholung, die er besser kurz hielt. Er wollte nicht auch nur in die Nähe einer Hanswurstiade geraten, geschweige denn deren Protagonist sein. Er war nicht notwendigerweise ein Schweiger, Thaddea konnte sich ihn auch als verhinderten Vielredner vorstellen. Er trug einen schwarzen, vergleichsweise eng geschnittenen Anzug und zum weißen Hemd mit schmalem Kragen eine ganz schmale Krawatte.

Thaddea fragte ihn etwas sehr Vorhersehbares: Was er in seiner Freizeit mache.

»Ich löse Rätsel aus Rätselheften. Ich besorge mir die Hefte antiquarisch. Die alten Rätsel sind grundsätzlich anspruchsvoller, sie sind auch deshalb schwieriger, weil sich der kulturelle Hintergrund geändert hat.«

Während er sprach, streckte er die rechte Hand abwehrend vor, um sie gleich wieder zurückzuziehen und dabei den Kopf kurz nach rechts und nach links zu wenden. Auf einmal schien seine Kinnpartie normal ausgebildet zu sein. Er hatte kein fliehendes Kinn mehr. Schwindel überkam Thaddea: Sie hatte das Gefühl, dass er mit der Bewegung seines Kopfes alles, was um ihn herum war, mitbewegte, alle beweglichen und unbeweglichen Gegenstände, das Gebäude und alles, was es enthielt, darunter auch sie selbst, Thaddea.

Nachdem er Thaddea matt gesetzt hatte, sagte er: »Ich habe einer Teilzeitkraft gekündigt, weil sie zu stark geschminkt war.«

Ohne auf die Uhr zu sehen, erhob er sich. Er müsse jetzt gehen.

Und das Leiden? Thaddea blieb verdattert sitzen. Er fragte sie, ob sie nächste Woche am gleichen Tag um die gleiche Zeit einen Termin machen könne, sie sagte ja.

»Guck mal!«

Die ältere Dame pikste den älteren Herrn mit dem Zeigefinger in den Oberarm.

Es ging nicht um die Socken Pimpis. Mit Erleichterung stellte Thaddea fest, dass die Ehefrau den Ehemann dazu bringen wollte, sich mit der Gästeliste und der Tischordnung zu befassen. Ein Plakat auf einem Ständer teilte die alphabetisch aufgeführten Gäste den Tischen zu. Fünfundzwanzig Tische mit zehn Plätzen machte zweihundertfünfzig Gäste, die als blaue Kreise gezeichneten Tische mit den schmalen grauen Dreiecken der Sitzplätze sahen aus wie schematisch dargestellte Blumen. Die Tische waren in drei Reihen angeordnet, der Eingang zur Ausstellung auf Schloss Herrenchiemsee befand sich in dem länglichen verglasten Saal mit Terrasse und Seesicht, der für die Dauer der Ausstellung als Foyer diente und für deren Eröffnung als Speisesaal fungierte.

»Sehr interessant.«

Unter allen Anzeichen von Ungeduld der Ehefrau – wahrscheinlich konnte sie ohne Brille die Namen der Gästeliste nicht erkennen – studierte der Ehemann diese ausgiebig.

»Ja, Schinzlers sind auch da.« Die Frau hatte den Mann gar nichts gefragt. Hans-Jürgen Schinzler war Vorstandsvorsitzender und Aufsichtsratsvorsitzender der Münchner Rück gewesen. Jetzt war er Ehrenvorsitzender des Aufsichtsrats der Munich Re.

»Was kostet so was?«

Der ältere Mann stand vor einem großformatigen Warhol, der zwei weiße knöchelhohe Converse-Turnschuhe vor gelbem Hintergrund zeigte, die Schuhe waren mehr gezeichnet als gemalt. Der Preis von zwölf Dollar war durch Aussparung des Hintergrunds angegeben, in der Mitte des Bildes verkündeten Großbuchstaben vor einem vielzackigen, ebenfalls durch Aussparung dargestellten Stern: EXTRA SPECIAL VALUE! Das Bild aus dem Jahr 1986 hieß auch *Converse Extra Special Value*. Ben-Luca hatte Thaddea einmal erklärt, dass Warhol von dem amerikanischen Maler Stuart Davis beeinflusst war, der bereits in den zwanziger Jahren Massenprodukte gemalt hatte. Die Frage nach dem Preis schien nicht unberechtigt, das Bild war kein großflächiger Siebdruck, es gab nicht sehr viele Bilder in diesem sparsamen Stil. Der Frager hatte, während er fragte, nicht auf das Bild, sondern auf Pimpis Socken geblickt.

»Drei bis vier Millionen«, schätzte die jüngste Frau in der Gruppe.

»Geht ja eigentlich.«

»Mon Dieu«, widersprach die Älteste der Gruppe.

Ihr Begleiter übersetzte: »Mein Gott.«

»Ich würde dir gern Roland Berger vorstellen.«

Oho, Pimpi drehte auf! Thaddea glaubte, er hatte bewusst »Ich würde *dir* gern Roland Berger vorstellen« gesagt und nicht ›Ich würde *dich* gern Roland Berger vorstellen‹.

Roland Berger hatte seinerzeit, als er seine Beratungsfirma an die Deutsche Bank verkauft hatte – die Berater hatten ihre Firma bald wieder von der Deutschen Bank zurückgekauft –, einen Teil des Erlöses in einen Fonds investiert, den Pimpis Vater initiiert hatte. Roland Berger war ein guter Kunde von Pimpis Vater. Aber als Pimpi mit Thaddea im Schlepptau auf Roland Berger zusteuerte, hatte der seinerseits jemanden gesehen, den er unbedingt begrüßen wollte, so dass Pimpis Vorhaben zunächst vereitelt war.

Eine Stimme erklang: »Schau mal, der Baselitz da, der hing schon mal bei mir zu Hause.«

»Welcher?«

»Der Orangenesser, nicht der Vogel.«

»Hat Prinz Franz das Bild von dir gekauft?«

»Nein.«

Das Bild gehörte zur *Upside-Down*-Serie. Ein mehr als grob gemalter Mann mit nacktem Oberkörper biss, angelehnt an einen roten Baumstamm, in eine Orange. Das Bild hieß *Orange Eater Four* und war aus dem Jahr 1984. Entweder hing der Mann mit dem Kopf nach unten an dem Baumstamm oder das Bild war einfach umgedreht. Baselitz behauptete, dass er die Bilder aus der Serie eben nicht umgedreht, sondern genau so gemalt hatte. Die roten Haare des Mannes hingen jedenfalls nach unten.

»Prinz Franz hat das Bild seinerzeit vom Fred gekauft. – Ich hatte es zufällig ein paar Tage vorher in seiner Galerie gesehen, ich wollte es unbedingt haben, und ich habe den Fred bekniet, dass ich es kriege. Prinz Franz hatte sich damals angesagt, und es war klar, dass er ein Bild kaufen würde. Fred hatte mir das Bild reserviert, Prinz Franz war ziemlich ungehalten, dass ihm jemand zuvorgekommen war. Der Fred ist natürlich auch ein Hund! – Man muss nett zu seinen Kunden sein, aber nicht zu nett. Man muss seine Kunden erziehen, auch wenn sie Könige sind.«

Thaddea und Pimpi waren stehengeblieben und hatten sich zu dem Kreis gesellt, der dem Sprecher bewundernd zuhörte.

»Das Bild hing dann tatsächlich bei mir zu Hause.« Der Mann beschrieb seine damalige Wohnung am Prinzregentenplatz und wo genau er das Bild platziert hatte. Einige Zuhörer konnten sich an lustige Ereignisse in der Wohnung erinnern.

»Aber Baselitz war schon damals nicht ganz billig, die Upside-Down-Geschichte ging durch alle Zeitungen. Das Bild kostete fünfzigtausend Mark, ich hatte dem Fred fünfundzwanzigtausend bei der Abholung gegeben, wir hatten vereinbart, dass ich die anderen fünfundzwanzigtausend in einem viertel Jahr zahlen würde. Aber dann ging etwas schief.«

Die anderen Zuhörer waren überzeugt, der Erzähler mache eine dramatische Pause. Nur Thaddea und garantiert auch Pimpi wussten: Der Erzähler hatte Pimpis Socken gesehen.

»Jedenfalls konnte ich die Fünfundzwanzigtausend beim besten Willen nicht aufbringen. Ich habe mich fürchterlich geärgert, und es war mir saupeinlich, aber ich hatte keine Chance, in absehbarer Zeit an das Geld zu kommen. Ich wollte den Fred auch nicht verarschen. Ich habe Blut und Wasser geschwitzt, als ich es ihm gebeichtet habe – aber überhaupt kein Problem! –, Prinz Franz stand schon in Wartestellung, er nahm das Bild sofort, der Fred hat mir eine Woche später die Fünfundzwanzigtausend zurückgegeben.«

Sollte man die Geschichte glauben? Thaddea war skeptisch. Natürlich war ihr grundsätzliches Misstrauen eine Déformation professionnelle, aber sie war auch davon überzeugt, dass ihr Misstrauen einen Überlebensvorteil bedeutete. Kein Kunstsammler, der nicht eine Story auf Lager hatte, wie er sich einmal vor Jahren für einen Richter, Twombly etc. interessiert hatte, der damals noch ganz billig war, wie er ihn um ein Haar gekauft hätte, aber irgendwie war es dann nicht dazu gekommen, das Bild befand sich mittlerweile in einer megabedeutenden Privatsammlung oder im Museum und war einen zweistelligen Millionenbetrag wert. Der Teilzeit-Orangenesser-Besitzer war eine lokale, nicht unaparte Version der üblichen Geschichte.

»Von wem ist denn das? – Ist das auch von diesem komischen –«

Thaddea verstand den Namen nicht. Ein ziemlich großes Bild mit einem ziemlich breiten Mann, Blue collar und White collar in einem, unten Monteurshose, oben Schlips und Anzug, ein Nagel in der Schulter, vor rosafarbenem Hintergrund. Thaddea musste an Neo Rauch und seine phantastische sozialistische Malerei denken, auf dessen Bildern waren allerdings die Figuren deutlich dünner und immer mehrere.

»Eugen Schönebeck, geboren 1936 in Heidenau bei Dresden, *The Real Man*, 1965.«

Pimpi gab sich wirklich große Mühe. Hatte er an Thaddeas Gesichtsausdruck abgelesen, dass sie den Maler nicht kannte? Er las das Schildchen neben dem Bild laut vor, um Thaddeas und seine Unwissenheit zu beheben. Die Umstehenden hörten zu, niemand kannte den Maler.

Beflügelt durch die ihm zuteilgewordene Aufmerksamkeit, las Pimpi aus dem an die Gäste verteilten Leporello, in dem das Bild abgebildet war, vor: »From the mid-1960s onwards, Schönebeck gave visual expression to experiences of crisis, mourning, and acute social pressure, via his search for new subjects for larger-than-life-sized portraits that fill the canvas in their heroized monumentality. In contrast to Chinese or Soviet political propaganda posters, however, the heroic stance is undermined in Schönebeck's paintings, the image ruptured: a gaint nail that bores into a figure's shoulder violates the physical integrity of the Real Man, while the brutal T-shape that sits before his face effectively muzzles him. Every individual is at the mercy of the prevailing social order of his or her time.«

Das war wohl richtig bis zum Get-no und eben deswegen völlig uninteressant. Wenn man über ein Bild etwas dermaßen Uninteressantes sagen konnte, dann musste eigentlich auch das Bild uninteressant sein. Der Maler lebte noch, er musste aufgehört haben zu malen. Weil man so richtige Sachen über seine Bilder sagen konnte?

Niemand blieb ungerührt, der Pimpis Socken sah. Interessanterweise hatte sich jedoch der Gesichtsausdruck der Zuhörer verändert, während Pimpi vorgelesen hatte. Der Inhalt des Vorgelesenen färbte auf den Vorleser ab. Auf einmal hielten die Zuschauer Pimpi für seriös und das mit den Socken für Branding im Kunstbetrieb. Was natürlich ein totaler Denkfehler war, denn Pimpi hielt ja keinen Vortrag, sondern er las nur vor. Thaddea musste allerdings auch zugeben: Er tat das ziemlich überzeugend. Es wirkte, als könnte das sein Text sein. Pimpi gab sich wirklich Mühe, in allem.

»Das mit dem Snowboarden hätte ich lieber sein lassen

sollen in meinem Alter, aber mein Sohn hat so davon geschwärmt –«

Thaddea wollte gar nicht mithören.

»Wir haben gestern einen Ultraschall bei Lumpi machen lassen, Gott sei Dank hat er nur Gallensteine.«

Der Gedanke schoss Thaddea durch den Kopf, dass die Leute gar nichts sagten, sondern dass sie, Thaddea, Gedanken lesen konnte. So abwegig war das gar nicht. Hatte sie nicht auch die Gedanken der Planerin gelesen?

»Guck mal …«

Thaddea dachte: ›Guck selber.‹

»By the way, ich habe wieder geheiratet.«

»Supi« hatte Pimpi gesagt, als Thaddea zugestimmt hatte, ihn zu der Feier des achtzigsten Geburtstags von Prinz Franz zu begleiten. Die Geburtstagsfeier war zugleich die Eröffnung einer *Königsklasse* betitelten Ausstellung auf Schloss Herrenchiemsee. Werke von zehn ziemlich klassischen modernen Künstlern wurden dort temporär gezeigt. Prinz Franz hatte am 14. Juli Geburtstag, der fiel praktischerweise auf einen Samstag, so dass die Eröffnung der Ausstellung mit den zweihundertfünfzig Gästen tatsächlich genau am Geburtstag des Oberhaupts der Wittelsbacher gefeiert werden konnte. Das Charity-Dinner kostete zweihundertfünfzig Euro pro Person, das war nicht der Haufen. Der Abend war schnell ausgebucht gewesen. Für die Finanzierung der Ausstellung hatte der Prinz gesorgt, so dass die Einnahmen aus dem Charity-Dinner der Pinakothek der Moderne zugute kamen.

Die Tagesfrage waren nicht die Socken Pimpis, sondern die Hochwasserhosen. Dabei war er kein Hipster, sondern makellos glatt rasiert. Pimpi war in New York gewesen und trug jetzt Thom Browne. In dem Laden in der Hudson Street in Tribeca hatte er ein kleines Vermögen ausgegeben. Thaddea war nicht wenig erstaunt gewesen zu erfahren, dass der Tipp von Ben-Luca gekommen war. Ben-Luca war befreundet mit Andrew Bolton, einem Kurator am Metropolitan Museum of Art, das war der Freund von Thom Browne. Das Erkennungszeichen von Thom Browne waren die Hosen, die weit über dem Knöchel aufhörten. Der Schöpfer trug nur Sneaker-Socken. Das konnte Pimpi natürlich nicht bringen, er hatte weiße Socken aus sehr feiner Baumwolle an und zeigte nicht ganz so viel Bein wie der Meister.

Als Thaddea Pimpis ansichtig geworden war, hatte sie die größten Befürchtungen gehabt, dass sein Auftritt zu einer sich unendlich hinziehenden Peinlichkeit geraten würde. Einen Augenblick lang hatte sie sogar erwogen, die ganze Sache mit der Entschuldigung eines Unwohlseins abzublasen. Aber die Befürchtung hatte sich als grundlos erwiesen. Pimpi sah in den unterhalb der Waden endenden engen Flanellhosen mit Bügelfalte – was bei den Hosen unten fehlte, machten sie oben wett: der Bund war sehr hoch – und dem konventionellen schwarzen Kaschmir-Jackett lächerlich aus – aber auch wieder nicht. Er hatte die schmale, dunkelgraue Krawatte, die er zu dem weißen Haifischkragenhemd trug, in den Hosenbund gesteckt, weder auf der Fahrt noch bei der Besichtigung der Ausstellung war die Krawatte herausgeglitten. Der einzige Farbtupfer war die rot-weiß-blaue Knopfleiste der grauen Strickweste unter dem Jackett. Die schwarzen Budapester kamen nicht aus New York, sondern aus dem ältesten Schuhgeschäft Deutschlands: Eduard Meier, früher in der Residenzstraße, jetzt in der Brienner Straße. Thaddea erinnerte sich, dass Pimpi einmal gesagt hatte, er werde in seinem Leben Eduard Meier niemals untreu werden.

Der Anzug, der keiner war, und Pimpi bildeten eine Einheit. Ein Rätsel für Thaddea: Normalerweise wirkten muskulöse Menschen in enger Kleidung noch muskulöser. Der Anzug brachte es jedoch fertig, Pimpis körperliche Stärke weder zu über- noch zu untertreiben, weder zur Schau zu stellen noch zu verbergen. Pimpi wirkte – souverän, Thaddea fiel kein anderes Wort ein. Das alles der Effekt eines Fashion statements! Oder hatte sie Pimpi einfach nicht richtig eingeschätzt? Sie hatte sich keine große Mühe mit Pimpi gegeben, er war nie ein Kandidat gewesen. Pimpi erntete jede Menge überraschter Blicke, aber der Gesichtsausdruck der Merkerinnen und Merker veränderte sich nicht hin zu Respektlosigkeit, sondern zu Nachdenklichkeit.

Es hatte nur eine wirklich despektierliche Äußerung gegeben. In dem Raum mit der großen Installation von Dan Flavin erblickte ein Mann in einem schwarzen Anzug Pimpi und atmete hörbar verächtlich aus. Die Installation gehörte der Dia Art Foundation in Beacon im Staat New York und war auf unbestimmte Zeit an die Bayerischen Staatsgemäldesammlungen ausgeliehen. Achtzehn versetzt angeordnete weiß lackierte Metallrahmen bildeten ein Raster, dessen Elemente etwa Türgröße hatten, auf den unteren und oberen Rahmenteilen waren jeweils weiße, auf den seitlichen Rahmenteilen rote Leuchtstoffröhren angebracht. Man konnte über die Schwelle mit der weißen Leuchtstoffröhre steigen und die Öffnung zwischen den roten Leuchtstoffröhren passieren. Mehrere Besucher machten von der Möglichkeit Gebrauch, darunter auch der Mann im schwarzen Anzug. Weil er jedoch den Fuß nicht hoch genug hob, blieb er an der Leuchtstoffröhre hängen. Er kam ins Stolpern und fiel schließlich der Länge nach hin, nicht ohne vorher die Arme theatralisch auszubreiten. Die Beleuchtung vergrößerte den Schatten, den er auf den Boden und die Wand warf. Für einen Augenblick schien er über dem Boden zu schweben. Er hatte Pimpi unterschätzt, das war Pimpis Rache für die Verächtlichmachung.

Die Rahmenkonstruktion mit den Leuchtstoffröhren schwankte bedrohlich, Thaddea wunderte sich, dass kein Aufseher herbeieilte. Während sich der Mann aufrappelte, stellte Thaddea fest, seine Schuhe sahen nagelneu aus, und die Absätze waren etwas höher als üblich. Wahrscheinlich hatte sich der Mann noch nicht an die Schuhe gewöhnt und war deswegen mit dem Absatz hängengeblieben. Die weißen Leuchtstoffröhren waren sehr lichtstark, vielleicht war er auch beim Übersteigen der Schwelle geblendet gewesen.

Wenn Thaddea in ihrem Studio war, aß sie bei Pino in der Hohenzollernstraße zu Mittag. Pimpi war schon dagewesen, als Thaddea das Lokal betreten hatte. Sie erkannte ihn nicht sofort, er hatte die Kapuze seines Hoodies über den Kopf gezogen. Hektisch griff sie nach ihrem Lipgloss, das Gegenteil einer souveränen Geste.

Während der Bauphase hatten sie und Kata hier oft Besprechungen veranstaltet, manchmal hatte auch Ben-Luca vorbeigeschaut. Niemals wäre Thaddea darauf gekommen, dass sie das Restaurant seltener besuchen würde, nachdem der Bau fertiggestellt war. Pimpi wusste wohl von Ben-Luca, dass das ihr Stammlokal war.

Als erstes hatte Pimpi erklärt, dass er jetzt regelmäßig im Nordteil des Englischen Gartens laufe. Es gab wahrscheinlich fünfzig Restaurants, die näher an seiner Laufstrecke waren als die Trattoria da Pino. Er war an der Struktur vorbeigefahren, und er fand die Baulichkeit »attraktiv«. Ein Gefühl der Dankbarkeit keimte in Thaddea auf, weil er sie nicht fragte, wie ihr Studio lief.

Pimpi hatte versucht, die Einladung zu dem Charity-Dinner auf Schloss Herrenchiemsee anlässlich des runden Geburtstags von Prinz Franz als möglichst nebensächlich zu verkaufen. Das war zwar mehr als durchsichtig, aber es hatte es Thaddea leichter gemacht, die Einladung anzunehmen.

Seine Königliche Hoheit wohnte zurückgezogen in einem Trakt des Nymphenburger Schlosses, in dem er auch geboren war. Ein halbes Jahr vor Ende des Zweiten Weltkriegs wurde sein Vater von der Gestapo verhaftet. Die Familie wurde in den Konzentrationslagern Sachsenhausen, Flossenbürg und Dachau gefangen gehalten. Der kinderlose Junggeselle nannte sich seit dem Millennium Herzog Franz von Bayern, er tat es seinem Vater nach, der den ältesten und vornehmsten Titel der Familie ›Herzog von Bayern‹ als Namen benutzt hatte. Prinz Franz, wie ihn immer noch alle nannten, war ein Nachfahre der Stuarts. Nach der Geschichtsversion der Jakobiten war er Prätendent auf den britischen Thron, ihm kam der Titel ›Francis II., König von England, Schottland, Irland und Frankreich‹ zu. Er hatte den Titel jedoch niemals beansprucht.

Die Revolution im letzten Jahr des Ersten Weltkriegs

hatte in Bayern die Monarchie beendet. Die Wittelsbacher waren enteignet worden, das Vermögen, vor allem die Immobilien mit den Schlössern von Ludwig II., war in eine Stiftung eingebracht worden, das Haus Wittelsbach hatte einen Anspruch auf die Erträge aus der Stiftung. Der Chef des Hauses Wittelsbach bestimmte jeweils die Mitglieder des Verwaltungsrates, mit Ausnahme der Abgesandten aus dem Finanz- und dem Wissenschaftsministerium. Der aktuelle Vorsitzende des Verwaltungsrates war Hans-Jürgen Schinzler – natürlich waren Schinzlers auch da –, Roland Berger gehörte ebenfalls dem Verwaltungsrat an.

Der aktuelle Chef des Hauses Wittelsbach war ein wirklicher Kunstkenner, und er hatte sich um die bayerischen Kunstmuseen verdient gemacht. Bereits in den sechziger Jahren hatte er privat Bilder von Baselitz, Immendorff, Polke und Richter gekauft. Den größten Teil seiner Sammlung übertrug er dem Wittelsbacher Ausgleichsfonds, mit dessen Erträgen er seine Kunstkäufe finanziert hatte. Die gestifteten Bilder waren in der Pinakothek der Moderne und in der Staatlichen Graphischen Sammlung ausgestellt. Dem Zentralinstitut für Kunstgeschichte in München hatte Prinz Franz seine rund fünfzehntausend Bände umfassende Bibliothek zur Kunst des zwanzigsten Jahrhunderts geschenkt. Prinz Franz war auch Chairman des International Council des MoMA in New York gewesen.

Die zahlenden Geburtstagsgäste hatten sich in Prien am Hafen getroffen, um mit einem angemieteten Schiff zur Insel Herrenchiemsee zu fahren. Die große Mehrzahl der Gäste war aus München mit Bussen angereist, die die Passagiere vor der Oper aufgenommen hatten und sie weit nach Mitternacht dort auch wieder absetzen würden.

Pimpi hatte Thaddea in Grünwald abgeholt. In einem dunkelgrauen Porsche Panamera mit cremefarbenen Sitzen fuhren sie über die Wasserburger Landstraße nach Prien, weil die Autobahn in Richtung Salzburg gesperrt war. Pimpi verlor kein Wort über das Auto und Thaddea schon gar nicht. Pimpi überholte jedes Fahrzeug, das er überholen konnte, dabei beschleunigte er bis auf das Doppelte der außerorts auf der Landstraße zugelassenen Geschwindigkeit. Wenn kein Fahrzeug vor ihm war, fuhr er mit Tempomat 120 und zog demonstrativ das rechte Bein an. Kata hätte gesagt: ›Thaddea Klock, man muss dich einsperren! – Du gehst mit Pimpi aus.‹ Kata hielt Pimpi für »unfassbar dämlich«.

Auf der *Edeltraud* wurde Thaddea dann doch noch über die Leistungsdaten des Autos von Pimpis Vater ins Bild gesetzt. 570 PS, von 0 auf 100 Stundenkilometer in 3,8 Sekunden, Höchstgeschwindigkeit 310 Stundenkilometer. Ein anderer Porschefahrer hatte Pimpi auf dem Parkplatz beobachtet und angesprochen, dem Motorengeräusch nach müsse es ein Turbo sein – immerhin fuhr Pimpi nicht auch noch mit einem Typenschild herum –, es war ein Turbo S. Der Mann betete die Daten von Pimpis Auto herunter, wahrscheinlich fuhr er selbst ein weniger leistungsstarkes Modell. Angeblich verbrauchte das Auto lediglich 10,2 Liter auf 100 Kilometer, das nahm Thaddea als Fantasy.

Der andere Porschefahrer war ausgesprochen kontaktfreudig. Während der Ansprachen der Museumsleute und der Ministerialen im überdachten Innenhof des Schlosses hatte er sich neben Thaddea gesetzt und versucht, auch mit ihr ein Gespräch anzufangen. Sie hatte die höfliche Version ihres Fuck-off-Gesichts aufgesetzt.

Die Reden zur Eröffnung des Dinners hatte Thaddea kaum verstanden. Pimpi war bei seiner Zusage offenbar als wenig wichtig betrachtet worden, entsprechend waren sie an einem Tisch ganz am Ende des langgezogenen Foyers platziert.

Der Prinz hatte eine angenehme Stimme. Er sprach ein äußerst gepflegtes Bayerisch, das eigentlich keins war, eher ein Hochdeutsch mit bayerischem Einschlag. So hatte Thaddea die Bayern am liebsten. Die echten Bayern waren auch in dieser Gesellschaft eine verschwindende Minderheit.

Während der Autofahrt hatte Thaddea angestrengt darüber nachgedacht, wie sie den Prinzen während der zu absolvierenden Gratulationscour anreden sollte. Sie hatte sich schließlich den sachlichen Satz ›Königliche Hoheit, ich gratuliere Ihnen zum Geburtstag‹ zurechtgelegt. Aber als es dann soweit gewesen war, hatte sie ihm nur stumm die Hand gedrückt. Oder besser, er ihre.

Thaddea war beeindruckt von seiner Ausstrahlung. Arroganz lag ihm nicht nur völlig fern, er brachte es auf geheimnisvolle Weise fertig, alle Arroganz um sich herum zu bannen. Natürlich konnte niemand auch nur daran denken, ihm gegenüber arrogant zu sein. Doch in seiner Gegenwart verhielten sich die Menschen auch gegenüber anderen Menschen unarrogant. Dabei schien er jedoch keineswegs ein schwacher Mensch zu sein. Seine Sammler-Historie lieferte ein nachprüfbares Indiz dafür.

Im Vergleich zum Prinzen hatte der Kultusminister nicht gesprochen, sondern gequäkt. Ein Zahnarzt, der der FDP angehörte und der wusste, dass er in zwei Monaten vom Volk abgewählt werden würde.

An ihren Tischherrn konnte sich Thaddea schon in dem

Augenblick nicht mehr erinnern, als er mit seiner Vorstellung fertig war. Eine prominente Rolle darin spielte ein Firmenname, den Thaddea noch nie gehört hatte. Höflichkeitshalber fragte sie unhöflich bestimmt nach: »Was genau machen Sie in dieser Firma?« Die Antwort lautete: »Naja, also, ich bin der Chef.«

Trotzdem hatte Thaddea Glück. Zu ihrer anderen Seite war eine Spezialistin für Post-War & Contemporary Art aus dem Düsseldorfer Büro von Christie's platziert, eine alte Bekannte von Ben-Luca. Sie war ohne Begleitung gekommen, deswegen saßen die beiden Frauen nebeneinander. Sofort fragte sie nach Ben-Luca, ohne nachzudenken log Thaddea, Ben-Luca habe wegen einer Terminkollision absagen müssen. Die Spezialistin bemerkte, es habe hoffentlich nichts mit der unseligen Blossfeldt-Geschichte zu tun. Das konnte Thaddea ihr wahrheitsgetreu versichern. Die Spezialistin beeilte sich hinzuzufügen, dass in diesem Fall das Auktionshaus – wirklich keine Konkurrenz für Christie's – alle Sorgfalt habe walten lassen, dass Ben-Luca getan habe, was man tun könne, dass die Kritik an ihm und dem Auktionshaus – kein gutes Zeichen, dass sie erst ihn und dann das Auktionshaus nannte – völlig unberechtigt sei. Sie stand in Kontakt mit Ben-Luca, es ging um eine Sammlung von Arbeiten von Alighiero Boetti, die größeren Werke sollten beim Italian Sale von Christie's in London, die kleineren Arbeiten in dem Auktionshaus versteigert werden, für das Ben-Luca arbeitete. Alle Arbeiten mussten vorher von der Stiftung authentifiziert werden, die über das Werk des Künstlers wachte. Bei diesem bürokratischen Unterfangen arbeiteten die beiden Auktionshäuser zusammen.

Die Spezialistin ging davon aus, dass Ben-Luca und

Thaddea nach wie vor zusammen waren. Ben-Luca hatte nichts gesagt. Warum sollte Thaddea etwas sagen? Sie achtete darauf, nicht den gegenteiligen Eindruck zu erwecken, aber sie vermied Einzelheiten, um nicht noch einmal lügen zu müssen. Sie benutzte auch spätere Gelegenheiten nicht, um Pimpi der Spezialistin vorzustellen.

Pimpi hinterließ einen nachhaltigen Eindruck bei seinen Tischnachbarn. Dass das möglich war, hätte Thaddea niemals ernsthaft in Betracht gezogen, und Kata schon überhaupt nicht. Engagiert und kompetent erläuterte Pimpi den Immobilienmarkt in München. Alle anderen am Tisch außer ihr selbst und der Spezialistin von Christie's folgten ihm gebannt. Er streckte die rechte Hand aus, um seine Darstellung zu untermauern, er nahm Fragen entgegen, indem er die flache Hand über die Augen an die Stirn legte, er hörte zu, indem er mit den Fingerspitzen der ausgestreckten linken Hand über das Tischtuch fuhr. Nie fiel er jemandem ins Wort. Sorgsam vermied er zu erwähnen, dass sein Vater große Immobilienfonds auflegte. Niemals hätten die anderen sich sonst so intensiv für das interessiert, was er zu sagen hatte. Bei Events wie diesem war ein direktes oder indirektes Verkaufsgespräch der maximale Turn-off. Natürlich würde Pimpi bei der Verabschiedung seine Visitenkarten verteilen, die würden dann auf die Aktivitäten seines Vaters hinweisen. Das war OK. Thaddea und auch Kata waren gar nicht auf den Gedanken gekommen, dass Pimpi vielleicht ein sehr geschickter Verkäufer war. Insofern war der Panamera nicht lediglich eitler Putz, sondern Geschäftsstrategie. Wer Immobilien verkaufte, musste solche Autos fahren. Ein billiges Auto hätte suggeriert, dass auch das Immobilienangebot nicht standhielt.

Nachdem sich die Spezialistin und Thaddea lange und intensiv unterhalten hatten, musste die Spezialistin sich ihrem männlichen Tischnachbarn zuwenden, alles andere wäre unhöflich gewesen. Darauf hatte der Tischnachbar Thaddeas nur gewartet. Er begann das Gespräch mit dem faszinierenden Satz: »Wissen Sie, worüber ich gerade nachgedacht habe?«

Thaddea zog die Notbremse und stand auf, um sich die Hände zu waschen.

Am Ausgang des Foyers hielt ihr Rolf Breuer galant die Tür auf. Der ehemalige Vorstandssprecher der Deutschen Bank und jetzige Vorsitzende der International Patrons of the Pinakothek war genauso braungebrannt wie seinerzeit auf den Zeitungsfotos. Er trug einen blauen Zweireiher und war enorm dick, das war auf den Bildern nie so herausgekommen. Vielleicht war er damals ja auch dünner gewesen. Der Banker befand sich im Stehgespräch mit Henning Schulte-Noelle, dem ehemaligen Vorstandsvorsitzenden der Allianz. Der war Klient von Thaddeas Vater gewesen, aber er konnte sich nicht an sie erinnern. Sie grüßte ihn mit der gebotenen Zurückhaltung.

Auf dem langen und gewundenen Weg zu den Waschräumen hatte Thaddea Gelegenheit, über die Versammlung alter Männer, die ihren Zenit schon lange überschritten hatten, zu meditieren. Kein einziger CEO eines Dax-Unternehmens war vertreten, dabei hatten ein halbes Dutzend ihren Hauptsitz in München. Auch Fehlanzeige, was richtig reiche Leute wie etwa Frau Schörghuber betraf. Es gab lediglich ein paar mittelmäßig Reiche wie die Holys, die Ottmanns, Gesellschafter der Südhausbau und Engelhorn-Erben aus der zweiten Reihe. Sie, Thaddea, war konkurrenzlos: die einzige Frau im heiratsfähigen Alter. Aber das war sie gewöhnt. Die Kunstevents in München funktionierten nicht als Heiratsmärkte.

Im Gegensatz zu den Boards der Museen in London und New York war in den Beiräten der Münchner Museen keine Macht vertreten. Selbst bei diesem herausragenden Anlass hatten sich nur Ex-Mächtige versammelt. Die Mächtigen und die Ex-Mächtigen hatten gleich viel oder gleich wenig Ahnung von Kunst, daran lag es nicht. Roland Berger sammelte Peter Brüning. Wenn es Twombly nie gegeben hätte, wäre Brüning möglicherweise ein interessanter Maler gewesen. Wie alle anderen wären die wirklich Mächtigen als zahlende Gäste bei Prinz Franz nur Nebendarsteller gewesen. Diese Rolle beherrschten sie aber nicht. Es machte keinen Sinn für die Mächtigen, sich in Cameo-Auftritten oder als Supporting act zu üben. Ein Sitz im Stiftungsrat des MoMA in New York kostete zehn Millionen Dollar. Von solchen Verhältnissen war man in München wirklich Lichtjahre entfernt.

Eigentlich hatte Thaddea sich nur die Hände waschen wollen, aber die Aussicht auf die Konversation mit ihrem Tischnachbarn veranlasste sie, sich noch einmal die jetzt komplett menschenlose Ausstellung anzusehen.

Das Neue Schloss Herrenchiemsee war von Ludwig II. nach dem Vorbild des Schlosses von Versailles erbaut worden. Der Sonnenkönig Ludwig XIV., der Bauherr von Versailles, war das Idol des bayerischen Königs gewesen. Obwohl sich das Schloss Herrenchiemsee auch in seiner

Dimension mit dem Vorbild messen konnte, sollte es weder als Regierungssitz dienen noch einen Hofstaat beherbergen. Es sollte dem König lediglich als private Residenz dienen. Nach der Fertigstellung seiner persönlichen Wohnräume hielt er sich – im Jahr vor seinem Tod – nur zehn Tage in dem Schloss auf. Der weitaus größte Teil der Räume war noch nicht ausgebaut, bemalte Leinwände verhinderten, dass der König auf seinen Gängen durch das Schloss die unvollendeten Bereiche vor Augen bekam. Schloss Herrenchiemsee war teurer als die Schlösser Linderhof und Neuschwanstein zusammen, allein die Kosten für das Prunkschlafzimmer beliefen sich auf 384 000 Gulden. In den hergerichteten Räumen waren mehr als 4,5 Kilogramm Blattgold verarbeitet. Ludwig II. dachte nicht im Traum daran, seine Schlösser für die Öffentlichkeit zugänglich zu machen. Vielmehr wünschte er, dass die Schlösser nach seinem Ableben zerstört werden sollten. Nur wenige Wochen nach dem Tod des Königs gaben die Verwalter seines Nachlasses die Schlösser zur Besichtigung frei.

Seit Schloss Herrenchiemsee der Öffentlichkeit zugänglich war, wurde es fast durchgehend als Museum genutzt. Die Schlossräume waren nicht weiter ausgebaut worden, die Bilder der temporären Ausstellung hingen an unverputzten Ziegelwänden. Die Eingänge zu den Räumen waren von Säulen aus ebenfalls unverputzten Ziegeln flankiert, die bis in alle Ewigkeit vergeblich darauf warten würden, dass man sie verkleidete. Allerdings hatte man in den Ausstellungsräumen einen Boden eingezogen und moderne Fenster eingebaut.

Neben der großen Installation von Dan Flavin wurden noch zahlreiche kleinere Arbeiten von ihm gezeigt. In den

Räumen zwischen den Ausstellungssälen waren an den Wänden Kombinationen von weißen Leuchtstoffröhren angebracht, die wie Raketen aussahen. In einer Ecke des Treppenhauses zwischen den Ebenen lief ein Band von jeweils versetzt angeordneten weißen und dunkelblauen Leuchtstoffröhren vom Boden bis zum Glasdach hoch.

Am besten gefielen Thaddea die Kreuze von Arnulf Rainer aus den fünfziger und sechziger Jahren. Sperrholzplatten waren derart zusammengefügt, dass sich Kreuzformen mit breiten Längs- und Querstreben ergaben, man dachte an menschliche Torsi. Die Kreuze waren schwarz übermalt. Ein weiteres Kreuz glich eher einer auf den Kopf gestellten Pyramide.

Der Künstler selbst war auch unter den Gästen. Beim Aperitif auf der Terrasse hatte Thaddea zufällig mitbekommen, wie er sich indigniert über die Hängung der Kreuze geäußert hatte. Der Abstand zur Wand war unüblich groß, unter der Deckenbeleuchtung warfen die Kreuze vergleichsweise lange Schatten. Der Künstler hatte gesagt, das verändere den Eindruck der Proportionen unzulässig. Als Thaddea jetzt allein in dem Raum mit den Kreuzen stand und ihre Sicht nicht mehr von anderen Ausstellungsbesuchern behindert war, musste sie dem Schöpfer rechtgeben.

In dem Raum hingen noch zwei andere Übermalungen, zwei hohe rechteckige Bilder, ein schwarzes monochromes Bild mit einem weißen Streifen oben links und ein rotes monochromes Bild mit einer weißen Ecke unten links. In der Struktur konnte man keine Bilder aufhängen, weil alle Wände aus Glas waren. In ihrem Haus wollte Thaddea keine Bilder aufhängen. Ben-Luca hatte einmal zu Kata gesagt, das gehe alles gegen ihn. Im Haus gab es jedoch prinzipiell drei Möglichkeiten: die beiden Schmalseiten des Living room und eine Schmalseite im Essbereich, der Einbauschrank für das Geschirr belegte die andere Schmalseite. Die schwarze und die rote Übermalung konnte sie sich in ihrem Haus vorstellen. Noch nie zuvor war sie dem Gedanken, in ihrem Haus Bilder aufzuhängen, auch nur nahegetreten.

Gute Rainers wurden üblicherweise nicht auf Auktionen angeboten, aber natürlich kannte Ben-Luca die Galerien, die ihn vertraten. Die hatten wiederum ihre Sammler. Wer ein solches Bild unbedingt wollte, der bekam es auch. Der Preis für die großen Übermalungen war etwa eine halbe Million. Mit einem Seufzer, der nicht der finanziellen Überlegung galt, entschloss sich Thaddea, zu dem Dinner zurückzukehren.

Am Ende ihres Rundgangs verweilte sie vor einem Fenster in der Außenfront des Schlosses, um auf eine dunkle Baumreihe zu blicken. Die Sichtachse zum Chiemsee ahmte den Versailler Blick zum großen Kanal nach, die entsprechend geschnittenen Bäume und der Brunnen waren wie Kimme und Korn eines Gewehrs, vom Chiemsee sah man nur ein winziges Stück. In allen anderen Richtungen begrenzten Bäume und Hecken die Sicht. Der König hatte ausdrücklich keine Aussicht auf die umgebende Landschaft der Insel und des Sees gewünscht. Thaddea fand, sie war mit ihren Panoramafenstern deutlich weniger autistisch als der König. Allerdings war der Ground level ihres Hauses derart erhöht, dass die Panoramafenster Ausblick gewährten, aber keinen Einblick ermöglichten. Dafür war ihr Studio sogar ganz aus Glas. Wollte der König wirklich keine Aussicht haben? Ging es ihm vielleicht nicht eher darum, keinen Blick auf das Schloss zuzulassen? Die Insel Herrenchiemsee wurde seit jeher von Ausflüglern besucht. Ein Wald umgab das Schloss und seine Gärten. Die Insel war durch einen Rundweg erschlossen, früher hatten an verschiedenen Stellen Schneisen den Blick auf das Schloss erlaubt. Diese Schneisen waren jedoch alle zugewachsen. Nein, wer Bäume so nahe an den Fenstern pflanzte, der wollte definitiv keine Aussicht.

Das Esszimmer in den Wohnräumen des Königs enthielt eine mechanische Vorrichtung, die es ermöglichte, einen Teil des Fußbodens mitsamt dem Esstisch in die Etage darunter abzusenken. Thaddea studierte den Hebe-Mechanismus und stellte sich vor, wie die Bedienten den Tisch deckten und mit Speisen beluden. Dann wurde der Boden mit dem Tisch hochgefahren, und der König konnte allein, ohne die Anwesenheit von Bediensteten, speisen. Die Nicht-Bayern konnten von den Bayern halten, was sie wollten, aber dass die Bayern ihren Märchenkönig – ihren Crazy King – so verehrten, sprach unbedingt für sie.

Als Thaddea schließlich doch in den Speisesaal zurückkehrte, war ihre längere Abwesenheit niemandem aufgefallen. Außer Pimpi, der wie elektrisiert vom Tisch aufsprang, ihr entgegenlief und sie besorgt fragte, ob alles in Ordnung sei. Sie antwortete ebenso präzise wie unfein, sie sei auf dem Klo gewesen und habe sich die Ausstellung noch einmal angesehen. Mit allen Anzeichen der Erleichterung fasste Pimpi sie bei der Hand und geleitete sie zu ihrem Platz.

Hatte er möglicherweise gedacht, sie wäre kommentarlos verschwunden? Das hätte sich nicht so einfach gestaltet. Ein Shuttle-Bus hätte sie zur Anlegestelle auf der anderen Seite der Insel gebracht. Aber das gemietete Schiff verkehrte erst wieder, wenn die Festivität beendet sein würde. Bestimmt gab es die Möglichkeit, ein Wassertaxi zu rufen. Für den Preis konnte man wahrscheinlich mit einer Billig-Airline nach New York fliegen.

»Bist du verrückt? – Hast du'n Rad ab?«

Thaddea saß auf dem rechten Rücksitz. Pimpi fuhr.

»Was habe ich denn gemacht?«

»Du hast versucht, mich zu küssen!«

Pimpi stöhnte und sagte: »Es ist rein gar nichts passiert.«

»Du hast mich in die Enge getrieben!«

Pimpi sagte nichts.

»Du hast mich gegen die Autotür gedrückt!«

Pimpi stieß einen unkontrollierten Laut aus und sagte: »Ich kann doch nichts dafür, dass etwas mit der Autotür war!«

»Ich bin mit dem Kopf auf das Autodach geknallt!«

Das war nicht wahr, und es wäre auch gar nicht möglich gewesen, dazu war das Autodach zu niedrig.

Keine Reaktion von Pimpi. Nur sein konzentriertes Starren auf die nächtliche Autobahn, die für die Hinfahrt gesperrt gewesen war.

Thaddea hätte es gerne gehabt, wenn ihr vor Wut die Tränen in die Augen geschossen wären. Doch ihre Augen waren nicht einmal feucht. Verwirrt stieß sie aus: »Aber du hast … angefangen.«

Der Satz stellte im Grunde eine Aufforderung für Pimpi dar. War sie durchgeballert?

»Wenn ich dir zu nahe gekommen bin, dann entschuldige ich mich.«

Pimpi blickte in den Rückspiegel, um den Effekt seines jetzt maximal verantwortungsbewussten Verhaltens zu controllen. Er konnte sehen, wie Thaddea mit den Schultern zuckte.

Während Pimpi in sämtlichen Jacken-, Westen- und Hosentaschen nach seinem Autoschlüssel suchte, hatte sie sich mit dem Rücken gegen die Beifahrertür gelehnt und mit zurückgelegtem Kopf den Sternenhimmel betrachtet. Schließlich hatte Pimpi den Schlüssel gefunden. Auf sein Kommando gingen die Beleuchtung im Inneren des Wagens und die Scheinwerfer an. Thaddea löste sich von ihrer Betrachtung des Sternenzelts, drehte sich um und wollte einsteigen, aber die Beifahrertür ließ sich nicht öffnen. Pimpi stand neben ihr und betätigte immer wieder den Druckmechanismus auf seinem Schlüssel, ohne Ergebnis. Thaddea hatte sich erneut gegen die Beifahrertür gelehnt und zum Himmel hochgeblickt. Wie sie das jetzt bedachte, war es tatsächlich eine Aufforderung gewesen. Wenn jemand unbedingt in ein Auto einsteigen wollte, dann lehnte er sich nicht mit dem Rücken gegen die Wagentür. Pimpi hatte sich unmittelbar vor ihr aufgestellt und versucht, was konnte sie anderes erwarten, mit der Hand den Griff der Wagentür zu betätigen. Dabei hatte er sein Gesicht ganz langsam näher an ihr Gesicht herangebracht. Sie hatte den Kopf genauso langsam weiter nach hinten gebeugt. Schließlich war sie in der Dunkelheit zur Seite geglitten. Er hatte ihr nicht den Weg verstellt, es war kein Wort gefallen.

Mit der nächtlichen Dunkelheit war die Agenda seines Thom-Browne-Outfits eine andere. Bei Tag und in den hell erleuchteten Schlossräumen hatten sich die knappe schwarze Jacke und die grauen Hochwasserhosen mit dem Licht verbündet, um den Träger auf seine Substanz zu reduzieren, auf das, was er wirklich war oder nicht war. In der Nacht borgten sich die schwarze Jacke, die graue Krawatte und die schwarzen Schuhe – Pimpis Schuhgröße war beeindruckend – Energie aus dem Nichts: Der schwarze Stoff, der im Licht völlig matt gewesen war, brachte es im Dunkeln fertig, überirdisch zu glänzen. Pimpi war von einem immateriellen Schutzschirm umgeben.

Nicht er, sie hatte angefangen.

Der Barschrank mit der beleuchteten Glasfront in der Mitte vor dem Rücksitz war zweigeteilt, im ungekühlten Teil befanden sich Whisky, Cognac und Gin, im gekühlten Teil Tonicwater, Mineralwasser und Eis. Flaschen und Gläser steckten in Kunststoffhalterungen, damit sie beim Beschleunigen, beim Bremsen oder in Kurven nicht aneinanderstießen. Das Kühlaggregat funktionierte völlig geräuschlos. Thaddea genehmigte sich ein Fever Tree mit Hendrick's. Im Auto gab es keine Gurkenscheiben.

Pimpi hatte sich des Jacketts entledigt, als er sich ans Steuer gesetzt hatte, und fuhr in der Strickweste. Natürlich poste er nicht, während er fuhr. Trotzdem hatte Thaddea das Gefühl, seine Muskeln nahmen in dem Ausmaß zu, wie sie hinsah. Die Muskeln kamen nicht von innen, sondern von außen? Das war schlecht möglich.

»War Hahl bei dir?«

Hatte Thaddea richtig gehört? Natürlich durfte sie nichts über ihre Klienten verlautbaren. Strenggenommen durfte sie nicht einmal darüber Auskunft geben, ob jemand Klient war oder nicht. Sie schüttelte das Glas mit dem Eis. Pimpi sollte denken, sie habe seine Frage wegen der Fahrgeräusche nicht gehört. Ihr Gesicht war blau überblitzt von den Reflexionen der Glastür des Barschranks, die hin und her schwang, weil sie sie nicht richtig geschlossen hatte.

Pimpi ließ nicht locker: »Hahl hat jedenfalls gesagt, er sei bei dir gewesen.«

Thaddea beschloss, einfach gar nichts zu sagen. Das fiel ihr nicht schwer. Sie litt nicht unter dem Drang, Kommentare abzugeben. Das qualifizierte sie mehr als alles andere für ihre Tätigkeit. Im günstigsten Fall würde Pimpi nicht weitermachen. Im weniger günstigen Fall würde er erzählen und nicht wissen, ob etwas bei ihr ankam.

»Kennst du Radio Entropy?«

Thaddea stellte niemals das Radio an, weder zu Hause noch in ihrem Wagen. Im Auto hörte sie Hörbücher, zur Zeit gerade Jackie Kennedy, *Historic Conversations on Life with John F. Kennedy,* die Interviews, die Arthur M. Schlesinger Jr. 1964 im Jahr nach der Ermordung John F. Kennedys mit der jungen Witwe geführt hatte.

»Radio Entropy hat den mit Abstand größten Marktanteil bei den Dreißig- bis Fünfzigjährigen mit den höchsten Einkommen.«

Pimpi fuhr naturgemäß auf der linken Spur. Er wandte den Kopf um und blickte Thaddea an. Das nächste Fahrzeug befand sich mehrere hundert Meter vor ihnen. Pimpi wollte, dass Thaddea ihm zuhörte, er erreichte sein Ziel.

»Den Namen haben wir gewählt, weil es Radio Energy schon gab.«

Thaddea hatte nicht gewusst, dass Pimpi etwas mit Radio Entropy zu tun hatte.

»Ich habe keine Ahnung, was Entropie ist, aber das muss

ich auch nicht wissen. Ein Physiker hat mir einmal gesagt, die Physiker wissen das selbst nicht so genau. Wir spielen Deep House, Future Trance, Suicidal Trance und Chill Wave. Für die Leute, die das sonst nie hören würden. Wir bilden sie weiter.«

Thaddea dachte: ›Aufklärung – ‹

»Seit Neuestem spielen wir auch wieder Trip Hop. Ich könnte das ganze Leben nur Massive Attack hören – aber ich bin natürlich nicht maßgeblich.«

Ben-Luca hatte Thaddea einmal erklärt, Trip Hop sei rollende Musik mit einer hohen, weinenden Frauenstimme.

»Wir machen die Leute jünger. Der Physiker hat gesagt, das geht nicht, man kann die Entropie nicht umkehren. Wir machen es trotzdem.«

Vor ihnen war jetzt kein Fahrzeug mehr zu sehen, die Straße war völlig dunkel, auch auf der Gegenfahrbahn fuhr niemand. Pimpi legte den rechten Fuß auf das linke Knie, drehte sich wieder um und blickte Thaddea in die Augen.

»Hahl ist der Geschäftsführer von Radio Entropy.«

Pimpi brauchte den Fuß nicht auf dem Gaspedal zu halten, er hatte den Tempomat eingestellt. Natürlich wäre es sinnvoll gewesen, den Fuß in der Nähe des Bremspedals zu platzieren.

Thaddea hatte sich unbeobachtet geglaubt und machte einen wenig damenhaften Eindruck. Sie war davon ausgegangen, dass Pimpi mit dem Fahren in der Dunkelheit und seinem Erzählen ausgelastet war. Für den Abend hatte sie das Bottega-Veneta-Kleid mit den schematischen Blumen im Stil der vierziger Jahre gewählt. Radio Entropy wollte seine Hörer jünger machen, sie hatte sich bewusst älter gemacht. Dieser Absicht wirkten allerdings die schwarzen

Pumps mit den hohen Absätzen und den schwarzen Riemen entgegen. Sie hatte den eng sitzenden Gürtel abgelegt und hielt das Cocktailglas zwischen den gespreizten Beinen.

Als plötzlich ein Wagen auf der Gegenfahrbahn, der aus dem Nichts zu kommen schien, das Innere des Panamera ausleuchtete und Thaddea ihre Erscheinung im Spiegelbild an der Seitenscheibe kontrollieren konnte, durfte sie Entwarnung geben: Ihre Pose hatte nichts Anzügliches. Es wirkte eher, als ob sie sich nach einem Workout – im Kleid? – erfrischte.

»Radio Entropy war meine Idee.«

Thaddea war erleichtert darüber, dass sie sich keine Blöße gegeben hatte. Sie konnte es wagen, sich interessiert vorzubeugen. Durch die Bewegung am Rand seines Gesichtsfelds irritiert, wandte Pimpi kurz den Kopf zur Seite, mit einer Miene, die er ihr bestimmt nicht zeigen wollte. Als ob ihm genau in diesem Augenblick – warum? – bewusst geworden war, dass seine Lebenszeit endlich war, dachte Thaddea.

»Radio Entropy gehört meinem Vater.«

Er ließ das Steuer los und streckte die Arme nach beiden Seiten aus. Das war ein etwas heftiges Überspielen seiner momentanen Unsicherheit. Als Thaddea genauer hinsah, bemerkte sie, dass er das Lenkrad fixierte, indem er den rechten Oberschenkel dagegen drückte.

Gott sei Dank legte Pimpi die Hände wieder ans Steuer.

»Hahl war der Büroleiter eines berühmten Architekten, der Selbstmord begangen hat. Das war in der Anfangsphase eines sehr großen Projekts, einer Umwidmung von Industriegrundstücken mitten in München zu gemischter Nutzung. Mein Vater musste eine astronomische Summe für die Grundstücke bezahlen, und die Lokalbaukommission machte nichts als Schwierigkeiten. Sie wussten selbst nicht, was sie wollten. Erst war die Verdichtung zu hoch, dann zu niedrig, die Büros waren erst zu groß, dann zu klein, das Gleiche mit den Geschäften, erst waren es zu viele Wohnungen, dann zu wenige. Der berühmte Architekt hinterließ ein Chaos, als er sich umbrachte: Es gab nur Skizzen, die in keiner Weise dem entsprachen, was die Stadt wollte. Mein Vater hatte aber schon mit dem Entwurf des Architekten Reklame gemacht und Wohnungen und Büros verkauft, die so gar nicht gebaut werden konnten.«

Pimpi nannte den Namen des Architekten nicht, er wollte erreichen, dass Thaddea ihn danach fragte. Aber sie tat ihm den Gefallen nicht.

»Es ist das Verdienst Hahls, dass die Sache glimpflich für uns ausging. Er engagierte junge Architekten, die nach den vorliegenden Skizzen und seinen Anweisungen eine genehmigungsfähige Planung erstellten. Was noch wichtiger war: Er bewegte Arbogast dazu, in das Projekt einzusteigen.«

Pimpi griff ins Handschuhfach und holte eine Brille heraus. Das war nicht dazu angetan, Thaddea zu beruhigen. Wenn er tatsächlich zum Fahren eine Brille benötigte, dann hatte er sie und sich selbst bis jetzt unnötig gefährdet.

»Arbogast ist einer der reichsten Immobilienunternehmer des Landes, aber er will keine Publicity. Er kennt Hubert Burda und sorgt dafür, dass er in der *Bunten* nicht vorkommt. Unter seinem Namen hält er nur Minderheitsbeteiligungen, aber die Firmen gehören ihm über Treuhänder ganz. Es ist nicht möglich, sein Vermögen zu bestimmen, deswegen taucht er auch nicht auf der Liste der fünfhundert reichsten Deutschen des *manager magazin* auf. Er hat den berühmten Architekten überhaupt erst groß gemacht, wahrscheinlich hätte der ohne ihn überhaupt nie etwas gebaut. Jedenfalls übernahm Arbogast die Mehrheit an dem Projekt, das war unsere Rettung. Er wollte unbedingt den letzten Entwurf des Architekten bauen, den er so gefördert hatte. Uns hätte das Projekt möglicherweise umgebracht.«

Pimpi setzte die Brille auf. Etwas passte nicht. Während er mit der rechten Hand das Steuer hielt, versuchte er mit der linken, einen der metallenen Brillenbügel zurechtzubiegen. Sie fuhren gerade an einer Raststätte vorbei, die Lichter spiegelten sich in der Brille, es war, als ob die Brille alles Licht, das es in der Dunkelheit gab, anzog.

»Nach der Abwicklung des Projekts wurde das Architekturbüro aufgelöst. Hahl erlitt einen Zusammenbruch, er verbrachte mehrere Monate in einem Sanatorium. Er wusste nicht, was er machen sollte, nachdem es den Architekten nicht mehr gab. Für einen anderen Architekten wollte er nicht arbeiten. Als ich die Idee mit dem Sender hatte, wurde er gerade aus dem Sanatorium entlassen. Mein Vater schlug vor, dass er als Geschäftsführer den Sender organisieren sollte.«

»Könntest du den Sender einstellen?«

Pimpi war wohl davon ausgegangen, dass Thaddea während der ganzen Fahrt kein Wort sagen würde. Als sie jetzt doch etwas äußerte, war er so überrascht, dass er eine unwillkürliche Lenkbewegung machte. Der Wagen vertrug den ungeplanten Schlenker gut. Darauf kam gedämpfte House-Musik aus den Lautsprechern. Es mussten ziemlich viele sein, die Klangqualität war erstaunlich.

»Hahl hat keine Ahnung von Musik. Wie sollte er auch,

in seinem Alter. Eigentlich war er nur für das Kaufmännische und das Organisatorische vorgesehen, aber es hat sich dann so ergeben, dass er ein Händchen für die Auswahl der Moderatoren hatte. Kandidaten gibt es immer genug. Beim Radio bewerben sich ja alle, die beim Fernsehen wegen ihres Aussehens nicht zum Zug kommen. Er sollte nur die Vorauswahl treffen, aber er lag mit seinen Prognosen immer richtig. Wenn er sagte, das wird ein Publikumsliebling, dann wurde es tatsächlich einer.«

Thaddea überlegte, ob es möglich war, auf dem Rücksitz Sex zu haben. Sie sah eigentlich nur eine vernünftige Möglichkeit: Der Mann lehnte sich in das Polster zurück, die Frau setzte sich, ihm den Rücken zuwendend, auf ihn. Der Mann konnte nicht viel machen, die Frau musste alles erledigen. Das gefiel Thaddea nicht. Andererseits: Die Frau musste nicht auf ihren Gesichtsausdruck achten, der Mann sah sie ja nur von hinten. Das gefiel Thaddea wieder. Auch nach dem Sex, wenn sie ihre Sachen zusammensammelte, konnte die Frau vermeiden, dass ihr der Mann ins Gesicht sah.

»In letzter Zeit ist Hahl komisch geworden. Er erzählt, dic Sonnen und Planeten der Milchstraße seien Bruchstücke eines riesigen Planeten, der mit einer gigantischen Sonne kollidiert ist. Das sei vor Milliarden von Jahren im Sternbild Taube passiert. Der Planet soll aus Eis gewesen sein und einen Metallkern gehabt haben, deswegen bestehen die Planeten der Milchstraße entweder aus Eis oder aus Metall. Die Erde sei ein Sonderfall. Sie hatte früher noch einen anderen Mond, als der auf die Erde stürzte, löste das die Sintflut aus – die Theorie ist natürlich voll sick. Hahl redet auch über germanische Gottheiten. Er sagt, es gibt Abbildungen, da hat der Gott – ich weiß nicht welcher – einen Faustkeil in der Hand, aus dem Blitze hervorschießen. Er glaubt, die Waffe habe es tatsächlich gegeben und gottähnliche Wesen hätten sie benutzt.«

Es war wieder kein Fahrzeug vor ihnen, Pimpi drehte sich erneut um. Pimpi sah ihr – nein, nicht zwischen die Beine, er blickte ihr ins Gesicht. Aber Thaddea fand, er blickte sie so an, als ob er ihr zwischen die Beine sah.

»Ich habe nächste Woche in Florida zu tun. Willst du mich in Miami treffen?«

Es störte ihn in keiner Weise, dass sie keine Miene verzog.

»Ich wäre dafür, mal bei The Webster vorbeizuschauen.«

The Webster war im Augenblick der heißeste Multi-Label-Store des Planeten. Er gehörte Laure Hériard-Dubreuil, einer Cognac-Erbin. Bei ihr kauften auch Drake, Rihanna und Usher ein. Thaddea hatte der Besitzerin sogar einmal die Hände geschüttelt. Sie war die Freundin von Aaron Young, über den man – nach ihrer, Thaddeas Meinung – nicht mehr wissen musste, als dass er mittlerweile bei Larry Gagosian war. Das war die zur Zeit umsatzstärkste Galerie des Planeten. Bei einem New-York-Besuch hatte Ben-Luca Thaddea einmal zu einer Vernissage bei Gagosian mitgenommen. Thaddea hatte gefunden, der Künstler sah verdammt gut aus. Seine Kunst hatte sich ihr nicht eingeprägt.

Wie alles harmonierte. Man nahm auf dem blau überzogenen Sitz Platz und blickte in die schwarzen Knopfaugen eines aufrecht stehenden grauen Stoffesels mit weißer Schnauze und rosafarbenen Ohren. Der um den Hals eine weiße Schleife trug und dessen Vorderläufe in schwarzen Boxhandschuhen steckten. Über dem Lenkrad pendelte an einem Spiralkabel ein Mikrophon, hinter dem Esel lag ein eingeschaltetes Mobiltelefon bereit, das ebenfalls über ein Spiralkabel mit der Stromversorgung neben dem Radio im Armaturenbrett verbunden war. Vor der Windschutzscheibe war an der Decke des Fahrerhauses eine blaue Schabracke mit einem fein gestickten, unifarbenen Blattmuster angebracht, von dem gelben Wellensaum baumelten Kordeln herunter. Auf einer kleinen Decke aus dem gleichen Stoff, ebenfalls mit gelbem Saum und Kordeln, warteten ein kleiner Fernseher und ein kleines HiFi-Gerät darauf, dass jemand den Einschaltknopf drückte. Hinter den beiden Geräten verdeckten mehrere Glasvasen mit künstlichen Blumen und goldene und silberne Pokale gründlich die Sicht auf die Straße. In einem flachen, dafür umso ausladenderen silbernen Pokal zwischen den Sitzen lagen Snacks bereit. Bei aller Wohnlichkeit mahnte die Fahrkanzel auch Produktivität an: Auf der Fahrerseite hing in der linken Ecke der Windschutzscheibe unter der Schabracke ein Babyfoto in einem goldglänzenden Rahmen, ein zweites Babyfoto war ohne Rahmen unter dem Navigationsbildschirm neben dem Esel befestigt, ein weiterer goldglänzender Rahmen, der genauso groß war wie der Fernsehbildschirm daneben, enthielt das Foto von zwei Babys, die offensichtlich Zwillinge waren. Über allem surrte beruhigend ein blauer Ventilator.

Tethered to Mobility.

Wer den Truck sicher an seinen Bestimmungsort brachte, dem winkte ein Soforturlaub. Der Schwierigkeitsgrad war anhand von Parametern einstellbar: mehr oder weniger Schnellstraßen – in der deutschen Version mehr oder weniger Autobahnen –, Tag, Dämmerung, Nacht, das Ziel in einer Kleinstadt oder in einer Großstadt. Die anderen Verkehrsteilnehmer hielten sich immer oder nicht immer an die Regeln, das Navigationssystem war zuverlässig oder nicht.

Der Soforturlaub wurde auf dem Notebook angetreten, das mit Hilfe eines Gestells in der Mitte des Armaturenbretts, unter der blauen Decke mit dem gelben Saum befestigt war. Als Screensaver lief in wechselnden Farben vor einem neutralen Hintergrund ein in einer Endloszeile gesetzter Abschnitt aus dem Gedicht *Reise* von Gottfried Benn:

Bahnhofstraßen und Rueen, Boulevards, Lidos, Laan –
selbst auf den Fifth Avenueen fällt Sie die Leere an.

Man bekam immer Urlaub, selbst wenn man den Truck nicht ins Ziel gebracht hatte. Im Erfolgsfall konnte man sich den Urlaub aus dem Katalog eines Reiseanbieters aussuchen, nur im Erfolgsfall konnte man sich auch dafür entscheiden,

den Urlaub ausfallen zu lassen. In allen anderen Fällen musste man den Urlaub antreten. Man hatte sich schriftlich dazu verpflichtet, eine vorher nicht bekanntgegebene Zeit lang am Notebook dem Clip zu folgen, der einem das Urlaubsziel nahebrachte. Wer gegen die Straßenverkehrsregeln verstoßen, einen Unfall verursacht oder Ladung beschädigt oder eingebüßt hatte, machte nicht dort Ferien, wo er wollte, sondern dort, wo er musste. Wer lediglich Geschwindigkeitsübertretungen begangen hatte, dem wurde in dem erwünschten Hotel am erwünschten Ort ein Zimmer zugewiesen, neben dem der Kompressor für die zentrale Klimaanlage des Hotels schnaufte. Wer dagegen einen Totalschaden verursacht hatte, der landete nicht im Ressort auf Bali, sondern im Urwald von Sri Lanka, wo es keine Touristen gab.

Fleur Blankovic hatte die Pläne für ein Dutzend Projekte ins Internet gestellt. Man durfte voten, welches der Projekte man am liebsten verwirklicht haben wollte. Sammler konnten die Projekte erwerben, der Preis war Verhandlungssache, natürlich konnten Museen ebenfalls kaufen. Es blieb offen, ob die Projekte, die geringeren Zuspruch fanden, verwirklicht wurden oder nicht. Das Ganze lief über Hauser & Wirth, die Galerie der Künstlerin.

Die Projekte waren in unterschiedlichem Zustand: Die Hardware für das erste Projekt gab es schon. Die Künstlerin hatte das Führerhaus eines Trucks hinter den Fahrersitzen durchgesägt. Das zweite Projekt, *Neurodiversity,* bestand bis jetzt lediglich aus Videos, Karten und dem beschreibenden Text.

Das erste Video führte durch die New Yorker Zentrale von Verizon, eines großen US-amerikanischen Providers, der über Festnetz Haushalten und Firmen Telefon, Fernsehen und Internetzugang anbot. Das Art-Déco-Gebäude besaß etwas Burgartiges, sein Ehrgeiz hatte nicht darin bestanden, das höchste Haus in der Gegend zu sein. Im Basement endeten oder begannen transatlantische Glasfaserkabel. Zwischen bienenstockartig angeordnetem Computerequipment, das Thaddea nun wirklich nicht identifizieren konnte, wuchsen aus dem weißgekachelten Boden Kabelbäume, die ein Mensch mit den Armen gar nicht umfangen konnte. Die grau ummantelten Kabel wurden an der Decke von Kabelkanälen in allen erdenklichen Formen und Farben verteilt.

Der Ausflug in das Verizon-Gebäude führte weiter in den Bereich unter dem Basement, der tatsächlich die Bezeichnung Keller verdiente. In einem schmutzstarrenden Raum waren alte Kabel einfach gekappt, es war wohl kostenträchtig und unnütz, sie zu entfernen und zu bergen, man ließ die alten Kabel einfach, wo sie waren, und zog neue. Vom Keller ging es unmittelbar in die großartige marmordekorierte Empfangshalle des Gebäudes. Ein ziemlich klassischer Kontrast, fand Thaddea, aber man sollte ja das Video nicht mit dem eigentlichen Kunstwerk verwechseln.

Das zweite Video zu Fleur Blankovics *Neurodiversity*-Projekt zeigte mit MRT gewonnene Brain scans. Thaddea konnte die farbigen Gehirnbildchen, die nichts aussagten, nicht mehr sehen und ersparte sich die Betrachtung. Das Kunstwerk war kein interaktives, sondern bestand in einer Dokumentation: In einem Ort in Europa legten sich Personen in einen Magnetresonanztomographen und dachten an New York. Solche, die schon in New York gewesen waren und solche, die New York nur von Bildern her kannten.

Thaddea kam der Gedanke, dass es unmöglich war, die Stadt nur aus Beschreibungen in Romanen, Erzählungen oder Berichten zu kennen, ohne jemals Bilder gesehen zu haben. Die Brain scans wurden live an einen Ort in New York übertragen, der gesamte Weg, den die Signale genommen hatten, wurde aufgezeichnet.

Bevor Thaddea fortfuhr, musterte sie den Stapel von Zeitungsblättern, der sich auf dem Tisch mit ihrem Laptop angehäuft hatte. Die aus der Auktion zurückgezogenen Blossfeldt-Platten hatten einen klassischen Kunstmarktskandal abgegeben, wie Thaddea den Überschriften entnommen hatte. Sie hatte keinen der Artikel gelesen, sondern nur die Seiten mit den Artikeln herausgenommen und beiseite gelegt. Sie hatte auch die Google-Alerts gelöscht, die Ben-Luca betrafen. Sie wollte nicht wissen. War das jetzt ein Anflug von schlechtem Gewissen angesichts der ungelesenen Artikel? Thaddea hatte keine Ziele. Wenn sie Ziele hatte, wollte sie auch wissen. Wenn sie wissen wollte – hatte sie dann auch Ziele?

Off-Grid-Body. Plea. Das Licht, das im Video auf die Menschen fiel, die in das Bürogebäude hineingingen und die aus ihm heraustraten, schien durch die niedrighängende Wolkendecke punktweise gefiltert. Wie konnte es sein, dass die Durchstiche durch die Wolken auch nur für einen Augenblick hielten, dass das Muster, das sie bildeten, auch nur für den Bruchteil einer Sekunde stabil blieb? Die konzentrierten Lichtstrahlen machten die Passanten fast betastbar. Thaddea hatte eine Abneigung gegen 3D-Filme, mehrfach hatte sie es ausgeschlagen, Ben-Luca ins Kino zu begleiten, wenn er einen Blockbuster in 3D ansehen wollte.

Die Planerin war größer als alle anderen, die vor ihr und

nach ihr das Bürogebäude verließen. Das war der Hauptsitz der Firma, zu deren Vorstand die Planerin gehörte. Tatsächlich war sie mittelgroß, die kleineren Männer und Frauen stellten eine Inszenierung der Tochter für das Video dar. Der Mann hinter der Planerin befand sich fast auf Tuchfühlung mit ihr, zwischen der Planerin und der Frau vor ihr blieb ein größerer Abstand, sonst hätte die Kamera das Gesicht der Planerin nicht erfasst. Alle drei bewegten sich mit gleicher Geschwindigkeit auf einer Linie, es war also nicht möglich, dass die Planerin auf einer erhöhten Ebene lief. Der Gedanke, dass die Tochter ihrer Mutter Plateauschuhe angezogen hatte, erschien Thaddea abwegig.

Die Stirn der Planerin war höher, der Haaransatz gerader, als Thaddea sich zu erinnern meinte. Hatte sich die Planerin – erneut – in die Hände eines Schönheitschirurgen begeben? War das die Wirkung des Lichteinfalls? Hatte die Tochter die Bilder digital bearbeitet?

Schönheitschirurgie hatte nichts mit dem Tod zu tun, Schönheitschirurgie war keine Strategie gegen die Sterblichkeit. Die Ausdruckslosigkeit stellte keine unwillkommene Nebenwirkung dar, sondern war Zweck der Übung. Thaddea verbesserte sich in Gedanken: Es ging nicht um Ausdruckslosigkeit, sondern darum, nur noch *einen* Ausdruck zu haben. Nichts als dieser Ausdruck zu sein, um hinter diesem Ausdruck ein phantastisches Leben zu führen.

Die Planerin hatte keine Eile, das Gebäude zu verlassen. Sie sputete sich nicht, um den nächsten Termin wahrzunehmen. Sie ging mit den anderen Menschen mit, werweißwohin, werweißwieweit.

Am Anfang der Treppe wollte ein entgegenkommender Mann im grauen Anzug, der das Gebäude im Visier hatte, einen anderen Anzugträger überholen. Er scherte aus und geriet unmittelbar in die Bahn der Planerin. Die nahm von dem menschlichen Hindernis keine Notiz und verlangsamte ihren Schritt nicht. Der Überholer war genauso groß wie sie, er ging leicht vornübergebeugt. Es kam nicht zur Kollision, jedoch schienen sich die beiden für einen Augenblick mit der Stirn zu berühren. Der Überholer machte einen blitzschnellen Schritt zur Seite, mit dem er seinen Überholvorgang abbrach. Während der Richtungsänderung drehte er kurz den Kopf zur Kamera hin, Thaddea konnte erkennen, der junge Mann hatte eine hohe Stirn. Thaddea war jetzt überzeugt, die Tochter hatte die Mutter überredet, Haare zu entfernen, so dass auch ihre Stirn höher wirkte.

Alle, die hinter der Planerin das Gebäude verlassen hatten, waren an ihr vorbeigezogen. Der Ausgangsstrom war versiegt, der Eingangsstrom floss jedoch mit unverminderter Stärke. Die Planerin wurde zweimal ganz leicht angerempelt, von einem Mann in einem grauen Anzug und einer Frau in einem grauen Kostüm. Die Planerin nahm es nicht zur Kenntnis. Die Rempelnden machten jeweils eine Geste der Entschuldigung, auf die die Planerin nicht einging.

Schließlich blieb die Planerin stehen. Mit ruhigen Blicken maß sie die Erde und den Himmel aus und drehte sich um. Der Ausgangsstrom war gar nicht versiegt, der Eindruck war lediglich ein Effekt der Kameraperspektive gewesen. Nach wie vor strebten Menschen gleichmäßig in das Gebäude hinein und aus ihm heraus. Aber die beiden Ströme ließen nun eine Insel unmittelbar vor der Treppe frei, in deren Mitte sich die Planerin befand. Es gab auch keine Seitenströmer mehr wie die Rempelnden, die natürlich von der Regisseurin eingeteilt worden waren. Man sah jetzt die Planerin von hinten und von der Seite, wie sie zum Portal des Gebäudes hochblickte.

Dann nahm das Gesicht der Planerin einen anderen Ausdruck an. Obwohl man die Planerin nicht einmal im Profil sah – die Lippen waren nur eine winzige, V-förmige Vertiefung, darüber die Nasenspitze als Vorsprung, die Augenbrauen und die Wimpern schienen wie getuscht – wusste man – Thaddea – sofort: Die Planerin verzog das Gesicht, um zu weinen.

Jetzt ging alles ganz schnell: Die Kamera zeigte zuerst das Gesicht von vorne und dann die Planerin von der Seite, wie sie sich auf die Knie niederließ, wie sie die Hände mit den ausgestreckten Fingern vor das Gesicht schlug, wie sie sich vorbeugte, wie sie unmittelbar an der ersten Treppenstufe mit der Stirn und den Händen auf den Augen den Boden berührte.

Hatte Thaddea tatsächlich von der Seite sehen können, dass die Planerin zu weinen anhub? Wer weinte, presste die Augen zusammen und machte den Mund breit, das setzte eine Anspannung des großen Jochbeinmuskels voraus, die man auch wahrnehmen konnte, wenn man den Kopf des oder der Weinenden verschoben von hinten betrachtete.

Die letzte Einstellung des Videos zeigte im Zoom den Kopf der Planerin mit der Stirn auf dem Pflaster, die flachen Hände neben dem Kopf, das Gesicht so verzerrt, wie Thaddea es nie für möglich gehalten hätte. Und ein paar glänzende schwarze Herrenschuhe neben dem Kopf. Der Stoff der Hose sah nicht nach der Pförtneruniform aus. Die Schuhe bewegten sich nicht. Thaddea war sicher, der Träger der Schuhe kannte die Planerin, und er gehörte nicht zu den niederen Rängen der Firma.

Wie beschwingt Thaddea das Glasviereck umrundete, das die Mitte ihres Hauses bildete! Mit federnden Schritten, den Kopf in den Nacken geworfen, lachend! Mit welcher Inbrunst sie sich auf die aufnahmebereite schwarze Liege mit der Kopfkissenrolle fallen ließ, mit beiden Händen das Haar bauschte und von der Stille um sie herum wissen wollte: »Wie war ich?!«

Das war keine Übung für den Ernstfall, keine Scheinerregung, das war der Ernstfall!

›Bitchen‹ hätte sie zu Kata gesagt.

Sie, Thaddea, war eine Komödiantin: Sie überlebte ihre Probleme!

Früher hatte sie gedacht: Ein gelöstes Problem würde sie und ihre Klienten gleichermaßen kompromittieren. Ihr war so schwer, so traurig zumute gewesen … Aber jetzt: Hochstimmung und Flausen! Gier nach Selbstzerstörung – wieso? Spurlos verschwinden – warum? Sie hatte eine prometheische Tat getan, und sie war lustig!

Galoppierend klopfenden Herzens und ruckhaft schluckend betrachtete sie ihre Handflächen, um in ihnen ihr weiteres Schicksal zu lesen. Aus bürokratischer Scham über ihre Wissbegierde wollte sie ihre Hände hinter dem Kopf verstecken und im Nacken verschränken, aber das ging nicht, wegen der Kopfkissenrolle. Von Lebensbegierigkeit durchschossen, sprang sie wieder auf und durcheilte die nicht sehr große Distanz zwischen der schwarzen Liege und dem roten Sofa, um sich auf diesem tot zu stellen. Das half ihr, ihre Seligkeit zu ertragen.

Die Demuts- und Verzweiflungsgeste der Planerin war *ihr* Werk! *Sie* hatte bewirkt, dass die Planerin in den Kreis der Lächerlichkeit und der Peinlichkeit eingetreten war!

Niemals sonst wäre *Off-Grid-Body. Plea* in die Welt gekommen. Es spielte keine Rolle, wie genau das Video entstanden war. Selbst wenn die Geste die eigenständige Idee der Tochter gewesen war – unwahrscheinlich –, ohne ihren, Thaddeas Einfluss, hätte sich die Mutter niemals bereiterklärt, als Hauptdarstellerin in dem Video mitzuwirken und die Geste auszuführen.

Off-Grid-Body. Plea hatte Thaddea wie ein Blitzstrahl getroffen. Plötzlich war ihr klar, was sie mit ihrem Roman beabsichtigte: Sie wollte nicht beobachten und nicht beschreiben. Es gab keine vollständige Beobachtung und keine vollständige Beschreibung, von nichts, von niemandem, nirgendwo, weder wissenschaftlich noch literarisch. Sie wollte einen perfekten, lückenlosen Metaphernbau konstruieren. Das würde ihr gelingen. Ganz egal, wovon ihr Roman schließlich im Kern handeln würde.

Natürlich konnte man es so beschreiben: Mit der Geste fand die Planerin aus der Wüste der Empfindungskälte und der Leichenstarre hinaus. Ihre verstummte, in allen wichtigen Dingen sprachlose Seele würde frisch aufspringen. Frischer denn je zuvor.

Die Seele der Planerin? Ihre, Thaddeas Seele?

Man konnte es so beschreiben. Aber viel wichtiger war: Die Geste der Planerin passte perfekt zu ihren anderen Gesten. Da war er, der perfekte, lückenlose Metaphernbau. Den es nur gab, weil sie, Thaddea, ihn konstruiert hatte.

Die Kontinente der Sonne –

Durch ihre sehr dunkle Sonnenbrille gesehen, war die Sonne ein Stern im Stern: Eine runde weiße Scheibe war eingerahmt von einem gelblich-rötlichen Kreis, der am Rand mit seiner schwarzen Umgebung verschmolz. Das Licht der Sonne – Thaddea konnte zwischen dem Rand ihrer Sonnenbrille und der Wange hindurchsehen – erzeugte auf ihrem goldfarbenen Badeanzug ein weißes Kreuz über den Brüsten und auf dem Bauch. Thaddea hatte niemals Bikinis getragen. Den schwarzen Reißverschluss des hochgeschlossenen Badeanzugs, der hinten lediglich die Schultern aussparte, hatte sie ganz hochgezogen. Übrigens hieß der Badeanzug nicht mehr so, sondern Monokini swimsuit.

Sie hatte das Teil im Internet geordert. Eigentlich weigerte sie sich, Kleidung oder Schuhe im Internet zu bestellen. Aber es war nicht unbedingt sinnvoll, einen Badeanzug im Geschäft zu kaufen. Manche Männer meinten, ihre Frauen oder Freundinnen beim Shopping begleiten zu müssen, oder sie wurden aus monetären Gründen dazugebeten. Die Männer lungerten dann vor den Umkleidekabinen herum und guckten die anderen Frauen unverhohlen an oder taten so, als würden sie nicht gucken. Wenn sie den Badeanzug nur in der Umkleidekabine anprobierte und nicht der Verkäuferin zeigte, konnte sie ihn gleich im Internet bestellen.

Zusammen mit dem metallicfarbenen Badeanzug hatte sie von derselben Firma einen Bikini aus dem gleichen Material geordert. Dabei hatte sie nach wie vor keine Pläne, Bikinis anzuziehen. Es war ihr auch noch entgangen, dass der Slip Thong-Form hatte.

Ein Zuschauer hätte gesehen, wie eine goldene Figur unter dem wolkenlosen Föhnhimmel zeitlupenhaft langsam aus dem grauen Haus heraustrat und sich mit fließenden Bewegungen, fast schwebend, über dem dunkelgrünen Rasen auf eine grau bespannte Aluminiumliege zubewegte. Aber niemand konnte zusehen. Thaddea hatte auf der Süd- und der Ostseite des Grundstücks hohe Ligusterhecken pflanzen lassen, die jeglichen Einblick verwehrten. Es war eine Premiere: Seit sie in dem Haus wohnte, hatte sie den Garten noch nie benutzt.

Die Liege war im Schatten, der Beistelltisch daneben in der Sonne. Er besaß in der Mitte eine klappbare Glasplatte, die leicht hochgestellt war. Die Glasplatte reflektierte das Licht derart, dass Thaddea geblendet war und die Position des Tisches ändern musste.

Der Junge war gut in der Schule. Nicht immer, aber häufig schrieb er die beste Arbeit. Er war kein Nerd, er hatte keine Vorlieben für bestimmte Fächer, er interessierte sich für alles. Für einen Nerd sah er auch zu gut aus. Er hatte ein ausgesprochen regelmäßiges Gesicht, früher hatte er seine halblangen dunkelblonden Haare sorgfältig gekämmt, jetzt ließ er sie in die Stirn fallen. Thaddea musste aufpassen, dass er nicht zu hübsch war: Zwar standen seine Ohren nicht ab, aber sie waren unproportioniert, unten zu groß.

Seine Mitschüler und Mitschülerinnen, die Lehrerinnen und Lehrer wussten, dass er keine Freunde und Freundinnen hatte, und sie wussten es zugleich nicht. Wenn sie ihn sahen, dann war er immer für sich, nie in ein Gespräch oder eine Aktivität verwickelt, es sei denn eine von der Schule aufgegebene, wie ein Mannschaftsspiel oder das Lesen eines Dramas mit verteilten Rollen. Jeder glaubte, er stehe mit jemand anderem auf vertrautem Fuß.

Er sagte immer wieder zu sich selbst: »Ich bin nicht tot. Ich lebe.«

Er war nicht tot, er lebte, denn ein Mädchen beobachtete ihn. Aus taktischen Gründen setzte er sich in den Schulstunden immer möglichst weit nach vorn, da fiel es weniger auf, dass er sich nie von sich aus am Unterricht beteiligte. Die anderen, die nicht mitmachen wollten, setzten sich nach hinten, ein Fehler. Die Lehrer waren einfach gestrickt, sie vermuteten die Minderinteressierten hinten und nicht vorn. Das Mädchen setzte sich in verschiedenen Schulstunden hinter ihn. Sie hielt eine oder zwei Reihen Abstand und platzierte sich so, dass sie ihn von der Seite beobachten konnte.

Wenn ein Lehrer außerhalb des Unterrichts mit dem Jungen sprach – die Lehrer waren sehr talkative –, dann stellte sich das Mädchen neben dem Lehrer und dem Jungen auf, in respektvollem Abstand, natürlich nicht, um zuzuhören, sondern weil das Mädchen als nächstes mit dem Lehrer sprechen wollte. Aber ihr entging nicht, was der Junge dem Lehrer antwortete.

Der Junge war sehr gut in Mathematik. Einmal hatte er sich jedoch für eine mündliche Prüfung gänzlich falsch vorbereitet. Als der Lehrer den Prüfungsstoff definiert hatte, war der Junge mit seinen Gedanken abgeschweift. Der Lehrer stellte ihm eine Frage, die konnte er nicht beantworten. Der Lehrer stellte eine andere Frage – da brach das Mädchen plötzlich in Tränen aus und schluchzte laut. Das Mädchen war sonst nicht für Gefühlsausbrüche bekannt. Die ganze Klasse wandte sich dem Mädchen zu, der Lehrer versuchte, es zu beruhigen. Das Mädchen ließ sich besänftigen. Sie schaffte es, den Grund für ihren Ausbruch nicht preiszugeben, ohne dass sie deshalb an Ansehen verlor. Ihre Eltern waren geschieden, es hatte etwas damit zu tun, das musste genügen. Die mündliche Prüfung des Jungen hatte nicht stattgefunden.

Der Junge wusste, das war kein Zufall. Einmal hatte er beim Fußball ein Tor geschossen, das der Schiedsrichter, ein anderer Junge, nicht gegeben hatte. Die Abseitsentscheidung war eklatant falsch gewesen. Das Mädchen hatte das Spiel verfolgt. Nach dem Spiel bekam der Junge zufällig mit, wie das Mädchen gestikulierend auf die Freundin des Schiedsrichters einredete. Der Junge war sich sicher: Es ging um ihn, um sein Tor. Das Mädchen machte der Freundin des anderen Vorwürfe. Bei der nächsten Sportstunde entschuldigte sich der Schiedsrichter steif.

Das Gegell und Gebrüll des Sonnenlichts. – Noch befand sich Thaddea im Schatten des Hauses. Sie blickte hoch, von unten war nur der wenige Zentimeter breite Saum des Flachdachs aus verzinktem Blech sichtbar. Es würde dauern, bis sich die Sonnenscheibe darüber abbilden würde. Aber bereits jetzt zog sich über die ganze Länge des Daches vor dunklem Himmel, Thaddea trug weiter die Sonnenbrille, ein gelber Streifen mit einem schmalen roten Rand. Wahrscheinlich erhitzte sich an dem völlig windstillen Tag die Luft über dem Metalldach, der gelbe Streifen mit dem roten Rand hatte keine klaren Konturen. Thaddea hatte das Gefühl, sie war ganz nahe an der Sonne, hinter einem schützenden Schild, über das die Sonnenprotuberanzen hinwegwaberten. Bewegte sie sich von dem Schild weg oder bewegte sich das Schild von ihr weg, würde sie verglühen.

Hatte sie Lust, den Roman zu schreiben, oder nicht? Nach dem triumphalen Erfolg mit ihrer Klientin – ihre Erfolgsquote war hundert Prozent! Wer konnte das schon von sich sagen! – musste Thaddea die Möglichkeit in Betracht ziehen, dass sie die Lust, weiter an ihrem Roman zu schreiben, seltener überkommen würde. Es machte keinen Sinn, den Roman in Unlustüberwindung zu schreiben, dazu war sie nicht ins Diesseits geschickt worden.

Der Tod war das absolute Ende. Die Ruhmsucht hatte die Stelle des Unsterblichkeitsglaubens eingenommen, seither schrieben alle. Das Kapitalverbrechen aller: das Platzieren des Menschen oder der Menschen unter einen Teilhimmel. Sollte sie ihren Roman weiterschreiben oder auf ihrer Liege an einem Matjesbrötchen von Fisch Witte ersticken? Sie kochte ungern und schlecht, kein Vergleich mit Ben-Luca. Wenn sie auf dem Viktualienmarkt einkaufte, kehrte sie nie ohne eine reichliche Ration von Fischbrötchen zurück. Fischbrötchen musste man nicht zubereiten.

»Jedes Wort ist erst realistisch, dann Manier, dann irreal. – Eiderdaus, der Roman ist aus!«

Sie sprach laut und dachte: ›Ich bin witzig bis zum Schluss.‹

Aber ein Roman, der der Anhäufung der unendlich vielen Romane, ihrem Vorwärts- und Ineinandergleiten Einhalt gebot –

Thaddea sagte laut: »Die Dinge zeigen sich nicht mehr erkenntlich.« Sie dachte: ›Aber wer die äußeren Erscheinungen besiegt hat – ‹ Und: ›Ich bin unbehelligt von meinem eigenen Unglück.‹

Ein anderer Roman, ein Roman, der außerhalb seiner selbst spielte, der gewissermaßen senkrecht zu dem Roman stand, den sie eigentlich schreiben wollte –

Das Mädchen beobachtete den Jungen, der Junge wusste, dass das Mädchen ihn beobachtete. Das Mädchen beschützte den Jungen, der Junge wusste, dass das Mädchen ihn beschützte. Das Mädchen hatte den Jungen nicht angesprochen, das Mädchen würde den Jungen nicht ansprechen. Das Mädchen brauchte den Jungen nicht anzusprechen.

Beim Basketball hatte der Gegenspieler dem Jungen unter dem Korb mit voller Wucht den Ellbogen in die Magengrube gerammt. Ein böses Foul und unnötig dazu. Der andere war augenscheinlich neidisch auf die Technik des Jungen. Aber der Junge erhob sich sofort, als ob nichts gewesen wäre. Der Lehrer hatte zu einer Strafpredigt angesetzt, die dann sehr kurz ausfiel, weil der Junge ohne sichtbare Beeinträchtigung weiterspielte. Tatsächlich hatte er jedoch stechende Schmerzen und konnte kaum atmen, er befürchtete, er habe sich eine Rippe gebrochen. Trotzdem spielte er bis zum Schluss mit. Er legte nicht die üblichen Rachegelüste an den Tag, denen jeder andere freien Lauf gelassen hätte.

An diesem Tag konnte die Umkleide nicht benutzt werden, im Bereich der Duschen hatte es einen Rohrbruch gegeben, der gerade repariert wurde. Die Spieler zogen sich in der Halle um. Die Schmerzen des Jungen wurden ständig stärker, er ließ sich viel Zeit beim Ausziehen. Weil er nicht vor allen seine Rippen betasten wollte, ging er zur Toilette, wo er zum Glück allein war. In der Zugangstür steckte innen ein Schlüssel, den er umdrehte. Vor dem Spiegel inspizierte er seinen Brustkorb: Die erste Rippe des Rippenbogens war dick geschwollen und vertrug nicht einmal eine leichte Berührung. Das war nicht nur eine Prellung, die Rippe war zumindest angebrochen.

Beim Verlassen der Toilette begegnete er dem Mädchen in einer Gruppe von Freundinnen. Das Mädchen hatte den Jungen erwartet. Das Mädchen blickte ihm nicht ins Gesicht, sondern auf den Körper, mit allen Anzeichen von Besorgnis genau auf die Stelle seines T-Shirts, unter der die verletzte Rippe lag.

Das Mädchen und seine Freundinnen waren gerade erst gekommen, alle anderen Mitglieder des Basketball-Teams schon gegangen. Das Mädchen konnte nichts von dem Foul wissen. Das Foul bot keinen Gesprächsstoff, weil es der Junge völlig ignoriert hatte. Niemand konnte dem Mädchen etwas erzählt haben.

Das Mädchen hatte gesehen, wie er die Rippe betastet hatte! Das Mädchen hatte sein schmerzverzerrtes Gesicht im Spiegel gesehen. Das Mädchen hatte durch seine Augen geblickt –

Oder hatte sich der Junge nur eingebildet, dass das Mädchen ihn so besorgt ansah und die Stelle fixierte, die so schmerzte?

In der Nacht wachte der Junge auf und hörte sich schreien: »Ich bin okay! – Ich brauche niemanden!«

Die Stimme des Mädchens sagte: »Ich kenne dich.«

Der Junge sagte laut: »Nein!«

Die Stimme des Mädchens sagte: »Ich weiß, was du denkst. Ich weiß, was du fühlst. Ich weiß, wer du bist.«

Der Junge sagte leise: »Sie kann nicht wissen, wer ich bin.«

Der Junge überlegte, dem Mädchen zu folgen, wenn es in die Stadt ging. Er würde auf der einen Seite einer vielbefahrenen Straße laufen, sie auf der anderen. Er würde so lange abwarten, bis kein Verkehr zwischen ihnen war. Thaddea dachte an die Schwanthalerstraße. In dem Augenblick, in dem die Ampel an der Kreuzung mit der Paul-Heyse-Straße auf Grün schaltete und die Autos losfuhren, würde der Junge den Namen des Mädchens rufen. Sie würde über die Straße laufen, nicht nach links und nicht nach rechts schauen, und sie würde von einem Wagen erfasst werden.

Der Junge und das Mädchen würden niemals miteinander gesprochen haben.

Erst würde der Junge erleichtert sein, aber dann würde er seine Tat bereuen. Er würde von Albträumen heimgesucht werden. Aus dem Dunkeln würden ihn die Augen des Mädchens böse anstarren. Schließlich würde er sich sogar wünschen, dass es noch jemand anderen gab, der die Welt durch seine Augen sah.

Die Sonne ein strahlendes Grab? – Die Sonne bäumte sich auf, sie rauschte auf, sie stemmte sich vor dem Dunkel des Himmels hoch. Aus der Scheibe war ein Ball geworden. Ein roter Hof umgab den Ball, der gelbe und der rote Streifen unterhalb der Sonne waren jetzt säuberlich voneinander getrennt.

Wenn sie sich der Sonne entgegenstellte, würde sie nicht nur durch die Lichtstrahlen mit dem Gestirn verbunden sein, sondern auch durch das Dunkel. Ihr Körper würde ebenfalls von einem roten Hof umgeben sein und dieser vom Dunkel.

Thaddea musste sich beeilen. War sie plemplem? Überhaupt zu erwägen, in der Sonne zu bleiben? Ein Anfall von Einsamkeitsgrauen? Ihre Haut war extrem empfindlich. Der alberne Einfall würde Folgen haben.

Die Sonne spielte einen Planeten mit gleißend weißen Flächen als Ozeanen und mit helleren und dunkleren Stellen als Kontinenten –

Ein ganz leichter Wind kam auf. Der genügte, um aus dem gelben und dem roten Streifen unterhalb der Sonne ein flammendes Inferno zu machen. Was sah jemand als letztes, bevor er von der Feuerwalze pulverisiert wurde? Thaddea glaubte nicht, dass er einfach nur die Helligkeit wahrnahm. Ihrer Erfahrung beim Haus der Kunst zum Trotz: In der Helligkeit *musste* es doch etwas zu sehen geben. – Schrie das Mädchen, als es von dem Auto erfasst wurde? – Würde sie, Thaddea, schreien, wenn sie von der Feuerwalze erfasst werden würde?

Die Sonne verbrannte ihre Haut, sofort. Die Haut verschmorte und hing überall an ihrem Körper in Fetzen herunter. Ihr Gesicht war grauenhaft entstellt: Das waren keine Narben, das war das offenliegende Fleisch. Alle Zähne waren sichtbar, denn die Lippen waren verbrannt und auch die Backen nicht mehr da oder durchsichtig. Die Augen sollten allerdings nicht sofort verbrennen. Sie wollte ja sehen, was in der Helligkeit war.

Das Fleisch ohne Haut schwankte, taumelte, strauchelte in der Sonne. Das Fleisch sah nichts mehr, endlich. Keine eigenen Augen mehr, keine fremden Augen mehr.

Das Fleisch würde noch einmal zur Ruhe kommen. Das Mädchen würde seine Schläfe an Thaddeas Schläfe lehnen. Der Junge würde seinen Kopf auf Thaddeas Schulter ruhen lassen. Vielleicht würde die Hand des Mädchens, hinter Thaddeas Rücken, den Jungen berühren. Sich gegenseitig stützend, würden sie in die Ewigkeit eingehen.

Die Strahlen würden ihre Körper verbrennen und pulverisieren. Der Wind würde sich für immer legen. Sie würden nicht nur ihre Umrisse, sie würden ihre Form behalten. So lange, bis jemand kam und sie in der Nacht mit einer Taschenlampe anleuchtete. Erst dann würden sie ihre Form verlieren, gemeinsam als Staub zu Boden rieseln.

Ben-Luca lag im Patio bewegungslos auf dem Boden. Er musste den Gartenzaun überwunden haben und auf das Dach geklettert sein, wie hatte er das gemacht? In dem fast leeren Glaskubus – in einer Ecke standen die großen Topfpflanzen, die Thaddea regelmäßig zu gießen vergaß – sah Ben-Luca aus wie ein Reisender durch Raum und Zeit, dessen Lebensfunktionen gedrosselt waren.

Thaddea verrichtete ihre übliche Morgenroutine, ohne sich dem Glaskubus zu nähern. Allerdings nahm sie ihre Kleider ins Bad mit, um sich dort anzuziehen, sie wollte vor dem Reisenden nicht unbekleidet herumlaufen.

Sie fakte die Absicht, das Haus zu verlassen. Aber auch als sie die Tür öffnete, regte sich Ben-Luca nicht. Sie schloss die Tür wieder und zögerte. Es blieb ihr wohl nichts anderes übrig, sie musste sich dem Reisenden widmen.

Sie ging zum Patio, allerdings nicht zu der Seite mit der Tür. Als sie sich herunterbeugte, um den fremden Mann aus einer fernen Zeit näher zu betrachten, begann dieser sichtbar zu atmen. Er schluckte und zuckte mit dem Kopf. Schließlich schlug er die Augen auf. Desorientiert richtete er seinen Blick zum Himmel, um dann die Glaswände oder das, was er dahinter sah, zu mustern. Er wurde Thaddeas gewahr und bewegte die Lippen. Er schien sie etwas zu fragen, sie konnte jedoch keinen Laut vernehmen. Für einen

Moment dachte sie an die Möglichkeit eines Suizidversuchs, dass er Tabletten geschluckt hatte, um vor ihren Augen zu sterben.

Doch dann richtete er den Oberkörper energisch auf und erhob sich behänd.

Während sie die Glastür aufsperrte, überlegte Thaddea, ob sie ›Soll ich dir einen Kaffee machen – ‹ oder ›Bist du aus der Psychiatrie geflohen – ‹ sagen sollte.

Stattdessen erkundigte sie sich: »Geht's dir gut?«

Ben-Luca erteilte die Auskunft: »Ja, mir geht's großartig.«

Thaddea ertappte sich dabei, dass sie sich wünschte, Ben-Luca wäre ihr als Antwort auf ihre Frage an die Gurgel gegangen. Sie müsste alle Kräfte aufbringen, um seine Hände von ihrem Hals zu lösen.

Ben-Luca ging in den Living room und betrachtete mit Autorität die kahle Betonwand.

»I'd stick a finger in his butt if he wished that of me – sigh!«, hatte Kata gesagt, als Thaddea Ben-Luca kennengelernt und ihn ihr vorgestellt hatte. Beide waren in lautes Lachen ausgebrochen, was sich selten ereignete. Vielleicht hatte Kata ja dann wirklich später den Finger in – warum war Thaddea das ausgerechnet jetzt eingefallen?

Thaddea stellte sich vor: Ben-Luca ging zur Tür, die in den Garten hinausführte, blockierte sie und stellte sich so vor das Bedienelement, dass Thaddea es nicht erreichen konnte. Wenn sie trotzdem den Versuch unternahm, stieß er sie weg. Was würde er tun, wenn sie sich anschickte, das Haus durch die Tür im Essraum oder durch den Zugang zum Abstellbereich unter dem Haus zu verlassen?

Am Tag davor hatte die *SZ* erneut über die Blossfeldt-Affäre berichtet. Die aus der Auktion genommenen fotografischen Platten waren von den Sachverständigen schließlich doch als Fälschungen gebrandmarkt worden. Die Chefin des Auktionshauses bedauerte die Vorgänge und gab zugleich bekannt, dass sich ihr Haus mit sofortiger Wirkung von dem zuständigen Spezialisten getrennt habe.

»Reliquien, Geld und Kunst müssen echt sein. Falsche Reliquien sind keine. Falschgeld ist kein Geld. Wenn man draufkommt, war es ein Trick, wenn man nicht draufkommt, war es ein guter Trick. Ein als Fälschung enttarntes Bild, eine Zeichnung, ein Foto, ein – Objekt: ein dummer Trick. Aber wenn die Fälschung im Catalogue Raisonné landet und dort bleibt: Dann war es nicht nur ein guter Trick, dann *ist* es Kunst.«

»Wenn jemand Reliquien fälscht, um damit mehr Gottesfürchtigkeit in die Welt zu bringen, dann ist das auch nicht nur ein guter Trick, sondern Religion. Man weiß doch, dass fast alle Reliquien falsch sind«, gab Thaddea aggressiv zurück. Sie hatte genug von Ben-Luca, von Kata, aber vor allem von sich selbst.

»Die meisten Fälscher sind dumm und eitel. Sie machen es wegen des Geldes, das sie dann zum Fenster hinauswerfen. Sie kaufen sich dicke Autos und große Ferienhäuser, alles, womit sie angeben können. Aber zugleich wollen sie entdeckt werden. Es soll herauskommen, wie sie die Experten und das Publikum hinters Licht geführt haben.«

»Kann man einfach Kunst fälschen? – Muss man nicht immer die Persönlichkeit des Urhebers fälschen?«

»Genau das können die schlechten Fälscher eben nicht. Sie gehen nur von den Vorlagen aus. Sie ahmen Kompositionen und Stile nach, sie benutzen die gleichen Materialien und die gleichen Werkzeuge.«

»Ein guter Fälscher ahmt die Persönlichkeit des Erzeugers nach.«

Thaddea hielt inne. Ihr wurde bewusst: Das war der erste wirkliche Dialog mit Ben-Luca seit langem. Sehr irritiert von ihrer eigenen Feststellung, fuhr sie fort: »Aber wenn der Fälscher die Persönlichkeit des Erzeugers nachahmen will, muss er sie sich zuerst aneignen –«

»Ein Fälscher kopiert nicht den Stil des Künstlers aus der Vergangenheit, sondern den Blick, mit dem seine eigene Zeit den Stil des Künstlers aus der Vergangenheit wahrnimmt.«

»Wenn sich der Fälscher die Persönlichkeit des Künstlers aus der Vergangenheit aneignet, muss er sich überhaupt nicht um den Blick der Gegenwart auf den Künstler kümmern. Das Problem erschlägt er automatisch.«

In einem Anfall von kleinkindlichem Stolz auf ihren Gedanken versuchte sie, Ben-Luca zu überzeugen: »Wenn man sich die Persönlichkeit eines anderen aneignet, kann man nicht mehr eitel sein. Man ist dann die andere Persönlichkeit.«

»Man kann sich etwas darauf einbilden, wie gut man sich in die Persönlichkeit eines anderen einzufinden vermag. – Niemand kann die Persönlichkeit eines anderen vollständig, lückenlos nachahmen, auch wenn er das will. Ein Fälscher hinterlässt immer Spuren seiner eigenen Persönlichkeit, ob er das will oder nicht. Die Fälschungen sind Ausdruck einer Persönlichkeit, die aus den Persönlichkeiten des Schöpfers der Originale und derjenigen des Fälschers besteht. – Das vorausgesetzt, kann man die Persönlichkeiten wechseln und daraus einen Dress code machen. Der Dress code ist dann das Maximum der Eitelkeit. Natürlich muss jemand das Ganze mitbekommen.«

»Wenn jemand das nur für sich selber macht?«

»Der Fälscher muss sich mit jemandem messen. Was nützt es, wenn er nur denkt, er ist der einzige. Dabei ist er lediglich einer von vielen, die nicht aufgeflogen sind.«

»Aber dann ist doch der Dress code Kunst!«

Wozu wollte sie Ben-Luca eigentlich überreden?

»Ich hatte drei Experten engagiert. Alle drei haben bestätigt, dass die Platten original Blossfeldt sind. Aber die Enkelin des Kulturministers hat nicht lockergelassen. Einer der Gutachter ist auch Glasexperte. Ein New Yorker Anwalt hat von einer New Yorker Galeristin eine bedeutende Sammlung von Murano-Glas des zwanzigsten Jahrhunderts gekauft. In der Sammlung waren vier mannshohe Phantasiepflanzen, aus Einzelteilen zusammengesetzt, Kakteen oder so. Der Glaskünstler – mir fällt der Name gerade nicht ein – hat die Pflanzen für Venini für eine Ausstellung in den dreißiger Jahren entworfen. Die Fotografien davon sind erhalten, sie sind in dem Standardbuch über Venini abgedruckt. Die Pflanzen waren verschollen und sind dann in einer italienischen Sammlung wieder aufgetaucht. Die Galeristin hatte die Sammlung in Italien aus einem Privathaushalt gekauft und sofort dem Anwalt weiterverkauft.«

Der arbeitslose Ben-Luca war um eine straffe Körperhaltung bemüht. Keine hängenden Schultern. Stehend stützte er sich mit einem Knie auf dem roten Sofa ab.

»Dem Anwalt kamen Zweifel. Er wollte ein rechtlich verbindliches Gutachten von der Galeristin haben, dass die großen Pflanzen echt sind. Der Anwalt ist krank, ich glaube, er hat einen Schlaganfall gehabt. Er verlässt das Haus nicht und hat kaum Kontakte zur Außenwelt. Die großen Pflanzen sind in seiner Wohnung, es macht keinen

Sinn, sie zu transportieren, der Auf- und Abbau ist jedes Mal ein Vabanquespiel. – Die Galeristin ging sicherheitshalber nicht zu Deboni, dem Autor des Standardbuches, sondern zu einem Experten für angewandte Kunst und Fotografie, der später auch einer meiner Gutachter für die Blossfeldt-Platten wurde. Der Glaskünstler kannte die *Urformen der Kunst* von Blossfeldt, er hat nachgewiesenermaßen zahlreiche seiner Glaspflanzen unter Zuhilfenahme der Fotos aus dem Buch gestaltet. Das Buch war übrigens Inspirationsquelle für ziemlich viele Künstler. – Der Gutachter bestätigte, dass die großen Pflanzen echt seien, und er garnierte das Gutachten mit allerlei Zusammenhängen zwischen den Blossfeldt-Fotos und den Pflanzen des Entwerfers. Obwohl das keine Rolle spielt, die Fotos der Originalpflanzen sind ja erhalten. – In einer Kunstzeitschrift wurde Deboni gefragt, ob die großen Pflanzen echt seien, er sagte, er könne es nicht sagen, weil er sie nie im Original gesehen habe. Die Enkelin des Kulturministers hatte das Interview mit Deboni gelesen, er hatte ebenfalls Blossfeldt erwähnt, sie fuhr nach Mailand und suchte Deboni auf. Er sagte ihr, die großen Pflanzen seien auf keinen Fall echt, er wolle das aber nicht öffentlich sagen, weil ihm das nur Scherereien bereiten würde. Vor Jahren hatte er mit ehemaligen Arbeitern von Venini gesprochen, die die Pflanzen zu der Ausstellung gebracht und dort aufgebaut hatten. Das war mit Sorgfalt geschehen, aber beim Abbau und beim Transport wurde dann maßlos geschlampt, die Einzelteile kamen mehr oder weniger zerdeppert nach Venedig zurück und wurden entsorgt. – Mit diesem Wissen hat die Enkelin des Kulturministers den Gutachter, der die Echtheit der Blossfeldt-Platten bestätigt hatte, erpresst. Sie würde die Sache öffentlich machen, dann kämen gewaltige Schadenersatzforderungen auf ihn zu. Darauf ist der Gutachter eingeknickt, er habe sich geirrt, die Platten seien doch nicht echt. Er steht sogar noch honorig da: Er hat einen Fehler begangen und ihn zugegeben. Die beiden anderen Gutachter haben mitgemacht.«

Irgendetwas an der Geschichte kam Thaddea bekannt vor. Sie verfügte über ein gutes Erinnerungsvermögen, aber jetzt musste sie in ihrem Gedächtnis kramen.

»Der New Yorker Anwalt weiß bis heute noch nichts von seinem Glück.«

Da war es wieder: Die großen Glaspflanzen, der New Yorker Anwalt und die Galeristin kamen in dem Roman des Schriftstellers vor, den Thaddea gelesen hatte. Der Schriftsteller hatte also nach dem Leben geschrieben. In dem Buch wurde alles so geschildert, dass kein Zweifel an der Echtheit der großen Glaspflanzen bestand.

Thaddea fragte: »Warum macht die Enkelin des Kulturministers das?«

Ben-Luca zuckte mit den Schultern und sagte: »Der Enkel des Kulturministers sagt, die Frau sei keine Enkelin des Kulturministers, sie sei gar keine Verwandte. Ich habe einen Rechtsanwalt beauftragt, der hat im Geburtenregister nachgesehen, der Enkel hat recht. Aber das nützt ihm und mir nichts. – Er sagt, die Frau will sich an ihm rächen. Aber er rückt nicht damit heraus, warum.«

Thaddea dachte: Jemand anderes hat sich an Ben-Luca gerächt.

Ben-Luca sagte: »Ich habe das Angebot, für eine Galerie in London zu arbeiten. Contemporary Art.«

Thaddea wünschte sich: dass er nichts sagte. Dass er sie

erst anblickte und dann die Augen niederschlug, wie ein schlechter Schauspieler in einer Fernsehserie. Sie barg das Gesicht in ihren Händen, ebenfalls wie eine schlechte Schauspielerin in einer Fernsehserie. Es würde nicht geweint werden. Composure. Wenn sie die Hände von ihrem Gesicht nahm, würde er sie wieder anblicken und ihr in die Augen sehen. Sie würde beherrscht den Kopf schütteln und sagen: ›So kannst du mit meiner Liebe nicht umgehen.‹

Ben-Luca sagte: »Die Leute wollen nicht bloß angeben mit ihrer teuren Kunst. Sie wollen irgendwo dazugehören. Nicht nur zu den anderen Leuten, die ebenfalls Geld haben. Bei der Kunst können sich die Leute eingestehen, dass sie zu irgendetwas gehören wollen. Es geht nur um das Gefühl der Zugehörigkeit. Um nichts anderes.«

Wollte Ben-Luca ihr, Thaddea, oder Kata zugehören? Oder ihnen beiden? Gestand er sich das ein?

Nachdem Ben-Luca gegangen war, arbeitete Thaddea die Zeitungsblätter durch, die sie beiseite gelegt hatte, weil sie Artikel über die Blossfeldt-Affäre enthielten. Darunter war auch ein Blatt aus dem Lokalteil mit einem Bericht über eine Gerichtsverhandlung *Massenschlägerei auf Hochzeitsfeier.* Thaddea las:

Diese Hochzeitsfeier bleibt unvergessen. Weil Gäste mit dem Servicepersonal unzufrieden waren, kam es im Ritter-Hilprand-Hof in Taufkirchen zu einer Massenschlägerei, die der Wirt und einer seiner Angestellten beinahe nicht überlebt hätten.

…

Laut Anklage feierten an jenem Maitag rund 400 Hochzeitsgäste in dem Lokal. Bereits am Nachmittag kam es zu ersten Auseinandersetzungen. Die Frau von Mikica K. soll sich bei einer Bedienung über »sauren Kaffee« beschwert haben, ihr Mann unterstützte sie mit Beleidigungen. Am Abend wurde der Schlosser laut Anklage dann handgreiflich. Weil die zuvor schon kritisierte Kellnerin beim Eindecken fürs Abendessen einen Teller vergessen hatte, soll Mikica K. sie nach einem kurzen Wortwechsel am Hals gepackt und massiv gewürgt haben. Nach diesem Ausraster wollte Wirt Luis B. die Veranstaltung beenden, wurde aber sofort mit Faustschlägen traktiert: K. soll ihm das Nasenbein gebrochen haben. Als sich der Gaststättenbetreiber daraufhin in die Küche flüchtete, setzten ihm rund 30 Gäste nach. Die verzweifelten Versuche des Hochzeitsveranstalters, die aggressive Meute zu beruhigen, brachten nichts mehr. Die Küche glich bald einem Schlachtfeld mit neun teils schwer verletzten Gaststättenmitarbeitern.

Beim Angriff der Gäste kamen alle greifbaren Gegenstände als Waffen zum Einsatz – auch ein Küchenquirl. Attacken mit abgebrochenen Gläsern führten zu den schlimmsten Verletzungen. Nikola V. soll den Wirt mit einem Glas fast skalpiert haben. Und ein Kellner erlitt so massive Stichverletzungen am Rücken, dass aus einer Arterie Blut spritzte. Ein Großaufgebot der Polizei beendete die Prügelei.

Niemand trottete oder trabte über die Unendlichkeit beziehungsweise das Bis-dass-der-Tod-Euch-scheide vor Thaddeas Haus. Hatten die Leute Angst, sie würden festpappen auf den in der Dämmerung lilafarbenen Kieswegen, die die liegende Acht bildeten? Oder davor, dass sie sich mit einem unachtsamen Schritt in den Himmel abstoßen würden? Nichts knirschte unter keinen Füßen. Keine fegenden Schritte von niemandem. War der Kies nicht doch ein wenig eingedellt in der Mitte, dort, wo sich die Wege kreuzten, vom Gewicht des sommerblauen Himmels?

Am Tag zuvor hatte die Gemeinde die Kieswege frisch hergerichtet. Thaddea konnte tatsächlich die erste sein, die Abdrücke hinterließ. Die Bäume wollten sie dazu animieren, indem sie Muster aus Schatten und Licht auf die Wege warfen, es war ja nur ein einziger unendlicher. Die Muster legten ihr nahe, Tippelschritte zu machen – hatten die Bäume denn nicht zur Kenntnis nehmen wollen, welche Energie Thaddea darauf verwendete, so zu gehen, dass sie gerade keine unregelmäßigen Schritte machte?

Die Stämme der Eschen und der Trompetenbäume waren im Hochsommer dunkler und umrissärmer. Falsch. Richtig: Das Auge des Spähers, der Späherin war auf mehr Licht eingestellt. Nur eine Flause der Gedanke des helleren und schärferen Lebens im Sommer?

Während Thaddea beobachtete, wurde sie ihrerseits von ihrer Misslaune beobachtet. Sie konnte nichts tun oder lassen, was ihre Laune nicht mit einem wertenden Blick bedacht hätte. Ihre schlechte Laune am Tag nach dem Besuch Ben-Lucas war bieder und spießig, als ob sie ein Kopftuch trug, kein muslimisches, sondern eins aus den fünfziger Jahren.

Hahl hatte seinen Termin absagen lassen und sich nicht mehr gemeldet. Thaddea konnte nicht behaupten, dass sie das bedauerte. Was sollte Thaddea also in der Struktur, sie fuhr nicht mehr in die Stadt, sie blieb zu Hause. Aber vielleicht würde sich das ja wieder ändern. Sie hatte eine Anmeldung oder zwei, das war nicht ganz klar: Eine Anna Arbogast wollte zusammen mit einem Chris Stumpfegle kommen. Bei der Planung ihrer selbständigen Existenz hatte Thaddea sich geschworen, niemals Paare als Klienten anzunehmen. Sie hatte sich nicht vorstellen können, dass das ein Meineid war. Anyway.

Es lag nahe, dass es sich bei Anna Arbogast um eine Tochter oder Schwiegertochter des Immobilienunternehmers handelte, von dem Pimpi erzählt hatte. Aber auch der Name Stumpfegle sagte ihr etwas. Der alte Stumpfegle war ein bedeutender Anwalt für Steuerrecht gewesen, Thaddeas Vater hatte häufig mit ihm zu tun gehabt. Er hatte lange Jahre für die CSU ein Bundestagsmandat innegehabt, dort war er finanzpolitischer Sprecher der Unionsfraktion, Mitglied des Rechts- und Finanzausschusses und Vorsitzender des Finanzausschusses gewesen. Der enge Vertraute von Franz-Josef Strauß war immer über die Landesliste der CSU ins Parlament gekommen. Chris Stumpfegle mochte ein Enkel sein.

Sie würde nicht weiterschreiben. Sie würde ihren Roman nicht schreiben.

Früher hatte Thaddea gedacht, um einen Roman zu schreiben, müsse man ein Diktator sein. Man müsse sich alle Geschehnisse und Erlebnisse, alle Beobachtungen, Empfindungen und überhaupt alle Gedanken unterwerfen und dem Regime des geplanten, entstehenden, fortschreitenden Romans unterstellen. Aber so schrieb man keinen Roman.

So detached, così disinvolta –

Jede Beobachtung, jede Empfindung, jeder Gedanke war eine Möglichkeit für den Roman. Jedes ihrer Erlebnisse zählte. Jede Beobachtung war dazu imstande, sie in irgendeine Form von Tollheit zu stürzen. Sie bewies nichts, sie erklärte nichts, sie *sah* alles. Man konnte doch die Beobachtungen nicht alles andere verschlingen lassen. Jede Empfindung und jeder Gedanke brachte Thaddea in die Nähe der Ekstase. Man konnte Empfindungen und Gedanken doch nicht danach bewerten, wie sehr man ausflippte, wenn man sie hatte.

Je mehr man litt, desto mehr beobachtete man, desto mehr Gedanken machte man sich. Je mehr Leiden, desto mehr Möglichkeiten für den Roman. Das hatte gar nichts mit Narzissmus zu tun. Thaddea interessierte sich ja nicht für sich selbst, sondern nur für ihre Defekte. Das war auch keine Hypochondrie. Eine unangenehme Nebenwirkung war das Gefühl, sie würde aufhören zu existieren, sobald sie aufhören würde zu leiden. Seit sie schrieb, mobilisierte sie ständig ihre Schwächen und ihre Fehler.

Das Problem war: Es gab keine *falsche* Beobachtung, es gab keine *falsche* Empfindung. Weil es um den Roman und nicht um die Welt ging, gab es auch keinen falschen Gedanken. Die Welt war nur noch die Verlängerung ihrer Seele. Das ging echt nicht! Nichts hasste sie mehr an ihren Kollegen und Kolleginnen, als dass diese die Welt als Erweiterung der jeweils aktuellen Auflage des *DSM* sahen, des *Diagnostic and Statistical Manual of Mental Disorders*. Sie war das *TSM*, das *Thaddea's Manual of Mental Disorders*.

Sie kreidete anderen Widersprüche an – BEN-LUCA! KATA! – und wollte sich selbst nicht widersprechen. Nicht in dem, was sie sagte, nicht in dem, was sie tat, und nicht in dem, was sie sagte und tat. Wenn Widersprüche zwischen ihrem Sagen und Tun vorkamen, war das Ironie, damit waren die Widersprüche aufgelöst. Aber seit sie schrieb, suchte sie Widersprüche, die nicht aufzulösen waren –

Sie würde ihren Roman weiterschreiben.

Ihren Roman nicht weiterzuschreiben, war eine einfache und nicht sehr folgenreiche Entscheidung. Schließlich war sie noch nirgendwo als Schriftstellerin aufgetreten. Sie bewies Entschlusskraft, während sie sich um andere Entscheidungen drückte. Aber sie musste sich ja gar nicht entscheiden. Jedes Jahr nur ein Klient? Warum nicht. Außerdem: Jetzt waren es schon vier. Sie zählte die Namen laut auf. Vorausgesetzt, dass Anna Arbogast und Chris Stumpfegle auch kommen würden.

Was Ben-Luca betraf, da hatte sie sich jedenfalls entschieden. – Oder nicht?

Sie wünschte sich, sie wäre dabeigewesen. Nein, das war nicht richtig: Sie wünschte sich, sie hätte es beobachtet. Nein, das war gar nicht richtig: Sie wollte nicht sehen, wie Kata und Ben-Luca –

Sie stellte sich vor, sie wäre dabeigewesen. Sie hätte den

beiden lieber sitzend zugesehen, zurückgelehnt, die Beine übereinandergelegt – nein, eben nicht zugesehen. In der Garderobe der Pinakothek der Moderne gab es keine Sitzgelegenheiten. Sie konnte nur stehen, das wirkte per se angestrengter. Wenn sie saß, musste sie nicht zu den beiden hinblicken. Aber wenn sie stand, dann war es blöd, wenn sie wegsah. Warum stand sie dann da. Ben-Luca und Kata bemerkten Thaddea erst, als sie – fertig waren.

Thaddea hätte leise Ben-Lucas Namen gesagt. Wenn sie dabeigewesen wäre. Nein, sie hätte Katas Namen gesagt. Oder doch seinen?

Die schlechte Laune bedachte Thaddea nicht nur mit einem zweifelnd-tadelnden Blick, sie schüttelte sogar den Kopf ob ihrer potenzierten Unentschlossenheit. Thaddea hatte nicht um ihre schlechte Laune gebeten. Sie hätte sie gern an den Absender zurückgesandt. Aber wer genau war das: Ben-Luca, Kata oder der Schriftsteller mit – ihrem Roman?

Wer würde wo hinblicken? Wer würde wen ansehen? Sie rief Katas Namen: Kata würde zu ihr hinsehen und ihrem Blick nicht ausweichen. Ben-Luca würde seinen Blick unsicher zwischen ihr und Kata schweifen lassen. Sie rief Ben-Lucas Namen: Er würde Thaddea reflexhaft anblicken, aber er würde ihr nicht standhalten. Er würde Kata ansehen, auf ein Signal von ihr warten. Würden sich die beiden ansehen? Kurz: Einverständnis. Lang: gegenseitige Bestärkung.

Die Lieblingsmöglichkeit: Kata sah in eine ganz andere Richtung. Sie wollte, dass sich weder Thaddeas Blicke noch diejenigen Ben-Lucas mit den ihren trafen. Ben-Luca sah ebenfalls in eine andere Richtung. Die Lieblingsmöglichkeit war nicht realistisch.

Irgendwer musste etwas sagen. Was hatte sie, Thaddea, Wichtiges zu sagen? Dass die Welt untergehen würde? Ben-Luca und Kata mussten nichts sagen. Thaddea musste auch nichts sagen. Niemand musste etwas sagen.

Sie konnten ja schlecht zusammen nach Hause gehen, Kata und Ben-Luca. Wer würde als erster die Szene verlassen? – Sicherlich nicht Ben-Luca, er tat nie etwas als erster. Kata? Wenn sie einfach aufstand und ging, dann brachte sie sich definitiv in eine inferiore Position. Sie war schließlich keine Nutte. Oder?

Der Wald vor ihrem Haus bot Thaddea an, sie wortlos in die Arme zu nehmen. Sie war gestolpert, gestrauchelt, gefallen. Sie steckte im Unglück. Der Wald hatte gestresst und geraged, aber jetzt war er bereit, sie fürsorglich zu betten, in die lilafarbene Acht, in die Unendlichkeit, in der sie allein bleiben würde. Überall in Grünwald gingen die Leute spazieren, nur nicht vor ihrem Haus, Gott sei Dank.

Sie war so weit, ruckzuck würde sie aus dem Haus und in den Wald gehen, sie griff schon nach dem Schlüssel, aber da – spontanes Ende des Zufluchts- und Hoffnungsgedankens. In der Mitte der Unendlichkeit, in der Mitte der Acht, mitten im Lila ein weißer Fleck auf der Landkarte. Das Licht dort kein feines Klingeln, wie es der Wald versprochen hatte. Oder hatte er es gar nicht versprochen? Wo sich der Weg traf, immer wieder, ein Ausschnitt aus dem Blitz, mit dem eine Welt unterging. Da war kein Wald, da war kein Weg, da war gar nichts, nur das Weiß des Blitzes.

Ein leeres weißes Blatt.

Thaddea hasste den Jungen. Es gab kein hassenswerteres Wesen als ihre Figur. Aus unvermuteten Winkeln war diese Einsicht geräuschlos herangesaust. Thaddea wusste: Man musste eine große Ähnlichkeit mit dem haben, was man hasste, oder es musste das Gegenteil von dem sein, was man selber war. Der Junge, ihre Figur, war die perfekte Mischung von beidem. Ein Nörgler am Dasein, obwohl er gar nicht nörgelte. Der Junge mühte sich ab, aber wer wollte schon Mitleid mit ihm haben.

Man ging im Leben Bindungen ein, die wurden mehr und stärker, früher oder später begriff man, dass es lauter Ketten waren. Aber man tat sich schwer, sie abzuschütteln, weil man sich zu sehr an sie gewöhnt hatte. Das würde ihr, Thaddea, nicht passieren. Sie würde den Jungen abschütteln, den Roman nicht schreiben.

Konnte sie sich selbst abschütteln?

Thaddea entsann sich nicht, wann sie in München zum letzten Mal mit der U-Bahn gefahren war. Die öffentlichen Verkehrsmittel waren ihr keine Hilfe. Mit der Trambahn und der U-Bahn benötigte man über eine Stunde, um von Grünwald nach Schwabing zu gelangen, dazu kam der Fußweg zur Trambahnhaltestelle. Thaddea versuchte erst gar nicht, einen Fahrschein zu kaufen. Sie verstand nicht, warum man im Zeitalter der digitalen Totalüberwachung Fahrscheine aus Papier kaufen und sie in mechanische Stempelgeräte hineinstecken musste. Wer das Zonensystem verstand, das die Grundlage für den Fahrpreis bildete, verdiente einen Nobelpreis. In London und Tokio gab es Karten mit Chips, die man aufladen konnte, und das Fahrtentgelt wurde entsprechend der zurückgelegten Strecke vom Guthaben abgebucht. Wenn sie einmal U-Bahn fuhr, würde sie nicht ausgerechnet in eine Kontrolle geraten. Sie hatte Zeit, sich über das Tarifregime zu ärgern, denn die nächste U-Bahn würde wegen einer Weichenstörung erst in fünfzehn Minuten eintreffen.

Als sie die Nummer des Schriftstellers auf dem Display gesehen hatte, war ihr erster Gedanke gewesen: Er weiß, dass ich den Roman nicht weiterschreiben will.

Woher sollte der Schriftsteller wissen, dass sie den Roman nicht weiterschreiben wollte.

Der Schriftsteller hatte sich höflich erkundigt, wie es ihr gehe, und dann gesagt, es handle sich um einen Notfall. Er hatte sich beeilt hinzuzufügen, sie brauche niemanden zu retten. Seine Schwester sei vor ein paar Wochen verunglückt, seitdem liege sie im Koma. Gerade habe er einen Anruf bekommen, dass sie aufwache. Er bat Thaddea, ihn zu seiner Schwester zu begleiten. Thaddea war etwas verwundert, aber sie hatte alle Zeit der Welt und keinen Grund, seiner Bitte nicht zu entsprechen. Der Schriftsteller wollte zu der U-Bahn-Station kommen, die für sie am bequemsten war. Die Schwester lag in einer Pflegeeinrichtung in Neuperlach, die von ihrem Studio aus nächste U-Bahn-Station war Hohenzollernplatz, von dort aus gelangte man ohne umzusteigen mit der U8 nach Neuperlach.

Das Irritierende im U-Bahnhof war: Die Wartenden warteten nicht einfach, sie waren in unablässiger Bewegung begriffen. Sie gingen entlang der Gleise auf und ab, wobei sie einander natürlich ständig ausweichen mussten, sie begaben sich zu den Bänken, um sich hinzusetzen und gleich wieder aufzustehen. Die sich nicht vom Ort rührten, holten ihr Handy aus der Tasche, checkten, ob sie Nachrichten hatten, suchten etwas im Internet oder spielten Spiele, sie führten das Handy ganz nahe an die Augen heran, um dann die Arme unvermittelt ganz weit auszustrecken, sie steckten das Handy wieder ein und holten es erneut hervor. Die jungen Mädchen trugen zum Teil ziemlich kurze Röcke und Shorts. In Pimpis Auto hatte sich Thaddea vorgestellt, dass sie Sex mit ihm hatte. Das war wirklich keine Option. Warum musste sie ausgerechnet jetzt daran denken, dass sie sich das vorgestellt hatte?

Urplötzlich saß der Schriftsteller auf dem äußersten Sitz

einer Reihe von vier Sitzen. Thaddea hätte schwören können, dass er noch nicht dagewesen war, als sie zu den Gleisen heruntergestiegen war. Er trug einen äußerst eng geschnittenen grauen Anzug, der metallisch schimmerte. Sein Kopf, seine Hände, seine Füße in den hellbraunen Loafers wirkten – echt. Wogegen der Anzugkörper einen Eindruck von Künstlichkeit verbreitete. Als er den Kopf hob und sie anblickte, hatte sie das Gefühl, alle Menschen um sie herum seien jäh verschwunden.

Ein kalter Wind wehte, der U-Bahn-Zug mit der Destination Neuperlach traf früher als angekündigt ein. Plötzlich kam Thaddea die Luft dünn vor, sie versuchte, tief durchzuatmen. Der Zug hielt so, dass Thaddea unmittelbar vor einer Tür stand. Sie stieg im Schlepptau des Schriftstellers ein, er bahnte ihr den Weg, ohne dass er andere Menschen berührte.

Während der Fahrt erzählte er ihr, wie schon einmal, von seinem Herkommen. Er stammte aus einem kleinen Dorf in Oberösterreich, das unmittelbar an einer Autobahn lag. Die Bauernhöfe in dem Dorf hatten Namen, die nicht mit denen der Eigentümer identisch waren. Der Vater des Schriftstellers war Pächter des Reitbauerngut genannten Besitzes gewesen. Es interessierte Thaddea nicht, dass die Landwirtschaft des Bauernhofs, der den Hintergrund für die Kindheit des Schriftstellers abgegeben hatte, auf allen Seiten von Wald umgeben war. Die Vorsilbe ›Reit-‹ wies nicht auf Pferde hin, sie leitete sich von dem altertümlichen Wort Raith her, das Rodung meinte. Die anderen Höfe befanden sich fast ausnahmslos schon seit Jahrhunderten im Besitz derselben Bauernfamilien, das Reitbauerngut mit seiner Eigenjagd hingegen gehörte einem nichtadligen

Großgrundbesitzer. Es interessierte Thaddea auch nicht, dass der Schriftsteller als Kind immer daran gezweifelt hatte, ob er überhaupt einen Namen besaß. Namen, das waren die Namen der Güter und diejenigen ihrer Besitzer, so wie das nachbarliche Rohrauergut und die Schwingenschuhs oder das Glöcklgut und die Grenzfurtners. Sein Vater und er, der Junge, sie hatten keine Namen. Konsequenterweise hatte sich Thaddea erst nicht an den Namen des Schriftstellers erinnern können, obwohl sie seinen Page turner gelesen hatte. Thaddea hatte keine Beziehung zu Österreich und kannte in Oberösterreich nur Gmunden am Traunsee. Warum konnte sie sich später an die Namen Schwingenschuh und Grenzfurtner und an das Rohrauer- und das Glöcklgut erinnern?

Die älteste Schwester war Bedienung und hatte zwei Kinder von zwei Vätern, die zweitälteste Schwester lebte kinderlos in Nordrhein-Westfalen, die drittälteste hatte vier Kinder von drei Vätern, der aktuelle Mann war Fertigungsleiter in einer kleinen Maschinenfabrik in der Nähe des Dorfes, aus dem der Schriftsteller kam. Der ältere Bruder war Frührentner, er hatte unter Nierenversagen gelitten, jedoch eine geeignete Spenderniere gefunden. Die jüngste Schwester war diejenige, die im Koma lag.

»Meine Schwester war sehr wichtig für mich.«

Der Satz versprach nichts Gutes. Der Schriftsteller biwakierte in seiner Familiengeschichte und wollte Thaddea mit ins Zelt nehmen.

»Andere haben Mütter, Väter, Großväter, die ihnen etwas erzählen. Ich hatte niemanden, der mir etwas erzählte. Ich hatte meine Schwester, die mir etwas *berichtete*. – Zum Beispiel, dass sie den Sohn des Besitzers der Zimmerei heiraten würde, des Liebhabers der Gnädigen. Der Mann der Gnädigen ließ sich nie sehen, sie kümmerte sich um den Hof, dessen Pächter mein Vater war.«

Wie bestellt hatte der U-Bahn-Zug an der Station Königsplatz einen ungeplanten längeren Aufenthalt, weil es am Hauptbahnhof zu einer weiteren Weichenstörung gekommen war.

»Meine Schwester und der Sohn des Zimmereibesitzers hatten sich unsterblich ineinander verliebt. Seine Eltern waren natürlich gegen die Ehe ihres Sohnes mit meiner Schwester, sie war zwar hübsch, aber wir hatten ja kein Geld. Um seine Eltern von ihrer Liebe zu überzeugen, wollten sie den Vorschlag machen, dass sie sich zwei Jahre lang nicht sehen und überhaupt keine Verbindung zueinander haben würden. Trotzdem würden sie sich treu bleiben. Nach den zwei Jahren gaben die Eltern ihren Widerstand auf, die Hochzeit fand statt, allerdings ohne die Brüder des Zimmereibesitzers. Ein Bruder hatte ein Baugeschäft, ein anderer war Großbäcker, wieder ein anderer hatte eine große Tischlerei, in der er Möbel herstellte. Meine Schwester bemühte sich, ein Kind zu bekommen, aber es klappte nicht. Alle Schwiegertöchter der anderen Unternehmer hatten Kinder, nur sie bekam keins. Schließlich hatte sie eine Scheinschwangerschaft. Der Zimmereibesitzer und der Großbäcker waren die beiden reichsten Brüder. Nach der Scheinschwangerschaft verspotteten und beleidigten die Söhne des Bäckers meine Schwester. Ihr Mann verteidigte sie. Die Söhne des Bäckers wurden handgreiflich, der Sohn des Zimmerers wehrte sich. Die Sache schaukelte sich schließlich so weit auf, dass die Söhne des Bäckers meine Schwester und ihren Mann umbrachten. – Ich habe den

Sohn des Zimmerers *nie* gesehen, und meine Schwester hatte ihn *nie* getroffen.«

Thaddea fragte sicherheitshalber nach: »Ihre Schwester hat von Anfang an alles erfunden?«

Der Schriftsteller nickte knapp. Er sprach nicht wie ein Erzähler. Sein Erzählen schlängelte sich nicht. Aber die völlige Abwesenheit von Girlanden war ungemütlich.

»Später wurde der Zimmerer gemütskrank. Die Gnädige wollte ein neues Dach für das Bauernhaus, natürlich sollte er die Arbeiten ausführen. Er sagte: ›Was wollt's ihr das Dach machen – es geht eh wieder kaputt.‹ Ich erinnere mich noch ganz genau an den Satz. – Ich habe aus dem – Bericht meiner Schwester eine Geschichte gemacht. Sie ist in mein erstes Buch eingegangen. Ich weiß nicht, ob ich ohne meine Schwester Schriftsteller geworden wäre.«

Da war sie wieder. *Die Ursache.* Die bei allen anderen das Herz schneller klopfen, es Sprünge machen ließ … nur nicht bei ihr, Thaddea. Wegen der Ursache hatte sie den Krankenhausdienst quittiert, im Umgang mit ihren bisherigen Klienten hatte sie die Ursache erfolgreich boykottiert, und jetzt machte der Schriftsteller ein Schließfach auf und zog die Ursache heraus. Die Ursache war tot, töter ging's nicht. Die Ursache hatte nichts mit Erkenntnis zu tun. Die Ursache war einfach das kitschigste Klischee, das sich denken ließ. Die Leute gaben sich ihren niedrigen Instinkten hin. Die Ursache war ein derart niedriger Instinkt, dass er auf der offiziellen Beurteilungsskala unten herausfiel, so dass man ihn oben wieder anstückeln konnte.

Der Schriftsteller hatte ihr gesagt, er nehme Wörter und Sätze von anderen gefangen und lege sie in Ketten. Er löse die Ketten einzelner Sätze und lasse sie auf seine Sätze los.

Thaddea glaubte: Den Schriftsteller interessierten die Sätze nicht mehr, weder die der anderen noch seine eigenen. Er nahm jetzt andere Gedanken gefangen. Mit den Sätzen der anderen war er nach den Mottos *friss oder stirb* und *Hunde, wollt ihr ewig leben* verfahren. Seine Sätze hatten kurzen Prozess mit den Sätzen der anderen gemacht, vielleicht jedoch auch nicht. Mit den Gedanken der anderen verfuhr er jetzt anders: Er legte sie in Ketten und versuchte, ihnen etwas beizubringen. Sie zu nützlichen Mitgliedern seiner Gesellschaft zu machen. Er war die Sätze leid, jetzt sollten es die Gedanken richten.

Wie weit war er damit gekommen? Ließ er die anderen Gedanken an kurzen oder an langen Ketten? Hatte er sie etwas lehren können, wenn ja, was? Hatte er die Ketten schon einmal gelöst, nachdem er geglaubt hatte, ihnen etwas beigebracht zu haben? Hatte ihr Verhalten dann seinen Erwartungen entsprochen? Oder hatten sich die losgelassenen Gedanken gegen ihn gewendet?

Neuperlach war kein Ort, für den sich Thaddea interessieren musste. Sie nahm ihre Umgebung wahr, aber sie vergaß sofort, was sie gesehen hatte. Sie konnte sich nicht mehr an die U-Bahn-Station erinnern und wie sie in die Fußgängerzone gekommen waren, durch die sie liefen.

»Der Mann meiner Schwester ist Lastwagenfahrer. Bei einem Derby Rapid Wien gegen Austria Wien vor zwanzig Jahren zündete ein anderer Rapid-Anhänger unmittelbar neben ihm einen Kanonenschlag. Der Mann meiner Schwester ist praktisch taub, auf dem rechten Ohr hört er überhaupt nichts, auf dem linken verfügt er über eine Hörkraft von vielleicht zehn Prozent. Er fährt die Routen Wien-Triest und Wien-Hamburg. Meine Schwester begleitet ihn immer, ohne Beifahrer ist er hilflos. Es ist unmöglich, dass der Fuhrparkchef in der Spedition nicht Bescheid weiß, aber er duldet es offensichtlich. Der Mann meiner Schwester fährt schon sein ganzes Leben lang unfallfrei. – Ich treffe meine Schwester immer auf Rastplätzen oder Autobahntankstellen rund um München. Meine anderen Schwestern und meinen Bruder habe ich nicht mehr gesehen, seit ich nach Deutschland gezogen bin.«

»Wollten Sie nichts mehr mit Ihrer Familie zu tun haben, oder wollte Ihre Familie nichts mehr mit Ihnen zu tun haben?«

»Die Familie ist ein Kollateralschaden des Lebens.«

Dem konnte Thaddea vorbehaltlos zustimmen. Ihr Vater hatte einen Bruder gehabt, der ebenfalls schon gestorben war, der Bruder war Richter gewesen und hatte drei oder vier Kinder gehabt. Thaddea hatte ihre Vettern und Cousinen nie kennengelernt. Thaddeas Vater hatte es so ausgedrückt, dass der Bruder mit seinem Status nicht zurechtkomme. Thaddeas Vater hatte gemeint, es aber nicht aussprechen wollen, dass er sehr viel mehr Geld hatte als sein Bruder. Tatsächlich hatte der seinen Kindern schlicht verboten, mit Thaddea Umgang zu haben. Die Kinder des Onkels waren alle ebenfalls Beamte geworden. Thaddea hatte einmal zu Kata gesagt, sie wäre lieber Nutte im Bahnhofsviertel als Beamtin geworden.

Neuperlach und hässlich waren Synonyme. Sie liefen am *pep* – den »Perlacher Einkaufspassagen« – vorbei. Es gab keine Adjektive für die Fassade aus Ziegelmauern, die keine waren, zusammengestückelten Glasscheiben, angeklebten Treppen und Galerien. War da überhaupt etwas hinter der Fassade? Doch: Produkte. Aber: Thaddea erinnerte sich, Kata hatte einmal fallengelassen, in Verkaufsräumen beanspruchten die Waren lediglich zwei oder drei Prozent des verfügbaren Raums. Einen gesteigerten Realitätsgehalt besaßen nur die metall- und kunststoffgewordenen Logos der Anbieter über dem Eingangsbereich. Jeden Augenblick musste sich das alles in seine Bestandteile auflösen.

»Wenn man als Österreicher Österreich verlässt und nach Deutschland geht, kann man nicht Österreicher bleiben. In Frankreich, in Irland, in der Schweiz, überall auf der Welt kann man Österreicher bleiben, aber nicht in Deutschland. In Deutschland ist man als Österreicher automatisch Folklore, ob man will oder nicht, ob einem das bewusst ist oder nicht.«

»Das habe ich noch nie gehört.«

Der Schriftsteller sprach mit süddeutscher Färbung, aber gebietsneutral. Nach seiner Sprechweise konnte man ihn weder als Bayern noch als Österreicher identifizieren.

»Der Österreicher hat einen historischen Sinn. Österreich war ein großes Reich, während Deutschland eine Ansammlung von Klein- und Kleinststaaten darstellte. Deutschland war nur in der Philosophie ein Weltreich, dank den Systembauern. Die Habsburger haben ihren Staat wirkungsvoll und nicht ungerecht verwaltet. Die Idee zu einem deutschen Weltreich kam von dem Braunauer, sie war für Deutschland ungeeignet. Der Deutsche hat keinen historischen Sinn, sondern nur eine Tagesüberzeugung.«

Der vorletzte Roman des Schriftstellers spielte in Italien und Amerika. Thaddea wusste nicht, welchen Raum das Sujet Österreich in seinen anderen Büchern einnahm. Sie musste vorsichtig sein, sie wollte nicht zugeben, dass sie auch nach dem persönlichen Bekanntwerden mit dem Schriftsteller dessen andere Bücher nicht gelesen hatte.

Sie fragte den Schriftsteller: »Ist man schon Folklore, wenn man lediglich historischen Sinn besitzt?«

»Die besseren Familien in Wien fahren noch heute zu der Zeit in die Sommerfrische nach Bad Ischl, zu der sich der Kaiser dort aufgehalten hat. Der Österreicher biegt ausnahmslos alles ins Zwischenmenschliche um, und er treibt die Ironie grundsätzlich bis zur Selbstauflösung. Dass eine Gesellschaft nur durch diese beiden Strategien zusammengehalten wird und durch nichts anderes – das ist eine im Grunde zeitlose Utopie, die man aber doch verzeitlichen muss. Das geschieht am einfachsten als Folklore. Deswegen die Berge, der Opernball und der Parteivorsitzende, der mit Burschenschafter-Käppi die Klagemauer in Jerusalem besucht.«

»Warum sind Sie nicht nach Frankreich oder Irland oder in die Schweiz, sondern nach Deutschland gegangen? – Wollten Sie kein Österreicher mehr sein, oder wollten Sie Deutscher werden?«

Der Schriftsteller war kein Klient, sie konnte inquisitorisch fragen.

»Aber nach Ihrer Beschreibung ist es ja eigentlich völlig unmöglich, dass ein Österreicher Deutscher werden will, geschweige denn, dass er Deutscher wird.«

Entlang einer Grünfläche war der Bürgersteig mit Natursteinen gepflastert, mitten in dem Bürgersteig gähnten ohne Absicherung mehrere Löcher. Die dislozierten Steine waren unregelmäßig um die Löcher herum verteilt. Die Löcher waren nicht tief, der Unterbau war weitgehend unversehrt. Es sah aus, als ob die Phantasie, die Thaddea beim

Anblick des Einkaufscenters gehabt hatte, hier Wirklichkeit geworden war: Das Pflaster war ganz langsam explodiert.

Thaddea wich den Löchern und den Steinen aus. Der Schriftsteller ging einfach geradeaus, ohne sein Tempo zu verlangsamen oder zu beschleunigen, ohne kürzere oder längere Schritte zu machen. Er trat nicht auf die losen Steine und nicht in eins der Löcher hinein.

Daraufhin versuchte Thaddea, ohne seitliche Ausweichmanöver auszukommen. Als sie einen langen Schritt machte, um nicht mitten in einen Krater hineinzutreten, streifte sie mit dem Fuß einen Stein. Sie strauchelte, aber der Schriftsteller griff ihr unter den rechten Arm und verhinderte, dass sie hinschlug. Der Schriftsteller war stärker, als sie gedacht hatte. Für einen Augenblick hatte sie keine Bodenberührung, trotzdem fiel sie nicht.

»Ich bin nach Deutschland gegangen, weil ich meine Familie verraten habe.«

»Indem Sie über sie geschrieben haben?«

»Ich habe über meine Familie nur die Wahrheit geschrieben –«

Thaddea stieß aus: »Meinen Sie das ernst?«

Thaddea reagierte allergisch, wenn das Wort Wahrheit fiel. Egal, wer der Sprecher war: »Ich sage jetzt die Wahrheit« war immer die Ankündigung für eine besondere Niederträchtigkeit. Die Menschen ertrugen einander nur deshalb, weil sie Hochstapler waren. Wer die Lüge prinzipiell ablehnte, fiel ins Bodenlose. Thaddea glaubte auch, dass Menschen mit Prinzipien wie etwa dem, immer die Wahrheit zu sagen, viel mehr Unheil in der Welt anrichteten als Menschen ohne Prinzipien.

»Meine Familie kommt nur in wenigen Büchern vor. Ich

beute meine Herkunft nicht aus, wie manche Kollegen. – Die Empfindungen des Jungen, der ich war, spielen eine zentrale Rolle. Unabhängig davon habe ich mich bemüht, die Dinge, die Menschen und deren Ideen so zu schildern, wie es ein unparteiischer Beobachter tun würde –«

»Aber *Sie* haben die Ereignisse ausgewählt, die Sie berichten. Nicht diejenigen, die darin vorkommen.«

»Es sind meine Romane und meine Erzählungen.«

»Es steht ja jedem frei, seine eigenen Romane und Erzählungen zu schreiben …«

Der Schriftsteller besaß das Taktgefühl, Thaddea jetzt nicht nach ihrem Roman zu fragen.

»Ist Ihre Familie auch der Meinung, dass Sie die Dinge wie ein unparteiischer Beobachter geschildert haben?«

»Darum geht es nicht.«

»So?«

»Ich hatte gute Noten, aber der Dorfschullehrer wäre niemals auf die Idee gekommen, jemanden aus dem Dorf aufs Gymnasium zu schicken. Vor der Liaison mit dem Besitzer der Zimmerei hatte die Gnädige ein Verhältnis mit einem italienischen Priester, der dann später im Vatikan Karriere machte. Der italienische Priester sorgte dafür, dass mich das Stiftsinternat Kremsmünster aufnahm.«

»Ihre Eltern waren dagegen, dass Sie aufs Gymnasium gingen?«

»Nein, das trauten sie sich nicht. Aber sie gaben mir zu verstehen, dass ich mit der Gnädigen und dem italienischen Priester mehr gemeinsam hatte als mit ihnen, und sie begriffen nicht, wie das sein konnte.«

»Ist es möglich, dass Sie so etwas wie ein geheimes Verlangen nach Gewissensbissen haben?«

Die Frage lag nahe, Stichwort italienischer Priester. Im Übrigen hatte Thaddea die Erfahrung gemacht, dass manche Leute nur deshalb Böses taten, um nachher bereuen zu können.

»Ich stellte mir vor, ich wäre nicht der Sohn meiner Eltern, sondern das Kind der Gnädigen und des italienischen Priesters. – Welches Kind an meiner Stelle hätte sich nicht solchen Phantasien hingegeben?«

»Beneidet Sie Ihre Familie?«

»Warum sollte sie?«

»Weil Sie Bücher schreiben.«

»Weil ich öfter in der Zeitung stehe und manchmal im Fernsehen bin?«

Als Thaddea den Plan gefasst hatte, einen Roman zu schreiben, hatte sie mit keiner Faser ihres Wesens daran gedacht, dass sie dann möglicherweise in der Öffentlichkeit stehen würde. Sie waren mittlerweile an dem Gebäude angekommen, das die Pflegeeinrichtung beherbergte. Der Schriftsteller musste zum Punkt kommen.

»Mein Vater und meine Mutter hatten recht. Ich habe etwas, was mich unauflöslich mit der Gnädigen und dem italienischen Priester verbindet: das Grauen vor der Langeweile. Darin besteht mein Verrat. Ich beneide die anderen, weil sie dieses Grauen nicht kennen.«

Die Schwester des Schriftstellers – er nannte ihren Namen nicht – war nicht aufgewacht. Die diensthabende Ärztin entschuldigte sich für den Fehlalarm. Thaddea fragte, ob sie die Augen immer geschlossen habe, die Ärztin bejahte.

Da man in regelmäßigen Abständen ihre Gehirntätigkeit überprüfte, war die Schwester kahlgeschoren. Man hatte ihr keine Perücke aufgesetzt. Komapatientinnen bekamen oft Perücken verpasst, die wie Wischmopps aussahen. Die Schwester war durch das Fehlen der Haare nicht entstellt. Sie hatte ein überraschend feines Gesicht: der Mund schmal, die Stirn hoch, wohin blickte sie mit ihren großen Augen unter den sanften Lidern, was hörte sie mit ihren kleinen Ohren? Ihre Haut wirkte gut durchblutet, sie hatte keine Falten, die Haut glänzte, aber nicht gläsern oder wächsern, sondern wie gefirnisst. Gemäß der Ärztin sprach nichts dafür, dass bei der Schwester ein Locked-in-Syndrom vorlag, Bewusstsein bei gleichzeitiger Unmöglichkeit, mit der Umwelt zu kommunizieren.

Thaddea überlegte, wie alt sie sein mochte. Sie war in der Kindheit des Schriftstellers präsent gewesen, also konnte sie höchstens zehn Jahre jünger sein als dieser. Wenn die Schwester fünfzig war und keine Falten hatte, dann war das bemerkenswert. Sie lag erst seit ein paar Wochen im Koma, ihre Faltenlosigkeit hatte nichts mit ihrem suspendierten Leben zu tun.

Der Schriftsteller sagte: »Manchmal denke ich, dass ich nur von meiner Schwester geträumt bin.«

Thaddea fand den Gedanken nicht sehr anziehend. Dann wäre sie selbst auch nur von der Schwester des Schriftstellers geträumt. Was hatte sie, Thaddea, mit ihr zu tun.

Sie konnte nicht abschätzen, wie groß die Schwester war. Die Decke war bis zu ihren Armbeugen hochgezogen, unter dem Klinikhemd zeichneten sich stark fallende Schultern ab. Auf der Bettdecke lag noch eine andere Decke, so dass die Umrisse des Körpers nicht sichtbar waren. Es machte einen Unterschied, ob die Schwester groß oder klein war: Wenn sie klein war, dann hatte der Schriftsteller sie möglicherweise doch nicht unparteiisch geschildert. Dann hatte er sie arrangiert, wie ein Accessoire. Wenn sie groß war, dann war das nicht möglich. Man spielte mit Puppen, nicht mit Schaufensterpuppen.

Die Anmut der Komapatientin legte den Gedanken an ein antikes Grab nahe. Thaddea musste an ein Buch über Grabriten denken, das sie bei Kata gesehen hatte. Warum wurden Leichen einbalsamiert? Nicht, um sie zur Schau zu stellen, das kam später. In früheren Gesellschaften glaubten die Menschen, sie seien von den Geistern ihrer Vorfahren umgeben. Die waren zornig, weil sie keine Körper mehr besaßen und sich deshalb nicht mehr amüsieren konnten. Die Geister der Toten schadeten den Menschen auf allerlei Weise. Damit sich die Geister weiter amüsieren konnten, wurden die Körper einbalsamiert und den Gräbern Speise, Trank und Werkzeuge beigegeben. Die Figuren in den Gräbern der hochgestellten Toten waren dazu da, dienende Tätigkeiten zu verrichten.

Thaddea fragte den Schriftsteller, wie oft er seine Schwester besuche. Sie war erstaunt zu hören, dass er zwei- bis dreimal die Woche hierher kam. Auch wenn sie alle seine Bücher gelesen gehabt hätte, konnte sie nicht wissen, ob der Schriftsteller seine Kindheit in seinen Büchern bereits endgültig abgehandelt hatte oder nicht. Vielleicht schrieb er ein weiteres Buch über seine Kindheit – war er dazu auf die Erinnerung seiner Schwester angewiesen, sollte sie deshalb unbedingt aufwachen, oder war schon ihre bloße Gegenwart seinem Vorhaben förderlich? Oder kam er einfach, weil es seine Schwester war –

Wenn der Schriftsteller in seinen Büchern seine Schwester arrangiert hatte, dann arrangierte er sich jetzt selbst als Grabfigur am Grab seiner Schwester. Vielleicht fand er auf diese Weise etwas wie Ruhe. Außerdem tat er ein gutes Werk: Er verhinderte weitere zornige Geister um die Lebenden herum.

Es gab die Möglichkeit, dass die Schwester noch aufwachte, aber in sich eingeschlossen blieb. Thaddea dachte an einen Artikel im Wissenschaftsteil der *NZZ* über BCIs, Brain-Computer-Interfaces. Die Journalistin beschrieb, wie sie gelernt hatte, ausschließlich über Gedankenbefehle auf einem Computer zu schreiben. Sie trug eine EEG-Haube, die Elektroden maßen die Spannungsschwankungen der Kopfhaut, die als Folge der Aktivität der Nervenzellen in den darunterliegenden Hirnregionen entstanden. Auf einem Bildschirm waren Buchstaben und Zahlen in sechs mal sechs Reihen angeordnet. Ein Zufallsgenerator sorgte dafür, dass jeweils eine ganze Spalte oder Zeile aufleuchtete. Die Journalistin fixierte den Buchstaben, den sie buchstabieren wollte, in Gedanken. Jedes Mal, wenn der Buchstabe aufleuchtete, wurde im EEG eine P-300-Welle gemessen, zu der es immer dann kam, wenn ein seltenes Ereignis eintrat. Aus der P-300-Welle und der jeweils durch Aufleuchten markierten Buchstabenkombination schloss der Rechner, welchen Buchstaben die Journalistin fixiert hatte. Das Signal hob sich nicht immer eindeutig von der Grundaktivität des Gehirns ab. Je öfter der Buchstabe aufleuchtete, desto klarer wurde jedoch das Ergebnis. Den Umgang mit dem BCI-Speller musste man natürlich trainieren. Beim allerersten Versuch benötigte die Journalistin für einen Satz mit Subjekt, Objekt und Prädikat über zehn

Minuten, beim zweiten Versuch halbierte sich die Zeit bereits.

Thaddea fragte den Schriftsteller: »Wie ist es passiert?«

»Ich habe meine Schwester an der Raststätte Fürholzen getroffen, das ist auf der Autobahn Nürnberg unmittelbar nach dem Autobahnkreuz mit der Abfahrt zum Flughafen. Es war Nachmittag, aber eine Atmosphäre wie bei Dämmerung. Tiefhängende schwarze Wolken verdunkelten alles. Der LKW-Parkplatz war komplett besetzt. Der Mann meiner Schwester hatte den Lastzug am Ende des Parkplatzes, kurz vor der Einfahrt in die Autobahn abgestellt, dort durfte er gar nicht parken. Ich habe mich mit meiner Schwester unterhalten, wir standen neben dem Lastzug auf der Straße. – Wenn ich mit meiner Schwester sprach, war ihr Mann nie dabei, er blieb im Fahrerhaus und sah fern, oder er vertrat sich die Beine. – Auf dem Rastplatz kam ein Konvoi von holländischen Limousinen mit sehr großen Wohnanhängern auf uns zu. Plötzlich ertönte aus der Richtung der Karawane ein knirschendes und quietschendes Geräusch, ihm folgte das Krachen einer Explosion, das zunächst alles übertönte. Danach ging das Grundgeräusch in ein Kratzen und Schmirgeln über. Hinter dem Wohnwagenkonvoi wurde ein Sattelschlepper sichtbar, der viel zu schnell gefahren war und verzweifelt bremste, um nicht auf die Wohnwagengespanne aufzufahren. – Später habe ich erfahren: Der Fahrer des Sattelschleppers hatte eigentlich eine Pause einlegen wollen. In dem Augenblick, als er von der Autobahn abgefahren war, hörte er jedoch in einer Verkehrsdurchsage von Bayern 3, dass die Autobahn kurz vor dem Dreieck Holledau wegen eines Einsatzes des Rettungshubschraubers nach einem Unfall gesperrt war und dass sich dort ein großer Rückstau aufbaute. Der Fahrer wusste, er würde durch den Stau sehr viel Zeit verlieren und zu spät kommen, da machte es natürlich keinen Sinn mehr, vorher auch noch eine Pause einzulegen. – Auf der Höhe der Tankstelle startete er durch und fuhr mit viel zu hoher Geschwindigkeit durch den Parkplatz, gleichzeitig versuchte er, seinen Vorgesetzten anzurufen, um den über seine voraussichtliche Verspätung zu informieren. So abgelenkt, sah der Fahrer die langsam fahrenden Wohnwagengespanne viel zu spät. – Was dann passierte, spielte sich in Wirklichkeit innerhalb von Sekunden ab, aber in meiner Erinnerung dauerte es viel länger. – Die Zugmaschine des Sattelschleppers brach nach rechts und links aus, der Auflieger schwankte, seine Räder verloren jeweils auf einer Seite die Bodenhaftung. Ich weiß nicht, ob der Fahrer das Lenkrad bewusst hin und her riss, um den Bremsweg zu verkürzen, oder ob das der Effekt eines automatischen Bremssystems war. Mehrere Reifen waren geplatzt, aus den Radkästen der Zugmaschine und des Aufliegers stoben Funken. Der Sattelzug kam fast rechtzeitig zum Stehen, er berührte noch den letzten Wohnwagen, der lächerlich schnell hoch und nieder wippte. Aber von der Zugmaschine hatte sich rechts vorn ein Rad gelöst. Das Rad rollte auf meine Schwester und mich zu. Tatsächlich ging alles so schnell, dass wir keine Zeit hatten nachzudenken. – Die Räder von Sattelschleppern sind gar nicht so groß. – In meiner Erinnerung aber rollt ein riesengroßes Rad ganz langsam auf uns zu. Ein Teil des Reifengummis ist weggerissen, ich kann die Felge sehen und dass der Reifen auch sonst bereits ziemlich abgefahren ist. Der Reifen trudelt, seine Bahn ist nicht gerade, so wie vorher die Bahn des Sattelzugs nicht gerade war. Ganz langsam neigt er sich zur einen, dann zur anderen Seite. Wir können nicht ausweichen, meine Schwester und ich. Der Reifen ist so groß, er walzt alles nieder, was in der Gasse zwischen den Gespannen und den parkenden Fahrzeugen ist. Meine Schwester und ich, wir laufen vor dem Reifen her, wir versuchen schneller zu sein als er. Der Reifen scheint sich anzustrengen, er macht ächzende, keuchende Geräusche, die dumpf widerhallen, als ob wir uns in einer Höhle befinden würden. Meine Schwester fällt hin, sie dreht sich auf den Rücken, sie will aufspringen, aber es ist zu spät. Sie hebt die Hand hoch und wird von dem Reifen überrollt. An mir rollt der Reifen vorbei.«

Anna Arbogast und Jason Voorhees waren ein unauslöschlicher Moment. Thaddea seufzte innerlich. Das Paar berauschte sie und riss sie mit. Unvorhergesehen entfaltete sich ein willkommener Tumult, um die tiefschwarze Lücke in ihr zu füllen. Ließ sich Thaddea von Lebensbegierigkeit ergreifen? Sie würde alle Energie benötigen, um zu professionellen Gefühlen zurückzufinden.

Anna Arbogast drehte sich um sich selbst, als sie die Stufen zu der Klientenebene nahm. Ihre Blicke schwerelos, zerstreute sie sich mit den vier Himmelsrichtungen. Nix Frauenkämpferei. Vermutlich fiel der Gedanke in Anna Arbogasts Kopf auseinander, bevor sie ihn denken konnte. Ein Mädchen, das so aussah – das so aussehen wollte? –, als heckte es einen dummen Streich aus. Man konnte sich gut vorstellen, welch übertrieben verlegenes Gesicht sie machen würde, wenn man sie ertappen würde. Die Launenhaftigkeit in Person, ein Komödienregister. *Ihr* Leben keine dickliche Soße. *Sie* machte die Welt wirtlicher.

Jason Voorhees schritt nicht, er ließ schreiten. Der Oberkörper bewegte sich kontinuierlich, die Beine schienen nicht zu ihm zu gehören. Die Arme hielt er lässig vom Körper weg, auf diese Weise unterstrich er sein Wesen: Er saß immer am längeren Hebel. Das war nicht komisch, dass

Thaddea bräutlich entflammte, und noch viel weniger, dass sie nicht sagen konnte, für wen: für – oder –?

Anna Arbogasts Haare glänzten in der Sonne. Waren sie ginger? Oder hatte sie vielleicht einfach nur ihre dunkelblonden Haare mit einem rötlichen Tönungsshampoo gewaschen? Endgültige Gewissheit würden da nur die Schamhaare bringen. Soweit gezeigt. Jason Voorhees bereitete Thaddea keine Haarprobleme, weil er keine Haare hatte beziehungsweise sie nicht trug. Es war nicht auszumachen, ob er ungeschoren vollen Haarwuchs oder nur einen Haarkranz hatte. Thaddea fand es unsagbar angenehm, dass der kahle Oberkopf nicht mit einem stoppeligen Unterkopf kontrastiert wurde. Da war wirklich kein Haar, nirgendwo, auch nicht in den Ohren – aber so alt war Jason Voorhees ja noch nicht. Seine Haut war fast bänglich glatt. Seine Sonnenbräune brachte es fertig, nicht im mindesten vulgär zu wirken.

»Hahl möchte, dass Jason mit mir schläft.«

Das war wieder kein psychosomatisches Problem. Anna Arbogast und Chris Stumpfegle hatten sich lediglich vorgestellt, Chris Stumpfegle als Jason Voorhees. Seine Pupillen glänzten ganz schwarz, die Iriden waren kaum sichtbar, es wirkte, als seien die Pupillen weit geöffnet. Das war möglicherweise die Folge von Drogenkonsum oder die Vorbereitung einer augenärztlichen Untersuchung, wenn ein entsprechendes Medikament ins Auge geträufelt wurde. Aber der Lichteinfall wäre hier unerträglich stark gewesen, der Inhaber der Augen hätte sich dagegen schützen müssen.

»Wollen Sie mit Jason schlafen?«

Thaddeas Frage hoppelte gnadenlos durch die verzögerte Zeit. Sie kam sich vor wie die Unschuld vom Lande, weil sie eine Antwort von einer Anna Arbogast erwartete. Anna Arbogast war so – arschsouverän, Thaddea fiel kein besserer Ausdruck ein.

Es gab Menschen, die besaßen die Eigenschaft, sich aus der Welt wegzudenken, so dass man sie nicht wahrnahm wenn sie das wollten. Thaddea war überzeugt, ein solcher Mensch zu sein. Sie konnte sich noch so sehr anstrengen: In Jasons Gegenwart würde es ihr nicht gelingen, sich aus der Welt wegzudenken. Jason war eine Art Gott. Niemals würde er eine Lücke in seiner Welt zulassen. Seine Mitmenschen betrachtete er mutmaßlich als inventarisierte Figuren. Er vermittelte den Eindruck, dass es ihn stören würde, wenn eine fehlte. Ein kalkulierter Selbstwiderspruch. Der Gedanke der Störung, Erschrecken, Empörung – gar ächzender Kummer –, das waren Kategorien für die Figuren. Nicht für ihn.

Machte Thaddea womöglich zu viel Zirkus um einen Wunderlichen? Er war schön, ohne sich der Welt wie ein Blumenstrauß zu präsentieren, der gerade überreicht wurde. Verhieß irgendetwas an ihm Glück? Eine Wendung zum Besseren? War vorstellbar, dass er sie – Anna Arbogast – mirnichtsdirnichts küsste?

Vielleicht war er nur ein potentieller Selbstmörder, kreideweiß unter seiner sonnengebräunten Haut, ohne einen Tropfen Blut im Gesicht. Vielleicht küsste er sie nicht, sondern legte die Hände um ihren Hals und drückte zu, damit sie genauso kreideweiß im Gesicht wurde, wie er es tatsächlich war.

»Fragen Sie Jason, ob er mit mir schlafen will.«

Jason gab keine Antwort und würde keine geben. Die beiden konstruierten proaktiv eine Paarruine! Thaddea hatte niederknien mögen. Welches war das stärkere Gefühl: Bewunderung oder Ehrfurcht?

Als Managerin ihrer Empfindungen sah Thaddea die Notwendigkeit, sich abzulenken. Sie dachte: ›Soll es Ben-Luca gutgehen oder soll er leiden, getrennt von mir? – Soll es Kata gutgehen oder soll sie leiden, vereint mit Ben-Luca?‹ Seltsamerweise dachte Thaddea auch: ›Soll der Schriftsteller leiden, oder soll es ihm gutgehen?‹

Egal, ob Gott oder Selbstmörder – das schloss sich natürlich gegenseitig aus –: Jason war nicht homosexuell. Keine Popogaudi. Die Thaddea übrigens für sich selbst auch nicht schätzte. One in the pink, none in the st… Jason würde mit Anna Arbogast schlafen, wenn sie ihm Avancen machen würde.

Sie standen alle, immer noch. Thaddea zögerte, den beiden das Sofa anzubieten, denn das war zwangsweise eine Aussage in Richtung Paar. Da machte Jason Anna Arbogast Avancen: Er legte seine Hände von hinten auf ihre Schultern.

Der Gott betonte – jetzt sehr eitel – seine göttlichen Fähigkeiten. Er versprach dem Menschen vor ihm, dass er der erste unter den Menschen sein würde, nicht Gott wie er, aber ihm, dem Gott, nahe. Der Mensch würde sich alle anderen Menschen unterwerfen. Allerdings nur, wenn er sich selbst dem Gott unterwarf.

Anna Arbogast löste sich von Jason und drehte sich zu ihm um. Dabei achtete sie darauf, Thaddea nicht unhöflicherweise den Rücken zuzuwenden. Sie machte eine stumme Geste, über deren Abwehrcharakter keiner der Anwesenden in Zweifel geraten konnte.

Nichts hatte Anna Arbogast durchzuckt. Nichts war in

ihr hochgebrandet. Ihre Brüste standen nicht mehr vor als eben noch. Aber Thaddea las etwas wie eine verdeckte tiefe Befriedigung in ihrem Gesicht. Das Weiße in Jasons Augen war kaum mehr sichtbar, seine Pupillen schienen noch größer geworden. Seine Haut wurde grau.

Der Mensch weigerte sich, dem Gott zu entsprechen. Der Gott war nicht amüsiert. Er versuchte, den Menschen davon zu überzeugen, dass sein Widerstand keinen Ruhm bringen würde. Er konnte den Menschen nicht überzeugen. Er drohte dem Menschen, er werde jedes Angedenken an ihn ausradieren. In seinem Kopf, das genügte, denn die Welt war ja aus seinem, dem Kopf des Gottes, entsprungen, und sie gehorchte ihm immer noch. Die Welt würde nicht mehr wissen, dass der Mensch jemals existiert hatte. Der Mensch dagegen war sicher, dass seine Auflehnung gegen den Gott eine Spur hinterlassen würde.

Thaddea blieb nichts anderes übrig, als ihre Beziehungsanalyse mit einem tapferen Gedenkschildchen zu beerdigen. Sie war davon ausgegangen, dass Jason eigentlich nicht mit Anna Arbogast schlafen wollte, dass Anna Arbogast eigentlich nicht mit Jason schlafen wollte. Wobei das *eigentlich nicht* bei beiden gleich stark ausgeprägt war, weshalb aus dem Ganzen nichts folgte. Aber Anna Arbogast ließ sich von dem Gedanken kitzeln. Keine Doch-Explosion, ein versonnener, in sich gekehrter, sich als Widerschein tarnender Triumph. Diese Gefühlsinbrunst. Wohin sollte sie mit ihrer tollen Energie? Wie ihr Gesicht, nein, nicht tiefe, sondern tiefste Befriedigung darüber ausdrückte, dass er versuchte, sie zu überreden – wozu? Jason konnte es nicht ertragen, dass er nur der Gedanke war. Rachsüchtig schwelte in ihm der Gedanke des Vergessens von allen – besonders von Anna Arbogast – und von allem: Liebeserklärung? Beischlaf? Hochzeit?, oder: Hochzeit? Beischlaf? Liebeserklärung?

Wollte er mit ihr schlafen, aber sie wollte nicht? Wollte sie mit ihm schlafen, aber ihn zuerst auflaufen lassen? Wollte sie ihn nur auflaufen lassen? Wollten die beiden nicht miteinander schlafen, aber sich an dem Gedanken aufgeilen? Wer war geiler? Oder ging es um etwas ganz anderes, und der Gedanke des Miteinanderschlafens war nur ein Stellvertreter? Jonglierten die beiden einfach nur mit dem Gedanken des Miteinanderschlafens? Mit dem Gedanken der Geilheit? Thaddea kam sogar die Idee, dass die beiden sie aufgabelten. Lieber dem nicht auf den Grund gehen.

Anna Arbogast studierte Architektur. Sie war die Tochter des Immobilienunternehmers, der Pimpis Vater mehr oder weniger gerettet hatte, nachdem der berühmte Architekt, Hahls früherer Chef, die Welt verlassen hatte. Die Mutter war Schauspielerin gewesen, mit kleineren Rollen in deutschen Fernsehserien. Anna Arbogast hatte ihre vier älteren Schwestern seit zwanzig Jahren nicht gesehen. Schon vor der Scheidung war ihre Mutter mit ihnen nach Argentinien gezogen. Anna Arbogast wurde nicht mitgenommen, weil sie sich zuvor beim Skifahren einen komplizierten Beinbruch zugezogen hatte, der in Argentinien nur unzureichend versorgt worden wäre. Die Mutter flog mit den Schwestern ab, während Anna im Krankenhaus lag. Der Vater hatte sich um sie gekümmert, und sie war nicht davon abzubringen gewesen, bei ihm zu bleiben. Der Vater hatte nicht wieder geheiratet. Es sah so aus, als ob Anna Arbogast in die Fußstapfen des Vaters treten sollte.

Chris Stumpfegle war Assistent am historischen Seminar der LMU, er hatte gerade seine Dissertation abgegeben und wartete auf die Benotung und den Termin für das Rigorosum. Er war Einzelkind und tatsächlich ein Enkel des alten Stumpfegle. Zum Missfallen seines Vaters hatte er Geschichte studiert, um Lehrer zu werden. Während des Studiums hatte sich herausgestellt, dass sein Interesse an der Materie größer und seine Fähigkeiten bemerkenswerter waren, als er selber gedacht hatte. Ein interessanter Fall, dachte Thaddea, üblicherweise verhielt es sich umgekehrt.

Jason Voorhees war die Hauptfigur der bis jetzt langlebigsten Horrorfilmserie *Freitag der 13.*, der erste Film stammte aus dem Jahr 1980. Jason Voorhees brachte Schüler und Schülerinnen im Feriencamp Crystal Lake um. In der Schule hatten die Klassenkameraden Chris Stumpfegele Jason genannt, das hatte sich auf der Universität und im Arbeitsleben fortgesetzt.

Der Maler, dessen neue Bilder am teuersten waren, Peter Doig, hatte sich ebenfalls mit Jason Voorhees beschäftigt. Die Bilder, die das überlebende, schlafende Mädchen aus dem ersten Teil im Kanu auf dem unbewegten, morgendlichen Crystal Lake zeigten, gehörten zu seinen berühmtesten. Im Film tauchte Jason Voorhees mit langen, wirren Haaren – mehr Kadaver als Mensch – aus dem Wasser auf und versuchte, das Mädchen in die Tiefe zu zerren.

Anna Arbogast und Jason machten zusammen die Pool-Sendung. In kommerziellen oder öffentlichen Schwimmbädern richtete Radio Entropy Partys aus, die live übertragen wurden. Kids, deren Eltern einen Pool besaßen, konnten sich ebenfalls bewerben. Der Sender engagierte prominente DJs, bis auf die Kalkbrenners hatten Jason und Anna

Arbogast so ziemlich die gesamte einschlägige deutsche Prominenz in ihrer Sendung gehabt. Natürlich waren die Kalkbrenners keine DJs, aber der Übergang von den DJs zu – was eigentlich? – war ja fließend. Die Sendung hatte enorme Hörerquoten, Firmen zahlten sich dumm und dusselig für Werbung und Product placement. Das einzige Problem war die CSU, weil die lokalen Jungpolitiker immer unbedingt in der Sendung vorkommen wollten.

»Hahl glaubt, das weltweite Brain-net, das die Gehirne der Menschen unmittelbar verbindet, ist schon Wirklichkeit. Er sagt, mit Musik kann man die Gehirne der Menschen kolonisieren. Er entwirft Eroberungsprogramme und Vernichtungskampagnen. Ein paar Privatsender gibt es schon nicht mehr. Den Bayerischen Rundfunk wird es immer geben. Aber selbst da mussten sich schon einige nach neuen Jobs umsehen.«

»Wie kann er das? – Wie macht er das?«, fragte Thaddea in – gespielter – schlichter Frische.

»Hahls Stärke besteht darin, alle zwei bis drei Jahre eine neue Gesamtkonzeption für Radio Entropy zu entwerfen. Clean slate. Er setzt eine gutgehende Sendung ab, und die Nachfolgesendung läuft besser als die Vorgängersendung. Man könnte sagen, er ist ein Virtuose des Aufspürens und Handhabens von Machtpotentialen. Man könnte auch sagen, er verknüpft Machtpolitik und Weltanschauung.«

Der Historiker Chris Stumpfegle rühmte Hahl. Aber den Gott nervte es, einem Sterblichen Lorbeerkränze zu flechten. Mit einer kurzen, kaum merklichen Bewegung – der geringstmögliche Ansatz zu einer Geste – nahm er den Kopf unwirsch zurück.

»Hahl ist äußerst fürsorglich. In den Senderäumen steht

überall Kernobst herum, es gibt Nüsse und Haferflocken, jeden Tag wird für frische Milch gesorgt. Er hat die Lobby geteilt, aus der einen Hälfte ist ein Fitnessraum geworden. Mehrere verdanken ihm, dass sie clean sind. Er hat sie zu Entziehungskuren geschickt und ist beim kleinsten Rückfall eingeschritten. Er engagiert Coaches, die uns beibringen sollen, wie man einen Burn-out verhindert.«

Anna Arbogast würde keinen Burn-out bekommen.

»Wenn jemand finanzielle Probleme hat, dann sieht er sich die Zahlungsverpflichtungen an und macht einen Zahlungsplan. Er hat auch schon mit Gläubigern verhandelt und erreicht, dass die Zahlungen gestreckt wurden. In einem Fall hat er eine sonst sichere Privatinsolvenz vermieden.«

Anna Arbogast war auch keine Kandidatin für eine Privatinsolvenz.

»Das einzige, was er wirklich sehr übelnimmt, ist Selbstmord.«

Jason streckte die Arme seitlich aus. Der Gott ging wieder zur Tagesordnung über, die die Anbetung seiner selbst vorsah.

»Wir hatten einmal einen depressiven DJ, der sich schließlich umgebracht hat. Er war vorher auf H, er hat es nicht ausgehalten, clean zu sein. Hahl hat uns mehr oder weniger verboten, zum Begräbnis zu gehen. Er sagte, das sei eine Flucht, ein Sich-drücken vor dem Kampf, vor dem Leben selbst. Selbstmörder dürften nicht begraben, sondern müssten verscharrt werden. Wir seien alle Mimosen. Da hat er nicht ganz unrecht.«

Thaddea fühlte sich als Halbgöttin, das war ganz plötzlich über sie gekommen. Nix Fragwürdigkeit der eigenen

Rolle. Nix, niemand und nichts waren schuld an ihrem Zustand. Sie war ›von Anfang an krank‹. Natürlich nix ›mich hat das System zerbrochen‹. Aber auch nix nach dem letzten Schrei stilisierte Klientengeschichte! Studierte sie, Thaddea, die Kombination, oder studierte die Kombination sie? Sie konnte nicht einmal angeben, wer ihr Klient war – Hahl, Anna Arbogast, ›Jason Voorhees‹, Anna Arbogast und Jason – oder Pimpi? –, und es war egal! Krakeelend rief sie sich innerlich zu: ›Willkommen im Reich der Poesie!‹

»Man sollte allerdings nicht unbedingt Praktikant bei Hahl sein. Die Praktikanten müssen zuerst einmal von der eigenen Persönlichkeit Abschied nehmen. Hahl gibt ihnen einen neuen Namen, den Namen, von dem er meint, dass er am besten passt. Sie müssen acht Stunden am Tag anwesend sein, egal, ob es etwas zu tun gibt oder nicht. Wenn sie zu spät kommen, wenn sie früher gehen, wenn sie unentschuldigt fehlen, fliegen sie sofort hinaus.«

Anna Arbogast holte Thaddea aus ihren Tagträumen zurück.

»Hahl kontrolliert die Kleidung der Praktikanten: keine Hot Pants, keine zu kurzen Röcke, keine Tank Tops, keinen Ausschnitt, keine Bermudas bei Männern im Sommer, keine Löcher in Jeans, Sweatern oder T-Shirts. Tattoos und Piercings sind natürlich absolute No-gos. Hahl kontrolliert den Arbeitsplatz: Er rückt Kulis, Bleistifte und Notizblöcke zurecht, damit sie parallel liegen oder im rechten Winkel zueinander stehen.«

Fixes Ende der instantanen Hochgemutheit, der unkeuschen Emphase Thaddeas.

Jason verteidigte Hahl: »Die Leute wollen unbedingt zu den Medien. Es schadet ihnen nicht, wenn sie sich von vorneherein daran gewöhnen, dass man da nicht alles von ihnen brauchen kann, so wie es ist. – Sein Lieblingswort ist ›anständig‹. Er macht ein *anständiges* Programmschema, wir sollen *anständige* Sendungen machen, überhaupt soll jeder einen *anständigen* Job machen.«

Anna Arbogast sprach jetzt mitteilsam glucksend: »Hahl ist dagegen, dass sich junge Frauen zu stark schminken. Aber er ist genauso dagegen, wenn Frauen seiner Meinung nach unfrauliche Dinge machen. Wir hatten einmal eine Praktikantin, die unmittelbar nach dem Dienst zu einem Italienurlaub aufbrach. Sie kam mit einem riesigen Rucksack in die Arbeit, Hahl wollte nicht mitansehen, wie sie den Rucksack schulterte, er trug ihr den Rucksack zum Aufzug und brachte sie selbst zum Bahnhof, wo sie den Schlafwagen nach Mailand nahm.«

Thaddea fragte: »Ein Menschenfreund? – Ein Idealist?« Anna Arbogast ging auf die Frage nicht ein.

»Hahl verhängt gern witzige Strafen. – Wenn er mit einer Sendung nicht zufrieden ist, dann lädt er das Team zum Essen ein, in ein schlechtes bayerisches Restaurant, in dem das Essen fett und verkocht ist. Oder er besteht auf einer Wanderung im bayerischen Oberland, an einen See oder Fluss: Er weiß immer ganz genau, wo es die meisten Mücken gibt.«

Hausaufgaben waren Kacke. Zu den Hausaufgaben gehörte: Warum sind Sie zu mir gekommen? Thaddea hatte schon in der Schule ihre Hausaufgaben nicht gemacht. Sie war dafür getadelt worden. Das entfiel jetzt. Wer hatte die beiden geschickt, Hahl oder Pimpi? Ein inoffizielles Motiv dafür, dass Anna Arbogast gekommen war, bot sich an: Sie wollte ausprobieren, ob Thaddea auf irgendeine Weise in ihr nagendes Wünschen, glimmende Lusterwartung wecken konnte. Aber warum war Jason gekommen?

Thaddea hasste es, wenn ältere Leute in der Öffentlichkeit herumknutschten. Capital punishment for Pda. Warum konnte man älteren Leuten Sex nicht verbieten? Sie war sich tausendprozentig sicher: Von dem Augenblick an, in dem Anna Arbogast und Jason die ersten Falten bei sich wahrnahmen, würden sie weder einander noch irgendjemand anderen in der Öffentlichkeit romantisch berühren.

»Ich baue dir noch ein Haus.«

Thaddea dachte: Kundenbindungsmeeting, und dass sie natürlich ungerecht war. Kata hatte Thaddea als Kundin nicht nötig. In Zeitungen und Magazinen war sie mehrfach auf Artikel über Katas Greenhouse in China gestoßen. Sie hatte die Artikel nicht gelesen.

Thaddea hatte das Notebook mit Kata auf dem Bildschirm auf den Esstisch gestellt. Jetzt legte sie den Kopf in den Nacken, strich sich mit beiden Händen die Haare nach hinten und bot ihr Gesicht den Strahlen der Monsundusche dar. Konnte Kata sehen, wie sie sich duschte?

Thaddea besaß noch ein Grundstück am Tegernsee, das ihr Vater schon vor Jahrzehnten gekauft hatte, er hatte sich ein Wochenendhaus zulegen wollen, aber er war nicht zum Bauen gekommen. Thaddea erhielt ständig gute Angebote für das Grundstück. Bis jetzt hatte sie es einfach liegengelassen.

»Willst du ein Haus mit oder ohne Biographie?«

Ein Haus mit Biographie wäre ein Haus mit Ben-Luca, Kata und dem, was passiert war. Ein Haus ohne Biographie wäre –. Konnte man die Biographie ändern, in dem man sich ein anderes Haus baute, bauen ließ?

Bei der Fahrt von Schwabing nach Grünwald hatte Thaddea, die sonst nie Radio hörte, Radio Entropy eingeschaltet. Doch sie hatte sich zu keiner Zeit auf die Musik und die Sprecher konzentrieren können. Etwas hatte sie dazu gebracht, ständig zum Föhnhimmel hochzublicken. Über der Stadt war der Himmel wolkenlos. Über den Bergen gab es zwei denkbar unterschiedliche Arten von Wolkenformationen: eine flache weiße Wolkenschicht in geringer Höhe, darüber in großer Höhe zerfasernde Haufenwolken. Zwischen den beiden Formationen – nichts. Thaddea konnte nicht einmal angeben, welche Farbe der Himmel dort hatte. Er war nicht weiß, nicht blau, nicht grau. Es kam Thaddea so vor, als ob eine unsichtbare Macht den Himmel selbst absaugte, ihn als Rohstoff nahm, um woanders denselben absoluten Himmel wie über München daraus zu machen.

Ein Schwimmbad. Zwischen der flachen Wolkenschicht und den Haufenwolken. Keine Pool-Partys. Sie würde allein schwimmen, in der Abenddämmerung oder in der Nacht. Niemand würde sie beobachten, wie sie zum Beckenrand ging, im Badeanzug oder auch ohne. Das Schwimmbad würde beleuchtet sein, aber man würde die Lichtquellen nicht sehen, nur die Gegenstände, auf die das Licht fiel. Es war windstill, die Wasseroberfläche völlig eben. Sie stellte sich gerade am Beckenrand auf, die Hände seitlich an die Hüften gelegt. Ihre Arme beschrieben eine Kreisbewegung. Sie streckte die Arme nach vorn, ging in die Knie und beugte sich vor. Sie musste aufpassen, dass sie ihr Gewicht nicht zu sehr auf die Zehenspitzen verlagerte – hatte sie auch zwischen den Wolken Socken an? Sie breitete die Arme seitlich aus, sie sprang hoch und weit ab, ganz schnell nahm sie die Arme zusammen, ihre Beine waren horizontal in der Luft, ihr Oberkörper war in der Vertikalen, blitzschnell streckte sie sich, und sie tauchte senkrecht in das

Wasser ein, ohne dass es auch nur einen Spritzer gab. Unter Wasser schwamm sie bis zum anderen Beckenrand. Das Becken war durchsichtig, aber niemand sah ihr zu.

»Ich sollte ein anderes Privathaus in Grünwald bauen. Zur Vorbesprechung habe ich das Paar im Restaurant Dallmayr getroffen. Die beiden machten keinen unerträglichen Eindruck. Die Frau bekam am Tisch einen Telefonanruf, sie stand auf, ehe sie ihn annahm, und ging sofort aus dem Raum. Ich benutzte die Gelegenheit, um mir die Hände zu waschen. Die Bauherrin in spe telefonierte auf dem Gang. Im Vorbeigehen hörte ich den Satz: ›Sie haben ihre Linien auf unserem Designer-Wohnzimmertisch gezogen.‹ – Ich kann nicht für Leute bauen, die ein Wort wie Designer-Wohnzimmertisch in den Mund nehmen oder schreiben oder auch nur denken.«

Thaddea dachte: ›Ich kann mir kein Haus von Leuten bauen lassen, die mit meinem Freund Sex haben oder auch nur daran denken.‹

»Ich zerlege deine beiden Häuser und setze die Teile neu zusammen. Die Vor- und Rücksprünge ergeben Balkons und Terrassen. – Oder ich verteile die Räume einfach auf deinem Grundstück. Der Raum unter dem freien Himmel gehört zu deinem Grundstück dazu.«

Das Schwimmbad über der Erde – konnte Kata ihre Gedanken lesen?

»Es muss nicht unbedingt ein Außen geben. Die Grenzen zwischen Innen und Außen sind fließend –«

Thaddea trocknete sich vor dem Bildschirm mit Kata ab. Der langärmelige, hochgeschlossene lilafarbene Pullover Katas mit den vertikalen Rüschen und Stickereien auf der Brust war von Miu Miu, der bedruckte türkisfarbene Minirock, der Schlangenhaut nicht imitierte, sondern emulierte, von Martin Margiela, die Brille Mykita. Den Lippenstift fand Thaddea bemerkenswert. Es war schwierig, zu einem lilafarbenen Teil den richtigen Lippenstift zu finden. Immer schminkte man sich entweder zu doll oder zu harmlos. Kata saß auf einer Decke in einem Orangeton, bestimmt kein Zufall, die Decke passte perfekt zu dem lilafarbenen Pullover und dem türkisfarbenen Minirock. Sie hatte keine Strümpfe an.

Der lilafarbene Pullover das Gegenteil von Amokdekolleté. Katas Blick das Gegenteil von Terrorlächeln. Thaddea musste zumindest erwägen, ihr zu vergeben. Von wem war nur der Armreif? Stilisierte Holzstücke und stilisierte Kuhhaut – waren das Kunststoff- oder Metallteile?

Thaddea überlegte, ob sie seufzen sollte. Die Optionen waren gequält oder gelangweilt. Aber die Beziehung zwischen den beiden Alternativen war intrikat: Gelangweilt konnte interpretiert werden als gequält-überspielend, gequält konnte als gelangweilt-überspielend gedeutet werden. Ein Haus ohne Biographie war gar keine schlechte Idee, man musste nicht dauernd nachdenken, wenn man sich entschied.

Konnte Kata nicht mit dem Armreif von –? in Trägheit auf das Ende der Architekturgeschichte zusteuern? Wie sie danach strebte, sich zu vervielfältigen, das war ekelhaft. Huha. Nein, Thaddea wollte nicht tolerant sein. Toleranz war erloschene Glut. Um einen Schritt vorwärts zu tun, war Niedrigkeit notwendig … gab es auch nur *ein* reines Gefühl, das nicht irgendwie aus Erhabenem und Stumpfsinn zusammengesetzt war?

Das Nachdenken über das Leben war nie endlos. Thaddea hatte zwei Skype-Accounts, Ben-Luca meldete sich auf dem anderen. Hatte er sich mit Kata bei Thaddea verabredet? Lüstling.

Kata sagte: »Ich habe schon Skizzen gemacht.«

Thaddea dachte, stick your sketches where the sun don't shine soon.

Sie platzierte ihr Notebook mit Kata und ihr iPad mit Ben-Luca so auf dem Esstisch, dass jeder Rechner im Kamerabereich des anderen war. Wie musste sie sich selbst positionieren, was sollte sie sagen oder nicht sagen, damit den beiden das Leben unerträglich wurde? Constraint: Sie sollte der einzige Grund sein, warum die beiden das Leben nicht mehr ertragen konnten.

Ben-Luca saß in Golf Shorts mit Karo-Muster auf einem Stapel von Maxi-Size-Kunstbüchern. Oh my. Er hatte ein Wife beater shirt an – Thaddea wusste gar nicht, dass er gerippte Träger-Unterhemden besaß. Gerahmte Fotografien und Zeichnungen waren an die Wände gelehnt, Mappen mit Radierungen oder Lithos auf dem Boden gestapelt. Dazu frische Wäsche in Wäschekörben und gebrauchte Wäsche im Raum verteilt. War Ben-Luca zum Hoarder, zum Messie geworden? ›Sickly is the new sexy‹ war nichts für Thaddea. Positiv konnte lediglich vermerkt werden, dass nirgendwo Essensreste aufschienen.

Ben-Lucas Gesicht war schwammig, blass, durchsichtig. Ein Luftzittern schien ihn zu umgeben. Gegen seine Golfhosen wirkten Pimpis Thom-Browne-Hochwasser-Hosen unendlich elegant. Pimpi würde niemals dicker werden. Niemals.

Wessen Sinne wollte Ben-Luca aufreiben und bis zur Erschöpfung peinigen, seine eigenen, die Katas oder ihre,

Thaddeas? Sie dachte: ›Der Charakter ist das Schicksal, sonst gibt es kein Schicksal – ‹

Sich innerlich schüttelnd, murmelte sie unkontrolliert, aber zum Glück auch unverständlich: »Nicht schlimm, nicht schlimm.«

Auf einmal war Thaddea völlig unsicher. Kata und Ben-Luca trafen sich bei ihr, um sich mit ihr zu versöhnen, um ihr zu versichern, dass sie sie, Thaddea, liebten – doch dann sagte eins dem anderen: ›Ich kann dich nicht vergessen.‹ Oder: ›Ich muss immer an dich denken.‹ Oder: ›Ich komme über dich nicht hinweg.‹ –

Tatsächlich sagte Ben-Luca: »Ich kaufe rote Bilder, manchmal auch blaue. Ich kaufe nur Bilder mit jungen Frauen, ich kaufe keine Bilder mit Männern. Ich kaufe lieber Querformate als Hochformate. Mein Vorgänger hat bei tausend Arbeiten im Jahr fünfundzwanzig Fälschungen angekauft. Von mir wird erwartet, dass ich die Zahl auf fünf drücke.«

Er arbeitete seit Neuestem für einen Kunstfonds. Ben-Luca sagte: »Das Geld macht jetzt alles allein.«

Kata sagte: »Die Deutsche Bank in den USA hat im Living will ihre Kunstsammlung vergessen – die Banken müssen bei der Finanzaufsicht detaillierte Pläne hinterlegen, was im Fall einer Schieflage mit der Bank geschieht und wie eine geordnete Abwicklung aussieht. Sie müssen ganz schnell die Kunstsammlung nicht nur bewerten, sondern auch eine mögliche Verkaufsstrategie ausarbeiten. Es gibt einen Entwurf, aber mit dem ist die Finanzaufsicht nicht zufrieden. Auf der Liste sind auch Rothkos von Knoedler.«

Das war eine New Yorker Galerie, die 2011 geschlossen

wurde, weil sie falsche de Koonings, Pollocks und Rothkos verkauft hatte.

»Der Chef der Arbeitsgruppe war bei der Einweihung meines Greenhouse dabei.«

Kata machte Ben-Luca ein Jobangebot.

Plötzlich fiel es Thaddea ein: Der Armreif von Kata war von Céline, sie hatte ihn in der französischen Vogue gesehen. War das noch wichtig?

Thaddeas Vorstellung – nicht Tagtraum – war Wirklichkeit geworden. Kata sagte Ben-Luca, Ben-Luca sagte Kata, sie sagten einander: »Ich kann dich nicht vergessen«, »ich muss immer an dich denken« und »ich komme nicht über dich hinweg«.

Sie sagten es nicht mit diesen Worten.

Irgendwie sorgte Thaddeas durchschienenes, erstarrtes Rest-Ich dafür, dass sie nicht fragte, mit diesen Worten: ›Liebst du mich noch?‹ Weder Kata noch Ben-Luca.

Ihre, Thaddeas Seele war fehlerhaft –

Als ob er ein Verhängnis ausbrütete –

Der Junge glaubte nicht, er wusste: Er war begabter als die anderen. Aber er wusste auch, dass das nichts bedeutete. Würde Thaddea POETISCH schreiben: *Der Junge wälzte sich in seiner Bedeutungslosigkeit …* Oder konstatierend: *Der Junge war überzeugt, sich selbst realistischer zu sehen als andere das taten …*

Der Junge las, um die Sekunden seiner Tage zu füllen. Auf simple, mechanische Weise schlau, durchschaute er schnell die Charaktere in den Büchern und war dazu in der Lage, sich eine anschauliche und zuverlässige Vorstellung von den Dämonen zu machen, die die Urheber der Romane, Erzählungen und Gedichte heimsuchten. In der Schule lasen sie *Mario und der Zauberer* und *Der Tod in Venedig*, der Junge las die *Buddenbrooks*, den *Zauberberg*, *Lotte in Weimar* und den *Felix Krull*. Was sollte er davon halten, dass Thomas Mann sein eigenes Verfahren, Bücher zu schreiben, Stoffe auszuwählen und zu formulieren, im *Felix Krull* völlig offenlegte? Zuerst fand er es angeberisch und abstoßend, dann gekonnt und unterhaltend, dann naheliegend und doppelbödig zugleich und dann wieder egozentrisch und abstoßend. Der Junge kam zu keiner endgültigen Einschätzung und fühlte sich elend. Er konnte nicht mehr lesen.

Schließlich vertraute er sich seinem Deutschlehrer an. Der empfahl ihm *Berlin Alexanderplatz* von Alfred Döblin. Als der Junge das Buch zu Hause aufschlug, tanzten schwarze Flecken vor seinen Augen, und er atmete in kurzen Stößen. Er stand vom Schreibtisch auf und taumelte benommen wieder zu seinem Stuhl zurück, ihm wurde übel.

Wenn er nicht mehr lesen konnte – dann würde sein gesamtes restliches Leben eine Beute der unendlichen Langeweile seines Auf-der-Welt-Seins werden! Nichts in seinem Leben konnte die Mischung aus nicht rückgängig zu machender Brutalität und Wortgetätschel in den Büchern ersetzen!

Thaddeas Vater war Leser gewesen. Er hatte eine umfangreiche und gut sortierte Bibliothek angelegt, in der alle Klassiker vertreten waren. Seine Lieblingsautoren waren Thomas Mann und Alfred Döblin gewesen. Er hatte sich große Mühe gegeben, der Tochter seine Lieblingsautoren zu erklären. Thaddea hatte Thomas Mann gerne und Döblin weniger gerne gelesen.

Thaddeas Mutter hatte Taschen gesammelt. Sie hatte Kelly- und Birkin-Bags benutzt und auch eine Chanel Diamond Forever Classic Handbag besessen. Soweit sich Thaddea erinnerte, war unter den Birkin-Bags auch eine aus dunkelgrünem Krokodilleder. Nach dem Unfalltod ihrer Eltern hatte Thaddea das elterliche Haus in Bogenhausen verkauft und aus dem Haushalt nur die Bibliothek und die Taschen behalten.

Die Bibliothek ihres Vaters und die Taschen ihrer Mutter lagerten in den klimatisierten Räumen einer High-End-Spedition. Clean slate … Kata hatte immer versucht, Thaddea dazu zu überreden, die Taschen ihrer Mutter zu verwenden, aber Thaddea hatte dem nicht nachgegeben. Sie besaß ausschließlich Taschen von Bottega Veneta. Die Mutter hatte die aufkommende Marke ignoriert.

Dem Jungen blieb nichts anderes übrig, als erneut seinem Deutschlehrer zu beichten. Die Deutschstunde war die letzte, der Lehrer nahm ihn mit auf das Rektorat und führte ihn in den Raum, in dem die Schüler und Schülerinnen Klassenarbeiten nachschrieben, wenn sie krank gewesen waren. Der Schüler musste sich hinsetzen, der Lehrer legte ein altes, zerfleddertes Taschenbuch vor ihn auf den Tisch: *Frost* von Thomas Bernhard.

Der Lehrer stellte sich neben dem auf seinem Stuhl zusammengesackten Jungen auf. Er betrachtete ihn eine Zeitlang, dann fasste er ihn an beiden Schultern an, schüttelte ihn und gab mit schneidender Stimme das Kommando: »Lies!«

Der Junge griff nach dem Buch, schlug es zögernd auf und bewegte stumm die Lippen. Er bewegte sonst nie die Lippen, wenn er las. Auf seiner Stirn glitzerte Schweiß.

»Lies weiter.«

»Ich kann nicht«, keuchte der Junge und ließ die Arme hängen. »Die Augen tun mir weh.«

Der Deutschlehrer setzte sich auf den Tisch.

»Beide Hände auf den Tisch«, befahl er scharf.

Thaddea war jetzt mitten in ihrem Roman.

Der Junge legte die Hände vor das Buch auf den Tisch. Der Lehrer hieß ihn, das Buch anzufassen. Der Junge fummelte mit schwachen Fingern. Der Lehrer packte die linke Hand des Jungen, presste sie auf die linke Seite des aufgeschlagenen Buches, er drückte alle Finger der rechten Hand bis auf den Zeigefinger zurück und führte diesen unter die erste Zeile des Romans.

»Nein! – Bitte!«

»Hör auf zu flennen!«

Der Junge hatte tatsächlich zu weinen begonnen. Der Lehrer presste den Zeigefinger des Jungen mit aller Kraft auf das Buch. Der Junge hatte das Gefühl, sein Finger bohrte ein Loch in das Buch. Kreischend schloss der Junge die Augen.

»Sei still! – Ich weiß, was ich tue!«

Der Lehrer bewegte den Zeigefinger des Jungen unter der ersten Zeile des Romans.

»Lies.«

Der Junge hörte sich die erste Zeile des Romans aufsagen. Er konnte selbst nicht angeben, ob er die Augen wieder geöffnet und die Zeile gelesen hatte oder ob er seine Augen weiter geschlossen gehalten und die Zeile aus dem Gedächtnis hergesagt hatte. Gewöhnlich las er sehr schnell, er erfasste nicht einzelne Wörter, sondern ganze Zeilen.

Der Lehrer wiederholte die Prozedur so lange, bis der Junge auch ohne Gewaltanwendung las. Der Übergang kam dem Jungen so vor, als entglitte er in Bewusstlosigkeit.

Niemals wechselten der Lehrer und sein Schüler später auch nur ein Wort über diese Begebenheit. Die Erfahrung des Lesens war eine andere geworden: Wenn der Junge früher gelesen hatte, dann hatte sich sein Körper leichter angefühlt, er hatte ein Gefühl des Schwebens verspürt und dass die Zeit langsamer oder gar nicht verging. Zugleich hatte er nachts öfter von hinunterrasenden Fahrstühlen, abstürzenden Flugzeugen oder davon geträumt, dass er von einer Klippe sprang. Er war in dunkles, kaltes Wasser eingetaucht, nie hatte er es geschafft, wieder zur Oberfläche zu kommen, immer war er vorher aufgewacht. Jetzt träumte er nicht mehr nach seiner Lektüre: Er schlief ungestört, beim Aufwachen fühlte er sich wie neu geboren. Obwohl – am Anfang hatte er das Gefühl gehabt, er habe während der Nacht nicht geatmet. Natürlich verursachte dieses Gefühl zunächst Schrecken. Aber er fühlte sich so erfrischt und quicklebendig. Entweder war das Gefühl eine Täuschung, oder es tat ihm gut, in der Nacht nicht zu atmen.

Er dachte darüber nach, wie sein Leben aussehen würde. Er konnte nicht lesen, ohne die Welten, die die Romane und Erzählungen beschrieben, zu zerlegen und wieder zusammenzubauen. Er hätte für jeden einzelnen Weltausschnitt genau angeben können, wie er funktionierte, wenn ihn jemand gefragt hätte. Aber es fragte ihn niemand. Natürlich entwarf er eine Landkarte, die diese Welten zueinander in Beziehung setzte. Sein Leben wurde zu einer endlosen Routine von Lesen, Analysieren und Kartieren. Was war der Zweck von alledem? Würde das alles in Ewigkeit so weitergehen?

Zugleich hatte er die völlig gegensätzliche Angst, dass er das Atmen verlernen würde, dass er auch am Tag nicht mehr atmen würde, dass es ihn von einem Augenblick auf den anderen nicht mehr geben würde. Dass nichts von seinen Lektüren übrigbleiben würde.

Er musste jemanden fragen, der – ja doch, klüger war als er selbst. Es gab nur einen Kandidaten. Demonstrativ gedrückt schlich der Junge vom Unterricht nach Hause, er hoffte, dass der Deutschlehrer ihn ansprechen würde. Doch das geschah nicht. Dem Jungen blieb nichts anderes übrig als wieder von sich aus auf den Lehrer zuzugehen.

Der Lehrer lächelte den Schüler zermürbt an, nachdem der sein Problem erklärt hatte. Der Junge presste nervös die Lippen zusammen. Der Lehrer versuchte, den Schüler vielsagend anzusehen, aber es gelang ihm nicht. Der Junge verstand: Nie wieder würde der Lehrer ihn anfassen.

Schließlich sagte der Lehrer zu dem Jungen: »Du darfst von früh bis spät nichts anderes tun, als dich zu rächen.«

Der Junge fragte: »Wofür? – An wem?«

Thaddeas Vater hatte ihr auch nahegelegt, Thomas Bernhard und Handke zu lesen.

Thaddea konnte sich selbst nicht erklären, warum sie das Kapitel so enden ließ. Sie hatte schildern wollen, dass ein Ding, ein Mensch oder eine Idee, die man von allen Seiten kannte, keine Bedeutung mehr hatten, dass in einer völlig verständlich gemachten Welt nichts mehr einen Sinn besaß. Indem der Junge alles begriff, was er las, wurde er zu einer vernünftigen und weisen Masse, aber er war nicht mehr imstande, selbst etwas zu erzeugen. Er litt gewissermaßen an geistiger Progerie. Aber woher kam die Aggression? Wollte sich der Lehrer rächen, weil er nicht imstande war, etwas zu erzeugen? Versetzte der Lehrer den Schüler in einen Zustand, in dem dieser sich für ihn rächen sollte?

Thaddea dachte: Der Junge ist eine Figur ohne Trost. Warum sollte er Trost in den Büchern finden?

Auf keinen Fall hatte sie vor, den Roman über den Jungen damit enden zu lassen, dass dieser schrieb. Sie schrieb ja. Schrieb sie wirklich? Wenn sie keine Anstrengungen unternahm, den Roman zu veröffentlichen, dann konnte sie ihn doch so enden lassen, dass der Junge schrieb.

Thaddea war weder bei Facebook – Ben-Luca sagte immer Assbook – noch bei Twitter. Allerdings hatte sie Instagram auf dem Handy. Sie folgte Banksy, Rihanna, Miley Cyrus, Katy Perry – roar –, Taylor Swift. Und Justin Bieber – what does he mean? Natürlich ihren bevorzugten Modehäusern sowie Toni Garrn und Chiara Ferragni. Thaddeas Vater hatte mit dem Großvater von Chiara, Fulberto Ferragni, geschäftlich zu tun gehabt. Thaddea erinnerte sich nicht mehr, in welchem Zusammenhang. Sie richtete sich nicht nach Chiara Ferragni. Miley Cyrus hatte gerade ein Kinderfoto mit Sonnenbrille gepostet, mit dem Text: *Can't see the haters when I've got my Chanel glasses on.*

Unmittelbar nachdem Anna Arbogast und Jason sie aufgesucht hatten, hatte der Schriftsteller eine Mail geschrieben, dass er sich mit ihr treffen wolle. Sie hatte nicht sofort reagiert. Am Tag danach hatte er eine SMS geschickt und auf die Mailbox gesprochen. Eigentlich hätte sie jetzt mit ihm Essen gehen können, nachdem sie ihn zu seiner Schwester in die Pflegeeinrichtung begleitet hatte. Das musste nicht mehr notwendigerweise als Date interpretiert werden. Aber es blieb dabei, sie hielt nichts von ›Sixty is the new forty‹.

Zur Vorbereitung – worauf? – hatte Thaddea den sechshundertseitigen Roman gelesen, in dem der Schriftsteller ausführlich seine Kindheit schilderte. Sie hatte ja sonst nichts zu tun. Dieser Roman war kein Page turner. Der Schriftsteller spaltete sich auf in seine Kindheitsexistenz, in einen Träumeträumer und in seine Bücher. Er brauchte keine anderen Menschen. Der Schriftsteller stellte sich vor, er sei der letzte Mensch auf Erden. Er wollte keine anderen Menschen. Der Schriftsteller setzte die Abtreibung seines eigenen Kinds in Szene. Er wollte weder andere Menschen noch sich selbst als Mensch. Nachdem Thaddea nicht mehr Klienten hatte, die sie deuten konnte, deutete sie eben den Autor des sechshundertseitigen Romans.

Zu den Kindheitserinnerungen des Schriftstellers gehörte der Chefstatistiker der SS, Richard Korherr. Er war aus Regensburg und hatte sich während des Eichmann-Prozesses in Jerusalem aus Angst vor einem eventuellen Zugriff des israelischen Geheimdienstes im Heimatdorf des Schriftstellers versteckt. Die Vorstellung des Chefstatistikers war: Einmal sollten die Regeln der Logik für immer festgelegt werden, daraus sollte die gesamte Mathematik abgeleitet werden. Dafür benötigte man keine schöpferischen Menschen mehr. Die Nazis waren von der Idee besessen gewesen, ein für alle Mal Regeln für die Lebensverhältnisse der Menschen aufzustellen. Die Regeln sollten in alle Ewigkeit gelten. Der Vater des Schriftstellers hatte ein Buch aus dem Dritten Reich über Naziarchitektur besessen. Auf keinem der Bilder waren Arbeiter oder Benutzer zu sehen. Die Regeln waren das Entscheidende. Die Menschen spielten keine Rolle.

Die Idee des Begründens von unverrückbaren Regeln

funktionierte nicht. Es gab nicht eine Logik, sondern unendlich viele Logiken. Aus keiner folgte die gesamte Mathematik. Das Tausendjährige Reich dauerte nur zwölf Jahre, drei Monate und neun Tage. Die Menschen spielten eine Rolle.

Thaddea hatte keinen Sinn für das Historische. Sie konnte nicht beurteilen, inwieweit man mit der Idee des Regelbegründens das Dritte Reich erklären konnte. Der Schriftsteller versuchte zugleich, sich selbst durch das Dritte Reich zu erklären. Thaddea hielt nichts von der Ursache, a fortiori konnte und wollte sie nichts mit generationsübergreifenden Ursachen anfangen. Ihr war jedoch auch klar, dass sie ihre Überzeugung, aus einer guten Familie zu stammen, mit ihrer Anti-Ursachen-Überzeugung abgleichen musste.

Der Schriftsteller hegte Größenideen, er war extrem selbstbezogen, es mangelte ihm an Einfühlungsvermögen und Interesse für seine Mitmenschen. Er versuchte, die Widersprüche zwischen dem Bild, das er von sich selbst hatte, und dem Bild, das sich die anderen von ihm machten, in einem überdimensionierten Selbstbegriff aufzuheben. Zu seinem Selbstbegriff gehörte, dass sich der Schriftsteller alle Persönlichkeitsstörungen zuschrieb, die es überhaupt gab. In dem Selbstbegriff verschmolzen Selbstbild und Fremdbild, so dass sie nicht mehr zu unterscheiden waren und keine Widersprüche mehr erzeugen konnten.

Welt mit Autor und ohne Menschen. Taddea dachte: Ein klassischer Fall von solipsistischem Narzissmus. Bloß gut, dass er nicht Klient ist. Und: ›Aber ich kann ja nicht wissen, wie es ist, wenn man so aufwächst wie der Schriftsteller.‹

Sie hatte sich mit ihm im Perlacher Forst verabredet, der

sich zwischen Harlaching und Deisenhofen erstreckte. Ben-Luca war in Harlaching aufgewachsen und hatte dort gejoggt. Eine schmale, schnurgerade Teerstraße führte zum Gasthof und Biergarten Kugler Alm, der als die Wiege der Radler-Maß galt. Die Straße war für den gewöhnlichen Fahrzeugverkehr gesperrt, an Wochenenden und Feiertagen fuhren dort Scharen von Fahrradfahrern, als Fußgänger auf der Straße musste man aufpassen, dass man nicht umgefahren wurde.

Ben-Luca war immer zuerst auf der geteerten Straße gelaufen, um dann nach ein paar Kilometern links in einen Feldweg einzubiegen, der von einer Wiese gesäumt war. Unmittelbar an der Ecke hatte eine große alte Eiche die Wiese beherrscht. Die war jetzt in ein Totem verwandelt worden: Ein – rosafarbener – Stumpf mit zwei abgesägten Astansätzen, die wie Augen aussahen, über einer Ausbuchtung, die wie eine Nase wirkte, bewachte mehrere Reihen entlang des Feldwegs gestapelter entasteter – rosafarbener – Baumstämme. Das Totemgesicht konnte einen Nose job vertragen.

Nie wieder würde Thaddea eine Brille im Internet kaufen. Die Gläser waren als opalfarben beschrieben gewesen, tatsächlich hatten sie jedoch einen groben Stich nach Pink, alle braunen Gegenstände wirkten rosafarben.

Thaddea passierte die gelagerten Baumstämme und bog in einen Feldweg ein, rosafarben auch er, denn er war mit Rindenmulch bedeckt. Der Weg war von Büschen gesäumt, die Äste der dahinterstehenden Bäume waren ineinander gewachsen, wie durch einen Tunnel gelangte sie zu einem idyllischen Platz. In einer blühenden Wiese standen in großem Abstand voneinander sehr gerade Bäume. Von den

Baumstämmen gingen über die ganze Länge, vom Boden bis zu den Spitzen, schmale, gewundene Äste aus, die an den Enden grüne Triebe aufwiesen.

Thaddea lief durch die Wiese zu einem der Bäume hin. Der Stamm war so gerade und rund, als wäre er in einer Form gewachsen. Sie beugte sich herab, um einen der fast lianenförmigen Äste in Augenschein zu nehmen, als die Stimme des Schriftstellers hinter ihr erklang.

»Wie geht es mit dem Jungen weiter?«

Sie hatte den Schriftsteller noch gar nicht angerufen, um ihm den endgültigen Treffpunkt mitzuteilen. War das ein Zufall, oder war er ihr gefolgt, ohne dass sie ihn gesehen hatte?

»Geht es mit dem Jungen weiter?«

Thaddea hatte dem Schriftsteller das Kapitel über die Leseerfahrungen des Jungen geschickt.

»Ich finde es bemerkenswert, wie Sie Gefühle beschreiben. Gefühle sind Geschenke, die Sie nicht interessieren. Sie sehen sich die Gefühle nicht an, sondern verstauen sie gleich. Aber dann beschäftigen Sie sich doch mit den Gefühlen. Auf einmal werden die Proportionen der Gefühle monströs – waren sie das schon immer, oder verdanken sie das Ihrer schriftstellerischen Behandlung?«

Thaddea betastete den Wulst in der Rinde, aus dem der Ast herauswuchs, und fuhr den Ast entlang, er war tatsächlich so biegsam, wie er aussah. Sie gab dem Schriftsteller keine Antwort.

»Ich glaube nicht, dass Sie Angst vor Monstrositäten haben. Aber Sie stellen alle Monster, die gefundenen wie Ihre eigenen, unter einen stilistischen Glassturz. Unter mehrere Glasstürze. Ihre Sprache ist ja nicht einheitlich. Als ich das

Kapitel zu Ende gelesen hatte, da hatte ich das Bild von farbigen Gefühlen in Glasdomen im Halbdunkeln vor mir. Die einen von innen leuchtend, die anderen von außen angeleuchtet.«

Der Schriftsteller untersuchte gleichfalls einen der schlanken Äste, auf der anderen Seite des Baumstamms. Der Schriftsteller hatte das unfertige Kapitel gelesen und sich Gedanken darüber gemacht. Thaddea hätte sich bedanken müssen. Aber sie verspürte einen derartigen Widerwillen gegen den Zwang, sich zu bedanken, dass sie befürchtete, einen Schluckauf zu bekommen, wenn sie gegen ihre Überzeugung ein paar nette, höfliche Worte äußern würde.

»Sie müssen nicht wissen, was mit dem Jungen sein wird. Ob etwas mit ihm sein wird. Wenn Sie das wüssten, dann würden Sie sich selbst kennen. – Nur in dem Maß, in dem wir uns nicht kennen, sind wir imstande, etwas hervorzubringen.«

Thaddea war allergisch gegen das Wir, aber sie ging auch darauf nicht ein. Wie sollte sie ihren Roman zu Ende schreiben, wenn sie sich nicht irgendwann einmal entschied, was mit dem Jungen sein würde?

»Es ist viel besser, wenn man sich über die Beweggründe seiner Taten täuscht. Auf keinen Fall darf man sich an ihnen beteiligen. Man darf niemals versuchen, mit sich selbst übereinzustimmen. Man muss immer versuchen, die Sphäre des Bewusstseins zum Schrumpfen zu bringen.«

Das Man war nicht besser als das Wir. Der Schriftsteller wollte – Thaddea konnte nicht sagen, warum sie davon überzeugt war –, dass sie ihren Roman weiterschrieb. Aber die Hinweise, die er gab, waren absolut kontraproduktiv. Sie sollte mit geschrumpftem Bewusstsein einen Roman schreiben. Oder einen Roman mit geschrumpftem Bewusstsein. Wie konnte das funktionieren.

Das Gras auf der baumbestandenen Wiese war wadenhoch, der Schriftsteller machte keine großen Schritte, sein Oberkörper war völlig unbewegt, es sah aus, als schwebte er um Thaddea herum. Als der Schriftsteller Anstalten machte, sich von dem Baum zu entfernen, wirkte es, als ob er sich mit beiden Händen von dem Stamm abstieß.

Da bekam Thaddea doch einen Anfall von schlechtem Gewissen und fragte ihn: »Wie geht es Ihrer Schwester?«

Sie brachte es jedoch nicht fertig, ihm in die Augen zu sehen. Halb untersuchte sie den grünen Trieb am Ende des Astes, halb blickte sie in die mittlere Nähe zu den anderen Bäumen hin. Der Schriftsteller hielt inne.

»Als Kind habe ich mir einmal aus Schuhschachteln eine Guckkastenbühne gebastelt. Ich stellte sie auf den Esstisch, so dass sich der hintere Teil unmittelbar an dessen Rand befand. Aus Teilen von zerschnittenen Schuhkartons habe ich eine lange Treppe zusammengesetzt, die vom hinteren Bühnenrand bis zum Boden reichte. Dann habe ich aus Plastilin eine Figur geformt – ich weiß nicht mehr, war es ein Junge oder ein Mädchen. Ich bat eine meiner Schwestern, diejenige, die gerade in der Stube war, die Figur langsam auf der Bühne nach hinten zu bewegen und sie dann die Treppe hinunterfallen zu lassen. Dabei musste die Schwester, nicht zu laut, das Geräusch ›Ooooooooo …‹ machen. – Ich habe das Spiel am liebsten mit der Schwester gespielt, die Sie kennengelernt haben. Wenn ich heute daran zurückdenke, habe ich immer ihr ›Ooooooooo …‹ im Ohr.«

»Ist der Zustand Ihrer Schwester unverändert?«

Der Schriftsteller nickte.

»Mein erstes Buch war eine Sammlung von Erzählungen und Texten. Die wichtigste Erzählung ist die Phantasie meiner Schwester, die den Sohn des Zimmereibesitzers heiraten wollte, obwohl sie ihn gar nicht kannte. Ich habe vier Schwestern. In der Erzählung habe ich so getan, als hätte ich fünf Schwestern, als sei *die* Schwester gar nicht die jüngste, als gäbe es noch eine jüngere. Ich habe der erfundenen jüngsten Schwester noch einen Nachtclub in Liezen dazu erfunden.«

Es interessierte Thaddea höchst peripher, wie viele Schwestern der Schriftsteller hatte oder nicht hatte.

»In meinem zweiten Roman habe ich mich an die Wahrheit gehalten und es bei vier Schwestern belassen. Aber ich habe meiner jüngsten Schwester ein Kind angedichtet. Nur der fünfte Roman macht keine Abstriche bei der Wahrheit, da ist sie die jüngste von vier Schwestern, hat kein Kind, und ich gebe darin zu, dass ich über sie eine Erzählung geschrieben habe.«

Das war der Roman, den Thaddea zuletzt gelesen hatte.

»Ich habe ihre Spuren verwischt. Ich habe ihre Kontur unscharf gemacht. – Der Gedanke verfolgt mich, dass ich an ihrem Unfall schuld bin. – Glauben Sie, dass sie noch einmal aufwacht?«

Thaddea sagte, dazu könne sie nichts sagen, sie habe bei ihrem Besuch keine Befunde gesehen.

»Ich weiß nicht, ob ich ohne meine Schwester Schriftsteller geworden wäre. Aber ich habe ihre Existenz verwischt –«

Unerwartet keimte in Thaddea etwas wie Mitgefühl auf. Es gab jetzt zwei Möglichkeiten: Entweder steckte hinter der Geschichte noch eine andere, und der Schriftsteller war auf eine Weise mit seiner Schwester verbunden, die er nicht preisgeben wollte. Wenn es die andere Geschichte gab, musste der Schriftsteller sie kennen. In Thaddeas Wortschatz kam das Wort Verdrängen nicht vor. Wissen schlich sich nicht allmählich, sanft in den Geist. Wissen hatte etwas zu tun mit gefühlloser Ruckartigkeit, mit unerfreulichen Alarmzuständen. Nur ganz selten mit der Wonne der Hingabe. Auch wer auf keinen Fall wissen wollte, wusste trotzdem. Oder die Geschichte stimmte so, wie sie der Schriftsteller erzählt hatte. Literarische Wahrheit war nicht etwas gänzlich anderes als Wahrheit, was auch immer Wahrheit und literarische Wahrheit waren. An diesem Punkt flaute Thaddeas Mitgefühl für den Schriftsteller rapide ab. Er konnte doch nicht erwarten, dass sie nachhaltig versuchte, sich in sein mit Sicherheit intrikates Verhältnis zur Wahrheit in seinen Büchern hineinzufinden.

Der Schriftsteller machte trotzdem Punkte bei Thaddea. Weil er nicht die Freiheit der Literatur predigte, sondern die Illusion der Freiheit. Der Literatur? Seine Darlegungen waren allerdings nur dann schlüssig, wenn es die andere Geschichte nicht gab. Deswegen hasste Thaddea die Ursache so: Die Ursache raubte allem und jedem den Charme. Zwar machte der Schriftsteller seine Schwester als die Ursache seines Erzählens aus. Aber er war ja bemüht, diese Ursache zu verwischen.

Thaddea und der Schriftsteller wurden in ihrer Spezial-Kommunikation durch zwei Motorräder unterbrochen, die mit gefährlich hoher Geschwindigkeit an der Baumwiese entlang knatterten. Der Schriftsteller drehte sich desorientiert um seine eigene Achse, Thaddea hatte den Impuls, hinter dem nächsten Baum in Deckung zu gehen.

Die beiden Motorräder waren nur die Vorhut, es folgten ein Pick-up und zwei Kleinwagen, die ebenfalls viel zu schnell auf dem Feldweg fuhren. Das waren garantiert keine Förster, sondern die Mitarbeiter einer Firma, welche die Holzfällarbeiten durchführte. Das nächste Fahrzeug musste ein Lastwagen sein, dessen Motor nicht richtig eingestellt war. Obwohl man das Fahrzeug noch gar nicht sehen konnte, war das Motorgeräusch so laut, dass sowohl Thaddea als auch der Schriftsteller die Hände auf die Ohren pressten.

Der leere Holzlaster hätte auf dem schmalen Feldweg niemals fahren dürfen. Seine Räder hinterließen tiefe Spuren am Rand der Wiese. Den Baum- und Strauchtunnel, durch den Thaddea hierher gelangt war, konnte es nicht mehr geben, der Laster musste Sträucher platt gemacht und Äste abgerissen haben. Genau vor Thaddea und dem Schriftsteller beschleunigte der Lastwagen. Ein Luftsog riss Blätter von den Bäumen, die zunächst umherwirbelten, um dann jedoch plötzlich in der Luft stehen zu bleiben, fast gleichmäßig zwischen den Bäumen über der Wiese verteilt. Es sah aus, als wären die Triebe an den Enden der biegsamen Äste binnen Sekunden zu formidablen Blättern ausgewachsen.

Auf der Fahrt von Harlaching nach Grünwald stellte sie wieder Radio Entropy ein, aber sie wurde, wie schon einmal, abgelenkt. Im Föhnhimmel flog eine Maschine auf eine Wolkenformation zu, die einen ähnlichen Umriss und eine ähnliche Binnenstruktur hatte wie der Vollmond bei

Tage. Seit im Jahr 1992 der Flughafen Franz Josef Strauß eröffnet worden war, gab es im Süden Münchens kaum noch Flugzeuge. Harlaching war in der Einflugschneise des alten Flughafens Riem gelegen. Ben-Luca hatte einmal erzählt, dass er nach der Eröffnung des neuen Flughafens Schwierigkeiten gehabt hatte einzuschlafen und früh aufgewacht war, er musste sich erst an die plötzliche Stille gewöhnen.

Thaddea interessierte sich nicht für die Sterne, das waren ihr zu viele, und auch nicht für die nächsten Himmelskörper, die waren ihr immer noch zu weit weg. Die Gestalt der einzigen Wolke am Himmel änderte sich in bemerkenswerter Weise: Es sah aus, als wäre das Flugzeug eine Rakete, die den Mond zerstörte, riesige Teile barsten von ihm weg. Schließlich war der Mond nur noch eine leere Hülle. Dort, wo sein Zentrum gewesen war, schien ein Feuer zu glimmen.

Als sie zu Hause anlangte, konnte Thaddea wieder nicht sagen, was für Musik sie auf Radio Entropy gehört hatte.

In der Nacht träumte sie. Thaddea stand an einer Ampel – am Theodolindenplatz –, als jemand an die Beifahrerscheibe klopfte. Es war der Schriftsteller. Er hatte ein freundliches Gesicht. Bei keinem ihrer Treffen hatte er auch nur Spuren einer entgegenkommenden Art gezeigt. Sie entriegelte die Türen nicht, trotzdem war er imstande, die Tür zu öffnen – im Traum. Er schwang sich auf den Beifahrersitz. Sie hatte Schwierigkeiten zu atmen, als wäre die Luft durch die offene Tür entwichen. Nachdem der Schriftsteller die Tür geschlossen hatte, bekam sie wieder Luft.

Solange die Tür des Wagens offengestanden hatte, hatte sie keinen Laut vernommen, weder ein Geräusch ihres Wagens noch den Verkehr um sie herum. Der Schriftsteller war völlig lautlos in den Wagen gelangt. Erst als er die Tür wieder geschlossen hatte, setzten die normalen Verkehrsgeräusche erneut ein.

Der Schriftsteller räkelte sich auf seinem Sitz. Er benahm sich, als seien sie sehr vertraut miteinander und als hätten sich ihre Wege unvorhergesehen getrennt. Lachend sagte er, wie froh er sei, sie wiederzusehen. Noch nie hatte er in ihrer Gegenwart gelacht.

Fortgesetzt gut gelaunt sagte er, sie müsse weitermachen. Sie sagte, sie habe es versucht, aber es gehe nicht. Er sagte, irgendwie gehe es immer. Sie sagte, sie habe alles versucht. Sie errötete, und ihr wurde heiß.

Er drehte sich zu ihr hin, legte die rechte Hand auf das Armaturenbrett, die linke auf den Wahlhebel für die Gangschaltung neben ihrem Knie und sagte mit einem gewinnenden Lächeln, sie solle sich entspannen.

Sie fragte den Schriftsteller, wie er hierher gekommen war. Nach der Verabschiedung im Wald hatte Thaddea sich beeilt, zu ihrem Auto zu gelangen. Wenn der Schriftsteller ebenfalls mit dem Auto gekommen war, dann hatte er seinen Wagen weiter entfernt geparkt als sie und konnte sie nicht eingeholt haben. Aber der Schriftsteller war nicht mehr neben ihr. Die Wagen hinter ihr hupten schon seit einiger Zeit gellend, und Thaddea wachte aus ihrem Traum auf.

Kühling – es gab keinen Vornamen – war riesig groß, hatte Schultern wie ein Wrestler und ein Gesicht wie ein Bouncer, der drogenabhängig gewesen war. In der Jugend musste er starke Akne gehabt haben, Backen und Kinn waren voller Löcher, ja Krater. Thaddea hätte seine Eloquenz nicht ertragen, wenn er nicht so ausgesehen hätte, wie er aussah. Zweifellos hatte er sich die Nase kompliziert gebrochen, möglicherweise war es auch zu Brüchen der Augenhöhlen gekommen, die Nasen-Stirn-Partie war jedenfalls chirurgisch wiederhergestellt worden. Es gab kein Stück glatte Haut in seinem Gesicht. Seine Frisur unternahm den bis zum Letzten entschiedenen Versuch, die Unregelmäßigkeiten seines Gesichts wiedergutzumachen: Der Bürstenschnitt hatte ungelogen Brikettform. Noch nie hatte Thaddea so dichte schwarze Haare gesehen.

Sie hatte sich vorgenommen gehabt, diesmal professioneller zu agieren: Sie stellte Fragen und sah darauf, dass die beantwortet wurden. Aber Kühling beantwortete nicht ein einziges Mal die eigentliche Frage. Er beantwortete die Frage, von der er sich wünschte, sie wäre ihm gestellt worden, ohne dass man ihn dafür abstrafen konnte. Er lavierte derart geschickt, dass das seine Glaubwürdigkeit sogar zu steigern schien. Seine kunstvollen Ausweichmanöver ließen ihn erst recht sympathisch und vertrauenswürdig erscheinen. Manchmal kündigte er sogar an, dass er eine andere Frage beantworten würde als die gestellte. Wie konnte man ihm Redlichkeit absprechen? Egal, ob die Frage gestellt oder nicht gestellt war, Thaddea war überzeugt, er beantwortete keine einzige Frage ehrlich und korrekt.

Es regnete in Strömen, zum allerersten Mal, während sie sich in der Struktur aufhielt. Nieselregen war bis jetzt das maximal schlechte Wetter gewesen, während Thaddea ihren professionellen Ambitionen nachging. Entweder war Kühling mit der U-Bahn gekommen, oder er hatte in der Nähe keinen Parkplatz gefunden, jedenfalls war er längere Zeit durch den heftigen Regen gegangen. Er trug einen riesigen alten Trenchcoat, den er nicht zugeknöpft hatte, das Hemd, die Krawatte und die Revers der Anzugjacke waren ebenfalls durchnässt. Seinen Haaren schien das nichts auszumachen, die Frisur war irgendwie wasserdicht. Als Thaddea ihm öffnete, hatte sie befürchtet, er würde sich aufrichten und sich und seinen Mantel plakativ schütteln. Aber er machte sich unter ihren Augen bewusst kleiner und hängte den Mantel mit einer fast zarten Bewegung auf den Garderobenhaken. Er kokettierte mit seinem gewöhnungsbedürftigen Aussehen. Er gab gerade nicht den Tough guy, sondern präsentierte sich als die fleischgewordene intelligente, persönliche Verbindlichkeit.

Seine Mutter, Mechthild Kühling-Kucera, war eine bekannte Soziologieprofessorin an der Humboldt-Universität in Berlin. Sie verfasste Bücher, die sich an ein breiteres Publikum richteten, und schrieb Artikel für die *FAZ* und die *SZ*. Der Sohn war entweder raffiniert oder unendlich raffiniert. Er war erst dreiundzwanzig, auch die Frage nach seinem Alter beantwortete er nur auf einem Umweg, er sei exakt neun Monate nach dem Fall der Mauer geboren.

Gemäß ihren guten Vorsätzen fragte Thaddea ihn ziemlich bald, warum er sie aufsuche. Er brachte es nicht nur fertig, dass ihr gar nicht auffiel, dass er die Frage nicht beantwortete, er schaffte es sogar, dass sie sich nicht mehr an ihre eigene Frage erinnerte. Thaddea achtete auf die Überleitungen, sie lag auf der Lauer nach Phrasen wie: ›Das ist eine gute Frage!‹ oder ›Ich bin froh, dass Sie das fragen!‹ Aber Kühling ging ihr nicht in die Falle. Wirkungsvoll vermied er auch weit weniger grobe Scharniere.

Hahl sei homophob und gegen uneheliche Kinder. Der Besuch von Diskotheken diene nur dazu, Sexualpartner zu finden. Die jungen Leute sollten heiraten und Kinder kriegen. Am liebsten wäre es Hahl wohl, wenn jeder, der für ihn arbeite, erst zu ihm kommen und um Erlaubnis fragen müsste, bevor er mit jemandem ins Bett gehe. Er, Kühling, glaube, dass Hahl erst sehr spät sexuelle Erfahrungen gesammelt habe, wahrscheinlich nur mit älteren Frauen. Irgendwie müsse er damit zurechtkommen, dass er als jüngerer Mann nie eine gleichaltrige Partnerin gehabt habe.

Diese konzise Charakterdeutung brachte Thaddea vollends aus dem Konzept und verursachte ihr ein außerordentlich schlechtes Gewissen. Sie murmelte sich etwas zu wie: »Back to basics«, aber das war genau eine der verdammten Phrasen, die Kühling so umsichtig vermied. Sie hoffte, er hatte nichts gehört.

Zu ihren guten Vorsätzen zurückkehrend, fragte sie Kühling, ob er Pimpi kenne. Darauf schilderte Kühling lang und breit die Beziehung, die Anna Arbogast mit ihrem früheren Freund gehabt hatte. Der frühere Freund war immerhin ein Freund von Pimpi. Er war nur kurz DJ bei Radio Entropy gewesen, er hatte sich nicht durchsetzen können, oder Hahl hatte ihn hinausgeekelt.

Wozu das folgenlose Kennenlernen von, in alphabetischer Reihenfolge: Anna Arbogast, Hahl, Kühling und Chris Stumpfegle alias Jason Voorhees?

Thaddea fragte nicht, sie unterstellte einfach, dass Kühling mit Anna Arbogast schlief. Die Welt war taktlos und schamlos, Thaddea tat es der Welt nach und wurde belohnt: In dem Überraschungsei war tatsächlich eine Überraschung. Hahl hatte alles versucht, um Jason mit Anna Arbogast zu verkuppeln. Nicht nur Kühling, auch alle anderen bei Radio Entropy waren der Meinung, dass die beiden absolut nicht das ideale Paar für die Pool-Sendung bildeten. Aber das focht Hahl nicht an. Er wollte unbedingt, dass Jason mit Anna Arbogast schlief – und dass Kühling ihm darüber berichtete. Zwischen Anna und Jason habe es jedoch nie mehr als unüberzeugte Knutschereien gegeben. Anna leugne nicht, dass sie mit ihm, Kühling, schlafe, sie bestehe jedoch darauf, dass er nicht ihr etatmäßiger Freund sei. Sie sei Single.

Das war eine Lösung, auf die Thaddea noch nicht gekommen war! Aber sie schloss sie sogleich für sich und Ben-Luca aus.

Hahl, der in den Diensten des verschwundenen Architekten gewesen war, hatte in Anna Arbogast den Gedanken gepflanzt, ein Buch über den Architekten zu schreiben. Arbogast hatte seine Tochter schon als Kind auf Baustellen mitgenommen. Sie war bei vielen Gelegenheiten dabeigewesen, wenn ihr Vater den Architekten getroffen hatte. Er war sogar ihr Taufpate gewesen, ohne dass das allerdings jemals irgendwelche Folgen gehabt hätte. Der Architekt und seine Architektur waren der Lebensinhalt Hahls gewesen. Hahl war treu, auch über den Tod des Architekten hinaus. So Kühling. Thaddea musste an den österreichischen Schriftsteller denken, der den Deutschen den Sinn für Geschichte absprach.

Anna Arbogast studierte Architektur. Zwar verfügte sie nicht über Schreiberfahrung, aber sie war in der Schule in Deutsch gut gewesen. Jason als Historiker sollte ihr bei der Abfassung des Buches helfen. Der Architekt hatte keine Kinder gehabt, Hahl war der Herr über den Nachlass des Architekten. Hahl lieferte jegliches gewünschte Material für das Buch, vom Terminkalender des Architekten bis zu den Eingabeplänen der gebauten Projekte.

»Eine Biographie?«, fragte Thaddea.

»Keine Biographie.«

»Das Werkverzeichnis?«

»Wird von der Universität Innsbruck erstellt. Das kann allerdings dauern. Der erste Band sollte dieses Jahr fertig sein, aber das Erscheinungsdatum wurde auf unbestimmte Zeit verschoben.«

»Was für ein Buch dann?«

»Ein Erinnerungsbuch.«

Die erste Frage, die Kühling beantwortete.

»Warum erinnert sich Hahl nicht selbst? – Warum schreibt *er* das Buch nicht?«, fragte Thaddea.

Kühling zuckte mit den Schultern.

»Kann er das Buch nicht schreiben? – Will er das Buch nicht schreiben?«, insistierte Thaddea.

»Zu Anna hat er gesagt, er habe es versucht. Aber er habe einfach die Stofffülle nicht bewältigt.«

Kühling wurde nachdenklich.

»Zu mir hat er gesagt, er wolle das Buch nicht selbst schreiben. Die Welt solle den Architekten durch Annas Augen sehen –«

Erst jetzt fiel Thaddea auf, dass Kühling schmale, nicht sehr große Hände hatte, die gar nicht zu seiner sonstigen Gestalt zu passen schienen. Seine Hände waren überhaupt nicht behaart, die Haut schien zart.

Bis vor kurzem hatte es keine Kollision zwischen der Biographie und Radio Entropy gegeben, beide Projekte schienen nicht nur kompatibel, sondern sogar kongruent. Aber Anna Arbogast zögerte ihren Studienabschluss hinaus und befasste sich nur sporadisch mit dem Erinnerungsbuch. Offensichtlich und nachvollziehbar hatte sie Gefallen an dem medial gefilterten Nachtleben oder an dem nachtgefilterten Medium gefunden. Das Buch über den Architekten stand für Hahl über allem. Hahl habe das Gefühl, dass ihm die wirklich wichtigen Dinge entglitten, dass seine Mission scheitern würde. In einem Reflex versuche er, unwichtige Dinge ins Lot zu bringen.

Thaddea hatte keine Fragen mehr und entließ den Liebhaber Anna Arbogasts hinaus in den Regen. Sie sah ihm lange nach. Er lief gegen den Wind, der seinen Mantel hochwirbelte, es sah aus, als trage er eine Toga. Binnen kurzem musste er restlos durchnässt sein, aber das war ihm völlig egal.

Schnurgerade zogen die Regenmengen ihre Wege an der Glashülle. Keine den Rhythmus schlagenden Tropfen, keine murmelnden Bäche, keine tosenden Flüsse. Thaddea staunte über die Lautlosigkeit des Schauspiels. Kata hatte so geplant oder der Glashersteller so produziert, dass es nicht das geringste Geräusch bei der Begegnung des Regens mit ihrer, Thaddeas Hülle gab. Es war, als legte der Regen allem und allen beschwörend den Finger auf die Lippen.

So hatte sich Thaddea die Anprobe nicht vorgestellt. Der Prada-Shop in der Perusastraße war immer noch nicht fertig. Der Mietvertrag von Hut-Breiter, einem uralten Münchner Geschäft, war ausgelaufen, Prada hatte die Nachbarflächen übernommen, das neue Geschäft würde doppelt so groß sein. Es hätte bereits im Mai eröffnet werden sollen. Breiter-Hüte gab es noch in der Kaufingerstraße und im *pep*, dem Perlacher Einkaufszentrum. Während der Umbauarbeiten war in der Perusastraße nur ein ebenerdiger Verkaufsraum geöffnet, in dem Taschen und Accessoires angeboten wurden. Die Verkaufsräume für Damen- und Herrenmode befanden sich provisorisch im dritten Stock des Eckgebäudes an der Kreuzung der Perusastraße mit der Residenzstraße, die Etage diente sonst als Showroom, Lager und Büro.

Thaddea hatte sich telefonisch drei Paar Schuhe und ein Sommerkleid zur Anprobe zurücklegen lassen. Die Schuhe hätte sie auch im Prada E-Shop bestellen, zu Hause anprobieren und bei Nichtgefallen wieder zurücksenden können. Das Kleid dito. Natürlich wollte sie die mit eventuellen Rücksendungen verbundenen Scherereien vermeiden. Aber vor allem wollte sie üben. Nicht das öffentliche Gehen in neuen Schuhen. Sondern das Unter-die-Leute-Gehen. Ohne Kata und Ben-Luca und mit lediglich vier aktuellen Klienten – oder sollte sie Pimpi dazurechnen? – drohte sie zu vereinsamen und sich der Gesellschaft zu entwöhnen.

Objekt von Thaddeas Begehren war der auffälligste Schuh in der Sommerkollektion: ein Open-Toe-Schuh mit einem riesigen Absatz, eine große, auf den Kopf gestellte Pyramide war auf eine etwas kleinere Pyramide aufgesetzt. Die kleinere Pyramide war blau, die größere grün, ein blauer, strassbesetzter Riemen über dem Rist und ein gelber Riemen um die Fesseln sorgten dafür, dass der Schuh am Fuß hielt. An der Ferse und über der Sohle leuchteten zwei auf- oder untergehende schwarze Sonnen mit rotem Rand. Bei Gefallen war das eine Premiere: Thaddea besaß keinen einzigen Open-Toe-Schuh. Noch niemals hatte sie auch nur in Erwägung gezogen, sich einen zuzulegen.

Der Aufzug des Bürohauses an der Ecke der Perusa- und der Residenzstraße war außer Betrieb. Die schmale, gewundene Holztreppe war durch die Bauarbeiten völlig verschmutzt. Wahrscheinlich hatten die Handwerker auch den Lift beschädigt. Zu einem kurzen neutralen Rock trug Thaddea blickdichte Strümpfe. Sie ging in Sneakers und hatte sich mehrere Papiertaschentücher in den linken Strumpf gestopft, trotzdem musste sie sich sehr konzentrieren, ihre Schritte regelmäßig zu setzen.

Im dritten Stock angekommen und außer Atem, drückte sie energisch auf den altmodischen Klingelknopf aus Messing. Aus dem Inneren der schon lange umgewidmeten Wohnung drangen gedämpft Stimmen, aber die Tür öffnete sich nicht. Thaddea ärgerte sich. Brauchte man ein Losungswort, um einkaufen zu dürfen?

Thaddea hörte das Geräusch von im Treppenhaus näher

kommenden Schritten. Vielleicht war ein anderer Kunde oder eine andere Kundin gerissener, und Thaddea konnte sich dem Sesam-öffne-dich anschließen. Während sie sich umwandte, pausierten die Schritte, um sich dann zu entfernen. Sie sah niemanden.

Eine gelassenere Inspektion der Türsituation bei niedrigerer Herzfrequenz – Thaddea war das Treppensteigen nicht gewöhnt – führte zur Entdeckung eines zweiten Klingelknopfes. Mit dem Druck auf diesen ertönte auch ein akustisches Signal hinter der Tür, die sich schnell öffnete. Ein Verkäufer aus der Herrenabteilung, den Thaddea vom Sehen kannte, flötete Willkommenslaute.

Thaddea hätte niemals das Prada-Geschäft aufgesucht, um allein die schrillen Open-Toe-Schuhe anzuprobieren. Die beiden anderen Paare, die sie sich hatte zurücklegen lassen, waren jedoch nicht nur Camouflage. Die grauen Sneakers mit den weißen Sohlen und den gerippten weißen Kappen als Zehenschutz, eigentlich waren es einfache Segeltuchschuhe, würde sie in jedem Fall nehmen. Sie konnte sie anziehen, wenn sie Klienten empfing. Mit den Pumps wollte sie sich an die Open-Toe-Schuhe herantasten: Die Pumps hatten die gleiche Form wie die Open-Toe-Schuhe, die Pyramiden des Absatzes weiß, die Sohle gleichfalls weiß, das Futteral für den Fuß – sagte man so? – aus dem gleichen grauen Stoff wie die Sneakers, ohne seitliche Aussparungen, die gerippte Kappe zum Schutz der Zehen ebenfalls die gleiche wie bei den Sneakers. Weil der Fuß besseren Halt hatte als in dem Open-Toe-Schuh, war auch nur der Riemen um den Rist nötig, natürlich aus dem gleichen grauen Segeltuch.

Aus taktischen Gründen ließ sich Thaddea zuerst das

Kleid bringen. Die Anprobe des Kleids war eigentlich als reine Camouflage gedacht. Aber das ärmellose, knielange Kleid aus denkbar einfachem schwarz-weißem Karo stand ihr ausgezeichnet. Ein breites Band aus dem gleichen Stoff raffte die Taille, ein gerüschtes Band mit schwarzen Rändern führte vom Hals zur Taille, der Gedanke an ein Dienst- oder Zimmermädchen musste aufkommen. Es war das ideale Kleid für eine Unternehmensberaterin, die es satt hatte, nur in grauen oder blauen Kostümen herumzulaufen. Sie selbst konnte das Kleid sowohl dienstlich als auch außerdienstlich anziehen.

Natürlich passte das Kleid überhaupt nicht zu den Open-Toe-Schuhen. Dazu konnte sie nur ein ganz einfach geschnittenes, unifarbenes Kleid tragen, aber das hatte sie nicht vor. Am wenigsten auffällig würden die grellen Schuhe mit Jeans wirken, denn sie nahmen die Farbe der Jeans auf. In dem Kleid und in den Sneakers konnte sie ideal ihrem Beruf auf den verschiedenen Ebenen nachgehen. Eine Art Zurückhaltungs-Prostitution.

Thaddea musste dann ziemlich lange warten, bis die Verkäuferin mit den Sneakers und den Pumps zurückkam. Die Sneakers waren ein No-brainer. Sie schlüpfte in die Pumps hinein, sie befestigte den Riemen über dem Rist, und ihr Fuß fand Halt, als hätte sie nie einen anderen Schuh getragen. Wie hieß der Knochen, über dem sich der Riemen spannte? Sie ging nicht vor dem Spiegel auf und ab, sie reportete die Kombination aus dem schwarz-weißen Midi-Kleid und den Sneaker-Pumps aus grauem Segeltuch.

War das schon der Höhepunkt gewesen? Die Sneakers und die Sneaker-Pumps sollten eigentlich nur den Aufgalopp für die Open-Toe-Schuhe bilden. Das Kleid sollte gewissermaßen die Staubwolke besorgen, in die die Kavallerie alles einhüllte, besonders sie, wenn sie die Open-Toe-Schuhe anprobierte. Doch aller Druck war von Thaddea gewichen. Jetzt konnte sie es ja zugeben: Sie interessierte sich für die Open-Toe-Schuhe, nicht obwohl, sondern gerade weil diese Waffen zu sein schienen. Aber als die Verkäuferin die Open-Toe-Schuhe aus der Schachtel nahm, gaben diese keine feindliche Absicht gegen andere Teile zu erkennen. Die Open-Toe-Schuhe strebten nach Geselligkeit nicht nur mit den Sneaker-Pumps, sondern auch mit den Sneakers und sogar mit dem Kleid. Die Open-Toe-Schuhe und die Pumps waren eigentlich ein Paar-Paar.

Nach der perfekten schwarz-grau-weißen Kombination spielte es keine Rolle, ob sie in den Open-Toe-Schuhen gehen konnte oder nicht. Thaddea war es gleich, ob die Verkäuferin oder jemand anderes in dem zum Shop umfunktionierten Showroom etwas von ihrer – nein, nicht Missbildung, das hätte ja geheißen, jemand hatte sie gebildet – Missgestalt – das ließ offen, woher diese kam, ob bewusst herbeigeführt oder kontingent – mitbekam. Thaddea gab sich sanft und kühl, aber in Wahrheit war sie den Open-Toe-Schuhen verfallen. Rasender innerer Lärm mit Trommeln und Pfeifen begleitete ihre Kaufentscheidung. Koketterie als Lebensplan – warum nicht?

Aber da plötzlich ein Kopf wie ein ziemlich spitzes Dreieck. Verkniffene, aber zugleich lebhafte Augen im Zusammenspiel mit einem Gesicht, dem ausgeprägte Backenknochen etwas leicht Mongolisches gaben. Ein schmaler, unentschiedener Mund. Das Gesicht hatte nichts Dämonisches, nichts Grausames, nichts irgendwie Bedeutendes. Es war das Gesicht eines Durchschnittsmenschen.

Das war kein Zufallstreffen. Thaddea nahm das Gesicht Hahls nur einen kurzen Moment lang wahr, als er an der provisorischen Damenabteilung vorbei zu der ebenso provisorischen Herrenabteilung ging. Das war kein Zufallsblick Hahls, sondern einer, der darauf angelegt war, sich einen Überblick und einen Einblick zu verschaffen. Über Thaddea, in Thaddea. Die Schritte im Treppenhaus waren bestimmt diejenigen Hahls gewesen, der nicht damit gerechnet hatte, dass sie so lange Zeit vor der Tür verbrachte. Wahrscheinlich war er nicht ganz sicher gewesen, ob sie ihn nicht doch im Treppenhaus gesehen hatte, deswegen hatte er Zeit verstreichen lassen, bis er jetzt die provisorischen Verkaufsräume betreten hatte. War Hahl cuckoo genug, Thaddea zu beschatten?

Thaddea nahm die drei Schuhpaare und das Kleid, dazu kam noch eine ärmellose schwarze Bluse. Geist war in den Rang des Leidens erhobene Materie, Denken nur das Ergebnis von Missgeschicken und solchen, die es nicht werden sollten. Wenn sich etwas gut schickte – wie die schwarz-grau-weiße Kombination –, wenn die Materie, die Trägerin, nicht litt, war dann kein Geist mehr? War dann kein Denken mehr? Die Open-Toe-Schuhe: Ein interessanter Geist war immer mit uneingestehbaren Defekten behaftet. Sie war ein interessanter Geist.

In den Showrooms gab es keine Kasse, die Verkäuferin begleitete sie in den ebenerdigen Teil des Geschäfts in der Perusastraße, der trotz des Umbaus geöffnet war. Während die Verkäuferin die gekauften Artikel in die Kasse eingab und ein Verkäufer die Artikel einpackte, stellte sich ein unbegleiteter Hahl hinter Thaddea, um zwei sehr schmale Krawatten zu bezahlen. Er schien aus dem Nichts gekommen, Thaddea hatte ihn weder in dem Geschäft erblickt noch eintreten sehen. Sie mutmaßte, er hatte hinter einer der verspiegelten Säulen das Reisegepäck in den Regalen betrachtet, um sie abzupassen.

Die Verkäuferin erledigte den Bezahlvorgang flink, der Verkäufer, der Thaddeas Teile einpackte, war nicht so hurtig. Am liebsten wäre Thaddea, um sich von Hahl möglichst zu entfernen, zu irgendeinem Regal hingegangen, um sich dort Gürtel oder Tücher anzusehen. Aber die Verkäuferin wartete auf ihren Kollegen, um Thaddea wie üblich die Einkaufstüte zu überreichen und ihr zum Abschied die Hand zu geben. Es wäre unhöflich gegenüber der Verkäuferin gewesen, sich zu entfernen, und es hätte auch unentschlossen gewirkt, als wäre ihr plötzlich eingefallen, noch etwas zu kaufen. Das war nicht ihre Art.

Hahls zwei Krawatten waren nicht schnell bezahlt, aber schnell eingepackt. Es trat genau das ein, was Thaddea befürchtet hatte: Hahl und sie waren zur gleichen Zeit fertig, welch ein Zufall. Hahl fragte Thaddea höflich, sachlich und völlig unverquast, ob er sie aus dem Geschäft hinausbegleiten dürfe und ob sie draußen zwei Worte wechseln könnten. Thaddeas erster Impuls war anzugeben, sie habe es sehr eilig und müsse sofort weiter. Aber Hahl war schließlich ihr Klient. War er das? Doch. Irgendwie schien es gar keine Rolle zu spielen, dass sie sich gar nicht begrüßt hatten, weder im Showroom noch im Geschäft.

Wenn Pimpi Thaddea zum Essen eingeladen hätte, dann hätte sie abgelehnt. Wenn er den Vorschlag gemacht hätte, sich in einer Bar zu treffen, dito. Sie wollte, sie konnte kein Date mit ihm haben, nachdem er versucht hatte, sie gegen ihren Willen zu küssen. Eigentlich hatte sie damit gerechnet, dass er sie bitten würde, in sein Büro oder in den Sender zu kommen. Einer im weitesten Sinn geschäftlichen Besprechung hätte sie nach langem Zögern zugestimmt. Aber als er ihr auf der Mailbox vorschlug, sich in Hellabrunn zu treffen, war sie so baff gewesen, dass sie ihm unverzüglich, ohne Not auf seine Mailbox gesprochen hatte, sie überlege es sich. Aced it.

Thaddea hatte Pimpi maßlos unterschätzt. Mit seinen DJs und mit Hahl inszenierte er eine grandiose Aufführung um sie herum.

»Sie sind ohne mich hilflos.«

Hahl saß auf einer Treppenstufe des Aufgangs zur Oper vor einer Säule, sein schwarzer Anzug glänzte in der Sonne. Thaddea war überhaupt nicht hilflos. Sie stand vor ihm und ließ die kleine leichte Einkaufstüte mit dem Kleid vor sich hin und her schwingen. Die große schwere Einkaufstüte mit den Schuhen hatte sie neben sich auf den Boden gestellt. Diese Unhöflichkeit hatte sich Hahl selbst zuzuschreiben, schließlich hatte er mit ihr Worte wechseln wollen, aber dann erst nach wiederholter Aufforderung welche geäußert.

»In dem Memo des Beraters, den mein Chef engagiert hat, ist die Rede von meiner dämonischen Geschicklichkeit und meinem diabolischen Sinn für Humor.«

Mit *sie* hatte Hahl nicht sie, Thaddea, gemeint. Sondern seine Untergebenen und seinen Chef, Pimpi, der auch Thaddea engagiert hatte. Thaddea mochte Hahl nicht. Sie sah nicht ein, warum sie ihre Abneigung im Zaum halten oder gar bekämpfen sollte. Sie war nicht objektiv, was immer das hieß, und sie wollte nicht objektiv sein. Schon wieder war sie mit Coaching für Führungskräfte beschäftigt. Jetzt kam auch noch Outplacement dazu. Pimpi wollte Hahl loswerden. Thaddea konnte es ihm nicht verdenken.

Hahl stand auf. Thaddea hatte erwartet, dass er sich den Staub von den Hosen klopfen würde, aber er dachte nicht daran. Thaddea ließ die Einkaufstüte von der rechten in die linke Hand und zurück wandern. Während Hahl sprach, streckte er in einer Geste die Arme aus. Da hielt Thaddea die Einkaufstüte hinter den Rücken.

»Wissen Sie, was es heißt, wenn in Ihrem Postausgang zwei oder drei Mails sind, in denen steht, dass es die Sendung und den Moderator nicht mehr gibt? – Ich bin kein Mann, der an irgendetwas Hartem, was er tun muss, Freude oder Spaß hat. Ich habe aber andererseits so gute Nerven und ein so großes Pflichtbewusstsein – das darf ich für mich in Anspruch nehmen –, dass ich dann, wenn ich eine Sache als notwendig erkenne, sie kompromisslos durchführe. – Ich glaube, dass Sie mich so weit kennen, dass ich kein … Mensch bin.«

Thaddea verstand das Wort nicht, denn in diesem Augenblick fuhr ein Polizeifahrzeug mit Blaulicht und Sirene über den Max-Joseph-Platz.

Hahl wandte sich um und stieg die Stufen zum Eingang der Oper hoch. Für einen Augenblick befürchtete Thaddea, er werde kommentarlos gehen. Das wäre eine adäquate Reaktion auf ihr dümmlich-überhebliches Spiel mit der Einkaufstüte gewesen.

Aber Hahl ging nicht. Er telefonierte im Schatten neben einer Säule. Thaddea hielt die kleine Einkaufstüte wieder vor sich. Sie blickte an ihren Armen herab. Ihre Arme waren in der Sonne sehr weiß, die Muskeln und Sehnen zeichneten sich deutlicher ab, als es bei einer Frau ihres Alters üblich war. Es musste an der schwarzen, ärmellosen Bluse mit dem Stehkragen liegen, die sie auch noch anprobiert und gleich anbehalten hatte. Die Bluse war eine Kurzschlussreaktion gewesen. Thaddea glaubte nicht, dass sie die Bluse noch einmal anziehen würde.

Während sie darauf wartete, dass Hahl das Telefongespräch beendete, stellte sie sich vor, sie übernachtete bei Pimpi. Sie wusste von Ben-Luca, Pimpi lebte in der Villa seiner Eltern in Bogenhausen, die der Thomas-Mann-Villa unmittelbar gegenüber lag. Das Haus von Thaddeas Eltern war nur wenige hundert Meter entfernt gewesen. Mit Ben-Luca war Thaddea einmal bei Alexander Dibelius eingeladen gewesen, dem Deutschlandchef von Goldman Sachs. Der hatte die Thomas-Mann-Villa gekauft und im Salon einen Glasboden einziehen lassen, so dass man ständig, ob man wollte oder nicht, auf den Pool unter dem Salon blickte. Unter den Gästen waren auch Nicolas Berggruen und Thomas Middelhoff gewesen, die beiden und der Hausherr passten zusammen. An die Ehefrau, die sich jetzt mit ihrem Mann einen klassischen Scheidungskrieg in den einschlägigen Medien lieferte, sogar die *SZ* berichtete darüber, konnte sich Thaddea überhaupt nicht mehr erinnern.

Die Thomas-Mann-Villa war gar nicht die Thomas-Mann-Villa. Das Haus Thomas Manns hatte nach seiner Flucht 1933 als Lebensborn-Stätte gedient und war im Krieg zerstört worden. Florian Haffa aus der frühen deutschen New-Economy-Szene hatte das Grundstück mit dem Nachkriegs-Bungalow gekauft und an Alexander Dibelius weiterverkauft, ein Verwandter des Investmentbankers errichtete die Villa mit dem Walmdach – ! – im Thomas-Mann-Stil – ! – neu. Von einer Rekonstruktion konnte keine Rede sein. Die viel zu großen Fenster, eine riesige Terrasse mit einer wuchtigen geraden Wand zum Garten hin sowie eine weitere Terrasse auf dem Dach ruinierten die Proportionen restlos.

Ben-Luca hatte einmal erzählt, in Pimpis Villa gebe es einen Panic room, der als Bibliothekszimmer eingerichtet war. Thaddea konnte sich nicht vorstellen, dass Pimpi oder seine Eltern lasen. Natürlich musste ein vifer Interior designer auch dazu in der Lage sein, Bücherregale mit dekorativen Gesamtausgaben zu füllen. Der Zugang zum Panic room erfolgte durch den Fitnessraum. Die Tresortür zu dem Panic room war von keiner Seite als solche zu erkennen. Außen war sie durch eine Holzvertäfelung mit Sprossenwand verdeckt, innen mit einem Bücherregal verkleidet. Der Türgriff befand sich hinter einer gefakten Brockhaus-Ausgabe, man klappte leere, aneinandergeklebte Buchrücken zur Seite.

Thaddea phantasierte, Pimpi und sie hätten einen Film angesehen, im Heimkino neben dem Fitnessraum und dem Panic room. Es wurde spät, Pimpi hatte vorgeschlagen, sie solle im Panic room auf der Bettcouch übernachten. Thaddea konnte die Tür zum Panic room offen lassen oder schließen, er machte ihr vor, wie man die Tür betätigte. Er selbst schlief quer auf den Sesseln im Heimkino.

Thaddea hatte so viel Zeit, um über Jugendstilvillen und über Pimpi nachzudenken, weil Hahls Gespräch dauerte. Sie hatte sich so unhöflich verhalten, dass sie jetzt geduldig sein musste.

Thaddea hatte die Tür zwischen Panic room und Heimkino offen gelassen. Sie schlief ungestört und traumlos. Am Morgen musste sie erst die Glieder schütteln, die Bettcouch war härter, als sie gedacht hatte. Pimpi saß im Heimkino in der hintersten Reihe. Als sie das Heimkino betrat, sprang er hoch und machte ihr ein Kompliment. Es wäre so schön gewesen, wenn Pimpi dazu fähig wäre, ihr ein Kompliment zu machen, das nicht kitschig war …

Nicht nur Pimpi, auch sie, Thaddea, musste aus dem Kitsch herausfinden. Hahl steckte sein Handy ein.

»Wie hieß der Architekt, für den Sie gearbeitet haben?«, wollte Thaddea wissen.

»Hant.«

»Warum ist seine Biographie so wichtig?«

»Es geht nicht um die Biographie.«

»Warum ist er so wichtig?«

»Das können Sie nicht verstehen.«

»Doch, das kann ich verstehen, wenn Sie es mir erklären.«

»Seine Bauten und sein Leben gehören untrennbar zusammen. Man kann nicht zwischen seinem Leben und seinen Projekten unterscheiden.«

»Warum schreiben *Sie* nicht ein Buch über sein Leben und sein Werk?«

»Ich bin Teil von Hants Leben. Ich bin Teil von Hants Werk.«

»Sie wären nicht objektiv?«

»Biographien sind niemals objektiv. Ich könnte Hants Autobiographie verfassen. Aber Autobiographien sind nicht nur nicht objektiv, sie sind unehrlich.«

Thaddea dachte: Es geht trotzdem um die Biographie des Architekten.

»Anna und ich setzen uns in unregelmäßigen Abständen zusammen. Sie erzählt mir einzelne Episoden, wie ihr Vater und Hant Projekte angedacht haben, wie sie mit ihrem Vater dann die Baustellen besichtigt hat, wie sie die Einweihung erlebt hat. – Ich erläutere ihr jeweils die Bauten und was Hant dabei wichtig war.«

»Jason sollte mit Anna Arbogast schlafen und dafür sorgen, dass sie das Buch schreibt. Kühling sollte Ihnen berichten, ob die gewünschten Fortschritte erzielt werden.«

»Die Sitzungen sind immer seltener geworden …«

»Anna Arbogast, Jason und Kühling haben sich Ihrem Machtspiel entzogen.«

Hahl gab einen Laut von sich, der nur als leises Stöhnen interpretierbar war. Für einen kurzen Moment sah Thaddea einen schmerzhaft ratlosen Hahl, der gebeugt stand und den Mund dümmlich offen hielt. Er hatte sich jedoch so schnell wieder in der Gewalt, dass Thaddea zweifelte, ob sie tatsächlich gesehen hatte, was sie glaubte, gesehen zu haben, oder ob das nicht Wunschdenken gewesen war.

So ein Plan konnte doch gar nicht aufgehen. Oder doch? Anna Arbogast und Jason waren zwei Königskinder. Beide waren reich und attraktiv. Wenn man da nach ausgefalleneren Adjektiven suchte, wurde man der Situation nicht gerecht. Die Sendung spannte sie zusammen – so ein Plan konnte aufgehen.

Würde Anna Arbogast das Buch schreiben? Eins musste Thaddea Hahl zugute halten: Er kam auch nicht nur für einen Augenblick auf den Gedanken, die ganze Sache hänge am Sex. Wenn Anna Arbogast das Buch nicht schrieb – lag es einfach nur daran, dass der Sex mit Kühling besser war als der Sex mit Jason?

Niemals nahm Thaddea den Aufgang aus dem Basement, wo sie ihren Wagen abstellte, sie betrat ihr Haus immer durch die Gartentür im Süden. Thaddea musste nur ihre flache Hand auf die Glasscheibe legen, etwa auf halber Höhe neben dem rechten Türrahmen, und die Tür öffnete sich automatisch. Die Sensoren vermaßen die Hand auf der Glasscheibe von der Seite, Kata war sehr stolz auf das Schließsystem gewesen. Natürlich gab es noch einen Sender, mit dem man die Tür ebenfalls öffnen konnte, aber den hatte Thaddea nicht dabei. Bis jetzt hatte der Türmechanismus ausnahmslos funktioniert. Aber schon als Thaddea die Hand zur Tür führte, wusste sie, dass die sich nicht öffnen würde. Hinter der Glastür stand eine zweite Thaddea, die die Arme hinter dem Rücken verschränkte, den Kopf gesenkt hatte und sie nicht anblickte. Erst als Thaddea den letzten Schritt zur Tür hintat, bewegte sich die andere Thaddea ebenfalls zur Tür hin und sah auf. Thaddea versuchte, die andere Thaddea zu überreden, dass sie ihr die Tür öffne, aber sie erntete nur ein Kopfschütteln.

Es lag wohl an der ärmellosen Bluse, dass Thaddeas Spiegelbild den Eindruck erzeugte, sie würde die Arme hinter ihrem Rücken verschränken. Thaddea würde die Bluse reinigen lassen und weggeben.

Nach mehreren Versuchen gab der Schließmechanismus

doch noch die Tür frei. Jemand musste sich mit dem System beschäftigen, das Risiko war zu groß, dass sich die Tür nicht nur verspätet, sondern vielleicht auch anlasslos öffnete. Thaddea zog ihr Telefon aus der Tasche, um wen anzurufen? Kata?

Im Inneren des Hauses wartete ihr Roman auf sie.

Um sich und ihren Roman abzulenken, griff Thaddea nach einer der Zeitungsseiten mit einem Artikel über Ben-Luca, die sie beiseite gelegt hatte. War es schlimmer oder weniger schlimm für Ben-Luca gekommen? Ben-Luca arbeitete nicht mehr für den Kunstfonds, aber auch nicht für die Deutsche Bank. Aus dem Jobangebot Katas war nichts geworden, warum auch immer. Viele Werke der Gegenwartskunst setzten voraus, dass der Sammler gleich ein Museum baute oder wenigstens über eine Lagerhalle verfügte. Das Stichwort war Household size, obwohl es gar nicht im Text vorkam. Die Galerie, für die Ben-Luca Reklame machen durfte – war es der Zeitung jetzt unangenehm, dass sie ihn im Zusammenhang mit den Blossfeldt-Platten so hart angegangen hatte? –, bot Videos, Installationen und Stage props an, die Privatsammler bei sich zu Hause aufstellen konnten. Die Galerie führte Arbeiten von Fleur Blankovic, Thomas Demand, Stan Douglas und Pipilotti Rist. Natürlich hatten die Künstler Verträge mit renommierten Galerien, Ben-Luca erwähnte ausdrücklich, dass er mit diesen Galerien zusammenarbeite. Es gehe darum, auch dem nichtmusealen Privatsammler den Zugang zu dieser Kunst zu ermöglichen. Thaddea dachte: Es ist für Ben-Luca noch schlimmer gekommen. Wer unbedingt Arbeiten dieser Künstler sehen wollte, brauchte nur ins Museum zu gehen. Es ging einfach darum, den Markt für diese Künstler zu verbreitern. Im Auktionshaus hatte Ben-Luca mit jeder Menge nicht gehypter Kunst zu tun gehabt. Jetzt war er Angestellter des Hypes.

Ihr Roman sagte: ›Ich habe dich länger nicht gesehen.‹

Ihr Roman duzte sie. Aber er konnte ja schlecht Sie zu ihr sagen. Wollte sie einen Roman schreiben, der Sie zu ihr sagte?

Thaddea fragte, velourssanft: »Worüber wollen wir reden?«

›Wir sollten über uns reden.‹

»Über dich und mich?«

Thaddea hatte gezögert, ihren Roman mit Du anzureden. Irgendwie hatte er es fertiggebracht, sich dicht an sie heranzuschieben. Etwas beunruhigend Geschmeidiges ging von ihm aus.

›Wann wirst du weiterschreiben?‹

»Ich werde weiterschreiben. Ich verspreche es.«

›Du hast schon seit einiger Zeit nicht mehr geschrieben.‹

Ihr Roman wetzte die Messer, um seine eigene Haut zu retten.

Thaddea überlegte, was sie mit dem Romantorso anfangen würde, wenn sie nicht weiterschrieb. Auf keinen Fall würde sie den Text einfach auf dem Computer lassen. Sie würde den Text ausdrucken und löschen und die Blätter in eine Korkmappe legen. Gab es überhaupt noch Mappen aus Kork? Sie würde einen Zettel beilegen, falls jemand die Blätter fand, solle er sie vernichten. Wer sollte die Blätter finden?

Sie blickte an sich herab und stellte fest, dass sie noch immer die neuen Sneakers anhatte. Nie lief sie mit Schuhen, die sie draußen trug, in ihrem Haus oder in der Struktur. Nie hatte sie vergessen, die Schuhe auszuziehen. Sie konnte sich das nur damit erklären, dass sie über die Maßen abgelenkt war, weil sie sich selbst den Eintritt in ihr Haus verwehrt hatte. In der Gegenwart ihres Romans zog sie die Schuhe mit Scham und Anstand aus. Das hieß, weder beugte sie sich zu weit vor, noch nahm sie das Bein zu hoch.

Ihr Roman musste sie als Verkennerin, als Zerstörerin seiner Lebenspläne sehen. Im Zwist mit ihrem Roman würde sie, Thaddea, Recht behalten, immer. Doch ihr Roman konnte sich rächen. Sie entdeckte in ihrem Inneren genauso viel Böses wie bei allen anderen, in die sie hineinschaute. Aber sie verabscheute die Tat, sie beließ die Welt in dem Zustand, in dem sie sie vorfand. Sie fügte niemandem Leid zu. Anstrengungslos unmoralisch war ästhetischer als angestrengt moralisch. Das sagte sie aber nicht. Sie war der festen Überzeugung, dass grausame Menschen nur aus einem Grund so waren: aus Grauen vor der Gleichförmigkeit der Tage. Güte war oft nur Schein. Grausamkeit war nie Schein. Auch wenn sich Grausamkeit affektiert oder distinguiert zeigte, sie war nie fingiert. Güte wurde ständig gefakt. Niemand fakte Grausamkeit. Außer natürlich in der Kultur, Horrorfilme etc. Wenn sie nicht weiterschrieb, würde sie die Welt nicht mehr in dem Zustand belassen, in dem sie sie vorfand. Sie würde Leid zufügen. Das wäre dann die Rache des Romans. Würde ihr Roman die moralische Leistung vollbringen, sich nicht zu rächen?

Der Roman brachte sie dazu, eine Website mit einer bemerkenswerten astronomischen Aufnahme anzuklicken: Thaddea blickte auf eine kreisrunde, bläulich schimmernde Scheibe mit einem schmalen hellen Rand und einem gleißenden Vordergrundstern. Die bläuliche Scheibe war der planetarische Nebel Abell 33, ein sterbender sonnenähnlicher Stern, der seine äußere Hülle in rar kugelsymmetrischer Form abgestoßen hatte. Inmitten des Nebels wurde der Stern langsam zu einem Weißen Zwerg. Der nackte Sternkern war an seiner Oberfläche heiß genug, um große Mengen an Ultraviolett-Strahlung auszusenden, deren Energie die abströmenden Gasmassen zum Leuchten brachte. Aufgrund eines optischen Effekts erschienen die Gasmassen am Rand am hellsten. Abell 33 war zweitausendfünfhundert Lichtjahre von der Erde entfernt, der Vordergrundstern mit der Bezeichnung HD 83535 war lediglich siebenhundertfünfzig Lichtjahre entfernt. Das Ganze spielte sich im Sternbild Wassermann ab, HD 83535 war mit bloßem Auge nicht zu sehen. Die Aufnahme, die einen Ring mit einem großen Diamanten zu zeigen schien, war mit dem Very Large Telescope auf dem chilenischen Gipfel Cerro Paranal gemacht worden.

Thaddea sagte: »Oh, das ist toll.«

Der Roman sagte: ›Sei nett zu mir.‹

Ihr Roman auch ein Klient? Das hatte ihr noch gefehlt! Aus dem Nichts stieg ein zorniges Unwetter in Thaddea auf. Jetzt machte auch ihr Roman noch auf *Keep the customer satisfied*! Er reihte seine Lebensäußerungen in die Inflation angelernter Zuckungen ein, die den Betroffenen als schiefgelaufener freier Wille vorkam, er erwartete, dass sie seine kitschigen Kränkungen ernstnahm, dass sie ihm abgenutzte Einfälle als Bestürzungen verkaufte. Wie Robin Hood sollte sie die Ekstasen von denjenigen stehlen, die zu viel davon hatten, und sie ihm, dem Armen, geben!

Aber sie konnte nicht einschätzen, wie ironisch oder unironisch ihr Roman war. Sah er sie vielleicht als eine gefährdete Existenz, stets hart an der Grenze, am Abgrund ihrer Fähigkeiten beziehungsweise des Versagens? Sie hatte das Äußerste aus ihrer Begabung herausgeholt, das war nicht genug. Wollte er ihre labile Seele stabilisieren oder destabilisieren?

Wenn sie nicht weiterschrieb, dann nicht deshalb, weil ihr nichts einfiel, sondern weil ihr zu viel einfiel! Ihr Roman sollte schaudern! Er sollte sie bewundern, weil ihr so viel einfiel! Er sollte begreifen, dass Überfülle und Ende eins waren! Ihr Roman war nicht notwendig! Für sie, Thaddea, sowieso nicht. Der Roman war auch nicht für sich selbst notwendig. Auch das sollte ihr Roman einsehen!

Thaddea wartete vor dem Freigehege der Banteng-Wildrinder auf Pimpi. Das war eine Rinderart aus Südostasien. Der Wärter sprach in ein Mikrophon, aus den Lautsprechern am Rand des Geheges erklärte seine Stimme den Besuchern, was er und seine Schützlinge gerade taten.

»Evi, geh weiter, kumm. Soo is brav, super, geh nua zua. Grazia, jetza kummts, es zwoa. Auf gehts. Petra geh zua, kumm. Bist a gmiatlichs Haus. Geh zua, Madl. Jawoll, so is fein. Da passiert da gar nix. Glei kummt dei Sohn!«

Die Banteng-Rinder waren eher plumpe Tiere. Es nützte ihnen nichts, dass sie vergleichsweise schmale Läufe hatten, fast wie Gazellen, im Gegenteil, auf diese Weise wurden ihre dicken Bäuche noch betont. Warum die Banteng-Rinder im Zoo gehalten wurden, das erschloss sich Thaddea nicht. Vielleicht, weil ihnen die Zoohaltung nicht viel ausmachte.

»So, und jetzt kimmt der Nils. Hamma heit Familienzusammenführung, gei.«

In einem modernen Zoo sollten die Tiere mit möglichst vielen Umweltreizen in Kontakt kommen. War das auch die Meinung der Tiere?

»Super! – Nein, nein, nein! – Ö ja. Naus! – Kennst den Weg nimmer? – So isser fein. Super.«

Der Wärter mit dem Mikro sorgte dafür, dass jedenfalls

die Besucher im Tierpark Hellabrunn möglichst vielen Umweltreizen ausgesetzt waren.

»Klasse! – Ja, probierst glei zum Saufn. Da is aba nix mehr drin. – Des werd er natürli jetzt de nächste Zeit no öfters probiern. Dass eben, aiso, dass er no a Muich – Milch kriagt vo da Mutta, aba – des slagt ma jetz scho richtig schee – die lauft a scho weg jetzt, der is des a unangenehm, weis natürli ka Muich mehr hat. Aba des lernta relativ schnell, dass er nix mehr kriagt. Ma sogt, so in der freien Natur säugen die Muttertiere ihre Jungen acht bis neun Monate. Dann bereiten sie sich in der freien Natur auch schon auf die nächste Geburt vor und vertreiben das letzte Junge. Des is a de Zeit, wo die Jungen recht unkoordiniert durch die Wälder laufen, weil sie eben die Welt nicht mehr verstehen, weil sie die Mutter wegscheucht, wo sie bisher immer sehr engen Kontakt gehabt haben. Und des is immer richtig verruckt ...«

Aus der Ferne sah es so aus, als ob Pimpi einen ganz normalen blauen Anzug trug. Die Jacke war kurz, die Hosen waren eng geschnitten, aber sie reichten vorschriftsmäßig bis zu den Schuhen. Erleichtert strich Thaddea in Gedanken den Namen Thom Browne durch.

Pimpi entschuldigte sich für sein Zuspätkommen, er habe einen Termin mit einem Investor gehabt, der länger als vorgesehen gedauert hatte. Als Pimpi näher gekommen war, hatte Thaddea lediglich die unüblich breiten Revers zur Kenntnis genommen. Im Verlauf der harmlosen Konversation über den Investor hatte Thaddea auf einmal bemerkt, dass der Anzug riesige aufgenähte Außentaschen hatte. Die Manierismus-Version eines Blazers.

–

»Hast du gerade gesagt, du hast einen Traum gehabt?«

»Ja –«

Thaddea hatte absolut abschreckend gefragt.

»Ist das total verheerend? – Soll ich rot werden?«

Leute, die solche Anzüge trugen wie Pimpi, hatten keine Träume zu haben. Aber Thaddea ärgerte sich nicht über Pimpi, sondern über sich selbst. Weil ihr modegegenwartsgeschichtlicher Blick nicht früher aktiv geworden war und weil – sie für einen Moment ein Gefühl der Enttäuschung verspürt hatte, über Pimpi …

»Geh weida!«

Der Tierpfleger tat recht, sie zu ermahnen. Sie forderte Pimpi auf, seinen Traum zu erzählen. Sie hasste Träume.

»Der Wagen –«

Thaddea unterbrach ihn: »Welcher Wagen?«

»Der Wagen, den du kennst –«

Pimpi wollte die Marke und das Modell nicht nennen. Das war ein Punkt für ihn. Meistens sagten die Leute ja: »Als wir mit unserem Cayenne nach … gefahren sind …«

»Ein Kran hebt den Wagen mit Hilfe von zwei Gurten in die Höhe.«

Pimpi streckte die Arme aus, winkelte sie ab und zeigte mit den ausgestreckten Zeigefingern nach oben.

»Beide Gurte reißen.«

Pimpi klatschte in die Hände.

»Der Wagen rumst zu Boden, aber er ist okay. Er fährt sofort los, aber er muss gleich wieder bremsen, denn da ist ein großer Baumstamm im Weg –«

Ein großer dicker Baumstamm im Traum?! Wollte Pimpi Thaddea verarschen?

»Nein, nicht ein einzelner Baumstamm. Es waren mehrere.«

Pimpi machte eine ausholende Bewegung mit der rechten Hand.

»Der Wagen fährt um die Baumstämme herum. Der Wagen beschleunigt wieder, aber er muss erneut bremsen. Ein kleinerer Wagen steht quer.«

Thaddea dachte, wahrscheinlich mehr Q3.

Als ob Pimpi Thaddeas Gedanken gelesen hätte, fügte er hinzu: »Das kleine Auto war kein Modell, das es gibt. Es sah irgendwie aus, als sei es aus der Zukunft gekommen.«

In dem Waldstück gegenüber ihrem Haus gab es einen Holzstapel, der Thaddea Stoff zum Nachdenken lieferte. Eines Morgens lagen in der Mitte der Weges-Acht, auf die sie aus dem Südfenster blickte, mehrere Holzstämme. Entastet und entrindet glänzten sie im Morgenlicht, in der Nacht hatte es geregnet. Am nächsten Tag war die Wegkreuzung unpassierbar, weil komplett mit Baumstämmen bedeckt. Ein Spaziergänger, der nicht umkehren wollte, musste durch den Wald ausweichen. Thaddea hatte keinerlei Geräusch von Holzfällarbeiten gehört. Die Bäume stammten nicht aus der unmittelbaren Nähe, warum sie ausgerechnet an dieser Stelle gelagert wurden, war nicht einsichtig. Thaddea hatte auch kein Geräusch eines Holzlasters gehört.

Die Baumstämme in Pimpis Traum – war Pimpi an ihrem Haus vorbeigefahren? Hatte Pimpi sie aus dem Wald heraus beobachtet? War Pimpi ein Stalker?

Thaddea sagte nur zwei zusammengesetzte Worte zu Pimpis Traum: »Ernsthaftes Ehrgeizproblem.«

In Gedanken formulierte sie einen unprofessionellen Satz, in dem das Wort Klapse vorkam. Natürlich sprach sie den Satz nicht aus.

Stumm und einträchtig beobachteten Thaddea und Pimpi, wie das Banteng-Muttertier und das Kalb die Schädel aneinander rieben. Das war wohl Teil des Wegscheuchens.

Nach einer halben Stunde, jedenfalls kam es Thaddea so vor, sagte Pimpi: »Ich mache jetzt ein Projekt.«

Thaddea hörte ihm zu, wie sie Gesprächen auf Partys folgte, die sie nicht im Geringsten interessierten. – »Türme sind out.« – In München waren Türme noch nie in gewesen. – »Wir bauen eine Arbeitslandschaft.« – Thaddea hatte in ihrer Arbeitslandschaft zwiespältige Erfahrungen gemacht. – »Die Arbeitslandschaft besteht aus einem Papierschnipsel und einem Donut.« – »Wieso Papierschnipsel? – Wieso Donut?« – »Das eine Gebäude hat unregelmäßige eckige Umrisse, es bekommt eine weiße Keramikfassade, das andere Gebäude ist eine ringförmige Glaskonstruktion um eine Freifläche.«

Es stellte sich heraus, dass die Arbeitslandschaft gegenüber der Firmenzentrale entstehen sollte, in der die Planerin, die Mutter von Fleur Blankovic, arbeitete.

»Im letzten Jahr sind sechshundertfünfundzwanzigtausend Quadratmeter Bürofläche vermietet worden.« Und: »Der Leerstand ist auf 7,3 Prozent gesunken, das ist der niedrigste Wert seit zehn Jahren.« Und: »Die jährliche Rendite von Büroobjekten beträgt in München nur 4,4 Prozent, das ist der niedrigste Wert von allen sieben interessanten Immobilienstandorten in Deutschland.« Und: »Hallo?«

Sie waren zum Marabu-Gehege weitergeschlendert. Thaddea kannte die Vogelart nur von Abbildungen und hatte sie sich viel kleiner vorgestellt. Das aufgerichtete Exemplar reichte dem Tierpfleger bis zu den Hüften. Das Gehege war oben nicht geschlossen, entweder konnte der

Vogel nicht fliegen, oder man hatte dem Zootier die Flügel gestutzt. Der Vogel schien uralt. Wie die Anatomie der Kniegelenke der weißgrauen, stangenartigen Beine funktionieren sollte, davon konnte sich Thaddea keine Vorstellung machen. Der lange spitze Schnabel wirkte am Ansatz völlig verwittert, das Gefieder war zerzaust. Aber Thaddea hörte das Wort Jungtier.

»Sie weiß, wenn ich jetzt da bin oder Kollegen von mir, dass sie gefüttert wird oder dass sie Streicheleinheiten kriegt.«

Die Tierpfleger in Hellabrunn hatten ein unstillbares Mitteilungsbedürfnis. Auch wenn sie kein Mikrophon mit Sender hatten.

»Einfach so ne Art freuen.«

Dieser Tierpfleger war kein Bayer. In der Mitte des Geheges waren mehrere Heuballen nebeneinander gelegt und mit einer grünen Plane bedeckt. Der Marabu begab sich auf einen der Heuballen, dabei flatterte er mit den Flügeln. Der Pfleger erläuterte, die Marabus hätten gerne Überblick, sie stünden viel und warteten, sie brüteten auf Büschen oder kleineren Bäumen.

Im Weggehen hörte Thaddea noch, wie der Tierpfleger erklärte, der lange spitze Schnabel diene dazu, die Bauchdecke von verendeten Tieren aufzureißen, um an die Eingeweide zu kommen.

Nach den Marabus saß Thaddea allein in der Cafeteria des Tierparks Hellabrunn und hörte Radio Entropy.

Pimpi hatte einen Anruf bekommen und sich ebenso

sachlich wie höflich entschuldigt, er müsse leider sofort zur LBK, zur Lokalbaukommission, es gehe um die Bauvoranfrage. Der zuständige Dezernent habe Fragen und wolle ihn sofort sehen. Üblicherweise dauere es Monate, wenn man einen Termin wolle. Aber hier gehe es um ein politisch erwünschtes Projekt, zugleich mit der Arbeitslandschaft am Mittleren Ring plane die Firma eine Wohnlandschaft in Moosach. Es gehe um bezahlbare Wohnungen, auch hier werde ein Industriegelände recycelt. Ein Koppelgeschäft, dachte Thaddea. Pimpis Vater baute billige Wohnungen, dafür durfte er teure Büros bauen.

Mit keinem Wort hatte Pimpi Radio Entropy erwähnt. Nachdem Radio Entropy mangels Alternativen einen beträchtlichen Teil von Thaddeas gegenwärtigem Lebensinhalt bildete, war ihr nichts anderes übriggeblieben, als von sich aus danach zu fragen. Er werde den Vorsitz der Geschäftsführung bei Radio Entropy niederlegen. Er sei der Projektleiter der Arbeitslandschaft, für die Wohnlandschaft gebe es einen anderen Projektleiter. Wie es mit Radio Entropy weitergehe, darüber habe er sich noch keine Gedanken gemacht.

Als er sich schon verabschiedet hatte, machte er noch einmal kehrt. Er habe ganz vergessen, am Wochenende gebe es ja die große Party zum zehnjährigen Bestehen von Radio Entropy. Sie müsse natürlich unbedingt kommen.

Plötzliche, unglaubhafte Geringschätzung von Thaddeas Reizen. Daraufhin hatte Thaddea keine Lust mehr auf weitere Tiere nach Banteng-Rindern und Marabus. Als Pimpi geradezu fortgesprintet war, fing sie unvermittelt an zu weinen. Das ganze Programm: nicht zu unterdrückendes Schluchzen, krampfartiges Schütteln des Oberkörpers, abwechselnd keine Luft bekommen und tief durchatmen.

Ruby Woo verschmiert.

Radio Entropy war nur ein Spielzeug für Pimpi gewesen.

Thaddea hasste. Je grundloser ihr Hass, desto selbstverständlicher war er. Das hieß jedoch nicht, dass sie ihren Hass schalten und walten ließ, wie der das wollte. Ihr Leben bestand in nicht unwesentlichem Ausmaß darin, den unerklärlichen Hass zu portionieren. Die Veränderungen ihres Lebens, die sie bewusst herbeiführte, hatten immer auch dieses Ziel: dass der Hass seine Energie verlor oder vielleicht sogar einfach verschwand. Ohne Frage war sie eine bemerkenswerte Hasserin. Sie hatte ihre Hassaktionen so famos unter Kontrolle, dass niemand auf den Gedanken kommen konnte, wie sehr sie hasste.

Auch Ben-Luca hasste. Natürlich war Ben-Luca ein müder Hasser. Ben-Luca hasste gezielt: nicht andere, nicht sich selbst, sondern die bloße Tatsache seines Existierens. Wäre Ben-Luca ein ganz anderer gewesen als er war, er hätte immer noch sein nacktes Dasein gehasst. Thaddea war der festen und falschen Meinung, niemand außer ihm unterschied zwischen der Art und Weise des Existierens und der Existenz.

Ben-Luca besaß einen sechsten Sinn, den Gap zwischen der Art und Weise, wie jemand existierte, und seiner Existenz aufzuspüren. Das war für ihn auch das Kriterium für gute Kunst: Kunst, die nicht in irgendeiner Form auf diesen Riss einging, die ihn nicht widerspiegelte, die ihn nicht herausstellte, die sich nicht um ihn herumwand, die ihn nicht negierte, die nicht mit dem Gedanken spielte, in dem Riss zu verschwinden, konnte keine gute Kunst sein.

Als Thaddea gesehen hatte, wie Kata nicht ihr Kleid, sondern *sich*, nicht auf dem Catwalk, sondern auf dem Tresen der Garderobe der Pinakothek der Moderne präsentiert hatte und wie Ben-Luca das Bein Katas umfasste – Thaddea hatte es *gesehen* –, da war plötzlich ein gigantischer Verdacht in ihr aufgekeimt: Ihr Hass war gar nicht grundlos gewesen. Es gab ein Wen und ein Warum für ihren Hass, aber die lagen nicht, wie gewöhnlich, in der Vergangenheit, sondern in der Zukunft. Sie hatte den Verdacht nicht gepflegt. Sie wollte das, wie ihr schien, falsche Getöse, das Schmierentheater greller Erregung in sich nicht ins Unermessliche steigern. Aber jetzt, in der Cafeteria des Tierparks Hellabrunn, vor der House-Kulisse von Radio Entropy, war aus dem Verdacht Gewissheit geworden: Immer schon hasste sie Ben-Luca, Kata, Anna Arbogast, Hahl, Jason, Kühling.

Wenn jemand Thaddea nach Einzelheiten der Fahrt vom Tierpark Hellabrunn nach Grünwald gefragt hätte, sie hätte keine einzige anführen können. In ihren Gedanken untergetaucht, hatte sie gewissermaßen den Autopiloten eingeschaltet.

Das Haus sah aus wie ihr Haus, aber es war nicht ihr Haus. Dieses Haus stand auch an einem Wald, aber der Wald war weiter weg als derjenige bei ihrem Haus. Es konnte nicht ihr Haus sein. Thaddea musste an den Wald von Macbeth denken, aber der Wald hatte sich seinem Schloss genähert und nicht etwa von ihm entfernt.

Sie überlegte kurz, ob sie das Haus umrunden sollte, um die Gegend zu erkunden, aber dazu war sie zu ungeduldig.

Sie hielt direkt auf die Einfahrt zu, wobei sie so sehr beschleunigte, dass sie unmittelbar vor dem Tor stark abbremsen musste. Ihr Telecommander funktionierte auch für dieses Haus.

Mit quietschenden Reifen fuhr sie den Wagen auf den Stellplatz, sie bremste ganz kurz vor der Mauer, sprang aus dem Wagen, hastete in den Garten und war imstande, auch dieses Haus zu betreten, indem sie ihre Hand auf die Glastür legte.

In das Haus eingedrungen, das nicht ihr Haus sein konnte, hielt sie inne. Sie konnte nicht glauben, dass es ein zweites Haus gab, das mit ihrem identisch war – es war genauso eingerichtet, es beherbergte die gleichen Gegenstände. – Das Haus konnte seinerseits nicht glauben, dass es einen anderen Menschen gab, der genauso aussah wie seine Bewohnerin.

Beschwichtigend hob Thaddea die Hände und sagte: »Es ist in Ordnung.«

Nichts war in Ordnung. Entlang ihrer Grundstücksgrenze war ein straßenbreiter Streifen des Waldes gerodet. Die gefällten Stämme waren sofort abtransportiert worden. Die Holzarbeiter konnten kein schweres Gerät verwendet haben, die Wege vor ihrem Fenster waren unversehrt. Tieflader oder Holzlaster hätten die Wege ruiniert. Das mathematische Symbol für Unendlichkeit, das Zeichen aus den Stammbäumen, wurde nicht mehr von aufgeregten Bäumen geschützt.

Thaddea stand vor einem der Fenster der Buchhandlung Lehmkuhl in der Leopoldstraße und hielt ihren rechten Zeigefinger in das Licht, das aus dem Schaufenster auf den Gehsteig fiel. Sie hatte sich erneut beim Ausräumen der Spülmaschine geschnitten. Wie schon einmal war ihr der Besteckkorb auf der Arbeitsfläche umgekippt. Aber diesmal hatte sie nicht unwillkürlich, sondern bewusst nach dem zu Boden fallenden großen Küchenmesser gegriffen. Sie wollte nach dem Messer greifen, ohne sich zu verletzen, aber sie nahm die Möglichkeit einer Verletzung in Kauf.

Der Schnitt in der Fingerkuppe schien diesmal sogar noch tiefer zu sein, sie blutete stark. Aber die Blutung hörte überraschend schnell auf, als Thaddea den Finger unter das laufende kalte Wasser hielt. Warum hatte sie die Verletzung riskiert? Im ungünstigsten Fall hätte das Messer eine Sehne durchtrennt, und sie wäre nicht ausgegangen, sondern hätte den Abend in der Ambulanz eines Krankenhauses verbracht.

Als sie das Haus verließ, dachte sie gar nicht mehr an das Missgeschick. Aber sie hatte sich in der Uhrzeit geirrt. Sie dachte, es wäre elf Uhr, es war jedoch erst zehn Uhr. Wie vorgesehen, parkte sie ihren Wagen in der Nähe der Struktur. Die Geburtstagsparty von Radio Entropy wurde im Herzerl, eigentlich Heart, am Odeonsplatz ausgerichtet.

Vor halb zwölf konnte sie sich dort nicht zeigen. Sie hatte eine Stunde Zeit, die sie aber auf keinen Fall in der Struktur verbringen wollte, also ging sie zu Fuß durch Schwabing und die Maxvorstadt zum Odeonsplatz.

Unter der naturgemäß unzureichenden Beleuchtung aus dem Schaufenster war kein Schnitt in ihrem Zeigefinger zu sehen. Thaddea fuhr mit den Fingern der linken Hand über die Fingerkuppe des rechten Zeigefingers und konnte auch keine Erhöhung oder Einkerbung erfühlen. Das Küchenmesser war extrem scharf. Die Erklärung musste darin bestehen: Das Messer hatte die Haut und die kleinen Gefäße so sauber durchtrennt, dass es genügte, sie unter dem kalten Wasser zusammenzupressen, damit kein Blut mehr austrat. Außerdem hatte sie weniger Gefühl in den Fingern der linken Hand, weil sie mit einem scharfen Reiniger einen Fleck auf dem Boden entfernt hatte.

Im Schaufenster der Buchhandlung Lehmkuhl lag auch das neue Buch des Schriftstellers. Es war kein Roman, sondern ein umfangreicher Essay über den Roman. Der Titel lautete: *Ohne Namen*. Thaddea hatte in Eile – vor einem Termin mit ihrem Steuerberater – eine Besprechung des Buches gelesen. Der Titel des Essays verdankte sich der Tatsache, dass der Schriftsteller sowohl auf Zitate als auch auf das Anführen von Eigennamen vollständig verzichtete. Der Rezensent hatte kritisch angemerkt, natürlich komme der dem Name-dropping so abgeneigte Autor nicht umhin, sich trotzdem auf bestimmte geistige Leistungen und deren Urheber zu beziehen, was den Text für den Leser zu einem Rätselparcours mache. Thaddea konnte sich nicht entsinnen, welche Art von Romantheorie der Schriftsteller der Besprechung nach in seinem Essay vertrat. Sie war sich allerdings ganz sicher, dass diese nichts mit dem zu tun hatte, was der Schriftsteller ihr über sein Schreiben erzählt hatte. Dafür wusste sie, im Gegensatz zum Rezensenten, warum der Schriftsteller in seinem Buch über den Roman keine Namen anführte. Er hatte als Kind darunter gelitten, dass sein Name im Dorf nichts galt.

Aber wer oder was konnte schon gerufen werden im Universum. Die Namenlosigkeit war die Regel. Der Name, das Rufen und Gerufenwerden, bildete die unwahrscheinliche Ausnahme. Ein Schlafender, ein Toter konnten weder rufen noch gerufen werden. Wer schlief, hatte keinen Namen, wer tot war, ebenfalls nicht.

Nachdem der Gedanke, ihren Roman doch weiterzuschreiben, träge, aber beharrlich in ihr auf und nieder geschwappt war, hatte Thaddea noch einmal einen Anlauf unternommen. Es war, als ob sich ihre gesamte Schriftstellerkarriere in der dritten Nacht in ihrem Leben, in der sie nicht schlafen konnte, zusammengeschnurrt wiederholte. Die ersten Sätze schrieb sie mit Forscher-, mit Entdeckerekstase. Indem sie nach Wörtern und Sätzen suchte, fand und schuf sie Umgebung, Raum, Raumgefühl. Sie ließ ihren Wort- und Satzblick zu den fernstmöglichen Horizonten schweifen. Aber bald fand sie die Wörter und Sätze zu leicht. Zu erfolgreich hatte sie geforscht und entdeckt. Wie betörend waren die einzelnen Wörter, wie gewinnend die einzelnen Sätze gewesen, wie heikel berückend das Raumgefühl, das ihren Zusammenhang stiftete! Doch das immer schnellere Finden ließ den Raum immer schneller schrumpfen. Jedes Wort ein Punkt, jeder Satz ein Punkt, das war jetzt nicht mehr Raum: sie als Punkt-Sklavin –. Das Suchen nach und das Finden von Wörtern und Sätzen mutierte von einer ihre Person übersteigenden Routine zu einem eisigen kosmischen Ritual.

Wenn sie Wörter und Sätze so schnell wie noch nie aufgeschrieben hatte, fand sie sich auf einmal wieder, wie sie in die Stille stierte. Die Stille war sichtbar, hörbar, tastbar. Sie dehnte sich aus. Thaddea hatte ein Ankunfts-, ein Aufgenommenseinsgefühl. Aber war es tatsächlich sie gewesen, die die Stille herbeigedacht hatte?

Nach Wörtern und Sätzen zu suchen und *nicht* zu finden, das erschien ihr auf einmal als ein Ideal. Die entgegengesetzte Schriftstellerlaufbahn nehmen: erst Wörter finden und dann nicht mehr finden. Natürlich keine Schreibblockade. Jemand, der blockiert war, suchte ja und wollte finden, aber er fand nicht.

Sie spielte das Nicht-Suchen von Wörtern und Sätzen. Um insgeheim doch zu finden? Sehr störend, dass das der übliche Trick war, um Schreibblockaden zu überwinden. Jemand, der eine Schreibblockade hatte und sie zu besiegen suchte, war ein gewöhnlicher Narr. Natürlich war sie eine ungewöhnliche Närrin. Die Wörter sprachen sich selber: Sie raunten, sie tuschelten, sie zischelten, sie mauschelten. Die Wörter ertrugen es nicht, nicht gefunden zu werden! Ausgeburten der Hölle! Wenn sie diese Nacht überstand, hatte sie gedacht, würde es dann überhaupt noch etwas anderes als Wörter geben? Alles wäre Wörter – die Wörter würden ihr am Leib wachsen –, die Schwelle zum Grauen war überschritten.

Am nächsten Tag hätte Thaddea schwören können, sie habe keine Sekunde geschlafen, aber sie musste geschlafen haben.

Der Schriftsteller wollte unbedingt, dass sie weiterschrieb. Nachdem sie sich mehr oder weniger zum Gegenteil entschlossen hatte, versuchte er, ihr Angst zu machen, damit sie ihren Entschluss zurücknahm. Oder er rächte sich an ihr, weil sie den Entschluss gefasst hatte. Sie hatte von dem Schriftsteller nichts mehr gesehen und nichts mehr gehört. Aber ihr Gedanke war ihr völlig plausibel erschienen. Das konnte nur im Schlaf oder im Halbschlaf passiert sein.

Hahl und Anna Arbogast waren ihr in den Sinn gekommen. Es gab drei Versionen, warum Hahl wollte, dass Anna Arbogast das Buch über den Architekten schrieb. Erstens: Hahl war von der Fülle des Stoffes überfordert, Anna Arbogast sollte der Filter für den Stoff sein. Zweitens: Die Welt sollte den Architekten mit den Augen Anna Arbogasts sehen. Anna Arbogasts Augen waren etwas Besonderes. Drittens: Hahl war nicht objektiv.

Thaddea zog die Parallele: Der Schriftsteller wollte, dass sie, Thaddea, den Roman schrieb. Sie, Thaddea, und der Schriftsteller hatten keinen Stoff gemeinsam. Was konnte das Besondere an ihren, Thaddeas Augen sein? Der Schriftsteller hatte sich sehr überzeugt gegeben, objektiv zu sein.

Als Thaddea angefangen hatte zu schreiben, hatte sie Dinge gedacht wie: Eine Idee zu vertiefen, bedeute, ihr Gewalt anzutun oder ihr gleich das Leben zu rauben und dass sie selbst nur originell sein könnte, wenn sie unscharf formulierte. In ihrer Euphorie hatte sie sich nicht vorstellen können, jemals wieder einen Text zu verfassen, der nicht in ihren Roman eingehen konnte. Irgendwie war sie mit dem Gedanken infiziert – das Wirken von Kata und Ben-Luca? –, es sei grundsätzlich unschön zu behaupten, etwas verhalte sich so und so. Jetzt, als sie den Roman ad acta gelegt hatte und vor dem Schaufenster mit dem Buch des Schriftstellers stand, das kein Roman war, dachte sie anders: Es war gar nicht unschön, zu behaupten, etwas verhalte sich so und so. Es war gar nicht unschön, unleidenschaftlich zu schreiben. Vielleicht war es sogar schöner –

Während sie weiter ging, kam ihr der Gedanke, dass der Schriftsteller vielleicht genau deswegen wollte, dass sie Romane schrieb, weil er selbst keine Romane mehr schrieb. Aber wenn der Schriftsteller die Überzeugung hegte, dass es sinnlos war, Romane zu schreiben, warum sollte dann irgend jemand, etwa sie, Romane schreiben? Wenn sie ihren Roman schrieb, war das ein Ersatz für den Roman des Schriftstellers? Warum trieb der Schriftsteller ausgerechnet sie, Thaddea, in eine Enge, von der er glaubte, dass er ihr entkommen war? War ihr Ersatzroman ein Produkt des schlechten Gewissens des Schriftstellers? Warum machte sich der Schriftsteller über den Umweg *ihres* Romans Gesellschaft? War ihr Roman eine Rückversicherung des Schriftstellers? Andererseits – der Schöpfer, der für sich selbst durchsichtig wurde, war keiner mehr.

Tat sie dem Schriftsteller nicht zu viel der Ehre an, wenn sie ihn zum Demiurgen stilisierte?

Vor dem Herzerl angekommen, musste Thaddea an die Planerin denken, die so in ihrem eigenen Biotop gefremdelt hatte. Thaddea sagte ins Dunkle: »Ach, die Menschen …«, »Ah, die Menschen …« und »Ha, die Menschen …«. Social anxiety.

Alle Beziehungen, die die Menschen überhaupt haben

konnten, waren Kitsch. Das Wort Mensch als Deckname für Langeweile und Tod. Doch dann betrat Thaddea das Herzerl nach Katas und Ben-Lucas Verrat –

When I said I needed you/You said you would always stay/It wasn't me who changed but you/And now/You've gone/A/Way

– nach ihrer abgeblasenen Todesfahrt, nach ihrem nicht stattgehabten erotischen Amoklauf, nach ihrer professionellen Irrfahrt, nach ihrer literarischen Rundfahrt nicht unbedingt springlebendig, aber doch fest auf ihren beiden Beinen.

Kein Sterbenswörtchen der Begrüßung. Niemand freute sich über ihr Eintreffen. Nur das Abhaken auf der Gästeliste, auf die Pimpi sie – pflichtbewusst oder eifrig? – gesetzt hatte. Sie war ein erwünschter Eindringling.

Sie hatte ihre innere Geräuschabwehr hochgefahren, aber der Lärm, der Krach, das Getöse waren nur Tarnung für die Stummheit der Menschenmenge. Thaddea würde nicht lärmwirr, lärmkrank, wahnsinnig vor Lärm, totschlagbereit vor Lärm werden. Die Menschen waren ein weiter und ein naher Horizont, sie konnte den Horizont einstellen, als ob sie einen Regler betätigte.

Die Menschen: ein Problem, aber ein phantastisches? Sie raunte sich selbst zu: »Ich spüre oder ahne, dass die Menschen auf meiner Seite sind.«

»Ist es denn so schlimm?«

Kühling hatte die Nacht von draußen hereingebracht. Seine lange schwarze Lederjacke schien das Licht um ihn herum zu schlucken. Sein weißes T-Shirt und die ausgewaschenen engen Jeans sahen echt und nicht künstlich mitgenommen aus, als ob er seine Kleidung seit Tagen nicht gewechselt hatte. Ein Bouncer würde ihm den Zutritt zu einem Club nur verwehren, nachdem er vorher um Verstärkung angesucht hatte.

Thaddea hatte das Cavalli-Ensemble angezogen, zum ersten Mal überhaupt. Trotz des passenden Outfits, aber vielleicht auch, weil das Outfit zu gut passte, verkörperte sie eine eklatante Distanz zu dem, was hier passierte. Sie war außer Übung. Das war Katas Schuld.

Kühling fragte: »Was wollen Sie trinken?«

Thaddea überlegte, was sie zu sich nehmen sollte, aber sie kam zu keinem Entschluss.

Kühling sagte: »Erzählen Sie einfach weiter.«

Schließlich fasste Thaddea zwei Entschlüsse: nie wieder das Cavalli-Ensemble anzuziehen – sie hätte es gar nicht kaufen sollen, es erzeugte Dissonanzen – und Lust auf einen Gin Tonic zu verspüren.

Kühling kam mit zwei Hendrick's mit Gurke zurück und versuchte, die Konversation mit der Zwischenfrage »Wollten Sie das jetzt wirklich sagen?« fortzuführen, was nicht gelang.

»Okay, Themenwechsel.«

Er atmete tief durch und zündete sich eine Zigarette an. Es war eine geschlossene Gesellschaft, Rauchen war erlaubt.

»Ich soll Sie von Robert grüßen.«

Pimpi hieß Robert, oder Robert hieß Pimpi, es war egal.

»Robert kann leider nicht kommen, er musste kurzfristig umdisponieren. Er besucht einen Investor.«

Das hatte Thaddea nicht gedacht.

»Es hat nichts mit Radio Entropy zu tun.«

Das hatte Thaddea gedacht.

»Sind Sie jetzt irre beleidigt?«

»Sehe ich so aus?«

»Ja.«

Thaddea dachte verärgert: Seit der Sache mit Ben-Luca und Kata sind mir wirklich sämtliche Gehirnzellen draufgegangen. Die Tatsache ihrer ins Schaufenster gestellten enttäuschten Erwartung konnte sie nicht ungeschehen machen. Sie konnte nur versuchen, diese zu überspielen.

»Ich habe Hahl noch nicht gesehen.«

Thaddea blickte Kühling auskunftheischend an. Kühling – seufzte.

Thaddea sah Kühling in die Augen, bis er schließlich sagte: »Es ist wegen der Absetzung der Pool-Sendung.«

Kühling erwartete, dass sie aus professionellen Gründen informiert war. Er wusste nicht, dass sie keinerlei offiziellen Auftrag hatte. Pimpi hatte einfach nur die Leute von Radio Entropy bei ihr vorbeigeschickt. Die Absetzung der Sendung mit Anna Arbogast und Chris Stumpfegle hatte Wellen geschlagen. Thaddea hatte einen Artikel aus dem Lokalteil der *SZ* herausgenommen, aber nach dem Tierpark-Besuch nicht gelesen. Thaddea fragte nicht nach dem Hintergrund für die Beerdigung der Sendung.

»Die Idee zu der Sendung kam übrigens von Robert, nicht von Hahl. – Ich war an der Idee auch nicht ganz unbeteiligt, aber ich kam als Moderator nicht in Frage.«

Kühling kratzte sich am rechten Jochbeinknochen, dort, wo eine Furche einen verheilten schweren Bruch anzeigte.

»Robert und ich sind Jugendfreunde. Hat er Ihnen das erzählt?«

Thaddea sagte: »Ja. Also – nein.«

»Sein Vater hat einen Pool, mein Vater ebenfalls. Unsere Väter sagen immer noch Schwimmbad. Ich bin bei meinem Vater aufgewachsen, mein Vater und meine Mutter waren nicht lange zusammen. Beide Pools waren früher nicht überdacht, der von Roberts Vater hatte eine Heizung, der meines Vaters keine. Wir haben immer abwechselnd bei ihm und bei mir Pool-Partys gefeiert. Wir haben uns auch zu zweit getroffen – nicht zum Schwimmen. Wir sind unter Wasser gelaufen – nein, nicht gelaufen, gegangen.«

»Wie muss ich mir das vorstellen?«

Thaddea brachte es fertig, auf etwas, was jemand anderes sagte, interessiert einzugehen. Juhu.

»Wir haben uns am Beckenrand heruntergelassen und sind dann losgegangen. Das ist schwierig, unter Wasser nicht zu schwimmen und nicht zu laufen. Ein Fuß musste immer den Boden berühren, sonst galt es nicht.«

Nie im Leben hätte Thaddea Pimpi so viel Disziplin zugetraut.

»Wer als erster auftauchte, hatte verloren.«

»Wie weit sind Sie gekommen?«

»Wir haben davon geträumt, dass wir von einer Schmalseite des Beckens zur anderen gelangen. Wir haben geübt und sind immer weiter gekommen. – Unterbrechen Sie mich, wenn Ihnen langweilig wird.«

Thaddea sagte: »Keine Angst.«

»Einmal waren wir beide erkältet. Als wir übten, bekamen wir unter Wasser Nasenbluten. Zufällig kam Roberts

Mutter dazu, sie erschrak fast zu Tode. Sie dachte erst, jemand habe versucht, uns umzubringen. Es habe ausgesehen, als hätte jemand uns halbtot ins Schwimmbad geworfen. Wir hätten mit den Armen gerudert, das Blut sei im Wasser hochgestiegen. Wir versuchten immer, mit den Armen das Gleichgewicht zu halten. – Wir haben nie gefragt: Warum tun wir das? Wir haben immer nur gefragt: Wie machen wir es? Es gab sogar die Überlegung, Bleiwesten umzuhängen, um noch weiter zu kommen …«

Très cool. Thaddea dachte: ›Die Menschen sind ein Rätsel.‹ Und: Aber Pimpi ist definitiv nicht dämlich.

Thaddea musste sich von den beiden Jungen im Schwimmbad ablenken. Auf keinen Fall wollte sie ein zu entschiedenes Interesse an der Pool-Szene zeigen. Das hätte zu viel über sie selbst ausgesagt. Sie erinnerte sich gut an Kühlings konzise Deutung von Hahls Charakter. Ihr blieb nichts anderes übrig, als Kühling aufzufordern, mit ihr zu tanzen.

Thaddea tanzte. Obwohl.

Nach einiger Zeit betrat Anna Arbogast den Raum. Sie sah Kühling und Thaddea und wandte sich hochmütig ab. Da war Thaddea sich ganz sicher, dass Anna Arbogast mit Kühling schlief.

Um die Wette mit einem klassischen Hip-Hopper brüllte Thaddea in Kühlings Ohr: »ERZÄHLEN SIE HAHL NICHTS!« Kühling lächelte. Thaddea streckte ihm ihre Hände entgegen, um sich von ihm abklatschen zu lassen.

Jason hatte an der Bar auf Thaddea gewartet. Die Arme vor seinem Muscle shirt verschränkt. Er blickte Thaddea an wie ein Herrscher, der mit einer Unterwerfungsgeste seines Untertans rechnete. Thaddea zweifelte an ihrer Kraft zum Widerstand, aber der war doch unbedingt notwendig –

Eine ferne Idee von, nein, eine Idee von ferner Bangigkeit, Beklommenheit, von drohendem Grauen – die Strafe wofür? Dass sie einfach nur ausging, unter Leute?

»Robert ist in Moskau, zu einem Schinkenfrühstück. Ein Geschäftsfreund lässt dort den Weltmeister der Schinkenschneider einfliegen.«

Aus der immer ruhigen Jason-See rollte unvorhergesehen eine narrative Woge heran.

»Der beste Schinken der Welt ist der Schwarzklauenschinken, Jamón Ibérico de Bellota D.O. Dehesa de Extremadura. Die Schwarzklauenschweine leben in Eichenhainen, sie ernähren sich von Graswurzeln und in den Wintermonaten von den heruntergefallenen Eicheln, den Bellotas …«

Thaddea war ebenfalls exaltiert kommunikativ: Ohne wenn und aber hörte sie zu. Sie nippte mittlerweile am dritten Hendrick's.

»Es ist nicht einfach, einen Zehn-Kilo-Schinken zu schneiden. Die Scheiben müssen hauchfein sein, nicht länger als vier bis fünf Zentimeter. Der Embajador Mondial del Jamón Ibérico – das ist der offizielle Titel des Weltmeisters – hat in einer Tapas-Bar als Hilfskellner angefangen. Er hat dann in der Nacht auf seinem Zimmer mit seinem Messer blind geübt.«

Wollte Jason sich mit diesen Einzelheiten als der bestaussehende Nerd aller Zeiten präsentieren?

Ben-Luca eclipsed –? –

Thaddea streckte die Hand aus und zog Jason zur Tanzfläche. An diesem Abend ließ sie sich durch nichts und niemanden beirren.

Thaddea war sich endgültig sicher, dass Jason nicht schwul war. Allerdings hatte er eine Angst, die alles überstrahlte: die Angst vor gleichwertiger Verknalltheit. Er sah, was aus den anderen wurde, wenn sie in ihn verknallt waren, auf keinen Fall sollte das mit ihm geschehen. Während des Tanzens brachte Thaddea ihren Kopf ganz nah an seinen und schrie ihm ins Ohr: »SIE BRAUCHEN NICHT MIT ANNA ARBOGAST ZU SCHLAFEN!«

Wenn schon soziale Interaktion, dann richtig.

Innehalten.

»Wo bin ich? – Himmel, wo bin ich?«

Was war das Ziel?

Erlebte sie denn sonst nichts?

Genügte es, dass man sich leben sah?

Flucht? Hm.

›Ich bin der Welt abhanden gekommen‹ oder ›Die Welt ist mir abhanden gekommen‹. Entrückung musste nicht Entwirklichung heißen.

Der grundlose, selbstverständliche Hass hatte von ihr abgelassen. Wo war sie? Himmel, wo war sie?

Wie wirklich alles, alles?

Wäre sie bloß nicht so zerstreut –

Ihr Herz schlug nur so …

Lange Zeit verharrte Thaddea so –

Genug hinausgezögert.

Kehrtmachen.

Im Schwung zurück zu den Lebenden!

Schon lief Thaddea auf Anna Arbogast zu, um mit ihr zu

tanzen. Sie würde ihr sagen: »SCHREIBEN SIE NICHT DAS ERINNERUNGSBUCH. SCHREIBEN SIE EINE ARCHITEKTURMONOGRAPHIE.«

Hahl würde noch kommen, sie würde ihn im Vorraum treffen. Hahl würde zu ihr sagen: »Beachten Sie mich einfach nicht. Ich beachte Sie ja auch nicht.«

Sie würde den Gedanken haben, *dass sie sich in allem täuschte*. Aber der Gedanke würde sich schnell in den Hintergrund zurückziehen.

Sie würde keinen Roman schreiben. Sie würde mit Pimpi schlafen.